知了：你穿绿色校服我也不会讨厌你的。

🍊：一v一

知了：我接受蓝白色校服了，感觉像是我在走你走过的路，踩着你留下的脚印，我追着你的脚步走，而你就在我前方的不远处，我抬头就能看见。

你回头的话，也能看见我，

记得回头哦。

毛衣衣 2024.1.1

明知故犯

毛球球　著

长江出版社
CHANGJIANG PRESS

图书在版编目（CIP）数据

明知故犯 / 毛球球著. — 武汉：长江出版社，
2024.4
ISBN 978-7-5492-9402-2

I. ①明… II. ①毛… III. ①长篇小说 - 中国 - 当代
IV. ① I247.5

中国国家版本馆 CIP 数据核字（2024）第 059652 号

明知故犯 / 毛球球 著
MINGZHI GUFAN

出　　　版	长江出版社
	（武汉市解放大道 1863 号）
出版统筹	曾英姿
市场发行	长江出版社发行部
网　　　址	http://www.cjpress.cn
责任编辑	罗紫晨
印　　　刷	湖南天闻新华印务有限公司
版　　　次	2024 年 4 月第 1 版
印　　　次	2024 年 4 月第 1 次印刷
开　　　本	880mm×1230mm　1/32
印　　　张	10.5
字　　　数	330 千字
书　　　号	ISBN 978-7-5492-9402-2
定　　　价	49.80 元

版权所有，侵权必究。如有质量问题，请与本社联系退换。
电话：027-82926557（总编室）027-82926806（市场营销部）

第一章 优秀使我们再次相遇	001
第二章 身正不怕影子斜	040
第三章 给你一道"送命题"	082
第四章 与众不同	113
第五章 明知故犯	151

目录 contents

第六章 规则漏洞	187
第七章 听说我们关系差	205
第八章 你竟然还敢回来	225
第九章 知我心声	267

第十章 如我所愿	283
番外一 小狐狸不送	295
番外二 无限种可能	301
番外三 所谓的应援部	304
番外四 一中未来的希望	308

番外五 少年啊少年	311
番外六 糖都给你吃	314
番外七 少年从未离开	317
番外八 服了，彦哥	320

第一章
优秀使我们再次相遇

"MQQ星球时间20XX年8月31日,下面为您插播一条新闻。昨日,我市学区街头出现了群体冲突事件,警方适时到场进行了劝和工作。天气炎热,现场一名肖姓学生和一名洛姓学生同时身体不适,警方及时叫来救护车,将两人送到医院……

"值得注意的是,经检测,这两名学生的友好度是0%。众所周知,几百年前,我们MQQ星上的科学家们初次使用了'友好度'这一概念,用百分数来衡量人与人之间和平相处的可能,自此产生了试纸、血检等多种友好度的检测方式。友好度的高低关乎二人之间和谐相处的可能性,绝大多数样本间的友好度在50%以上,友好度越高,越能和平共处,越低则越容易产生冲突,极少数样本间的友好度会低于20%,但是,0%的友好度全国罕见……

"记者从两位学生的家长处了解到,洛某和肖某从小就关系不好,矛盾频发,系历史遗留问题,只是家长也没想到他们会当街发生冲突,其中洛某应负主要责任……"

洛知予半闭着眼睛,踱到了客厅,关上了客厅里的电视机。

"小题大做。"他只是差点和肖彦打了一架,没想到因此上了新闻,真是好事不出门,坏事传千里。

他和肖彦自小就关系不好,还住在一个街区,时有冲突。好在他明天就要开学了,市属一中是口碑名校,实行封闭式教学,住校读书期间他大概是不会再遇见肖彦了,世界和平。

洛知予从茶几下方抽出一个玻璃杯,给自己倒了满满一杯柠檬水灌了下去，才觉得清醒了一些。因为昨天身体不适，他现在还有嗜睡的后遗症，中午玩着游戏，手机还在手里，人就这么趴在桌上睡了过去。

这会儿人醒了，游戏早就结束了，界面显示了"战败"两个大字，主页右上角是明晃晃的举报短信和扣分信息。洛知予打开微信，发现收到的消息都是队友们的"控诉"。他选择性地忽视了这些消息，点开了消息列表最上方多出来的一个微信群——一中新生开学典礼统筹群。

这是什么？洛知予刷了刷聊天记录，被满屏的表情包吓了一跳。

洛知予心里嘀咕着"这是什么东西"，发了条消息。

不是知了："少跟我来这套！"

下一秒，群里显示："'不是知了'撤回了一条消息。"

洛知予打了个激灵，终于想起这些"妖魔鬼怪"是什么了。上午班主任给他打过电话，让他作为高一优秀新生代表在开学典礼上发言，叮嘱他提前准备好发言稿，这个群大概就是老师们为了开展工作建的。还好他撤回得快，应该没人看到。

洛知予刚把自己的群昵称改为"高一优秀新生代表"，群里就又刷出了一条新消息。

高二优秀学生代表："一中还是你成功！"

洛知予满脑子疑问，这是谁？同道中人？他上一中纯粹是因为中考分数高，对这所学校几乎没什么了解，刚好抓个人来问问情况。于是，他申请了添加"高二优秀学生代表"为好友，申请理由——"优秀的你值得认识优秀的我"。

这位同学大概正在慨叹他的直率，半天没给回复，洛知予揉了揉自己有点酸疼的后颈，打开行李箱，开始整理自己住校期间需要的衣物。

临近开学，市属一中的校园论坛尤为热闹，出了一个热门新帖——"我竟然都高三了，话说今年的新生质量如何"。

1楼："六月毕业走了一批学生，明天就是新生的开学典礼了，今年的新生有好看的吗？"

2楼："高二（3）班的肖彦不够帅吗？"

3楼："本人前几天在教导处帮忙整理新生分班表，还真发现了一个好看的！"

4楼:"肖彦是校草,谢谢。"

5楼:"高一(3)班的洛知予,证件照都这么好看,本人肯定绝了!"

6楼:"洛知予?这个名字好耳熟,是我的错觉吗?"

7楼:"不是错觉。十九中的洛知予,传说中抢画板追人的那个,算一算年龄,他的确要上高中了,我觉得我们学校要热闹了。"

8楼:"不是传说,是真的,他那次还念检讨书了。我只能说,不要被他那张脸欺骗了!洛知予没有他外表看起来那么温和,总之不要惹他就对了。"

9楼:"这么可怕?"

10楼:"嘿嘿,别吵,给你们看一条有趣的新闻。"

11楼:"……"

12楼:"……"

13楼:"那什么……肖姓学生和洛姓学生,是我想的那两个人吗?"

学校离家不算远,洛知予打算下周末再回家一趟,这次带的东西不多。他刚收拾完衣服,手机就收到了新信息:"'高二优秀学生代表'同意添加你为好友。"

随后,一个"仙女皱眉"的表情包发了过来。

高二优秀学生代表:"是你?"

不是知了:"是我。"

高二优秀学生代表:"你加我?你认真的?"

不是知了:"不然呢?"

高二优秀学生代表:"你知道我是谁吗?"

不是知了:"这不重要。一中校训记得吗?团结友爱,以后咱们就是校友了。"

高二优秀学生代表:"行,明天见。希望你别后悔。"

然后对方又发了一个"仙女皱眉"的表情包过来。

不是知了:"瞎说,认识你我不会后悔的。"

除了对肖彦和某些人,洛知予对大部分人都很友好且热情,他拉着这位看起来有点孤僻高冷的高二同学聊了一下午,基本摸清了新学校的事情。洛知予觉得,这位高二同学应该是被他的热情感化了,校内点外卖的方法、食堂每天最好吃的菜、非休息日出校的路径，以及学校隐藏得最深的论坛，洛知予全知道了。

不过时间已经很晚了，明天上午他还要去参加开学典礼，洛知予决定先不逛论坛了，他把画板包放在了行李箱上，关灯休息。

一中是一所名校，"好的开始是成功的第一步"是它的教学理念之一，因此学校每年的开学典礼都办得格外隆重。洛知予一早就去了学校，领到了属于自己的校服。校服底色是白色，各年级的配色有所不同。洛知予身上这件是高一学生的校服，是浅红色配白色的，而高二与高三的校服分别为浅蓝色配白色和浅绿色配白色。

"想好说什么了吗？新生代表洛知予同学？"洛知予的高中室友井希明问。

"脱稿随便讲。"洛知予刚换好校服，"信我，这种场合没几个人会听的，不管我说什么，都没人会记住。"

学校的礼堂里播放着一中校歌，礼堂的前排留给了学校领导与老师，还有本市晨报特地赶来拍照写稿的记者。发言席上的人还未就座，礼堂里的学生就开始交头接耳了。

"这届新生代表是谁？"

"不知道，等下就知道了，一中很现实的，谁分高谁上。"

"我是新来的，听说你们高二有个大帅哥？"

"大帅哥这两天状态不太好，你可能得等两天。"

"开始了开始了，都别讲话了，嘘！"

校歌停了下来，开学典礼正式开始，一切都按照既定流程开始，校领导表达了对新生的祝福和希冀，前排快门声响个不停。

学生代表的座位上没有台卡，洛知予和那位高三学生代表的中间隔了个位置。他猜这位没到场的学生代表应该就是他昨天加的那位兄弟，年级主任都开始总结了，这人竟然还没到场，心也太大了。

"哥们儿。"洛知予小声喊了一下旁边那位高三学生代表，高三学生代表面带困惑地看着他。

"帮个忙，你往前坐一点。"洛知予低声道。

那位朋友没搞明白，但还是连人带凳子往前移了十厘米，挡住了左边一排校领导的视线。洛知予左右看了看，拿出手机，借着那位兄弟的掩护，在一众校领导眼皮子底下发起了微信消息。

不是知了："朋友，你还不来？"

高二优秀学生代表："在领材料，马上。"

高二优秀学生代表："这么关心我？"

下一秒，一个"仙女皱眉"表情包发了过去。

不是知了："走开。"

高二优秀学生代表："一分钟，马上到。"

一分钟后，高一新生代表洛知予在全体学生的掌声中放下手机，缓缓开麦："各位领导、老师和同学，大家早上好，我是……"

礼堂里突然响起一阵欢呼声，下一秒，洛知予感觉到自己身边多了个人，他保持着友好的微笑转头，然后震惊地瞪大了双眼——之前跟他一起上新闻的那小子正在冲他笑！

肖彦显然料到了他的反应，一把按住了他就要行动的手，空出的右手指着自己，毫不掩饰看笑话的意思，小声揶揄："洛知予，优秀的你值得认识优秀的我？"

竟然是他！洛知予秒懂了昨天那一连串"仙女皱眉"表情包的含义。

洛知予看着这人幸灾乐祸的笑脸就来气："你……"

他话还没说完，肖彦飞快地伸手关掉了他面前的麦。

校长清了清嗓子，咳嗽了两声，礼堂内才渐渐安静下来。

"校友，你自己说的，要团结友爱。"肖彦冲一边的校领导点点头，重新打开了洛知予面前的麦，示意他继续往下说。他右眼下方还斜斜地贴着一张创可贴，是洛知予先前的杰作。

洛知予白了肖彦一眼，终于想起了自己的名字，把新生代表的开学演讲继续了下去："我是高一（3）班的洛知予，今年的高一新生。"

他做梦都没想到，他从小到大的死对头和他读的是一所高中，还和他一样是优秀学生代表。

新生代表演讲只有短短的三分钟时间，念稿子这种事太过无趣，不符合洛知予的做人理念，他要发言，那必须是脱稿的。如果旁边座位上坐着的不是肖彦，他大概已经在一众老师赞许的目光中带着全体新生一起展望未来了，而现在——

"我之所以会出现在这里，是因为我的中考分数——"他面向全体学生，说的话却都是说给肖彦听的，他拿起桌上的纸杯，缓缓抿了口茶，再点了点头，之后才慢慢地吐出了最后两个字，"很高。"

肖彦："……"

新生第一名作为代表演讲是学校不成文的规定，但是把这不成文的规定摆明到台面上来的，洛知予是第一个。

坐在第一排的高一（3）班班主任秋宜目瞪口呆地看着台上的洛知予，十分不解为何昨天在电话里表现得还算正常的洛知予同学此刻在主席台上气场全开。

优秀学生代表常规的演讲套路是先自谦，再展望，最后共勉。洛知予今天瞧见肖彦后自作主张，直接把自谦环节给省了。礼堂里的学生听了都想打人了。

"是他！洛知予！这欠揍的语气绝对是他。"

"我不服！"

"我就不该被他那张脸欺骗，呜呜呜。"

"学渣感觉被伤害到了。"

"嘘。"洛知予还好意思嫌礼堂里乱哄哄的，食指抵在唇间示意大家噤声。

"可能你会觉得我在吹牛。"洛知予转头看向肖彦，"但我说的每一个字，都是事实。"

"我的发言就到这里。"洛知予说，"希望大家能拥有愉快的高中生活。"

台下响起了稀稀拉拉的掌声。肖彦笑了笑，也跟着拍了两下手，在洛知予灼人的目光中理所当然地说："一中校训，团结友爱。"

"身为高二年级的学生代表，我很荣幸能够坐在这里。"肖彦这段发言的开头和洛知予差不多，讲到后面却也开始脱稿了，"既然来了一中，就要继续努力，不然谁知道明年坐在我这个位子的会是谁？"

"最后。"肖彦转身看向旁边的洛知予，"我代表高二全体学生，欢迎一年级小朋友们的到来。"

学生们能在学习上较劲，校长倒是喜闻乐见，但是洛知予不高兴，毕竟他昨天被肖彦当猴耍了一整天。一年级小朋友洛知予瞪着肖彦,悄悄磨牙:"别让我再看见你。"

"不敢保证哦。"肖彦下了主席台,跟学生会的朋友去了后台。

"洛家的小霸王还真是一见到你就生气。"樊越和肖彦熟识,基本了解肖彦和洛知予之间的"深仇大恨"。

肖彦想到先前的聊天,依旧觉得有趣。

"你怎么总招惹他?"樊越哭笑不得。

"这次是他自己送上门的。"肖彦说,"我提醒过他了。"

"他一点就炸,你不觉得挺有意思吗?"肖彦把手机递给樊越,"看。"

肖彦的微信聊天框里,是洛知予刚才发来的一串信息,还附带了一张"仙女皱眉"的表情包。

不是知了:"我早该知道是你,你从小就是坏胚子。"

硝烟弥漫:"洛知予,以后都是一个学校的了,抬头不见低头见,要不我俩停战?"

不是知了:"谁要和你抬头不见低头见。"

不是知了:"我保证离你远远的。"

记者格外惊喜,发挥了新闻人独有的专业素养,中午就写出了新的稿件——"追踪报道:先前发生冲突事件的洛姓同学和肖姓同学同时出现在市属一中的开学典礼上"。

开学典礼在全体师生的掌声中结束,校园论坛上多了今天的校园新闻,还有个热门讨论帖——"如何评价今年的开学典礼"。

1楼:"如题,你们怎么看?"

2楼:"给高一(3)班洛知予疯狂鼓掌。"

3楼:"洛知予是真的牛,哈哈哈哈,这简直是值得载入校史的开学典礼,盲猜他想'问候'的应该是肖彦,结果被肖彦眼明手快地掐掉了。"

4楼:"我看了市报的配图,肖彦和洛知予坐在一起太养眼了,他们真的没可能好好相处吗?呜呜呜。"

5楼:"回四楼,他俩不可能的,关系那么差,坐前排的我感觉他俩就差没在主席台上打起来了。"

6楼:"就是就是,散了吧,谁和谁都有可能好好相处,就他俩不可能，要相信科学。"

7楼："我迫不及待地想看明年的开学典礼是怎么回事！"

洛知予坐在礼堂外的台阶上发呆，井希明早上说不舒服，直接没来开学典礼，这会儿待在宿舍，让洛知予给他带午饭。

墙头草："实名佩服，你成名的速度好快。"

不是知了："怪我太优秀。"

墙头草："午饭交给你了，我现在不太方便出去。"

不是知了："放心，保证给你买最好吃的东西，我已掌握食堂的基本情报。"

不是知了："我先去换一下军训服哈，衣服码数不太对，然后就去食堂。"

依照一中的规定，高一新生正式开学前有为期一周的军训，洛知予上周拿到军训服后没来得及试，昨天才发现拿错了码。

洛知予一路找到了学生工作办公室，开门的是一个他不认识的老师。

"换衣服是吧？没有现成的了。"老师一眼看出了他的来意，"去那边房间里让学生会的人帮你量个尺寸，肩宽、领长，还有腰围、胸围、臀围，他们知道该拿哪个码的，再给你登记，防止再出错。"

"我自己量可以吗？"洛知予问。

"自己量不太准吧。"老师建议，"那几个高二学生都闲着呢，让他们量吧。"

洛知予从老师手里接过软尺，往指定的房间走去，推开了房间门。

满屋子蓝色校服的学生里混进了一个穿红色校服的学生，那五个捧着泡面桶的学生显然没想到这个时间还会有人过来，十只眼睛盯着刚在开学典礼上走红的洛知予。

"洛知予？"为首的学生在脑海中回顾这位大佬的个人资料，见洛知予脸上明显出现了不耐烦的意思，连忙小心地问，"量衣服……尺寸吗？"

"嗯。"洛知予点头，晃了晃手里的软尺，"谁来？"

一个同学灵机一动，冲着里屋喊了一声："肖彦，出来帮个忙。"

"帮什么忙？"肖彦声音带着倦意，半闭着眼睛推开了门，扶着门框，看见洛知予后先是一怔，随后看见他手上的软尺，顿时明白了过来，冲他扬了扬下巴，"我说什么来着？抬头不见低头见了吧？"

洛知予无言以对。

上午才见过的高二优秀学生代表肖同学，此刻随意地披着校服站在他面前，看起来像是刚被打断了午睡。

"你俩别掐架。暂时没别人了，"樊越别的特长没有，就擅长和稀泥，"凑合一下吧。"

"算了，我自己量。"洛知予转身要走，手中软尺的另一端却被人一把扯住。

"你回来。"肖彦往自己的方向扯了下软尺，"我给你量，这是学生会正经工作，不带私人感情。"

肖彦又说："你别生气。"

井希明还在宿舍等着吃午饭，洛知予想早点回去。

人家肖彦都说了，不带私人感情，洛知予虽然一点就炸，但他不矫情。

"都是高中生了，有话好好说，你俩千万别打起来。"樊越再次和了一把稀泥。

办公室的空气里充斥着一股泡面味，洛知予皱了皱眉，肖彦指了指门口，其他人自觉地离开了，办公室里只剩下他们两个人。

"你明天要军训？"肖彦示意洛知予抬手，隔着校服用软尺在他腰上环了一圈，"那天之后休息好了？"

洛知予不满地"哼"了一声，算是回答。

他腰的位置有些敏感，被人碰一下就会觉得痒，肖彦给他量腰围的时候，他一直抿着嘴不肯说话。两个人离得这么近却没有闹起来，这还是第一次。

"你要不要把校服脱掉？"肖彦问他。

"啊？"洛知予一愣。

"这样量数值会准一点。"肖彦俯身在笔记本电脑上记了个数字，"隔着校服量可能会有点误差，别到时候又不合身。"

这是正经工作，洛知予很配合。他拉开校服拉链，脱下外套，把校服外套随手叠成方块状，整整齐齐地放在了旁边的桌上，只穿着一中统一的秋季白色运动衬衫。

校服领口下方长方形的金属名牌上写着洛知予的姓名和班级,肖彦的目光在上面停顿了一下。去年他也在高一(3)班,他有件差不多的校服。

"你快点。"洛知予催促,"我等下还有事。"

肖彦应了一声,示意他再次抬起手,洛知予照做了。

肖彦把软尺贴着他绕了一圈,说:"洛知予同学,你不用屏住呼吸,保持自然状态就好。"

"哦……"洛知予憋气憋了半天,胸口这才有了起伏。

肖彦的校服袖子卷起了一些,洛知予低头时刚好能看见他的右手手腕上有一个小小的疤,淡淡的颜色,像一片若有若无的花瓣。这是……洛知予三岁那年第一次见到肖彦时,扑上去咬出来的。

从那以后,他俩就结仇了。肖彦每次见到洛知予都不太平,而每次先惹事的,肯定是洛知予。这段记忆太遥远,洛知予也想不到这疤会留这么久,难怪肖彦记仇。

肖彦撤走软尺,注意到他的视线,跟着低头看向自己的手腕,问:"记得?"

"干你的活。"洛知予凶了,"问来问去的,你破事儿还挺多。"

"行行行。"不愧是洛知予,一点就炸,肖彦妥协,"转过来。"

洛知予转过身去,背对着肖彦。

肖彦拿着软尺量起了洛知予脖颈的尺寸。

量完尺寸,他又记好了所有数据。

"走吧走吧。"肖彦坐在电脑前填数据,挥手赶人,"宿舍号留一下,军训服大概今晚会有人给你送过去。"

洛知予抱着校服已经跑远了。

过了一会儿,樊越捧着泡面桶走进来,发现房间里只剩肖彦一个人了。

"这么快?"樊越竖起了大拇指。

洛知予的宿舍就在一楼,两人间,还带个小阳台。

室内的空调温度调得很低,洛知予把饭盒递给井希明,舒舒服服地往自己的床上一躺。

"妙啊。"井希明抱起饭盒,"身体不适赶上高一开学,我都不用军训了。"

"确实好。"洛知予十分认同。

两位同学各自捧起饭盒,夹了一筷子菜,塞进嘴里,嚼了两口,笑不出来了。

洛知予:"好难吃。"

井希明惊了:"完了,一中最好吃的菜就这?就这?"

洛知予也愣了,他火急火燎地跑了大半个校园,就买了这个?

"等一下哦。"洛知予打开微信,翻出了高二优秀学生代表的对话框。

高二优秀学生代表:"跑那么快,你宿舍号报一下。"

不是知了:"3栋101。"

高二优秀学生代表:"好的,收到。"

不是知了:"回来,我让你走了吗?!"

高二优秀学生代表:"怎么了?"

不是知了:"香蕉炖草莓,杧果炒虾仁,芝士焗黄瓜?"

洛知予拍了张饭盒的照片,给肖彦发了过去。

高二优秀学生代表:"噗。"

不是知了:"笑就完事了?你给我推荐的这都是些啥?"

高二优秀学生代表:"我真没想到你会去买。"

不是知了:"你完了。"

"怎么了?"从井希明的角度,可以看到洛知予的笑容逐渐狰狞。

"吵架呢。"洛知予放弃了饭盒里的黑暗料理。

肖彦不再回复消息了,洛知予不用想也知道这人肯定是在幸灾乐祸。好在宿舍里两个人的零食储备都很充足,不至于饿肚子。

对付完午饭,洛知予在宿舍支起了画板,一坐就是一下午。

傍晚时分,洛知予放在桌上的手机屏幕亮了一下。

高二优秀学生代表:"出来拿外卖。"

不是知了:"啥?我没点外卖。"

不过,他还是站起身,抬手擦了擦脸上不小心沾到的水粉颜料,拿上钥匙出了门。

宿舍区外，肖彦逆着阳光站在墙边，手里还提着好几个袋子。

"衣服拿走。"肖彦拿了一个纸袋给洛知予，"我们高二学习忙，没人乐意给你送。"

"谢谢肖同学。"洛知予没什么诚意地道了谢，转身要走，又被肖彦一把拦住。

"这个也给你。"肖彦又递给他一个袋子，袋子里装的是打包好的饭菜，"食堂这事儿，算我的错。"

洛知予半信半疑地接过袋子，被食物的香味勾了一下，特别不争气地没骂出来。

"吵了这么多年，我也累了。"洛知予给自己找了个台阶下，"要不就这样吧，停战，以后我俩就是普通同学。"

肖彦大约是没料到他能想明白，怔了一下，似乎有点遗憾，笑了笑，转身走了，说："再说吧。"

他手里还提着几个透明袋子，装着一整个西瓜和许多罐装汽水。

"撑不死你。"不停战就不停战，都在一所学校里，洛知予就不信肖彦还能折腾出什么花样。

直到第二天下午，他才意识到肖彦那个袋子里的东西是用来做什么的。

烈日炎炎，参加军训的高一学生整整齐齐地列着方阵，喊着响亮的口号。没多久，不远处的教学楼传来了下课铃声，洛知予眼睁睁看着一道熟悉的身影从操场另一端一路踱到了高一（3）班的方阵面前，然后站着不动了。

洛知予："……"

肖彦提着昨天那几个袋子，往草地上盘腿一坐，托着腮，就这么一动不动地盯着他。

"你看你哥呢？"洛知予小声开骂。

"第一排中间的，加五分钟军姿。"教官立即注意到了这边的动静。

洛知予只觉无语。这个人是有多闲？特地来招惹他。

初秋的温度还很高，军训服也不透气，洛知予颊边满是汗水，又热又渴，还不能动。他咬了咬舌尖，试图让自己把注意力从这种热和渴的状态中转移出来。

肖彦不紧不慢地从袋子里拎出一罐冰好的汽水,在洛知予眼前晃了晃,嘴角一勾,修长的手指拉住汽水罐的拉环,"呲"的一声拉开。橘子汽水欢快的小气泡在空中跳跃,洛知予觉得自己大概离疯不远了。

刚下课,一中校园论坛就热闹了起来,一个新帖子被顶到了首页——"高一新生开始搞军训了,你们是不是都有点想法"。

1楼:"我只想说,千万别下雨,哈哈哈哈哈!"

2楼:"想去吃瓜看热闹,我们去年不能白晒一周太阳。"

3楼:"我刚路过操场,有人已经去了……"

4楼:"谁?周末开学考,我背书背到头掉,这人是有多闲?"

5楼:"你们校草……我从窗户看到的,看起来他是有备而来!"

6楼:"难怪在学生会找不到他,我去看看。"

7楼:"别皮了,我劝你们先去食堂,免得等下有一大批新人跟你们抢午饭。"

8楼:"对的,下午还有课,我选择午饭。"

操场上,肖彦拉开拉环后并没有喝,而是慢悠悠地把橘子汽水放到一边,让空气中飘着淡淡的橘子香味。他继续托腮观察洛知予的反应,嘴角噙着点笑,半睐着眼睛,像是十分享受现在的状态。

难怪这个人昨天不停战,洛知予垂在身侧的拳头松了又握紧,趁机避开了教官的视线,咬咬牙,无声地张口:你看你像不像个……

"第一排中间的那位同学,再加十分钟。"教官蹙眉,"要专注,不要被外界打扰。"

洛知予:"……"

他也想忽略肖彦的存在,可这个人实在是太扎眼了!

肖彦放下橘子汽水后又拿起了一罐可乐,冲洛知予摇了摇。可乐刚在宿舍的小冰箱里冰过,罐身挂着许多水珠,肖彦打开时还飕飕地冒着冷气,在炎炎烈日下特别诱人。

这次不只是洛知予,连方阵后排的同学都吞了口口水。

专注!洛知予在心里默念了十几遍"专注",怒气值逐渐累加。他

013

站得笔直,目光却在四处游走,搜寻等下能拿来揍人的东西。

"肖彦,你干什么呢?"樊越顺着论坛提供的线索,总算在高一(3)班的方阵处找到了肖彦。

肖彦端端正正地坐在草地上,面前摆着一排已经打开的冰汽水。

樊越一眼就看见了高一(3)班方阵中快要气炸了的洛知予,当即垮了脸:"你又招惹他做什么?"

"我没有。"肖彦拿着袋子里最后一罐水蜜桃味的汽水,手停在汽水的拉环上,慢条斯理地说,"我就顺道来看看他衣服合不合身。"

樊越:"……"

他有充分的理由怀疑肖彦今天的缺德行为从昨晚开始就有预谋。

樊越眼睁睁看着肖彦不紧不慢地从口袋里翻出了一张试卷,裁成两半,折了两把小扇子,冲着洛知予的方向把汽水的香味都扇了过去。某校草脸上的创可贴真是一点都不冤,全是自找的。

"你坐呗,学生会今天又没什么事。"肖彦挪了个位子,从袋子里拿出一个保鲜盒,盒子里是已经切好的冰镇西瓜。

"吃吗?"肖彦问。

几十双眼睛齐齐盯紧了他手里的西瓜,樊越哆嗦了一下,没敢接:"不了不了。"

肖彦捧着保鲜盒,无声地问洛知予:吃吗?想要吗?

洛知予微笑:你完了。

樊越后退一步。

"报告!"洛知予突然喊出声。

"说。"教官一直注意着他们这边的动静。

洛知予定了定神,开口:"报告教官,我头晕。"

"真晕?"教官刚才没少瞥见这孩子的小动作,听他说头晕,自然是半信半疑。

"真晕。"洛知予若有其事地点头,"我身体不适,前两天才从医院出来。教官,看到那边草地上的那个人了吗?我现在看他像在天上飞。"

洛知予皮肤很白,烈日下,他颊边带着汗珠,鼻尖微红,低头的时候睫毛轻轻颤动,看起来确实有点可怜。

樊越:"……"

直觉告诉他山雨欲来，只是肖彦还跟没事人似的捧着保鲜盒。

"不要紧。"肖彦坐得很稳。

教官听他这么说，也重视起来，打算核实一下，他拿起了名册，问洛知予："你叫什么名字？"

"洛知予，'知我心声、予我心安'的'知予'。"洛知予报出了自己的名字，顺带狠狠地瞪了肖彦一眼，"不是洛知了！"

新生学号是按入学考试的名次排的，洛知予的名字不难找，就在三班第一个——0301洛知予。教官在他的名字后找到了备注，上午的军训也差不多该结束了，教官把加罚的事情抛在了脑后，挥了挥手："上午的训练就到这里吧，大家原地解散。"

教官有些担心洛知予，转身问："那个，洛同学，要不要让人带你去医务室……"

然而他还没说完，草地上那个开了一排汽水的高二男生突然放下手中的西瓜，站起来拔腿就跑，而刚才还叫唤着头晕的某人弯腰抄起花坛边的一根树枝，追了过去。

教官："……"

高一（3）班全员："……"

肖彦跑得太快，樊越躲避不及，被洛知予手里的树枝抽中了屁股，当场哀号了一声。

洛知予边跑边喊："你别跑！有本事别跑，你完了！"

战况激烈，洛知予在操场边停了下来，掂了掂手里的树枝，觉得手感不好，便放弃树枝，抄起了垃圾桶旁学校保洁阿姨用来扫落叶的大扫帚，双手举着大扫帚又追了上去。

"妈呀，说了多少次了，你为什么总是招惹他！"樊越揉了揉被抽疼了的屁股，冲着两人跑开的方向吼了一嗓子。

肖彦边跑边冲他挥了挥手。

"现在的学生真是不得了……"教官惊魂未定地走了。

"来来来，汽水和西瓜都送大家了，就当是开学福利。"樊越试图做点好事，帮肖彦挽回面子，"都是新鲜的，没动过，挑自己喜欢的吧。"

操场上的高一新生馋西瓜、汽水好久了，当即扑过来，瞬间完成瓜分，愉快地散了。

教学楼的办公室内,几名老师正在和教导主任聊天。

"要我说,以后我就带3班。"吴主任开玩笑说,"这个数字好啊,高二(3)班有肖彦,高一(3)班有洛知予,这两个都是省心的好学生,自觉性很强,教起来不费心。"

"肖彦比较有自己的想法,老师说的话不会全听。"高二(3)班的班主任李老师自谦地笑了笑,"感觉洛知予比较听话,性格好。"

"电话里感觉洛知予是个挺懂礼貌的孩子。"高一(3)班的班主任说,"应该很省心很好教。"

"我们一中是名校,生源一直都很好。"吴主任自豪地捧着茶杯起身,面朝着窗外,抿了口茶。

"你们之前看新闻了吗?挺有意思。"

李老师刚准备搭话,一眼瞥见吴主任举着茶杯的手在轻轻颤抖。

"那……那是什么……"吴主任难以置信地看着教学楼外的小路。

那里正在进行一场追逐战,老师们刚才引以为豪的两位优秀学生正是这场战斗的主角。

"你再跑!"洛知予紧追不舍,手里的大扫帚舞出了四十米长刀的气势。

"我让你……我让你先跑三十九米。"洛知予的大扫帚一扑,抽在了肖彦刚才站着的位置,肖彦灵活地往边上一跃,躲开了。

肖彦明显不是第一次作案,洛知予也明显不是第一次打击报复,两个人的移动速度都很快,肖彦四处躲闪,洛知予举着扫帚狂追,没过一会儿就跑出了这条小路。

一屋子的老师不约而同地沉默了。

"洛知予,你累不累?"肖彦边跑边回头问。

"你管我!"洛知予手中的扫帚又是一扑。

"我在考虑你昨晚的提议了。"肖彦跑到了食堂门口,停了停,"我们以后都是校友了,友好相处吧。"

洛知予根本就不信他的鬼话,扫帚一把抽在了他的小腿上。

正在食堂吃午饭的师生:"……"

大家放下了手里的筷子，心有灵犀般打开手机，翻出了校园论坛前几天出现过的一个帖子，果然，前些天无人问津的那个帖子已经成热帖了——"看新闻了吗？我有点好奇0%的友好度是一种什么样的体验"。

一天前的跟帖是这样的——

1楼："绝无可能友好相处的意思吗？洛姓同学和肖姓同学。"

2楼："有点可惜，开学典礼上我拍了他俩的图，很养眼。"

3楼："借楼问一下，洛知予人怎么样，好相处吗？想认识一下。"

4楼："我以前和他一个初中的，我劝你三思。"

仅仅时隔一天，原本凉飕飕的帖子多出了许多新的跟帖——

98楼："我是三楼的，昨天的话当我没说。"

99楼："哈哈哈哈，我感觉这俩都有点问题。"

100楼："问一下，有人有校草的QQ或者微信吗？他今天坐在草地上的时候我一眼就看见他了，很帅！顺便求个宿舍号啊。"

101楼："校草正在被揍。我是一年级新生，刚摸到论坛，我现在有点爽，只想说洛知予打得好！"

九月初的温度仍旧很高，没过多久，肖彦和洛知予的衣服都被汗水浸湿了，他听见身后洛知予的喘气声，转身拐进了一扇门里。

"不打了不打了。"进了那扇门，肖彦奔跑的速度明显慢了下来，他冲洛知予挥挥手，往一栋楼内走去。

洛知予也饿了，但他的怒气值还没清零，眼看着肖彦就在眼前晃，到底没舍得就这么算了。他也没管肖彦进了什么地方，扛起扫帚追了几步，冲着肖彦的方向又是一扑。

肖彦站在宿舍区一楼的走廊上敲了敲门，里面很快传来了脚步声。

"你活着回来了？"樊越穿着运动裤，手上拿着药油来开门，"你……"

话说一半，他看见了肖彦背后缓缓升起的大扫帚。

樊越："……"

肖彦眼明手快，一脚踢上了房间门，把樊越关了回去，没让洛知予看见，却没来得及避开洛知予，后背结结实实地挨了他一扫帚。

"怎么了怎么了？怎么搞的啊？"宿管阿姨听见动静冲了出来，一眼看见了洛知予手上的大扫帚和肖彦头上挂着的一片树叶。

刚开学,大中午的,整个宿舍区的人都没午睡,都在阳台上探着头看宿舍区门口的两个人罚站。

宿舍区 1 栋 109 的微信群里——

汤源:"是谁?勇闯了咱们猛士的宿舍区!"

樊越想当学生会长:"一年级的洛知予。"

汤源:"妈呀,他俩是有多大仇?这才开学第一天就折腾成这样。"

樊越想当学生会长:"一言难尽。"

樊越想当学生会长:"世仇加娃娃仇,随着年龄的增长逐渐翻倍,加上彦哥闲不住,老喜欢逗他。"

樊越想当学生会长:"他俩以前一个月见一次都能闹,何况现在。"

张曙:"自作孽啊。现在外边挺热的,谁去给他俩送把伞?晒黑了就不好看了,肖彦可是咱们宿舍的门面啊。"

樊越想当学生会长:"你想的倒是挺周到,但是咱们宿舍只有汤圆儿有一把太阳伞,我们猛士一般都不遮阳。"

汤源:"我比较精致。"

宿舍区门口,两人一扫帚都在面壁思过。樊越避开了宿管阿姨,给肖彦递了把太阳伞。

"你们吃饭了吗?"樊越问。

"没来得及。"肖彦手上只剩一罐水蜜桃味的汽水了,他跑路的时候一直拿在手上。

"我去给你们买点。"樊越伸手问两人要饭卡,"这个点有的吃就不错了,您二位就别挑了。"

"饭卡?"洛知予歪头想了想,他好像昨天中午用完饭卡后就随手塞进了画板包里,"没带,我不吃了。"

在操场上晒了一上午,外加追着肖彦跑了三条街,他有点困了。

"你刷肖彦的卡吧。"樊越从肖彦手上拿过饭卡,"他活该。"

樊越去食堂给两人买午饭,肖彦看四下没人,撑起了汤源的粉色太阳伞。

"过来点。"肖彦看着墙说。

洛知予往左迈了一步,钻进了太阳伞的阴影里,"哼"了一声,继续面壁思过。

关心学生的吴主任一路问了不少学生,终于找到了他的两名优秀学生代表,还有学校操场上的大扫帚。两名学生面对着墙,举着一把粉色太阳伞精致地罚站,谁也不理谁,其中一位蓝白色校服的学生后背上还带着清晰可见的扫帚印子。

学生之间能有多大仇?而且这两位还都是一中的好苗子,于是,吴主任决定劝劝架:"两位小同学,被罚站了?"

"主任好。"两名优秀学生看见教导主任,都问了好。

吴主任心头一颤,越发觉得好学生都是懂礼貌的,只需要一点点正确的引导,他们就会团结友爱,茁壮成长。

"学生时代遇到的很多人,都是一生中珍贵的回忆。"吴主任试图用自己的人生经历感化两位同学,"你们还小,能有什么大矛盾呢?赶紧和好,然后回去休息吧。洛知予的军训可以请假,但肖彦下午还有课吧。"

吴主任认为自己的一番话起到了良好的作用,毕竟两位同学的视线从墙面飘到了对方的身上。吴主任一眼瞥见了肖彦手里的汽水,决定再加把劲。

"洛同学军训了一上午是不是还没怎么喝水?"吴主任问。

"洛同学。"肖彦惹完洛知予,原本就打算给洛知予留一罐汽水,没想到一路被洛知予追到了宿舍区,差点没来得及,听吴主任这么说,他把伞放到一边,特别上道地双手把汽水递向洛知予,"给你吧,我俩的事到此为止。"

洛知予是真的渴了,闹腾了大半天,他没少盯着肖彦手中的水蜜桃汽水看。他缓缓伸手,接住了肖彦递过来的汽水。

吴主任觉得,这是他升任教导主任以来最成功的一次德育工作,值得作为案例刊登发表的那种。

洛知予抿了抿嘴唇,伸手拉住了易拉罐的拉环,拉开。

吴主任在等着见证学生之间纯洁的友谊,洛知予在等着喝水,肖彦在等着洛知予消气。没人想起来,这是一罐汽水,而肖彦已经拿着它奔跑了三条街，摇晃到了极致。伴随着洛知予拉开拉环的声音，水蜜桃味的汽水争先恐后地涌了出来。洛知予只愣了一瞬便立即做出反应，在第一个小气泡飞出的时候就把易拉罐口按向了肖彦的方向，水蜜桃汽水喷涌而出。

宿舍区1栋的阳台上，全程围观的同学们纷纷倒吸一口凉气。

三楼的一位男生发言："之前上课时老师说过，友好度很重要，我还不相信，我现在信了，0%友好度的两个人果然是不能和平相处的。"

二楼："我以为的0%友好度的两个人——江湖不见，相看两厌；现实中0%友好度的两个人——上蹿下跳，闹得鸡犬不宁。"

四楼："啊这……校草翻车了，哈哈哈哈。"

一楼："不许笑，彦哥可是咱们宿舍的门面。"

事故发生地。

肖彦："……"

吴主任："……"

吴主任遭遇了他德育工作中的第一次滑铁卢，穿着蓝白色校服的高二男生被汽水喷了一脸，头发丝滴答滴答地往下滴水，校服也湿透了，空气里都是清新的水蜜桃味。

罪魁祸首眨眨眼睛，扯了扯嘴角，想笑又强行把笑给憋了回去，目光躲闪。最后，他晃悠悠地抬手摘掉了肖彦头顶的一片树叶。

洛知予有点遗憾地把汽水罐捧到嘴边，舔掉了罐子边仅剩的一点水蜜桃汽水，问："你从哪里买的？味道不错。"

汽水甜而不腻，味道的确不错。

"洛知予，你明天还军训吗？"肖彦抬手擦了下嘴角，"我明天还给你买。"

洛知予不傻，当场听懂了肖彦话里的意思，目光越过肖彦，停在了吴主任身边的扫帚上，在心里思考能不能再抽肖彦两下。

"算了算了。"吴主任劝架劝得惊心动魄，把扫帚往身后一藏，"不吵了，没多大事儿，咱们不吵了哈。"

刚从食堂回来的樊越目睹了"水蜜桃事件"的全过程，先跟吴主任打了招呼:"主任好。"

随后他立刻面向两位大佬:"这都快一点了,你俩赶紧吃饭吧。"

"主任放心,他俩闹着玩,没什么大事。"樊越以为吴主任要罚他们,赶紧劝说,"他们还是……比较团结友爱的。"

这话说得樊越自己都没底气,所以他又补了几个理由:"肖彦昨天帮洛知予量了校服尺寸,给他送了校服,刚才还借了饭卡给他。"

"那就好。"吴主任甚是欣慰。

洛知予扛着扫帚,提着刷肖彦饭卡买来的午饭,和吴主任一起撤了。

宿舍区1栋109里面,到处都飘着甜甜的水蜜桃味,刚冲完澡的肖彦坐在书桌前用毛巾擦干头发,把洗干净的校服晾在了阳台上。

张曙和汤源在抓紧一切时间做开学考的复习,樊越在整理学生会的新生报名表。离下午上课只有不到一个小时了,肖彦往书桌上一趴,打算闭目养神。

"洛知……了?"樊越拿着一张报名表皱眉,"和洛知予是什么关系?"

肖彦冲旁边伸出一只手,接过了报名表,"罪魁祸首"在证件照上冲着他笑,表格上的填答框里都是洛知予的潦草字迹,辨识度不高。

"就是洛知予。"肖彦把报名表递回去,"别当面叫他洛知了。"

樊越:"……"

洛知予宿舍外的走廊上,井希明盯着多出来的大扫帚发呆。

"哪儿来的?"井希明问。

"操场上捡的。"洛知予灌了一杯水。

凡事都有先来后到,高二的学生对食堂的确足够了解,洛知予觉得,用肖彦饭卡买的这顿午饭格外香。

洛知予给面前的盒饭拍了张照片,给肖彦发了过去。

不是知了:"我原谅你了。"

高二优秀学生代表:"我没原谅你。"

不是知了:"那行,改日再战。"

高二优秀学生代表："不用改日。"

不是知了："嗯？"

高二优秀学生代表："打架被抓要扫两天操场，你不会想跑路吧？"

高二优秀学生代表："下午下课扛着你的扫帚，我们操场见，不然扣你学分。"

"知予！"井希明站在洗衣机前叫洛知予，"我要洗衣服了，你要不要顺便把军训服洗了？老师说你身体还没完全恢复，这几天还是不要去军训了。"

一中的军训服是深蓝色的，版型好看，但质量一般。洛知予追着肖彦跑了半个校园，还扛过扫帚，全身不是灰就是土。

"来了！"洛知予抱着自己刚换下来的衣服走过去，"那我顺便把校服也洗了吧。"

一般情况下，一中的学生不穿校服是不允许在校内转悠的。秋季校服有两套，刚好足够学生一洗一换，洛知予把开学典礼穿的那套扔进了洗衣机里，换上了另一套校服。

"一中的校服贼丑。"洗衣机里的衣服有点多，井希明把扫帚拿过来，用扫帚把把两个人的衣服往洗衣机里捅了捅，盖上了盖子，"建议入选全国最丑校服。"

其实还好，白底配红色的高一校服很有运动气息，穿在学生身上有种朝气蓬勃的少年感，中规中矩，老师家长喜欢，但学生都不怎么喜欢。

不用去军训了，洛知予在宿舍一觉睡到了傍晚，接到了肖彦打来的微信电话。

"你人呢？"十分欠扁的声音从电话另一端传来。

洛知予刚睡醒，一时间想不起自己在哪里，一不小心点开了视频，被镜头里自己的一头乱毛吓了一跳。对面那人停顿了一瞬间，随后也点开了视频。

"我扫了一半了。"肖彦趁着四下没人，明目张胆地举着手机拍操场，"还有一半留给你，快点来。"

"知道了。"井希明还在睡，洛知予扛着门口的大扫帚，在金色的夕阳中一路向操场走去。

肖彦果然已经扫完了一半操场，正站在主席台边等他，手里还捧着一本单词书。

洛知予扛着扫帚停在了他面前，说："你妈妈有没有教过你，这样学习很没有效率。"

肖彦和扫帚一起靠在主席台边上，说："你妈妈有没有教过你，这样学习在老师眼里很讨喜。"

洛知予这才发现，这人手里的书都是倒过来的，纯粹是做做样子，他吐槽："装模作样。"

上午刚闹腾完的两个冤家一人扛着一把扫帚在操场上扫地，迎来了短暂的和平。

洛知予每挥一次扫帚，肖彦就跟在他身后敷衍地挥两下，两个人勉强扫完了整个操场，还剩下操场边的花坛。学校的花坛里种着不少灌木，花坛边缘有不少灰尘，没那么容易清扫。

洛知予从刚才开始就觉得肖彦哪里不对，这会儿终于发现，肖彦换了身校服。肖彦的校服和他身上这套是同一色系的，连校服上嵌着的名牌都很像，一个是"0301 肖彦"，一个是"0301 洛知予"。

"你穿的是高一的校服？"洛知予停下脚步问。

"嗯。"肖彦说，"失误，高二校服就只带了一套，我总不能不穿。"

不穿校服是要扣学分的。洛知予幸灾乐祸地笑了一声。

"怪谁呢？"肖彦用扫帚把轻轻点了点洛知予的手。

灌木丛这块实在是不好清扫，洛知予一边和肖彦说话，一边跟着他爬上了花坛。

"你自己憨，怪不得我。"洛知予挥舞着手里的扫帚，"意外总是来得猝不及防，校服还是要备两套的。人哪，要未雨绸缪，有备无患。"

他三言两语把自己撇了个干干净净。灌木丛生长得恣意，洛知予光顾着膈应肖彦，话音刚落，两人都听到了一种布料被撕开的声音。

肖彦不明所以地看过去。

洛知予："……"

他校服的后背被尖锐的树枝刮出了一道巨大的口子。

肖彦在事发的第一时间就往后退了一步，与此事撇开关系，引用了刚刚才听完的一句风凉话："意外总是来得猝不及防。"

"但我有两套校服。"洛知予无所畏惧,"有的穿就行。"

校服重做要等上一周,顶多换洗方面有点麻烦,但他总不至于没的穿。

洛知予把裂开的校服系在腰间,和肖彦边打闹边打扫完,向宿舍走去,刚要开门,就听见了井希明的一声惨叫。

洛知予右手一抖,打开门问:"怎么了?"

井希明站在洗衣机前,盯着洗衣机里,神情有些悲伤。

"遇事要冷静,不要一惊一乍的。"洛知予把系在腰间的校服扔到椅子上,走了过去,然后就沉默了。

第一次住校的两个人目瞪口呆地看着洗衣机里面,洛知予深蓝色的军训服掉色了,洗衣机里一片蓝汪汪的。现在,不管是井希明的白衬衫,还是洛知予的红白色校服,全变蓝了。

高一优秀新生代表洛知予,开学不过三天,校服全没了。

"这是怎么了……"洛知予从洗衣机里捞出自己的校服,"为什么会这样?"

"不知道……"井希明抱着自己新买的白衬衫,哭丧着脸,"这怎么就掉色了呢?这什么质量啊。"

洛知予选择维权。

不是知了:"在?"

高二优秀学生代表:"有事?"

高二优秀学生代表:"我在上晚自习。"

不是知了:"军训服质量不过关能投诉吗?"

高二优秀学生代表:"能,洛同学你说下有什么问题,我帮你反馈。"

洛知予对着洗衣机,换着角度拍了两张照片发过去。

不是知了:"你看,它掉色!"

高二优秀学生代表:"……"

对话框一直显示"对方正在输入",洛知予等了半天才等到肖彦的回复。

高二优秀学生代表:"你有没有点常识,把深色衣服和白色衣服混在一起洗?"

不是知了:"不行吗?"

高二优秀学生代表："你的问题不在我们学生会的售后范围哦。"

高二优秀学生代表："别吵吵，我上课去了。"

不是知了："真的吗？我感觉你没那么爱上课。"

高二优秀学生代表："看是什么课吧。"

"怎么说？"井希明问。

"没得说。"洛知予翻来覆去地检查自己的校服，"怎么办？打扫操场的时候出了点意外，我现在只有这一件校服了。"

"意外"就躺在洛知予的椅子上，被树枝划开的大口子边缘还沾着几个植物的小刺球，看起来的确不能穿了。校服重做比较麻烦，要等一周才能拿到。

"下周一的晨会，我要负责国旗下的讲话。"洛知予发愁了，问井希明，"我穿你的可以吗？"

一中学风严谨，各方面都抓得严，仪容仪表这方面动不动就会扣分，与学生评优密切相关。评优的结果决定着他未来零花钱的多少。

"你比我高诶，而且学号名牌也对不上，那个不太好取下来。"井希明拿自己的校服在洛知予身上比了一下尺寸，"你穿不了我的，仪表上过不去。"

洛知予在高二（3）班的群里问了一圈，结果竟然只有他和井希明带了换洗校服。

"他们都不换衣服的吗？"洛知予仿佛明白了什么。

"要不漂白一下吧。"井希明建议，"拿消毒水漂白一下，说不定还有救。"

半个小时后，校服白色的地方还是蓝的，红色的地方却被强力消毒水漂成了白色。

一套残了，一套废了，洛知予彻底失去了他的校服。

"我能只穿校服裤子在国旗下讲话吗？"洛知予认真地发问，"我讲的主题刚好是学生的仪容仪表问题。"

"借一套吧，借高二或者高三的，但不知道他们有没有留着高一时的衣服。"井希明嫌弃地拎起洛知予的校服外套，扔进了垃圾桶，"有也不一定带来了学校，总之就是有点难办。"

"高二高三？"这倒是给了洛知予新的思路，"有个人还真有！"

"谁?"井希明抬头。

"我那老冤家。"

晚上八点,黑夜成了洛知予的保护色,他把破破烂烂的校服围在腰间,一路躲躲闪闪避开老师,潜入了教学楼,往高二(3)班的方向溜了过去。

高二(3)班正在上晚自习,洛知予一眼就从一群蓝白色校服的学生里找到了那个独一无二的人——肖彦坐在靠窗的位置,坐姿端正,听课认真,时不时还在本子上记些什么。

不是知了:"看不出来,你上课还怪认真的。"

消息没有回复,洛知予等了十分钟,从口袋里翻出一根粉笔,折成了几小节。

肖彦的同桌樊越正在偷刷一中的校园论坛——"匿名投票帖!今年最受欢迎的新生是谁"。

1楼:"来投!楼主喜欢洛知予,开学典礼精修图来了。"

2楼:"啊,照片里的新任校草还是那么好看,试问有谁不喜欢呢?"

3楼:"我投高一(6)班严梓晗一票!"

4楼:"我选洛知予!明人不说暗话,我这儿还有他举着扫帚追人的高清图。"

肖彦突然停下了手中的笔,摸了摸后脑勺,转向樊越,面带困惑。

樊越一惊,以为老师来了,赶紧放下了手机。

"没事。"肖彦摇摇头,继续听课,又一截粉笔砸在了他的后脑勺上,肖彦回头,只见一个熟悉的身影在后门口若隐若现。

肖彦:"……"

樊越再次抬起头的时候,他旁边的桌子上还放着肖彦刚才在写的笔记,肖彦人却不见了。

肖彦溜出了教室,在高二(3)班后门边的楼梯口找到了鬼鬼祟祟的洛知予。

"找我?"肖彦靠在楼梯旁,问,"想打架?"

"找你,不打架。"洛知予出门前已经下定决心要借校服,现在肖彦人就站在他眼前,话到了嘴边,他却犹豫了。

"我上课呢。"肖彦低头看了看表,"高二学习忙,给你一分钟。"

"得了吧,我看你也不像爱学习的人。"洛知予问,"什么课?这么上心。"

"常识课,了解一下我自己。"一中的学习任务紧,但高中生的常识课必须要上,所以挪到了晚自习。

"哦。"洛知予不感兴趣,但还是想起了自己的来意,说得有点含糊,"肖同学,我能不能……借一下你的校服?"

"借校服?"肖彦很意外。

肖彦打量了洛知予两秒,迅速把他傍晚的"有备无患论"和那张照片里蓝汪汪的洗衣机桶联系了起来,非常笃定地下了结论:"懂了,你没校服了,是吧。"

这话里的幸灾乐祸太明显,洛知予又想揍人了。

"是。"毕竟有求于人,他按捺住了。

"你觉得,我们的关系好到这个地步了吗?"肖彦有点戏谑地说,"开学不到三天,你刷我的饭卡,喝我的汽水,还想穿我的校服,你把我当什么人呢?"

当什么人?洛知予不知道,也没想过,他现在眼中只有校服,肖彦穿在身上的那件校服。

"你拿西瓜和汽水气我的事情,我不计较了。"洛知予态度好极了,"真的,这件事我不记仇,到此为止。"

"你中午还拿扫帚打我。"肖彦趁机算账,"你要不要反思一下?"

洛知予道:"我反思。"扫帚有点沉,还是树枝好用。

"态度还算可以。"肖彦点头。

"借吗?你的校服明天就干了,我的校服已经没了,大家都得穿,高二高三只有你带着从前的校服。"洛知予的视线牢牢锁住肖彦穿在身上的校服,"主任讲了,我们要团结友爱。"

"既然优秀让我们在这里相遇。"洛知予给对话做了个升华,"我觉得我们应该珍惜这段时光。"

"算了。"今天的事追根溯源是因肖彦而起,肖彦决定负点责任,"我借你。"

教室里的老师在讲重点,提高了音量:"有些行为请大家一定要注意,关系再好的朋友,相处也要保持好一定的距离。某些私人物品一般情况下不允许大家借出……

肖彦接过洛知予破破烂烂的校服外套,拉开了自己校服外套的拉链,脱下校服,准备塞到洛知予手中。有那么一瞬间,洛知予觉得自己被这转瞬即逝的校友情感动到了。

"不许拆名牌,不许和军训服一起扔洗衣机里洗,两周后还给我。"肖彦强调了好几点,"好借好还,听到了没?"

洛知予正要答应,教室里的老师大概是讲到了重中之重,敲了敲黑板,音量又提高了,声音越发抑扬顿挫:"综上所述,要注意!在学校,如果一个同学有上述行为,那我们大概率可以认为,这个同学,他丝毫不注意社交礼仪。"

洛知予:"……"

肖彦好人好事做到一半,被扣了好大一口黑锅,递出校服的手顿住了。

"喂,别拿回去啊,算是我找你借的。"洛知予赶紧安抚他,"没那回事,你不要多想。"

"不是你借给我,是我找你借。"洛知予又说,"性质上不一样。"

然而,教室里的老师再次敲了敲黑板:"当然,我们不存在任何偏见,反过来也一样,性质上也一样恶劣。"

肖彦递校服的手就这样收了回去。

洛知予:"……"这都什么事儿啊。

两个人都沉默了好长一段时间,被迫听了小半节课,直到老师终于讲完了这部分的内容,开始讲解其他知识,两人才重新开始对话。

洛知予说:"你不要慌,没那么复杂。"

"我知道。"肖彦十分理解。

洛知予看了看楼梯旁这堵厚实的墙,确定自己不在老师的视线范围内,才心有余悸地问:"你们班老师的眼睛不会有透视功能吧?"

肖彦:"……"

"借我吧,好借好还。"洛知予从肖彦手中扯过校服,转身跑下了楼梯。

肖彦拎着洛知予的破校服，去洗手间转悠了一圈才悄无声息地回了教室。

正在专心刷论坛的樊越又被他吓了一跳："我的天，我今天上个课怎么一惊一乍的。"

"你玩吧。"肖彦端正坐好，"我不出去了。"

"彦哥。"樊越在桌子下方把手机递过去，"学生会要换届了，帮我拉个票吧。"

樊越人缘好，换届留任不成问题，但是他依旧不放心，想借用一下同桌的颜值。

"还好你不留任。"樊越说，"校草留任学生会，我就没戏了。"

"不留。"肖彦把刚才没写完的笔记补全，"有活动叫我就好，我要混评优的学分。"

肖彦今天被汽水泼了一身，下午换了高一的校服救急，这会儿樊越低头，刚好看见肖彦的校服后背上划了一道大口子。

"你刚才干吗去了？"

"我？"肖彦头也不抬，"没事，就去了趟洗手间。"

"然后校服就破了？"樊越想不通。

肖彦："……"

"而且你是在厕所长了点身高吗？虽说是去年的衣服，但我感觉下午的时候你的校服还没这么短吧。"樊越更想不通了。

"好好听课。"肖彦手里的笔转了一圈。

洛知予运气不太好，刚出教学楼就碰到了学工处的徐主任，徐主任没有吴主任那么好说话，当场就拦下了他。

"洛知予？怎么不穿校服？"徐主任那天在开学典礼上见过洛知予，对这个学生印象深刻，"仪容仪表注意一下。"

洛知予好学，刚才隔墙听了点高二的常识课，想着校服属于私人物品，多少沾点肖彦的味道，打算回去以后洗洗再穿。

"衣服脏了。"洛知予是尊敬师长的好学生，解释得很有礼貌，"我想拿回去洗一洗再穿。"

吴主任对好学生有所偏爱，但徐主任则是一视同仁："不可以，在教学区不要随便脱校服，不然会扣分。"

"好的。"洛知予当着徐主任的面穿好了校服，十分配合地把校服拉链拉好。

徐主任就喜欢这种听话的学生，放过了洛知予，洛知予刚走下台阶，冷不丁地听见徐主任又问了一句："洛知予，你的校服是不是有点大？"

"我申请重做了。"洛知予的确提交了申请，刚好把这事圆了过去，"应该下周末就能换了。"

"那就好。"徐主任点头放人。

刚刚上课的老师说得没错，私人物品果然会不可避免地沾到其所有人的气息。洛知予披上校服时，嗅到了一股淡淡的橘子味，应该是……肖彦的。

他转身回望了一眼肖彦教室里的灯光，向教学区外走去。

秋初昼夜温差大，晚上的气温不高，尽管如此，洛知予回到宿舍的时候还是出了一身汗。

"跑回来的？"井希明皱着眉嗅了嗅空气里的气味，问，"你去哪里了？怎么有股橘子味儿啊？"

"我去借了肖彦的校服。"洛知予这次不敢用洗衣机洗了，找了个盆把肖彦的校服外套泡了进去，倒了点洗衣液，对着盆拍了张照片，发到了朋友圈。

不是知了："新学期的我学会了洗衣服。"

动态很快就有了评论——

哥哥："我们洛知予太棒了，第一次住校就会洗衣服了，我还以为你会把衣服全扔洗衣机里呢。"

不是知了回复："那能给点零花钱吗？"

姐姐："你那洗衣液少倒一点，看得我都怕。"

姐姐："我最近听说你和肖家那孩子在一个学校呢？你们的恩怨都是陈年旧事了，别打架知道吗？"

不是知了回复："没打架，都是高中生了，哪还有那么幼稚。"

高二优秀学生代表："不错，洗干净点。"

"嗯？借的谁的？"井希明一局游戏打完，终于意识到了不对，抬头问,"肖彦?你借了他的?"

"你忘啦?"洛知予说,"我和他的友好度是0%。"

"所以不会有问题的。"洛知予补充。

"你说得有道理。"井希明若有所思地点了头,"不过一般人至少有20%的友好度,你们怎么会是0%呢?"

"不知道啊。"洛知予摇头,"市中心医院让我们配合科学研究,下周再去检测一次,我记得之前他们好像觉得我和肖彦其中一个人有点特殊。"

"你快去洗个澡吧,洛知予。"井希明诚恳地建议,"你身上沾了橘子味,和你的桃子味混合起来,让你整个人闻起来像一碗水果捞。"

洛知予低头嗅了嗅自己领口,确实有一股挥之不去的橘子味,这大概就是高二(3)班老师口中的注意事项。

肖彦给他刚刚发的动态点了个赞,还发来了一条新消息。

高二优秀学生代表:"第一次洗衣服?"

不是知了:"对。"

高二优秀学生代表:"荣幸。"

不是知了:"嗯?"

高二优秀学生代表:"我下课了。"

不是知了:"下呗,不用汇报。"

高二优秀学生代表:"洛知予,我觉得你的校服八成是废了。"

随即,一个"仙女皱眉"的表情发了过来。

不是知了:"你今晚回去就扔掉吧。捂脸哭。"

洛知予在心里跟自己的破烂校服说了声再见,带着毛巾走进了宿舍自带的浴室,温热的水顺着他的脖颈流过全身,整个浴室都是淡淡的果香。

"我现在还像水果捞吗?"洛知予穿着换好的睡衣从浴室里探出头来。

井希明捧着刚刚去宿舍外买的水果捞抬头:"好点儿了。"

"小道消息,明天晚上会有突击查寝。"井希明一边吃水果捞一边刷QQ群消息,"查高一新生,老师和学生会的人一起过来查。"

"有什么具体要求吗?"洛知予在水池边借着洗衣液揉了揉肖彦的

031

校服，就当是洗了一遍。

"有要求的。"井希明对着手机读，"床上不要睡人，垃圾桶里不可以有垃圾，门不要关，桌子上不要放东西。"

洛知予："嗯？"

垃圾桶里不能有垃圾，那能有什么？

"就这些，有点迷惑。"井希明放下手机，恋恋不舍地吃完了最后一口水果捞，"不管了，记得收一下我俩的违章电器就行。"

"明天再收吧。"折腾了一整天，洛知予很困了，洗完衣服，他铺好被子钻进了被窝，"而且这是抽查，看概率。"

尽管班主任老师发了话，说可以不用去军训，但闲不住的洛知予只休息了一个下午。

第二天一早，他还是穿着自己那件比别人浅了一个色号的军训服去了三班的方阵。

教官都认得他了，远远地就跟他打招呼："洛同学不休息吗？"

"我不搞特殊，新生就是要融入集体。"洛知予站得笔直，话说得非常漂亮，"昨天是意外，我就不信那坏东西今天还来。"

"行！"教官就看好这种一点都不娇气的学生，"既然来了，那就好好军训，总会有好处的。"

"是！"洛知予答得特别果断。

等最后一堂课的下课铃声响起，操场的另一端又踱过来一个熟悉的身影，他手里拎着一个红色塑料袋，比昨天的要小一些。

洛知予："……"

教官："……"

"不用管我。"肖彦往草地上盘腿一坐，从塑料袋里扒出了一个小保鲜盒，再从保鲜盒里拿出了一盒雪糕，当着高一（3）班全体学生的面，十分优雅地吃完了整盒雪糕。

洛知予用眼神交流：你又来讨打了？

肖彦把空盒子扔进袋子里，回以眼神：我没有，我就是来看看你军训服掉色的程度。

洛知予又示意：你还挺能编。

随着一声哨响，高一（3）班原地解散，洛知予捡了根树枝又朝肖彦冲了过去。

"慢着。"肖彦喊了停。

洛知予差点没刹住车。

"你别生气，这是种乐趣。"肖彦意犹未尽地说，"等你上了高二就懂了。"

洛知予不太懂，肖彦这乐趣分明建立在他的尊严上。

"还有一盒，给你了。"肖彦从保鲜盒里拿出了另一盒雪糕，塞到洛知予手里，"我没想找你打架，真的。"

洛知予左手接雪糕，右手把树枝拍在肖彦手上，一手交钱一手拿货。

开学才三天，他刷了肖彦的饭卡，穿了肖彦的校服，现在又吃了肖彦的雪糕。

"你去哪里买的这些东西？"昨天的水蜜桃汽水也是，洛知予找遍了一中的商店也没找到同款。

"家里带来的，放在宿舍冰箱里。"路过一个垃圾桶，肖彦扬手把袋子和树枝一起扔了进去，问，"你想要？"

他抬手的时候露出了手腕上的咬痕，咬痕像一片小花瓣。

"不想要。"洛知予否认。

"你看着我做什么？"肖彦顺着洛知予的目光看向自己的手腕，似乎也想起了当年的事情，"哦"了一声，又道，"你干的好事。"

那年把人给咬了的事，对洛知予来说并不是什么光荣的好事，所以他想也没想就脱口而出："大不了让你咬回来咯。"

肖彦："……"

一中每年新生军训期间都会有突击查寝，一来是为了督促新生整理宿舍，二来是为了排除宿舍安全隐患。一中是市级名校，宿舍功率不至于连基础电器都带不动，但一中认为学生最主要的任务是学习，所以杜绝学生在宿舍开小灶的行为。

晚上八点，洛知予坐在画板前乱涂乱画的时候，宿舍外突然响起了一阵敲门声。

洛知予问："谁？"

"嘘。"井希明说,"赶紧把锅藏一下。"

"开门。"门外的人说,"你们不会在偷偷藏锅吧?"

这声音,洛知予昨天才听过。正在偷偷藏锅的两个人一愣,门外传来了钥匙开门的声音。

井希明:"快快快!他们有钥匙。"

井希明:"塞你床上,赶紧的,你上床。"

洛知予:"床上不可以有人,你忘了!"

洛知予:"不行,塞不下。"

洛知予:"学生会的人都很好说话的,没事。"

门被人从外推开,昨天在高二(3)班教常识课的许老师站在门口。

许老师身后还有一个人——肖彦,他穿着蓝白色的校服,靠着门框,推了一把脸上新多出来的一副无度数眼镜,一本正经地说:"两位同学好,我是学生会成员肖彦,本次突击查寝,由我负责抽查你们宿舍。"

洛知予看了看门后的扫帚。抬头不见低头见,这句话一直在应验。

"两位同学好。"许老师敲了两下门,笑着跟他们打招呼,"这个时间,应该没有打扰到你们吧?"

洛知予:"没有。"

——才怪。

井希明坐在洛知予的床边,挤出了一个热情的微笑。

"这栋楼的抽查就交给你了。"许老师说,"我去隔壁楼看看。"

"许老师放心。"肖彦扫了一眼房间里的洛知予,"我一定好好履行学生会干部的职责。"

许老师放心地走了。

洛知予的手一直按在门把手上,一刻也没松开过,思考着用门板把肖彦拍出去的可能性。肖彦从口袋里翻出了学生会的执勤牌,在洛知予眼前晃了晃。

"查寝。"肖彦一只脚卡在门边,"洛知予同学,你想干什么?"

想法被戳穿,洛知予有点遗憾地放开了手。

肖彦把执勤牌挂在胸前,手上捧着计分板,校服口袋处还别着一支钢笔。他原本就比洛知予高,蓝白色校服衬得他双腿修长,眼镜稍稍遮掩了他眼睛里的少年锐气,原本不存在的优等生气质就这么装了个全套,这一刻的肖彦跟白天那个在方阵前吃雪糕的家伙判若两人。

肖彦把宿舍门后的扫帚拿到了房间外,这才跟着洛知予走了进去。

洛知予是急性子,但宿舍收拾得够整洁,床上的被子叠得整整齐齐,垃圾桶里也没有垃圾。书桌边的画板上晾着一幅还没画完的画,大片的金色油彩涂抹了整张画纸,画得很抽象,肖彦没看出是什么。

"还可以吧,基础分没问题。"肖彦在基础分那一栏打了个钩,看向坐在洛知予床上的两人,"你们不用紧张。"

"没紧张。"洛知予勾住井希明的肩膀,"我们累了,坐会儿。"

"累了?"肖彦低头翻计分表。

"我们……比较容易累。"洛知予用胳膊肘戳了一下井希明。

"他说得对。"井希明郑重点头。

洛知予他们这间宿舍位置很好,坐北朝南,还带了一个小阳台。肖彦刚推开阳台门就被淋了一身水,无数小水珠从阳台上方"啪嗒啪嗒"地砸了他满身。

肖彦:"……"

洛知予大概是把他的校服洗了,但是没拧干,就直接挂在了阳台上,所以地上都是水。他抬头的时候,刚好看见校服领口下方反着光的名牌——0301 肖彦。

阳台的角落里有一个花盆,撒了种子,还没发芽。

"你这个阳台要扣分的。"肖彦抹了一把脸上的水珠。洛知予没把衣服洗干净,一股洗衣液的味道。

"你们查寝不都是走个形式吗?"洛知予看着他。

肖彦推了推眼镜,钢笔在指间转了一圈:"看查谁的寝室吧。"

洛知予:"……"

他俩的明争暗斗,井希明早有耳闻,如今终于看到了现场版。

"我俩掐了这么多年。"肖彦走到洛知予面前,身体微微前倾,"好不容易进一回你的宿舍,我不挑点刺,过不去吧。"

"你这是公报私仇。"洛知予想了想今天应该问候肖彦哪位家长,"你……"

"把违章电器交出来!"肖彦打断了他的问候。

"他怎么知道我们有锅!"井希明大惊失色。

洛知予给了室友一肘子。

"真有啊？"肖彦乐了，"我就随口一问。"

"交出来。"肖彦的目光在宿舍里转了一圈，最后回到了两个男生身上，"不是我说，你俩隔着被子在锅上坐了这么久，不嫌硌得慌吗？"

洛知予："……"

"他说得对。"井希明点头，"是有点硌。"

洛知予先前问过井希明的微信名为什么叫"墙头草"，现在终于懂了。

"交锅扣学分，快点。"肖彦催促，"我还有下一间宿舍要查，别耽误我的工作。你去学生会随便找个人问问，我办事绝对是公平公正的，从不徇私。"

肖彦的笔尖刚停在评分栏上，某人突然伸出一只手抓住了他的衣袖。

"大哥，商量一下。"洛知予仰头万分恳切地看着他，"我就这一口锅。"

"我没有和你商量的立场，我就这一份混学分的工作。"肖彦任他抓着自己的衣袖，"洛知予，你想好怎么贿赂我了吗？"

洛知予家境好，可肖彦的家境比他还好，什么都不缺，还油盐不进，最主要的是，他俩还有三岁时的娃娃仇。洛知予什么都不能给他，于是只能旧事重提："我让你咬回来？"

井希明："啥？"

一天里两次听到"咬回来"这种补偿方法，肖彦看着洛知予的眼神突然就有点意味深长。偏偏说这话的人坦坦荡荡，丝毫不觉得自己在挑战某种权威。

洛知予把他的走神当作拒绝，软的不行，那就来硬的吧，换一种更适合他俩的谈判方式。

"我能问问吗？"洛知予开口，"一中认定的违章电器有哪些？"

肖彦心不在焉地瞥了他一眼，翻开一份文件，给他念了起来："新生手册上都有，你是不是没看？电风扇、电饭锅、电热毯、电冰箱、电磁炉……"

"这位公正无私、工作认真的学生会干部，我已经充分认识到了自己的错误，一定会反思检讨，请问你接受举报吗？"洛知予站起身，把埋在被子下面的锅扒出来，双手捧给了肖彦，"我想让校园的学习环境变得更好。"

"可以。"肖彦手里的笔没停,在评分栏里记了个扣分,"你这是要拉着别的宿舍同归于尽?"

"一中不让用违章电器的。"肖彦说,"不是安全问题,是怕我们不把心思放在学习上。"

"我懂。"洛知予突然变得十分配合。

"你这思想觉悟够了。交代吧,还有谁有违章电器?我把你们一锅端了。"肖彦说,"一劳永逸。"

"一中高一(3)班洛知予,实名举报高二(3)班肖彦。"洛知予站在肖彦面前,慢慢地举起手,气势丝毫不输,刚才那副委屈乖巧的样子荡然无存。

肖彦手中的笔一顿。

"你宿舍有小冰箱,你中午自己说的。你可以一劳永逸了。"洛知予说。

"快点,一锅端。"洛知予催促道,"我一看你穿得人模狗样的,就知道你盯上了我宿舍。"

肖彦:"……"

"你们宿舍竟然还有小冰箱?"井希明瞪大了双眼。

"洛知予,我们谈谈。"肖彦放下笔和计分板,非常自觉地在洛知予的椅子上坐下。

"不谈。"洛知予脸上的坏笑藏都藏不住,"你没有和我商量的立场,这是你刚才自己说的。"

座椅的靠背上搭着洛知予被染成蓝色的高一校服,肖彦的目光只在校服上短暂地停留了一秒,接着,他又把目光投向了洛知予:"你刚才提的事情,我可以考虑。"

"你想咬我?"洛知予指自己。

"不是,是你'贿赂'我。"肖彦皱眉。

"不考虑了。"洛知予双手撑着椅背,低头去看坐在他椅子上的肖彦,"学长,我准备好和你一起扣分念检讨了。"

下周一的晨会主题是仪容仪表,洛知予主讲。再往后,下下周一的主题是宿舍安全,说白了就是排队念检讨。到时候,他俩一人抱着冰箱,

037

一人抱着锅,作为突击查寝中被抓到的典型上去念检讨,一定是一道亮丽的风景。

"锅扣两分,冰箱扣四分。"洛知予把手里的新生入学手册轻轻砸在了肖彦腿上,"扣,你就站在这里扣,扣完再走。"

比起自己的面子,他更想让校草和他一起丢人。

"而且你已经扣了我的分了。"洛知予用指尖点了点肖彦在表格上记下的"-2",表示这件事已经不可挽回。

"没事,这没什么。"肖彦伸手撕下了刚才那张计分表,团成团扔进了洛知予的垃圾桶。

"那什么——"洛知予提醒,"垃圾桶里不能有垃圾,这不能算我的。"

肖彦说:"不算不算,我没看见。"

"那我阳台的分?"洛知予不依不饶。

"我刚才就没给你扣阳台的分。"肖彦在全新的计分表上写下了洛知予的宿舍号,当着他的面在每一栏里都打了个钩,"你不说,我不说,违章电器没人说。"

"你保密,我保密,违章电器没人提。"洛知予妙计得逞,伸出右手用力挥过去,和肖彦击了一个掌,"成交。"

"成交什么?肖彦。"半掩的宿舍门被人从外推开,许老师又出现在门口,"我刚想起来,我的钥匙和工作牌是不是在你这里?"

洛知予:"……"

肖彦:"……"

许老师进来得太突然,两个人还保持着击掌姿势,肖彦膝盖上的锅"咣当"一声摔在了地上。

一中校园论坛新帖——"高一查寝了,被子叠起来,小电器藏起来啊"。

1楼:"坐标十栋,查得挺严的。"

2楼:"我的锅,我的锅啊!锅和垃圾桶扣了四分,垃圾还不是我扔的。"

3楼:"楼上的,你失去的只是一口锅,而我们宿舍失去的是小冰箱啊!我们也是扣四分,而且我们是高二。"

4楼:"为上面两楼点蜡烛,我的小电器都好好的,下午就藏。"

5楼:"四楼话说一半,人呢?被查了?"

6楼:"这届新生太强了,我刚才看到学生会的人搬出了一个小微波炉,你们是怎么带进来的?"

7楼:"期待下下周的晨会,一年一度的新生排队检讨环节。"

8楼:"下下周还早,先聊聊下周的吧,仪容仪表的国旗下讲话是谁负责?"

9楼:"高一(3)班洛知予,他的颜值你挑不出毛病的。据我观察,只要肖彦不出现在他周围五米内,他就是个乖巧的优等生。"

第二章
身正不怕影子斜

由于失去了小冰箱,剩下的几天军训,每天上午下课依旧打卡围观洛知予的肖彦同学把西瓜、汽水、雪糕换成了话梅和柠檬。

军训这一周,洛知予没少揍肖彦,也没少被肖彦坑,同时也没有忘了拉肖彦一起下水。等军训完,洛知予还没认全班里的同学,倒是认全了肖彦手里的那些零食。

军训终于结束了,高一新生即将正式进入高中生活,开始忙碌的学习。

周一上午大课间,全校学生在操场上集合,开始了新学期的第一场晨会。穿着红白色校服的少年一路走出高一(3)班的队列,在主席台上站好。

"各位领导、老师、同学,大家上午好。"在吴主任的要求下,洛知予提前写好了稿子,端端正正地站在主席台上念稿。稿子经过了学校领导的再三审核,挑不出半点错误。

"我是高一(3)班的洛知予,作为本届优秀新生代表,为了共建文明校园,共享学习家园,本次校园晨会,由我来给大家讲讲什么叫仪容整洁、着装得体。"

"晨会要上我校公众号的。"吴主任兼任摄影师,举着相机给发言学生拍照,"我得好好拍几张。"

一中有自己的微信公众号,由学生会传媒部的同学与指导老师合作运营,会在公众号上推送校园新闻,以及每周的晨会内容。

洛知予像是天生的衣服架子，普通的红白色校服穿在他身上，有着这个年龄独有的学生气和少年的朝气，吴主任手中拍照的相机就没停过。

"这次的晨会内容可以放在校园网上。"徐主任建议，"让别的学校见识一下我校新生的风采。"

"身为一中的学生，我们应当铭记校训，重视仪容仪表，尊敬师长，共同营造良好的校园氛围……"洛知予在全校师生的瞩目中完成了晨会念稿任务，放下手中的发言稿，"我的主题发言到此结束，希望从这一刻起，一切都能有一个好的开始。"

洛知予在掌声中走下了主席台，回到了高一（3）班的队伍里。

半天后，洛知予的晨会发言登上了一中的公众号和校园网首页，标题是"开学第一天，我校学子展现风采"。新闻推送的第一张配图就是主席台上的洛知予，他手中捧着稿件，目光却没停留在稿件上，而是遥遥看向台下，脸上带着那种好学生的标配微笑。

这篇新闻稿在一中的家长群里收获了不错的反响。

家长1："不愧是市级一中，主题晨会的质量很高，内容都讲到了点上。"

家长2："这一届学生不错。点赞。"

家长3："穿校服，懂礼貌。"

这篇新闻稿也被学生会传媒部的成员搬运到了一中的贴吧。

1楼："又搬来了，没人看内容的。"

2楼："吴主任这张拍得真的好。"

3楼："实名举报洛知予在装乖巧，要不要我发一张他拿扫帚抽人的图给你们看看？"

4楼："虽然……但是……洛知予真的很好看啊，照片放大了看，脸上一点瑕疵都没有，皮肤太好了吧，五官也精致。"

5楼："等下，我是四楼，我劝你们都放大看下他的校服。"

6楼："校服有啥好看的？不都长一个样吗？有啥好放大的？"

7楼："四楼你眼睛太好了吧！我劝你下结论之前先放大了看看名牌。"

8楼："0301，没问题啊。"

9楼:"0301是没问题,可上面印的名字是'肖彦'啊。"

10楼:"……"

11楼:"很可以,穿校服,懂礼貌。他穿的是别人的校服。"

12楼:"哈哈哈,洛知予堪称咱们学校的楷模,仪容仪表满分。"

13楼:"快存图,大型晨会翻车现场。"

14楼:"洛知予太机智了吧!我校服也没了,我怎么就没想到找高二高三的借校服呢?我还被扣分了,呜呜呜。"

15楼:"你们这届高一新生怎么回事?这才开学几天校服就都穿烂了,都是被迫学习的?"

此时此刻,一中的家长群也有人发现了这点。

家长4:"吴主任,公众号的新闻稿件是不是写错名字了?发言学生是肖彦,要不要改一下?"

家长5:"啥?不是的,我们家肖彦不长这样,自家孩子我还是认得的。"

家长5:"而且小彦说他负责的是下周的晨会,不是这周,不要着急,晨会发言人人都有机会。"

家长4:"吴主任,这个学生到底叫什么名字啊?"

吴主任:"洛知予啊,稿子没写错啊,这是高一优秀新生代表。虽然肖彦和他都是(3)班,但肖彦是高二的。这两位同学都很优秀,学习刻苦,听话懂事,团结同学,都是我们一中的好学生。"

家长4:"哦,那没事了,我看校服上的名牌是'0301肖彦',哈哈哈。"

吴主任:"哈哈哈,没事。"

吴主任:"……"

周一下午,刚上完一堂课的洛知予没精打采,趁着课间十分钟,赶紧趴在桌子上打盹。

"洛知予。"有个同学走过来,站在他的课桌前,犹豫片刻,还是敲了敲桌子,叫醒了这位大佬,"老班让你去一下办公室。"

"啊?"洛知予面带倦意,站起身,差点撞倒了课桌。

这位正式上课第一天就被传唤的大佬尚且不知道发生了什么事,在众多同学钦佩的目光中一步步向办公室走去。

教师办公室在走廊尽头，洛知予到达时，头顶刚好响起了下午最后一堂课的上课铃声，这是高一每周唯一的一堂美术课。

"坐吧。"高一（3）班班主任秋宜指了指身边的凳子，在电脑上放大了一张晨会照片，"解释一下？"

"不用放大，太麻烦了，老师你不用看图，看我就好了。"洛知予身上还穿着肖彦的校服，校服的名牌也没摘。

"你穿他的校服干吗？"秋宜是护着本班学生的，刚刚就给高二（3）班的老师打了电话，"他让你穿的？"

"没有。"在校服这件事上，洛知予一人做事一人当，"是我强迫他……"

秋宜："嗯？"

"借的。"洛知予把话说全。

秋宜被他这断句吓得不轻，觉得更头疼了，问："你没事借他的校服做什么？"

现在的学生也太难带了。

"穿啊。"洛知予理直气壮，"不穿校服是要扣分的。"

是学校的错。

"你自己的校服呢？"秋宜板着脸问道，"你穿着别人的校服给全校师生讲重视仪容仪表的事儿？"

"烂了。"洛知予伸手比画了一下，"大概开了这么长的一道口子，学校花坛边的灌木丛该修剪了。"

是灌木丛的错。

"备用校服呢？没带？"秋宜说，"我不是在班级群里提醒过要带上备用校服吗？"

"带了。"洛知予突然认真起来，"正好，老师，我要向您反馈，学校的军训服质量太差了，它掉色了，把我的备用校服染成了深蓝色。"

是军训服的错。

"我向学生会反馈了这个问题，但是他们不予受理。"洛知予张口背了句稿子，"对于一中学生来说，仪容仪表应当常记在心，破校服不

043

能穿,掉色校服也不能穿,新校服要等,而周一的晨会不能等。"

"所以我勉为其难地找肖彦借了。"洛知予总结,"事情的过程就是这样。"

秋宜当班主任不少年了,什么样的学生都遇到过,但像洛知予这种能说会道、甩锅能力一流的,真的不多见。桌上的手机振动了一下,高二(3)班班主任给他发来了一份友好度诊断单。

二(3)班班主任:"从肖彦那里拿的,和市报新闻一致,他俩的友好度的确是0%。"

二(3)班班主任:"据我所知,0%的友好度非常少见。"

二(3)班班主任:"前些天听吴主任说了一些情况,我还担心洛知予和肖彦也会那样,但校服这件事让我在他们身上看到了同学间的团结友爱,这是好事,身为教育工作者,我们不应当过度解读。"

二(3)班班主任:"信我,他们可以好好相处。学生时代的孩子最单纯,这俩都是好苗子,从现在开始好好引导他们,一切都还来得及。"

一(3)班班主任:"哦……不愧是教学组长,向你学习。"

"老师?"洛知予阐述完理由,半天没等到班主任的回应,忍不住催了催,"还有事吗?没事我回去上美术课了。"

"没事了。"秋宜抬起头,换上了饱含期望的目光,说,"去吧,要和肖彦友好相处,不要打架。"

"那我这校服还穿吗,老师?"

"先穿着吧。"秋宜头疼地说,"要记得别人对你的好。"

洛知予带着满头问号走了,美术课让他赶上了。洛知予面无表情地喊了声"报告",在全班同学好奇的目光中回到了自己的座位上,抽出画纸,开始上课。

高中美术课主要以培养学生兴趣和减压为目的,教的东西对他来说比较简单,画起来也很轻松。完成了当堂课的作业,他把纸翻过来,随手画了点别的。

这时,某人发消息过来了。

高二优秀学生代表:"在干吗?你班主任说了吗?让我俩友好相处。"

不是知了:"上美术课。"

高二优秀学生代表:"哦,你的最爱。"

不是知了:"看,我给你画了个小冰箱,你看看像不像你失去的那一个?"

洛知予发了张刚拍的照片。

高二优秀学生代表:"……"

高二优秀学生代表:"你上课玩手机,本学生会成员马上出来执勤。"

不是知了:"钓鱼执法?"

不是知了:"你来,你敢来我就上交聊天记录,我俩一起罚站。"

一中校园论坛,这段时间出现了新的热帖——"晨会的事情你们怎么看"。

1楼:"理性讨论啊,楼主觉得肖彦和洛知予其实可以好好相处。"

2楼:"科普指路,点这个链接,一中扫帚事件、水蜜桃事件,小视频软件上四万点赞了,网友们的评论大部分是'打得好'。"

3楼(汤圆):"觉得他俩可以好好相处的,建议下周看看晨会,看看锅和小冰箱事件。"

4楼(樊越):"我觉得还是不要乱说,对当事人也不好。劝过架的人告诉你,两名当事人关系贼差,不要问我是怎么知道的,我屁股疼。"

洛知予直到下课也没等到肖彦的回复,下课铃响,美术老师离开教室,原本就乱哄哄的教室更加沸腾了。

一中的晚饭时间很短,随后就是晚自习,刚下课,就有不少学生冲出了教室。

"知予,去食堂?"井希明从笔袋里抽出自己的饭卡,准备冲向食堂。

"你先去。"洛知予拿起自己随手画的画,"我有点事,等下就去。"

井希明不明所以,问:"什么事啊,能比吃饭还重要?"

高二(3)班的教室刚好就在洛知予他们班教室的楼上,洛知予先前来过一次,这次来得轻车熟路。

和他们班一样,刚下课,教室里的学生就都跑光了,大部分课桌上都高高地堆着各种教辅资料，书页被翻到卷边，中间还夹着各种便签，依稀可见各色荧光笔的痕迹。

　　肖彦的位子在窗边，洛知予一眼就看见了他的课桌。课桌上干干净净，除了一个水杯，什么也没放。大概是急着去食堂，这人的水杯都没盖上盖子，刚接的热水还在冒热气。

　　不是知了："我把小冰箱给你送货上门了。"

　　不是知了："睹物思物吧。"

　　不是知了："以此纪念我那失去的锅。"

　　发完信息，洛知予收起手机，靠在高二（3）班门外，把画纸折成了一只纸飞机，往后退了半步，预估了一下位置，扬手就要扔。

　　"你在干什么？"肖彦的声音从洛知予侧后方传来，他似乎刚从办公室方向过来，手里还拿着一本薄薄的练习册。

　　洛知予手一抖，纸飞机晃晃悠悠地脱手，从窗口飞进了教室，在半空中颤了颤，头朝下掉进了肖彦的水杯里。被开水一烫，纸飞机立刻散开，小冰箱的画像在热水里泡发了。

　　洛知予："……"

　　肖彦："……"

　　"发挥失误。"洛知予拔腿就跑，"告辞。"

　　"回来。"洛知予刚跑了几步，还没脱离危险范围，就被肖彦抓住右手狠狠扯了回去，肖彦把手里的练习册卷成了一个纸筒，在洛知予右手手心不轻不重地抽了一下，"惹事了就跑？"

　　"是啊。"抓都被抓到了，索性也不跑了，洛知予用空出来的手揉了揉被打的手心，"跟你学的。"

　　"我什么时候教过你趁着下课给别人找事了？"肖彦依旧没松开他。

　　"举一反三不懂？"洛知予挣了挣，肖彦手腕上的那道疤又露了出来，洛知予磨了磨牙，找到了一点三岁时的心境。

　　"你想干什么？"肖彦发觉有些不对。

　　"两位同学，不去吃饭吗？"高二（3）班班主任李老师拎着自己的盒饭路过走廊，认出这是最近话题中心的两个学生，也是学校的重点关注对象。

　　李老师赶紧警示道："没打架吧，你俩？主任说了，洛知予和肖彦打架再被抓到就直接扣学分，会影响评优的。"

"没有打架。"正在争执的两个人同时回头吼了李老师一句。

李老师手里的盒饭差点掉在地上："呃……没打就没打，凶什么？心虚？"

肖彦抓着洛知予的手腕往上举了举，说："我们很友好，老师，您看看？"

"对的，我们很友好。"洛知予指了指肖彦手上的练习册，"老师，他在给我讲题，您看我刚才还说举一反三呢。"

现场状况和当事人供词似乎完全一致，李老师虽然疑惑，但还是目送两位同学离开，消失在楼梯转角处。

走出李老师的视线范围，刚才还十分友好的两位同学立刻变脸。

"离我远点。"洛知予嫌弃地说，"别又蹭我一身橘子味。"

"你污蔑我。"肖彦边走边说，"很少有人知道我身上有什么味道，除非……"

除非那天，洛知予为了赶时间，借了他的校服没洗就直接穿了，否则肖彦想不出其他的可能。

"你直接穿了我的校服？"肖彦审问。

洛知予："我……"

他突然意识到，他现在站的位置就是那天他找肖彦借校服时站的位置，那天老师讲课的声音似乎还回荡在他耳边。

"我刚想起来。"还没走远的李老师往楼梯间的方向走了几步，"肖彦，你和小洛都不是一个年级的，讲什么题？"

然而，楼梯间空荡荡的，已经没有人了。

"你去哪里？"洛知予发现肖彦不是往食堂的方向走的，"你不吃晚饭啦？"

"这个时间食堂没饭了。"肖彦往学校后门的方向走去，"我提前叫了外卖。"

"我记得你之前说过，叫外卖别用自己的名字。"洛知予还记得他们开学前一天的聊天，"这个你没坑我吧？"

"写老师的名字。"肖彦说，"随便哪个都行，但是别写老吴，因为去年有一天门卫收到了几十份写着吴主任名字的外卖。"

洛知予:"……"

既然食堂没饭了,洛知予就转身准备回教室,反正晚自习时间不长,不吃晚饭而已,大不了他回宿舍再吃。

肖彦回教室的时候,樊越和汤源正趴在他的课桌边打量他的水杯。

"你泡了杯什么?"樊越低头闻了闻,"能喝?"

"校草专属降智茶。"汤源给这杯水取了个名字。

"不能。"肖彦拿着杯子起身去倒水,"今天晚自习是你和别的班的人执勤吧?这周学生会没我事,我等下要出去一趟。"

"我马上就去。"樊越在抽屉里翻找自己的学生会执勤牌,"也就能抓几个晚自习时间乱跑的,我马上回来,今天一堆作业。"

"咦?我执勤牌没带。"樊越说,"我飞奔去宿舍拿。"

"我的给你。"肖彦从书包的侧兜里掏出自己的执勤牌,扔给樊越,"都一样,反正分都是学生会扣的。"

"哇,顶着校草的证件照和名字执勤,我这可太有面子了。"樊越拿了本语文书,走出了教室。

高一(3)班的教室里,学生们正在上晚自习,讲台上没有老师,大部分人都在埋头写作业,少部分人正在暗中交流。

墙头草:"你怎么了?"

墙头草:"不舒服吗?你三十分钟没动了。"

不是知了:"嘘。"

不是知了:"我好饿。"

不是知了:"教室太安静了,我肚子要叫了,怎么办啊?"

墙头草:"我……没带零食,教室里也不给吃。"

墙头草:"我给你制造点声音掩盖一下?"

井希明把所有的书拿出来,用力翻了一遍,吸引了全教室的目光。

不是知了:"算了算了。"

不是知了:"要不我逃课吧?"

墙头草:"不行的,下半节自习老师会来讲解升学考试的试卷。"

不是知了:"那我出去喝两口西北风。"

洛知予揣着手机,一路向教学楼楼顶走去,天台的门是锁着的,他坐在门后的台阶上听歌,收到了微信消息。
高二优秀学生代表:"不在班里?"
不是知了:"唉,饿,喝西北风都找不着路。"
肖彦带着一盒章鱼小丸子登上顶楼的时候,洛知予正闭着眼睛靠着墙听歌。他身上的校服有点大,显得少年的身形有点单薄,红色的耳机线从他的领口绕进校服里,灯光柔和地倾斜,让睫毛在他的眼睛下方扫了些温柔的影子。

肖彦拿手里的袋子贴了贴洛知予的鼻尖,洛知予睁开眼睛,看见了眼前站着的人。

"你怎么来了?"他摘下耳机。

"外卖叫多了,残羹冷炙,吃不吃?"肖彦冲他晃了晃袋子。

洛知予接过袋子,看着肖彦从口袋里取出一把钥匙,打开了天台的门。

"哪里来的钥匙?"洛知予问。

"学生会的,还有部分学生也有,这个时间一般不会有人来。"肖彦推开门,"来这边吧。"

早秋的昼夜温差大,夜晚的风吹在脸颊上凉凉的,肖彦靠着墙坐下来,洛知予也学着他的样子盘腿而坐,打开了一次性包装盒。这家的章鱼小丸子做得挺好,满满一盒,摆得很精致,料也放得很足,上面裹了一层肉松。一中食堂的伙食一般,洛知予来了这边以后,还没吃到过外边的东西。

"谢谢。"不管俩人先前的关系如何,这顿饭洛知予是一定要道谢的。
班主任说得对,要记得别人对自己的好。

"你今天怎么突然善心大发?"洛知予问。

他抬头看向肖彦的时候,背后是市中心彻夜不灭的灯光,头顶是零零碎碎的星光,银河遗落的星光从天而降,像是落在了他的眼睛里。

他手里拿着竹签,笑着道谢,不知道自己嘴角沾了一点酱汁。

"谁知道呢。"肖彦避开了这个问题,抬手指向他嘴角的酱汁,"你要是喜欢……"

突然，手电筒的灯光打破了天台的宁静，两名执勤的学生会成员寻着香味冲进了夜色中。

"啊啊啊！好香好香。"

"谁在偷吃外卖？"

"先问是哪家的外卖！"

"抓到大的了，往死里扣分，哈哈哈。"

樊越往两人面前一站，骄傲地露出了胸前的执勤牌："学生会执勤，抓到你们在吃外卖，扣两分！"

肖彦："……"

"咦？"樊越认出了自己的同桌，"怎么是……"

樊越话还没说完，洛知予就先一步看到了他脖子上戴着的执勤牌。

肖彦的名字与证件照让洛知予呆了两秒，他把嘴里没嚼完的丸子吞了下去，皱着眉思考了片刻，理清了现在这情况的来龙去脉：肖彦善心大发，一反常态，给他送了章鱼小丸子，他被肖彦带到了天台；接着，学生会执勤，刚好抓到了他偷吃外卖的现场；再然后，学生会的人戴的是肖彦的执勤牌；最后，他要被扣分了。

综上所述——

"你们这是……"洛知予看向肖彦，露出一种痛心疾首的神情，"仙人跳吗？"

肖彦："……"

学生工作分管处的办公室里，徐主任正在批改自己班里的试卷，门被人从外边敲了两下，进来了两个今晚执勤的学生会成员。

"徐主任好。"樊越在书柜边找到学生会执勤文件盒，把今天的执勤记录表放在了最上面，"我们今晚的执勤结束了。"

"辛苦你们了，表格放原处就好。"徐主任抬头，例行询问，"今天有查到学生违规吗？"

"有。"另一个学生点头。

"说说？"

樊越接上话茬："一年级有几个翘晚自习没请假的，二年级还有俩去游戏厅的,被副校长抓到了,已经批评教育并扣分了。"

"就这几个?"徐主任说话间,手里的作业又批改了一份,"还挺好,应该是刚开学,大家都还是想好好学习,目前还没抓到过晚自习出来吃外卖的,辛苦你们了。"

"呃……不辛苦。"两名学生会成员答得有点心虚,还有点失魂落魄,看也没看徐主任的眼睛,转身离开。

徐主任看着两名学生虚浮的脚步,问:"刚刚升入高二,你们的学习压力是不是都有点大?"

"还行还行。"两个人忙不迭地关上了办公室的门,长吁了一口气。

"那个仙人跳……"另一个学生问。

"我们没有仙人跳,我们不干这个的。"樊越赶紧把人从徐主任办公室门前拉走,"就当没看见吧,不然真成仙人跳了。"

高一(3)班的教室里,吃饱喝足的洛知予把教科书往桌上堆了两摞,趴在桌上听老师讲解试卷。

刚刚在天台上,在他认真提出质疑后,肖彦怔怔地看了他半晌,嘴角扯起点意味不明的笑,用手里的竹签扎走了盒子里的最后一颗丸子,抬手一抛,将包装盒扔进了不远处的垃圾桶里,扬长而去。

晚自习的学习效率不高,洛知予不喜欢没效率的学习。察觉自己有点走神,黑板上的粉笔字在他眼中都开始有了重影,他索性低下头,借着书本的掩盖,查看了自己先前一直没回的消息。

高二优秀学生代表:"洛知了同学。"

不是知了:"你先把我的名字打对。"

高二优秀学生代表:"建议你打开搜索引擎查找'仙人跳'。"

高二优秀学生代表:"你看我像是那种人吗?"

和信息一起,"仙女皱眉"的表情包也同步发了过来。

不知为什么,洛知予眼前突然浮现出那天肖彦坐在他们军训方阵前吃瓜的场景。他这么想着,没注意到自己的嘴角勾起了一个浅浅的弧度。

"喝西北风喝饱了还是听课听高兴了?"井希明小声提醒他,"上课呢,笑什么?"

洛知予从一摞书里抬头:"这课真有意思。"

井希明："……"

洛知予继续和肖彦斗嘴。

不是知了："像，像极了。"

高二优秀学生代表："打一架吧。"

不是知了："你无耻。"

高二优秀学生代表："我去年一学年只被扣过几次迟到分和逃课分，你自己数数，自从你来了一中，我被扣了多少口黑锅？"

不是知了："怪我？你这不会是……碰瓷儿吧？"

高二优秀学生代表："……"

不是知了："你自己有问题，知道吗？你没有我优秀，我就不会被……"

"后排中间的同学，对，就是你，一直低头没看黑板的那个。"讲台上的老师还没认全班里的学生，也没带本班学生的名单，她指了指洛知予，"你来说，这题应该怎么解。"

洛知予："啊？"

说什么？讲到哪儿了？

他站起来才发现，不知什么时候，教室里已经站了好几个同学，大概是都没能回答出问题。

第一排的同学向他投来了求助的目光，数学老师似乎也认定他能回答出来，一动不动地盯着他，目光中带着点鼓励和希冀。

"老师。"洛知予很有礼貌地开口，"不好意思，请问是哪一题？"

周一的下半场晚自习，高一（3）班教室门口罚站了一排学生，一共九个，边晒月光边罚抄。

"张老师是新调过来的，出了名的严厉。"同班同学林梓熠敬佩地说，"你竟然敢不听她的课。"

张老师一视同仁，成绩好的学生和不好的一起被赶了出来，大家觉得挺公平，因此在这个过程中建立了深厚友谊。

"我不是故意不听课的。"洛知予趴在栏杆边看楼下，"我就是觉得晚自习上课很没有效率，还不如好好休息。"

一群同学品了品这位大佬的思想觉悟，再结合自己的成绩想了想，想苟同,但又不敢。

下课铃响了,借用晚自习上课的班级继续拖堂,正常上自习的班级纷纷下课。肖彦背着书包,手上拎着一本练习册,和樊越、汤源他们一起下楼。路过楼梯口时,他看见了高一(3)班门口被罚站的一排人。

"你在看什么?"汤源问,"不走吗?"

"看个热闹。"肖彦偏离了原本的下楼路线,冲室友们挥挥手,"你们先回。"

"哎……你!"拥挤的人群中,樊越没能拦住室友,只能看着他一路逆行,向高一(3)班的教室走去。

高一(3)班门外罚站的队伍里多出了一个人。

"嗨!"肖彦凑过去,友好地打了招呼。

"走开点。"洛知予瞄到了旁边人的校服,"你和我们颜色不一样。"

"你优秀到被罚站罚抄了?"肖彦凑过去看洛知予的本子,明目张胆地看热闹。

肖彦:"嗯,字如其人。"

洛知予怀疑肖彦是特地过来找打的。

一盒章鱼小丸子就想收买他,做梦。

初秋晚上挺冷的,洛知予就披了一件校服,他在走廊上吹了半天的冷风,手指都有些不灵活,此刻看到肖彦,他突然就很想热热身。

"你一天不讨打就难受是不是?"洛知予揉了揉罚抄抄到酸疼的手腕,往教室后门方向挪了半步。

"嗯?"肖彦后退一步,"我没有,我只是路过,来看看你。"

"要不是你碰瓷我,我现在能在这里罚站吗?"洛知予一把抄起了教室后门边的扫帚,"谁让你上课给我发消息的?正好,来了就别走了。"

"干什么?拉我一起?"肖彦这次丝毫不慌,连扫帚都不躲了,"那你再把聊天记录交出来,把仙人跳的事也一起抖出来,我不要学分了,拉你垫背我不亏。"

"你不要啦?"洛知予问,"挺好,我欣赏你。"

后排同学都满脑子问号。

张老师刚下课，听到这边的动静，冲了过来："你俩干什么呢？"

她面向洛知予："你怎么回事，上课不听，罚抄也不认真，想被叫家长吗？"

接着她又面向肖彦："你又是怎么搞的，下课了不回宿舍，在我们班门口做什么？"

张老师试图去看两个学生校服上的名牌，想要记一下这两个学生的名字，交给班主任处理，然而，她却在他们的校服上看到了两个一模一样的名字——0301肖彦。

张老师潜心教学，不怎么关注学校的新闻，不知道晨会的事情，也没处理过这种情况，顿时就有点不知所措。

"你俩谁是肖彦？"张老师板起脸问。

"张老师，我是。"洛知予举手，"我上课走神，在校打架，情节极其恶劣，我已充分认识到自己的错误，请多扣点我的学分吧！"

井希明刚收拾完书包出了教室，看到的就是这一幕，顿时惊呆了。

一起罚站的同学从来没见过这样的操作，全员闭麦，置身事外。

当事人勇于承认错误是好事，反思得也够全面，但这么急着扣学分的学生，张老师来一中后还是第一次见。

"张老师，别的我认了。"肖彦也举手，递上手中的练习册，"但是，肖彦的字绝对没那么丑。"

这本练习册的扉页上写着肖彦的名字，是标准的行楷，册子里的字迹也整洁好看，跟那位同学罚抄的字真的不是一个水准的。

"你踩我脚干吗？"肖彦一字一顿地问洛知予。

洛知予："……"

"怎么了怎么了？"秋宜一路挤进了人群，"怎么又是你俩？"

"又是？"张老师觉得自己错过了不少东西。

"打架了吗？"秋宜一眼看见了洛知予藏在身后的扫帚。他今天听了一番教育理念，最在乎这两个学生的问题。

洛知予如实说："还没来得及。"

秋宜头疼。

"算了算了。"秋宜挥手赶人，"时间不早了，回去还要洗衣服和写作业，都散了吧。"

班主任都发话了，看热闹的学生也就散了，两名当事人也不紧不慢地背好书包，从同一个楼梯口走了。

肖彦和洛知予混在放学的人群中，保持着不远不近的距离，一路走过了操场，到了宿舍区附近。他俩的宿舍在两个方向，一旁的足球场上还有几个学生在趁着夜色踢球，少年从来就不懂什么是日落而息。

路灯的光晕开了一小片夜色，树影重重堆叠在地上，被路过的学生踩散。洛知予在踩肖彦的影子，他自得其乐，弥补了刚才没来得及用扫帚抽人的遗憾。

"外卖是哪家的？"自己的宿舍区就在眼前，洛知予停下脚步，伸手抓住了肖彦的书包带子。

"等下发你微信。"肖彦说，"你回去吧。"

"行。"洛知予意犹未尽地舔了一下嘴角，"味道不错。"

肖彦宿舍的门没关，他推门进去的时候，三个室友正在埋头为周末的开学考试奋战。见他进来，樊越咬着铅笔抬头，一副愁眉苦脸的样子。

"我觉得我开学考要凉。"樊越有些泄气，"暑假太放纵了，高一背的单词都还回去了。"

"还好吧。"肖彦把书包放在桌上，"开学考应该会偏难，甚至会压分，用来打击学生的自信，目的是让我们新学期更努力一些，看开了就好。"

离睡觉的时间还早，肖彦也打算看会儿书。

他把练习册放在了自己的书桌上，转身从书包里拿出钢笔，低头时闻到了一股淡淡的水蜜桃香味。他这才发现，洛知予的那件破校服已经在他的椅背上搭了好几天了。桃子味很淡，如果不是靠得很近，几乎闻不到。

洛知予那天说让他把这件校服扔掉，肖彦当时应了声，之后却把这件事忘得干干净净。

他把洛知予的校服从椅背上拎起来时，也不知是不是这水蜜桃香味的缘故，他眼前浮现出了今晚天台上空浩瀚的银河，以及天空下举着竹签，一边狼吞虎咽一边用眼睛瞄他的洛知予。

"洛知予！"井希明对着卫生间大喊，"你电话！"

"来了来了。"刚冲完澡的洛知予披着毛巾推开门，一头钻进了自己的被窝，"这个时间谁给我打电话啊。"

电话是市中心医院打来的，副院长对他和肖彦的事情高度重视，希望他们能配合科学研究，本周末再去检测一次。

"不是说下周末吗？"洛知予说，"提前了啊，都可以，反正我刚开学，周末很闲。"

"我俩的关系？哦哦，您可能不知道，我俩从小关系就差，家里的关系也不行，总之就是见面必眼红。纠纷是肯定有的……对，不止一次。"

"好的，答应了你们我就一定会去的，不会跑路的，肖彦那边……他周末好像有开学考试，他不会忘的。这样吧，我明天勉为其难地去他班里问问他吧，明天早上大课间的时候去，中午我给您答复。"

"嗯，不麻烦，绝对支持科研工作。"

"检测？"井希明听了洛知予打电话的整个过程，"你们还要检测吗？"

"他们似乎很好奇。"洛知予坐到床上赶作业，"我倒是无所谓，配合科学研究呗。这种检测不会出错，除非检测者本身就很特别。"

"这周末不能出校。"井希明翻了桌上的日历，提醒他，"你俩要一起去找主任请个假。"

"那我明天去找他。"洛知予说，"话说，我不太想麻烦我家司机叔叔，所以我大概还要蹭肖彦家的车。"

"你想蹭他家的车啊，有求于人，那得客气点啊。"井希明建议，"反正你俩有事都是当场掐，掐完就翻篇，好好说话还是可以的。"

"我有分寸的。"洛知予点头，"你放心，我是聪明人，到时候我委婉点，放低姿态，低调。"

一中的学生都喜欢下雨，有雨的日子，大课间不用去操场上做早操，在教室里闲聊的时间也就多了一大半。高二（3）班的教室里，尽管开学考试在即，大家都忙着复习，但大课间的时候班里还是聊得火热。

班长打开多媒体设备，登录了班主任的听歌账号，选了个"最近常听"的歌单,音乐播放的声音不大,刚好作为众人聊天的背景音乐。窗边的同学拉上了窗帘,门边的同学关上了门,显然是想聊点他们自己的话题,不想被老师听到。

"最近有人来跟校草套近乎吗?"班里后排的一个女生问。

"一直都有人啊。"肖彦的室友张曙说,"现在高一刚开学,就有很多新生过来要他的微信号,不过彦哥都拒了。"

"羡慕了。"班里有人说,"肖彦真是人生赢家,成绩好,还有那么多人追着捧着。"

"肖彦可是我们宿舍的门面。"樊越日常吹室友,"他都是当场拒绝,洁身自好,专注学习。"

"挺好的。"一个女生突然问,"你们看M大学的论坛了吗?"

"看了,是不是置顶那条?微博和贴吧上都骂翻了!"

樊越论坛刷得多,当即说了起来:"我记得是个面目可憎、毫无底线的坏人,他先是装出一副好人样和人交朋友,慢慢欺骗别人为他付出,为他办各种事,出事了却不负责。"

"他活该被全网骂,我也去骂了。"

"隔壁学校也有这种人,大家平时处朋友什么的一定要小心,小心别落进他们的陷阱。"

"我跟你们说啊。"汤源懂得多,"这种人从初高中的时候可能就有苗头了,很好识别。这种人往往表面上看起来一身正气,长得帅,甚至成绩很好,人缘也不错,老师也都喜欢,但是在他们华丽的外表下,隐藏着常人难以发现的坏。"

这时,教室的门被人从外边推开,正在讨论的学生以为是老师来了,全都安静了下来,只有教室的音乐还在继续播放。

"打扰一下啊。"洛知予从门口探出头来,"请问,肖彦在吗?"

教室里二十几双眼睛都盯向了肖彦。

肖彦:"嗯?"

"那什么……"洛知予和平时不太一样,像是不好意思,看了看肖彦,又低头去看自己的脚尖,有点犹豫,最终又下定决心抬头看向肖彦,小心翼翼地露出了一个有些讨好的笑,"肖彦,你周末能带我去一趟医院吗?"

开学考试在即，高二年级教学组办公室里，老师们正在趁着大课间讨论新学期的教学工作。一中的考试很多，学期初有开学考，平时有月考和期中考，到了高三还有各种周考与晚自习随机考试。周末就是高二的开学考，办公室里放着一摞摞已经印好的试卷。

"你们觉得，我校学生现在的学习压力大吗？"徐主任问，"我觉得高二学生的学习压力可能有点大，我这两天看他们有点没精打采的。"

"还好。"李老师说，"这群孩子刚才还在拿我的账号听歌，他们有自己的娱乐方式，给他们留出足够的空间和时间就好。"

"对了，李老师。"高一（3）班的班主任秋宜过来敲了敲门，告了个状，"你们班肖彦，昨天晚自习后来我们班门口找洛知予麻烦，不过没成，被当堂课的老师阻止了。当然，这件事洛知予也有错，他不该和张老师说他就是肖彦。"

"这俩孩子的关系一直这么差吗？"

"没有吧？"李老师回忆自己昨天傍晚看到的场景，"他俩关系还可以的，肖彦昨天还给洛知予讲题呢，洛知予听得很认真。我看见的时候他俩讨论得正激烈，学习氛围很好。"

高二（3）班教室，洛知予正倚在门边，等着肖彦的回答。

肖彦清清楚楚地听到附近有人低声骂了一句什么，紧接着就是各种窃窃私语。

"什么情况？"

"汤圆和肖彦一个宿舍的，你们说为什么汤圆对那种人这么了解？"

"啧啧啧，长得帅的都不靠谱，我丑我靠谱。"

"等一下……别激动，这好像是一年级的洛知予吧？"

肖彦如芒在背，在脑子里思索了一遍最近发生的事情，终于想明白洛知予是来找他干什么的了，来得可真是时候啊。

"之前不是说好的下周吗？"肖彦记得时间，站起来向洛知予走了过去，"这周末我有开学考试。"

他话音刚落，洛知予还没来得及说话，教室里的窃窃私语声更大了。

"他还想等下周？"

"他还想着考试？"

"校草人设崩塌？"

肖彦："……"

洛知予："他们在说什么？"

这些人说的根本不是悄悄话，比早读念书的声音也就小那么一点点。

"你们班大课间好热闹。"

"呃……你跟我来。"肖彦拉着洛知予出了教室。

班里学生的目光跟着他们从前门移到了后门，直到看不见两人才作罢。接着，众人狐疑的目光又集中到了樊越、汤源和张曙三个人身上。

樊越："你们清醒一点，那是高一（3）班的洛知予，他和肖彦从小打到大！"

"所以你们班刚刚在聊什么？在聊你吗？我一说话他们就都看着你。"洛知予一路被肖彦带到了走廊尽头，那里有一个拓展出去的小阳台，平时没什么人会来。

"因为你是来找我的。"肖彦放开洛知予，不太想提刚才的事情，"你是要说我俩友好度的二次检测吗？怎么定这周了？"

"大概是院长他们着急吧，毕竟我俩这情况太少见了。"洛知予背对着肖彦，趴在栏杆上吹风，"我家里的司机叔叔周末要回家看他女儿，反正我俩都得测，你就捎我一程呗。"

肖彦："……"

"你在犹豫什么？"虽说是有求于人，可洛知予的耐心也是有限的，"我就坐下你家的车去医院，又不会把你怎么样。"

他攀着栏杆，伸手去接坠落的雨水。

肖彦迟迟未回答。

"问你呢？"洛知予皱眉，"怎么魂不守舍的，你们班不会在聚众做什么见不得人的事情吧？"

是了，这才是平时的洛知予。

肖彦问："你刚才怎么那么低调？"让他被从天而降的一口黑锅砸得晕头转向。

"我在求你啊，肖彦同学。"洛知予说，"难不成我要带着扫帚来？

你不会被我揍上瘾了吧？"

一句话一口锅，可肖彦就是莫名其妙地因为他那句"我在求你啊"有些愉悦，他伸手把洛知予从栏杆边拉回来，把他的校服拉链拉到了领口，说："对我的校服好一点。"

"你破事儿怎么这么多……"洛知予没明白这人的校服怎么就这么金贵了，他刚要讲道理，上课的预备铃声就响了。

"周末下午来第一考场门口等我。"肖彦顺手帮洛知予把校服领口整理好，点了点他胸前的名牌，"考完试带你去。"

肖彦一路走回教室，在门口碰到了来上课的班主任李老师。

"下雨天不在教室里聊天吗？"李老师关心地问，"去哪儿了？"

"不敢聊了。"肖彦说，"我还是爱学习，学习是学生在高中阶段的主要任务。"

李老师："啊？"

樊越远远地冲着肖彦比了个 OK 的手势，李老师进教室的时候，学生们已经一秒切换了学习模式，只是这堂课上，李老师总觉得班里有几个学生在偷瞄肖彦。

洛知予晚间在食堂又遇到了肖彦，他刚吃完晚饭，抬头时看见右前方的桌子边多了个熟悉的后脑勺，他的心情忽然变得很好。

食堂今晚给高一学生加餐，每人多送一个水果，洛知予挑了个橘子。

"你干什么？"井希明吃着饭，看到对面的洛知予从口袋里翻出了一支马克笔。他在橘子皮上画了眼睛和眉毛，画了个"斜眼吃瓜"的表情。

"像吗？"洛知予把橘子捧在手里欣赏，又在橘子皮上添了几笔当头发。

"像什么？干吗呢？画得倒是挺生动。"井希明没看懂这操作，"怎么突然画这个？"

"嘘。"洛知予起身，把餐盘放到了指定位置，然后在桌边徘徊两步，选了个好位置，后退一步，右手一扬。橘子在天空中划出了一道弧线，精准无误地砸在了某人头顶，又滚落在人家的餐盘里。

然后井希明就看到，他室友以极快的速度抄起书包从食堂后门跑了。

肖彦揉了揉头顶。他面前餐盘的米饭上平白多了个小橘子，橘子皮上画了个"斜眼吃瓜"的表情，不论是绘画手法还是作案手法都十分熟悉。

熟人作案，不是第一次干。

果然，他回头的时候，看见食堂后门有个穿着红白色校服的人影一闪而过，溜得飞快。

后排餐桌边，洛知予的室友井希明正在蹑手蹑脚地撤退。

"哟，又有学弟还是学妹给我们校草送吃的了？"去商店买水回来的樊越一眼看见了肖彦手里的橘子，"可是橘子不好吃啊，那么多水果，那人怎么就挑了橘子呢？"

"给我当饭后水果吧。"樊越伸手想要。

肖彦忽略了他伸过来的手，把橘子揣进了校服口袋里，说："有的人又欠揍了，先吃饭，晚上我去他班里揍他。"

樊越："噗……洛知予啊。"

"狠狠地揍。"肖彦揉捏了一下口袋里的橘子，"绝不留情。"

洛知予在食堂外的不远处等井希明，渐渐西沉的夕阳把树梢都染成了金色，他蹲在树下捡了两片树叶玩。

小时候，洛知予住的街区尽头有一棵很大的梧桐树，那会儿放学，五年级的肖彦就站在树下，趁他不注意用梧桐果子砸他。

"走吧。"洛知予瞧见井希明走过来，站起来拍了拍身上沾到的灰尘。

"吃着饭还能去惹他，你俩是打算从此都不消停了吗？"井希明匆忙间连书包都没来得及背好。

"也不是没想过停战。"为了防止肖彦打击报复，他俩挑了条小路回教室，这条路的两侧种满了梧桐，飘落的叶子晃晃悠悠，正在一点点填满他们脚下的路，"但仅仅是想过。"

他俩哪有那么容易和睦相处？

"你俩吧，像个死循环，也不知道什么时候能有个突破口。"井希明顺手拉了一把洛知予，"你还记得你有求于人吗？周末你还要跟人家一起上医院，欸，你小心点走……"

落叶遮掩着路面，也掩藏了路边的下水道盖子。

"我不招惹他，他要招惹我的，我只是报复回去，常规操作。你是没见过小时候他欺负我，我只能说，天道好轮回……"洛知予正说得起

061

劲,没注意脚下,一脚踩在了路边年久失修的窨井盖上。

下水道不深,多年不用已经干涸了,铺着层层叠叠的梧桐叶,洛知予没来得及收脚,崴了一下,整个人失去了平衡。

洛知予:"嗷……"

井希明:"啊!"

"怎么摔成这样?"医务室的小姐姐一边给洛知予膝盖上的伤口消毒,一边问情况,"所以你们好好的为什么要走那条小路……而且走就走了,你们这些学生走路都不看路吗?"

洛知予摔倒的时候,第一个念头竟然是保护肖彦的校服,他双手撑着地面,身上穿着的校服倒是半点尘土都没沾着。这就导致他现在坐在医务室里,龇牙咧嘴地看着校医给他两个手掌的伤口消毒,再缠上纱布。

"痛痛痛。"洛知予手腕上也缠了点纱布。

"他脑门也磕到了。"井希明拨了拨他额前的碎发,"啧,真惨。"

"这伤口不严重,不会留疤,但痛是免不了的。你走路的时候在想什么?"校医说,"给你简单包扎一下,最近别沾水吧。"

走路的时候在想怎么给肖彦找麻烦的洛知予现在沉默了。

"我晚上要去学生会走面试流程。"洛知予一瘸一拐地攀着井希明,"看洛知予同学身残志坚,你说老师会不会给我加分?"

"你还能行吗?"洛知予一跤摔得不轻,目睹了全程的井希明还在后怕。

"能,这么点小伤不碍事的。"洛知予认为不成问题,"你把我扶回去,我等下就去楼上找肖彦的室友拿审批后的报名表。"

高一(3)班,晚自习还没开始,大多数学生都还没回来,只有零星几个学生在争分夺秒地刷题写试卷。

洛知予的座位很好认,同样是在桌上堆书,他堆得比谁都高,像是在桌上搭建了一道防御工事,牢牢地挡住了老师的大部分视线,一看就知道上课的时候要搞不少小动作。肖彦走近了仔细一看,洛知予的课本和教辅资料不多,倒是有不少速写本。

班里的学生都认识肖彦,有几个学生还主动跟他打了招呼。

"洛知予去吃晚饭了，还没回来。"林梓熠说，"你要不在他座位上等等他？"

洛知予的课桌上摊开了一本语文书，才开学没几天，书上的每篇课文几乎都被他手动配了插画。语文书旁边是一本瘦金体字帖，肖彦闲得无聊，翻了翻这本字帖。洛知予真的很努力地练字了，然而肖彦仍旧在与字帖描红纸完全不契合的字迹中看到了一个不羁的灵魂。

"校草找知予做什么？"班里有好事的人问了一句。

肖彦轻描淡写地抛出了一句话："教训一下。"

晚自习前，肖彦等到了洛知予的室友，却没有等到洛知予。

井希明："……"果然，被橘子砸头的受害者上门找麻烦了。

"洛知予呢？"肖彦问，"干了坏事不敢回来了？"

井希明犹豫道："他……刚才去你们班了……"

洛知予说自己完全可以跛着脚蹦上楼梯。

肖彦："……"

高二（3）班的教室里，窗帘拉得很严实，已经回到班里的学生正在进行晚自习前的茶话会环节。不知是谁又提起了M大学的事，又讨论了起来。

樊越有意给室友正名，见大家又聊回了这个话题，赶紧多说了几句："肖彦和洛知予周末是去测友好度，0%的友好度啊！朋友们，他俩不打架就不错了。"

樊越又说："所以肖彦绝对不坏！"

"对的。"汤源的科普小课堂又来了，"真正的坏人是非常具有迷惑性的，他表面温和，内心波涛汹涌，而他周围的朋友通常跟他同流合污，帮他掩盖他的本性。我觉得这不难识别，大家注意观察，一个坏人在初高中时可能就会对周围人造成心灵伤害，更有甚者还有身体上的伤害！"

"对于这样的人，我们从初高中时期就要抵制。"樊越说，"物以类聚，人以群分，我们要连他身边的人一起抵制。"

班里的人听得认真，这时，教室的门突然被人从外推开，肖彦走了进来，问："又在聊什么呢？"

"在夸你。"汤源说,"夸你通情达理。"

"洛知予来过吗?"肖彦一路从东楼梯上楼,没见到洛知予。

"啊?"樊越说,"没有啊,没看到,我们一直在聊天,你去找他算账了?"

橘子砸头,深仇大恨。

"嗯。"肖彦点头,"去楼下揍他。"但没有找到人。

"哈哈哈哈,他是该教训一下,太欠揍了。"樊越附和。

这时,教室的后门被人推开了,从西楼梯一瘸一拐地蹦上来的洛知予喘着气走进来,他的手腕和手心都缠着纱布,头上也顶着一块纱布,眼睛下方还贴着一张创可贴。

他一路蹦过来,出了一身汗,脸颊微红,加上他那一身伤,看起格外可怜。

高二(3)班的教室里,这次连背景音乐都没有了,很静很静。

"打扰一下。"洛知予喘了口气,撑着门一瘸一拐地往前走了两步,要问学生会的事,"肖彦你……"

"打这么狠啊……"不知是谁抽了口凉气。

"有那味儿了。"

洛知予和肖彦都一头雾水。

张曙手中的笔盒"啪嗒"一声掉在了地上,樊越低骂了一声,汤源失魂落魄地端起茶杯来借水浇愁,三个人看向肖彦的脸上明显带着哀怨。

肖彦:"……"

班里乱哄哄的,每个人都以为自己在窃窃私语,实则不是。

"这都快晚自习了,你们班还真是热闹。"洛知予有点羡慕他们班活跃的氛围,"氛围这么好,怪让人羡慕的,聊什么呢?带我一个?"

教室里的人瞬间都不说话了,鸦雀无声。

洛知予:"嗯?"排外?

肖彦从前门绕到了后门洛知予站着的地方,问:"洛知予,你怎么回事?"

这才一会儿工夫没见,之前还在食堂里飞奔的人已经瘸了。

"你们班的人怎么神经兮兮的?"洛知予跳了两步,凑到肖彦耳边小声问了一句,"这才高二,就学傻了?"

他脚还疼着，站不稳，肖彦伸手扶他，特地避开了他手心和手腕缠着的纱布，让他有了个借力点，真是肉眼可见的细心。教室里又有人吸了好几口凉气。

洛知予又问："你们班是有抽风机吗？"

"他们可能……"肖彦不知道该怎么描述，"有点受惊。"

洛知予不解："受什么惊？你们高二学生这么脆弱的吗？"

肖彦也不知道要怎么跟他解释。

"我不找你。"洛知予挥手赶人，"我找你室友。"

"我？"樊越指了指自己。

二十几双眼睛转而盯着樊越，惊得樊越出了一身冷汗。

"对，就是你。"洛知予冲着樊越说，"我来拿一下学生会审批后的报名表，今晚要走面试流程。"

"哦，好的。"樊越这才想起今晚还有这事，"你就是来找我的吗？"

"不然呢？我的报名表在你这边啊。"洛知予问，"我总不能是特地蹦上来找肖彦的吧？我是有多想和他打架，一天蹦过来两回？"

教室里的人："咦？"

晚自习的预备铃已经响了，来监督本班晚自习的李老师在教室门口看见了肖彦，还有楼下高一（3）班的洛知予，于是问："小洛这是怎么搞的，你俩又打架了？怎么回事啊？"

"啊？今天没打。"洛知予说，"今天是我单方面惹了他，他还没来得及还手。"

李老师："那……你这一身伤是怎么回事？"

洛知予："……"

因为他招惹了肖彦，怕被肖彦追上来报复，所以走了小路。因为走了小路，所以他踩了下水道盖子，然后摔到眼冒金星。其中缘由，不足为外人道也。

"孽力回馈。"洛知予拿着樊越拿过来的报名表，"我自找的，跟他没关系。我走了，老师再见。"

说完，他扶着窗台，像来的时候那样一点点地往西楼梯处挪。

教室里一群同学看肖彦的眼神满满的都是心虚。

"反正我今晚也得去学生会考评，我和他一起，还能扶一下他。"

肖彦丢下一句话，追了上去。

"快去吧。"肖彦这样的好学生真是一点就通，教起来完全不费劲，李老师很是欣慰，"你们都是校友，要好好相处，你比他大一岁，就让让他。"

"我尽量。"肖彦说。

"你们看，0%友好度的同学也是可以和谐相处的，大家不要戴着有色眼镜看待他们。"走进教室的李老师说，"我教书这么多年，什么样的学生都遇到过，但是，什么样的学生都能教，事在人为。"

"我们一中，既教书，也教做人。"李老师抓住一切机会推进德育工作，"别把人都想得那么坏，要多读书，思想境界高一点，凡事要往好的地方看，什么都不是绝对的。你们要相信，奇迹是存在的。"

教室里的全体同学羞愧地低下了头。

西楼梯口，准备下楼的洛知予发现崴脚这件事可能比他想象的要严重。刚才一路跳上来消耗了他不少体力，现在还要下楼梯，就有些难受了。他想在楼梯口坐一会儿，但他刚坐下，就有个人挨着他一起坐下了。

晚自习的上课铃声已经响过一遍了，各班教室里都渐渐安静下来，校服颜色不同的两个人却不慌不忙地坐在了楼梯台阶上。

教室里学生刷题的笔尖下有时间在流淌，而楼梯口的那个小天地，时间像是被按了暂停键。

"你是在哪里摔的？"肖彦从他那句"孽力回馈"中把事情猜了个七七八八。

"教学楼西边，风景挺好的那条小路。"洛知予在看自己的学生会报名表，学生会意见那一栏里，"审批通过"四个字尤为眼熟，"你审的啊？"

"我审的，你那资质谁审都是通过。"肖彦拨开洛知予的手，看见了他身上完好的校服，问，"洛知了，你蠢不蠢？"

洛知予道："不是你说校服好借好还的吗？万一我给你摔坏了，你不又得找我麻烦？"

亏得他在摔倒前的最后一刻想到的还是肖彦的校服。他想再辩解几句，突然，一个冰凉的东西被肖彦塞进他手里，是几瓣橘子。

他拿起一瓣橘子不自觉地咬了一下，橘子清凉的汁水沁在了他的唇齿间，紧接着就是难以描述的酸——他用来砸肖彦的那个酸橘子，物归原主了。

"校服借都借了，你随便折腾吧，我没那么斤斤计较。"肖彦道，"啧……你还真是江山易改本性难移。"

"酸死了。"洛知予一把将剩下的橘子退回去，"拿走！不吃！"

"走吧，我也去学生会工作处。"肖彦站起来，把橘子扔进自己嘴里，"你别蹦跶了，我背着你下去。"

"你今天这么好？"洛知予提醒他，"我拿橘子砸你头的事情你还没报复回来。"

"我去你班里堵你了，没堵到。"肖彦俯身，"所以我决定换一个思路。"

洛知予脚疼，有人自愿背他，他自然乐意。他趴在肖彦背上问："换什么思路？"

"洛知了，我跟你说。"肖彦把他稳稳地背好，反手托住他，"我现在要挽救一下我的名声。"

"啥？"洛知予说，"可是你的风评和我又有什么关系呢？"

"有，你就是问题的根源。"肖彦说，"为了防止我的风评再次被害，我决定痛改前非，对你好一点。我以后都不欺负你了，只对你好。"

洛知予包着纱布的手在肖彦的眼前晃了晃，问："彦哥，你被我一橘子砸傻了吗？"

"你想怎么对我好？"从小到大掐架掐出的直觉让洛知予加倍警惕起来。

高二（3）班在三楼，学生会工作处在一楼，走楼梯只需一分钟，但肖彦抄了远路。

他没直接下西楼梯，而是选择穿过教学楼的走廊，路过高二（1）班到高二（7）班，再从东边下楼。

洛知予："……"

肖彦不顾他的反对走了条S形路线，途经高一、高二十多个班的教室，让全校三分之二的师生都见证了这感天动地的友谊，让他们团结友爱的好同学形象深入人心。

洛知予的微信活跃了起来。

墙头草："知予，你们在搞什么行为艺术！"

墙头草："半栋教学楼都沸腾了，你别告诉我你们不是故意的。"

不是知了："不怪我啊，我真不知道肖彦在想什么。哭。"

不是知了："我是被迫的，我真的很努力地在挣扎了。"

墙头草："好吧，看照片还以为你挺享受的。"

不是知了："他说要洗洗自己的名声，我怎么知道他竟然想拿我当洗白工具？都怪我今天腿脚不灵便。"

墙头草："所有人都以为你们只是经过他们自己班的窗口，直到大家拍的照片在论坛里相聚了。"

墙头草："现在大家只要提到肖彦的名字，后面必然要带上一个你。"

不是知了："……"

墙头草："就一小会儿没见，你俩的状态怎么就变了呢？"

不是知了："呜呜呜呜。"

得知真相的洛知予坐在学生会工作处的椅子上，狠狠地瞪了一眼身边的肖彦。

"友好点。"肖彦说，"我辛辛苦苦地把你背过来，这是你对待好同学该有的态度吗？"

洛知予往左挪了挪，和肖彦之间隔了一段距离。

临近晚上八点，高一年级审批通过的学生齐聚在这里，没有人说话，大家都带着自己的作业，一边埋头刷题一边等待，这显得中央那两个两手空空的人有些突兀。

这时候一直玩手机就太过明显了，洛知予和井希明说了句回去聊，把手机藏在了校服口袋里。

"喂，你可以回去了。"洛知予用没受伤的那只脚踢了踢肖彦的小腿，"你的校服颜色在这里显得好突兀。"

"等下就不突兀了。"肖彦站起来，走了出去，"待会儿见。"

洛知予："嗯？"

晚上八点，高二和高三的学生会成员来了。

"徐主任和许老师今晚都有课，无法到场。"高三的会长说，"我们带大家走面试流程吧，大家都学习忙，我们就问几个问题，一个人最多五分钟，很快结束，不用紧张。"

洛知予的报名表交得晚，编号排在后面，等他按照编号找到指定的面试房间时，其他人差不多都已经回教室了。

肖彦坐在房间里，鼻梁上架着那副不知从哪里摸出来的平光眼镜，目光透过镜片打量着他，说："来了就坐下呗。"

"怎么又是你？"洛知予感觉，自打开学以来，他见肖彦的频率比见同班同学的频率还要高，对于两个关系很差的人来说，这实在很不应该。

"因为我最近老是被扣分。"肖彦翻开一份表格，"无可奈何，只好留任，再混一年学分，反正活都是会长干。"

这个房间里只有他们两个人，洛知予搬了把凳子坐在门边，不远不近地看着肖彦。

"自我介绍就免了吧。"肖彦摆了摆手，"对我不需要。"

洛知予也这么想。

"你报的文艺部？"肖彦核对了洛知予的申请信息，"你确定要进文艺部吗？"

"文艺部有问题？"洛知予问。

"没有问题。"肖彦在纸上打了个钩，"但你要知道，一中的学习任务重，文艺活动少，文艺部成员也少，学分可能不太理想。"

"没关系。"洛知予摇头，"我只喜欢这个，除了画画，其他事情都别叫我。"

"我看也是。"肖彦在表上填了个"通过"，又在备注栏签下了自己的名字，接着填洛知予的面试信息，"性格不用问了，急脾气，一根筋；爱好特长不用问了，爱画画；家庭结构我帮你填了，非独生子女。就这些，别的没有了。"

洛知予："没了？"这叫面试？

他辛辛苦苦地蹦上三楼，再辛辛苦苦地从三楼被肖彦背下来，难道就是为了这个可有可无的流程吗？

"就这些。"肖彦收拾起了桌上的文件,抬头时看见了洛知予微怔的神情,冲他抬了抬下巴,问,"没答够?"

"那再问你个别的?"肖彦把眼镜收起来放进口袋里,问,"洛知予同学,你有什么喜欢吃的吗?"

"夹带私货?"洛知予又白了他一眼,把椅子搬回了原处。

肖彦把桌子摆得整整齐齐,他搬动桌子时,手腕上那道疤痕又出现在洛知予面前,肇事者觉得很像一片花瓣。

"没什么特别喜欢吃的。"洛知予吞了口口水,"当初咬你爪子的时候感觉味道不错。"

肖彦的手一颤,桌子"砰"的一声倒在了地上。

肖彦和洛知予出了房间。

"都结束了?"下课的许老师刚好走过来,看到了他们,问,"里面还有人吗?"

"没有了。"肖彦交了文件,指了指身边的洛知予,"他是我面试的最后一个,已经结束了。"

眼看着许老师的目光一直停留在洛知予身上,肖彦和洛知予连忙同时开口——

肖彦:"他自己摔的。"

洛知予:"我自己摔的。"

"知道了。"许老师先前查寝的时候就见过他们的针锋相对,"以后好好相处,进了学生会就都是一家人。"

外面下雨了,空气里满是微凉的潮湿气息。

"我送你回去。"肖彦关上学生会工作处的门。

"我不要你背。"洛知予想到了来时被迫"游街"的历程,心情复杂,"你的蛇形走位太招摇了。"

"那你怎么回去?"肖彦反问。

"我自己蹦回去。"说着,洛知予攀上了楼梯扶手,"大路朝天,我俩还是各走一边吧。"

还没走远的许老师又回头问:"怎么了?"

"没事没事。"两个人在许老师灼灼的目光中一秒和好。

高一（3）班的教室里，刚上完一节晚自习，学生们纷纷停笔，让眼睛和大脑得到休息。

"校草和洛知予的关系很差吗？"有人闲着无聊，戳了戳正在打盹的井希明，"今天晚自习那会儿肖彦都上门堵人了。"

"肖彦刚才不是没堵到知予吗？"井希明揉了揉眼睛，"他们关系一直很差，很小的时候就在掐了，家里的关系也不行。"

"但是刚才肖彦背着洛知予走过去了诶，感觉他们关系还不错的样子？发生了什么？他们怎么突然就和好了？"有人问。

"对哦，他们先前还闹得鸡飞狗跳。"另一人说。

"迷惑了，他俩到底有没有真友谊？"

井希明是知道洗白内幕的，他刚要开口，班里又聊起了另一个话题。

同学问："前几天好像听高二（3）班发人说校草人品有问题？"

"不可能！不要乱说，我姐是高二（3）班的，反正我听他们班的人说肖彦绝对没问题。不要听某些人胡说，而且你们看肖彦像是心虚的样子吗？"

"哦……的确不像。"

教室的门开了，肖彦扶着洛知予走进来。

"你去写作业吧。"肖彦轻轻拍了拍洛知予的肩膀，"周末下午考完试我去你宿舍找你吧，带你去医院。"

洛知予："嗯？"

教室里的八卦群众纷纷竖起了耳朵。

为了让"老实人""好同学"的形象进一步巩固，肖彦再一次重复了先前对洛知予说过的话："我决定痛改前非，对你好一点。我以后都不欺负你了，只对你好。"

教室里一片哗然，时不时蹦出几声骂人的话，甚至还有人情急之下甩出了方言。

洛知予："嗯？"

肖彦："……"

"怎么了？"洛知予擅长察言观色，立刻从乱糟糟的氛围中发现了那么一丁点儿不对头，"校草来了这么激动吗？"

071

洛知予深思：我长得好像也不比他差吧。

等到肖彦离开高一（3）班的教室，洛知予又发现班里同学看他的目光从钦佩转为了同情，他更疑惑了。

一中校园论坛里，晚自习偷偷玩手机的学生盖起了两栋讨论楼，这两栋楼的主角都是洛知予和肖彦。其中一栋讨论楼坚定地认为，洛知予和肖彦让人只需要担心他们会不会掐架，绝不可能和好。而另一栋讨论楼则坚定地认为，肖彦和洛知予之间必然发生了点什么，使得他们的关系好转了。

111楼（不是知了）："看了半天给爷看傻了。"

112楼："有那味了。"

113楼（不是知了）："有毛病啊？"

114楼（硝烟弥漫）："算了算了。"

115楼（硝烟弥漫）："身正不怕影子斜。"

晚自习的下课铃声响起，早就收拾好书包的学生们争先恐后地涌向了楼梯口。

肖彦随着人群一步步往楼下走，远远瞧见了人群中的一人，从书包侧兜里摸出了一沓便利贴和一支笔。

"所以你一开始就该离洛知予远点了……"樊越正在给肖彦讲道理。

然而樊越没等到肖彦追悔莫及，倒是看着肖彦在便利贴上画了个"斜着眼睛笑"的猪脸表情，往前走了几步，一把拍在了洛知予的后背上。

樊越："……"

"干什么？！"洛知予一瘸一拐地撑着井希明的手往楼下蹦，对自己背后的贴纸浑然不觉，冲着肖彦道，"我跟你什么时候这么熟了？"

"你能行吗？"肖彦好心地问。

"没关系，没刚摔的时候那么疼了。"肖彦的态度转变得太快，洛知予一时间难以适应，"别烦我了，周末的事别忘了就行。"

刚从温暖的教室出来，成群结队的学生一边发抖一边向宿舍区走。不知道为什么，洛知予总感觉他周围的学生都在看他，甚至有人毫不掩饰地发出了笑声。

"笑什么？"洛知予往四周看了看，"没见过有人摔跤吗？"

学生在操场边分成了三批，前往自己的宿舍区，洛知予停下脚步，看见肖彦和他的三个室友直接从操场的另一边走了。

　　"你在看哪里？那个宿舍？"井希明见他停下来，"你上次是不是还在那边罚站过？"

　　"经过操场可以到他们宿舍区吗？"洛知予记得，昨天晚上他和肖彦一起横穿了操场，当时旁边还有人在踢球。

　　"可以倒是可以，但是绕路了吧，从我们宿舍区绕了一圈，一般没人会这么走。"井希明奇怪地说，"知予，你还是一如既往地不认路。"

　　洛知予摔了一跤，手不太好使，到了宿舍，井希明自觉地开门开灯。

　　"你等等。"井希明扯了洛知予一把，"你后背上有个什么东西。"

　　井希明从洛知予的后背上摘下来一张便利贴。

　　洛知予："……"

　　这东西一看就知道出自谁的手笔，洛知予给肖彦发了消息。

　　不是知了："出来认罪！"

　　高二优秀学生代表："他说他不在。"

　　不是知了："走开啊！"

　　不是知了："画得这么丑也好意思贴我身上。"

　　高二优秀学生代表："那当然是没你画得好。"

　　这个人说着话，还把头像给换了，刚好是洛知予用来砸他的那个橘子的照片，上面还有洛知予画的吃瓜表情。

　　不是知了："橘子都被你吃了，你拿它的遗像当头像啊。"

　　高二优秀学生代表无话可说，只好发了一个"仙女皱眉"的表情包。

　　洛知予的手机铃声响了，打断了他和肖彦的聊天，他接通电话："喂？妈妈？"

　　"在学校感觉怎么样？有好好学习吗？"

　　"有的。"一晚上因为手伤没写作业的洛知予信口胡扯，"我成绩越来越好了，老师见我一次夸我一次，我从来不给老师添麻烦，还交到了很多朋友。"

　　"那就好，住校还习惯吗？我看你又把画具带去学校了？"

　　"嗯？喂？"洛知予装作没听见，把手机拿开了点，"妈，你那边信号不太好啊。"

"都上高中了，专心学习吧，就别想着那些了，好吗？"

"好的。"洛知予满口答应，"我们高中生现在要争分夺秒地写作业，没什么事我就先挂啦。"

"你还挺能应付你妈，说的全是反话……"井希明听洛知予说完了全套的胡话，"你那成绩，你妈妈没必要太担心吧。"

洛知予："就是因为这个成绩，她才怕我走艺考的路。走一步是一步吧，不想那么多。"

每个学期刚开学的那几天，学生们总会觉得时间漫长，一旦适应了节奏、熟悉了流程，时间就仿佛加快了，每一天都像是在重复的节奏中寻找不同。

周末是高二和高三的开学考试，准备了一周的学生们顶着黑眼圈走进了考场，生活区和操场等地盘几乎都被穿着红白色校服的高一学生占领了。

少年从不畏惧未来，一群高一学生莫名从这周末的闲适氛围中品出了点扬眉吐气的味道，不少人在教学楼考场外绕来绕去，围观高二、高三的开学考试。

"得意什么啊？"一名提前交卷走出考场的高三考生说，"总有一天会轮到你们，开学考这种事谁都跑不掉。"

洛知予刚加入学生会，蹭了个监考小助手的工作，搬了条凳子坐在高二第一考场里面，一天写作业，一天画画。监考老师看他忙得不亦乐乎，也没出声打扰。

周日下午是高二开学考的最后一门——英语考试，监考老师在一旁批改前几门考试的卷子，洛知予歪着头听完了整段听力材料后，百无聊赖地开始在纸上画素描。肖彦就坐在他的侧前方，正在做题。

洛知予一看就知道，这人写英语题靠的是语感而不是语法，题目结构不画，只扫一眼就立马选出答案，速度很快，不久就翻到了试卷的背面。坐在肖彦后面的学生被试卷翻页的声音弄得有点急躁，面红耳赤地瞎填了几道题，想赶上肖彦的做题进度。

洛知予看得有趣，手中的速写本上渐渐勾勒出肖彦的轮廓，一份试卷突然被人轻轻地递到了他面前,是肖彦交卷了。

洛知予:"嗯?"

"距离考试结束还有将近一个小时。"监考老师小声提醒。

"算我提前交吧。"肖彦帮着洛知予收拾了散落的本子和笔,低声说,"老师,借用一下你的监考小助手,我要和他去趟医院。"

"干吗提前交卷啊?"洛知予抱着自己的背包跟上肖彦,"检测不着急的,医院给我们预先排号了。"

"写完了就交了。"肖彦和他一起往校门的方向走去,顺便以高二学长的身份给洛知予讲了点考试经验,"你难道不觉得,写完了之后如果还有不确定的,你再改的答案最后都是错的吗?"

因为,犹豫就会败北。

"发现了。"洛知予点头,"所以我通常不检查,就坐在那里把试卷反反复复地翻个几十遍,让周围的人感受一把时间的飞逝。"

肖彦:"……"缺德。

周末,市中心医院的人很多,由于有预约,洛知予和肖彦不需要挂号,直接进了检测室等候。

"上次没抽血啊。"洛知予翻来覆去地看检测单,"怎么这次就要抽血了?我……有一点点晕血,也有可能是晕针。"

他小时候抽血,似乎有那么一次医生针扎偏了,从那以后洛知予对抽血这件事就有点硌硬,看着面前的"抽血处"三个字,洛知予脸色不好了。

"不怕,很快的,院方说抽血测得比较准,一般都不用抽血的。"肖彦正低头和樊越他们打游戏,头也没抬。

"那什么检查才需要抽血?"考虑到肖彦戴着耳机,洛知予说话的声音大了好几倍。

肖彦还没回答,洛知予就发现,等候的人好像都是成年人。只有他们两个人穿着校服,一个埋头打游戏,一个在做心理斗争,他们中间还隔着一条凳子。旁边的人被他的声音吸引了目光,看见两人身上的校服,一阵低语。

肖彦后背一凉,双手一抖,一刀砍向了队友。

洛知予左右看看，觉得氛围不对，往右边又挪了一个位子，和肖彦之间隔了两个位子，周围的议论声更大了。

肖彦站起来，在众目睽睽下坐到了洛知予的身边，摘下其中一只耳机给洛知予戴上。

洛知予："嗯？"

"咋回事啊？"樊越开了麦，"彦哥，你这是刚考完试没状态？"

"没事。"手机上的复活倒计时显得格外漫长，医院里禁止喧哗，肖彦对着耳麦说话的声音很低，"和知了来医院了，快打。"

"哦，行。"樊越一边指挥其他人重整士气，一边问肖彦，"你们怎么测，还是试纸吗？"

"抽血。"肖彦继续打游戏。

樊越嘴里蹦了个脏字出来，又问："和洛知予吗？"

他的声音太大，戴着耳机的洛知予被吓了一跳。

"要不是迫不得已，谁要跟他来测这种东西？"洛知予对着耳麦甩了一句。

"洛知予、肖彦在不在？"护士推开门，一眼就在等候的人中看到了两个与众不同的高中生。

"在这里。"肖彦切断了语音，挂机了，"你们玩吧，我先不打了。"

"你这样是会被举报的，还会扣分，多来几次你的号就没了。"洛知予一直在偷瞄肖彦的手机屏幕，好心提醒，"我的号上周就是这样被封的。"

"没事，快赢了。"肖彦推着洛知予进去，"不用管他们，都认识。"

"你俩谁先来？"护士问，"院长那边提前交代过了，你们是第二次检测友好度对吧？"

"我先来。"洛知予很积极，他把校服外套一脱，袖子一卷，在椅子上坐下，扫了眼护士手里的东西，犹豫了，"那个谁，你帮忙遮一下我的眼睛。"

肖彦："……"

护士示意肖彦动作快一些："没关系，帮个忙而已。"

肖彦走上前，选择把洛知予的校服罩在他头上，遮住了洛知予的眼睛。

洛知予是真的晕针，针刺进皮肤的时候，虽然他没说什么，但肖彦能感觉到他的呼吸都变得很轻。

"好了，睁开眼睛吧，没事了。"肖彦给洛知予披好校服，让他在一边坐好等待。

"小帅哥，看你们关系也没那么差，友好度不至于是0%吧？院长他们太紧张了。"护士和肖彦开玩笑，"多少有一点友好度吧。"

"我也觉得。"肖彦说，"多少有一点吧。"

半个小时后，靠在椅子上打盹的洛知予被肖彦摇醒了。

"我在哪里？"洛知予没睡醒。

"在医院，我们来复检。"肖彦手里拿着新出来的检测单，递到洛知予面前，"恭喜，我俩要成全市社会和谐工作的重点关注对象了。"

"0%？"洛知予不是很意外，"我就说不用二次检查吧。"

肖彦说："0.001%。"约等于0%。

"0.001%？这算什么？"洛知予觉得这比0%还难受，"一点点友好度？"

院方也很意外，从来没见过这种情况。

"我也不知道这算什么，数据上传过去了。"肖彦拍了拍洛知予的肩膀，像是有些失落，示意他站起来，"走吧，没我们事了，回学校吧，李老师让我们去找他。"

与市中心医院不同，高二（3）班的班主任李老师对他们这检测结果给予了极高的评价。

"希望是什么？这就叫希望。"李老师拍着检测单说，"这说明你们化干戈为玉帛的可能从完全没有变成了有一点点，只要你们抓住那一点点可能，就可以建立起珍贵的友谊。"

肖彦："哦。"

洛知予："哦。"

只有一点点可能的两个人听了一长串中学生人际关系教育理论，失魂落魄地出了李老师的办公室，才发现外面下了雨，还很大。

"等一下啊。"李老师翻了翻抽屉，只找出了一把粉红色的太阳伞，把伞递给肖彦，"汤源周五丢的，你俩同宿舍，刚好给他带回去。"

汤源的审美很奇特，粉红色的小太阳伞不管是颜色还是大小，显然都不适合两个男生打。但雨实在太大了，肖彦和洛知予没得选，只能挤在一把伞下，缓慢地往宿舍方向挪去。

大雨倾盆，一路上几乎看不到其他人。

"你往这边走一些。"路过操场的时候，肖彦拉了拉洛知予，"那边下雨会积水。"

"你对一中很熟悉？"洛知予问。

"在这里读一年，你也会对这里很熟悉。"肖彦手中的伞不自觉地往洛知予的方向倾斜了些，"一草一木，都会记在心上。"

洛知予突然想起了井希明说的话，指了指肖彦宿舍区的方向，说："你的宿舍在那边。"

"我知道。"肖彦脚步没停，示意他继续往前走，"一样的，都能到。"

这是夏末秋初的最后一场暴雨，坠落的雨滴渐渐模糊了建筑和光影的轮廓，隔开了伞外的世界。

肖彦坐在宿舍里用毛巾擦湿透的头发，偶尔停下来，回手机收到的消息。

"彦哥你不如去洗个澡。"张曙看不下去了，"你全身都在滴水。"

"马上去。"肖彦嘴上答应，身体却没动，"我先回个消息。"

手机屏幕上跳出了那个熟悉的昵称。

知了："到宿舍了吗？"

硝烟弥漫："到了到了，这么关心我？"

知了："彦哥。"

硝烟弥漫："嘴这么甜？"

知了："号能借我玩玩吗？保证上段。"

硝烟弥漫："……"

硝烟弥漫："拿去吧。"

知了："谢谢哥！我保证抓住0.001%的可能性跟你友好相处，不打架。"

洛知予和井希明盘腿坐在地板上，对着宿舍里多出来的锅发呆。

"是这样的。"井希明开了个头,"因为下暴雨,明天的晨会取消了。"

洛知予问:"这锅是怎么回事?"

"锅只是回咱们宿舍一日游,今晚还要还回去。"井希明打碎了他的美梦,"检讨也是还要念的,谁都跑不掉。"

"老吴想了个办法,让我们这些犯事的学生各自对着违章电器反思并拍摄小视频,在晚上十二点前发到学生家长群中。"井希明用筷子敲了敲锅,"就是这么回事。"

洛知予:"……"

"学分都扣了,反思是不可能反思的,也就当是乐一乐了。"井希明说,"我打听了,搜出电热毯的那个宿舍拍了段瑜伽视频,隔壁搜出卷发棒的宿舍在搞荧光棒舞蹈,你看看我们怎么搞。"

"我们……"洛知予的桌上有他昨天刚买的一袋橘子,旁边是一盒马克笔。

他灵机一动:"铁锅炖橘子吧。"

再画上表情包,和某人现在的头像就是同款了。

他又补充道:"我会好好检讨的。"

晚上九点,学生家长群里格外热闹,一路刷下来都是各种奇葩视频。

徐主任:"……"

吴主任:"……"

努力了一个星期,刚结束开学考试的高中生们按捺不住心中的躁动,把检讨环节变成了花样摆拍环节。

许老师:"7-109,3-503,你们这两个宿舍是怎么回事?我那天查寝的时候怎么不知道你们还有烤箱和微波炉呢?"

"7-109 徐佩佩"撤回了一条消息。

"3-503 吴效"撤回了一条消息。

许老师:"明天来我办公室交代一下违章电器当初是怎么带进学校的。"

吴主任:"随你们吧,反正明天下午开学考就要出成绩了,你们也就今晚能得意一下。"

吴主任这话一出，群里起哄的人少了一大半，但高一的人无所畏惧，继续玩。

井希明发了段视频。

肖彦在卫生间里洗澡，放在书桌上的手机响个不停。

"他什么时候这么受欢迎了？"汤源羡慕地说，"我也好想被消息包围，让我不孤单。"

樊越有点心虚，没敢说话。

肖彦出来的时候，看见手机上多了几百条消息，大部分都是来自同学的亲切问候。

"彦哥，看学生家长群，洛知予在变着花样骂你！"

"你俩到底什么关系啊？咋就这么迷惑呢？"

"彦哥，洛知予正在对着橘子念检讨，背景音乐还是《大悲咒》！"

肖彦："……"

罪魁祸首完全不知道要避嫌，又给他发来了消息。

知了："你给我备注的是什么东西？"

知了："谁让你叫我知了的，啊？"

硝烟弥漫："谁让你拿铁锅炖橘子内涵我的，啊？"

知了："我的锅都被你收了，还不准我内涵你吗？啊？"

硝烟弥漫："你这赶得也太是时候了。微笑。"

硝烟弥漫："你完了，我风评被害，是你的锅。"

知了："嗯？"

洛知予在打游戏，他刚打开肖彦的好友界面，就看到了消息："'三班-绿毛龟'邀请你加入5V5对局。"

绿毛龟？洛知予点击同意，进入了游戏对局。

三班-绿毛龟："哥！我佩服你啊哥！论坛为你盖了三栋楼，都在讨论你和洛知予的恩恩怨怨，你竟然还能打游戏。"

三班-绿毛龟："不过我们都知道你是无辜的。"

三班-绿毛龟："都是洛知予的错，我绝对相信你，洛知予他不是个东西。"

硝烟弥漫："你瞎吼啥呢？"
三班－绿毛龟："您这是……在骂我？"
硝烟弥漫："听不懂你哥在骂你是吧。"
三班－绿毛龟："我懂，我懂的。"
硝烟弥漫："你懂个头。"

第三章
给你一道"送命题"

暴雨声势渐小,成了绵绵的秋雨,整整一个星期,洛知予出门的时候都撑着伞,躲着水泥路边的小水洼。直到周六,天空才算是有些放晴。

下周一中要进行防震救灾演习,所以今天老师和学生会的成员都在做相关的准备工作。

"往左一点,再往左一点。"洛知予坐在爬高梯上画黑板报,肖彦站在旁边,帮着他调整着梯子的位置,洛知予指挥,"对对对,就这里,可以了。"

"那你小心点。"肖彦停下来,手还搭在扶梯上。

"稳得很。"洛知予跺了跺脚。

校门附近的这块大黑板算是一中的一个地标,从几十年前建校到现在一直在使用,尽管其他学校已经普遍开始采用电子屏,但一中的大黑板始终都在。

洛知予边画画边唱着一首最近刚从音乐课上学的英文歌,肖彦就靠着爬高梯看他的单词书。

"你们班是不是有个绿毛龟?"洛知予想起他前几天打的那局游戏。

"绿毛龟?"肖彦皱眉想了一下,"你说的应该是陆明归。"

洛知予手一顿,嫌弃地说:"这是什么破外号……"

刚下完一周的雨,整个校园像是重新调整了对比度,色彩都鲜明了不少。

"当初我们就该做一张海报直接挂上,这样就不用手绘了,我还没画过这么大的黑板报，一中的传统真的很神奇。"洛知予用黑板擦掸了掸手里的粉笔盒，"我饿了，是不是该吃饭了？"

肖彦拿出手机看了眼时间："汤源应该快送饭过来了，你要不先下来？"

"收工……"洛知予敲得有些用力，粉笔盒的底掉了，各种颜色的粉笔稀里哗啦地砸了肖彦一身。

肖彦问："你这是……皮痒了？"

"哈哈哈哈，对不住……"洛知予爬下梯子，搭着肖彦的肩膀，帮他拍掉了头上的粉笔灰。

"你还笑？"肖彦拍了拍衣服上的灰，扬手递给洛知予一罐水蜜桃汽水，"拿去，不许摇，不许对着我。"

洛知予打开罐子，舔走了水蜜桃味的小气泡，抬头看天。

由于学分失衡，这届文艺部绘画组只有五个人：高一（3）班洛知予、高一（6）班严梓晗、高一（1）班路璐，外加高二学生会过来凑数的汤源和肖彦。考虑到这周路璐在宿舍养病，严梓晗家里又有急事，最终这期安排过来画黑板报的只有洛知予，外加一个过来监督工作的肖彦。

"照这个进度，下午应该能画完。"洛知予仰头评估了一下自己一上午的工作成果。

黑板右边有一块单独空出来的区域，用来留创作者的姓名。手中的粉笔刚接触到黑板，洛知予就换了个主意。

"你写吧，策划是你，创作是我，打杂填你室友。"洛知予把粉笔递给肖彦，"我字丑，就不给学校丢脸了。"

"画得挺好看的，怎么就丢脸了？"肖彦工整地在创作栏写下了几个人的名字，"我看过你的字帖，你不该练瘦金体。"

"啊？"洛知予茫然道，"我妈喜欢，她让我练的，练了三年了。"结果愣是练成了草书。

两人靠着大黑板聊了半个小时，也没看见汤源过来送饭。

"你人呢？"肖彦给汤源打了个电话，"我和知了在等你的午饭。"

电话的另一端和操场的尽头同时传来了两声号叫："有猫！有猫啊！猫啊啊啊啊……"

一个提着饭盒的人飞快地从两个人的视线里跑过，身后还跟着几只大橘猫。

洛知予问:"你们宿舍的猛士怎么了?"

"没事。"肖彦把手机拿开了些,"他怕猫。"

此时,一中校园论坛出了个新帖子——"下周是不是防震减灾安全周?我刚才路过校门口,看见学生会的人在画黑板报"。

1楼:"如题,画得挺好看的。"

2楼:"瞧我看见了谁?处于风暴中心的两个人。"

3楼:"吹爆高一(3)班洛知予,人美心善成绩好,画画还这么好看。"

4楼:"三楼要不要这样闭眼吹?洛知予挺能惹事的,问问肖彦就知道了。"

5楼:"有没有人觉得他俩最近的关系好点儿了?"

6楼:"相信科学啊,朋友们,他俩怎么可能关系好?"

校门口黑板边的两个人看着汤源一路哀号着奔向了远方。

"速度挺快的。"洛知予羡慕地说,"十一月不是有秋季运动会吗?让汤源上,我给他安排几只大橘猫。"

肖彦:"……"

"我们午饭吃什么呢?"洛知予看完了热闹,后知后觉地意识到他和肖彦的午饭都在汤源手里,"我觉得我更饿了。"

"我们自己去吃?"肖彦征询他的意见。

"要不先饿着?"洛知予提议,"反正快结束了,等画完了再去吧。"

"画吧。"肖彦拿起黑板擦,擦掉了创作栏里汤源的名字,只留下他和洛知予的。

洛知予爬梯子爬了一半,补了点粉笔画,肖彦扶着他,两名勤劳的学生会成员继续劳作。

"我想起来了。"洛知予换了一支其他颜色的粉笔,"你游戏好友列表里那个'绿毛龟'是不是你们班体委?"

洛知予打游戏的时候被他骂过,起码要知道他是谁。

"你认识?"正在拿手机点外卖的肖彦抬头。

"上周我去了趟办公室,交代我为什么上课画画,顺便罚站。"洛知予回想当时的场景,"有个人在挨训,好像就是他。"

"不知道是不是刚上完体育课的缘故,他从我身边走过的时候,我感觉他身上好臭啊。"说完，洛知予又补充了一句，"理性讨论啊，我没有看不起他的意思。"

"那个……打扰一下啊。"突然，有个穿蓝白色校服的高二学生站在两人面前，"我找一下洛知予。"

"我就是。"坐在梯子上的洛知予举了一下手，"什么事？"

他的校服拉链没拉，脸上蹭了点红色粉笔灰，头发也被风吹得有些凌乱。

他坐在梯子上，微微低头俯视着地上的人，左腿屈起，搭在梯子上的右腿还在小幅度地晃悠。

"你……可以跟我过来一下吗？"来人抬头看了眼洛知予，就又低下了头。

"啊？你就在这里说呗，有什么是他不能听的吗？"洛知予冲着肖彦抬了抬下巴，掂了掂手里的黑板擦，"工作呢，不太方便下来。"

"这……"高二学生犹豫了半晌，最终还是把想说的话吞了回去，指着手里的纸袋说，"洛知予同学，你吃午饭了吗？这家店的蛋糕很好吃，你要吃吗？"

"谢谢，不过还是见谅，我不喜欢甜食，而且我家教严，家里不让我随便吃别人给的东西。"洛知予微微颔首，拒绝得算是很有礼貌。

高二学生有点失望。

"你可以给我吃。"肖彦靠着黑板，故意道，"我喜欢甜食，而且我家教不严。"

高二学生瞪了他一眼，念叨了一句"一中败类"就转身走了。

洛知予没忍住，那同学刚走远，他就笑出了声。

"不许笑。"肖彦说，"在我把误会澄清之前，我都不会放过你。"

"我早就想问了。"洛知予扶着梯子，用脚尖踢了踢肖彦的肩膀，"这位同学，你风评被害好像不是我干的吧？我还被迫给你当过洗白工具人，你是煤球吗？越洗越黑？"

"一言难尽。"肖彦靠着黑板叹气，"总之你负全责。"

"有你这样的吗？你说是什么就是什么？肖彦……"洛知予突然紧张地喊了肖彦的名字，"你别动。"

肖彦："嗯？"

洛知予从梯子上跳下来，小心翼翼地把肖彦从黑板边上拉开，上午画完的一部分粉笔画被肖彦蹭掉了，肖彦后背上好大一块粉笔灰印子。

洛知予抄起了路边的扫帚，一路把肖彦撵到了校门口，刚好赶上了肖彦叫的外卖。

外卖是热气腾腾的章鱼小丸子，是洛知予很喜欢的那一家。

于是，顶着一身粉笔灰的两个人躲在灌木丛里解决了今天的午饭。

"知了。"肖彦唤了一声。

"知予。"洛知予纠正，抢走了肖彦碗里的最后一颗丸子。

"我发现你这人有点双标。"肖彦站起来，收拾地上的垃圾。

"我？"洛知予没好气道，"一上午的成果全被你蹭花了！"

肖彦摇摇头，心情似乎还挺好。

下午，洛知予才画完了黑板报。

宿舍区的岔道处，洛知予停下了脚步，说："啊，对了，我差点忘了。"

肖彦："嗯？"

"我订的新校服今晚就到了，名牌也重新弄好了，终于能穿自己的了。"洛知予把画具放在地上，开始脱校服外套，"校服的事谢谢你。"

"要不……"肖彦想说要不晚点再还，他现在搬了架梯子，没手拿校服，"别……"

他话未说完，宽大的校服外套就被洛知予顺手抛了过来，恰好罩在了他头上。

夕阳下，洛知予扬长而去，双手搬着梯子、头上顶着校服的肖彦顿在了原地，场面极其滑稽。

"愣着干什么？"樊越抱着个纸箱路过操场，见到肖彦，在他肩膀上拍了一下，"在看什么？"

"没事。"洛知予都走远了，肖彦收回目光，板着脸摇摇头，恍惚间觉得此时此刻的自己颇有几分"道貌岸然"的意思。

"我刚才去拿快递了，你们画黑板报辛苦了，我帮你搬。"樊越主动帮忙扛起梯子，"彦哥，你为什么要顶着一件校服？"

肖彦解放了一只手，扯下了刚才被洛知予丢过来的校服，团成一团，和樊越一起往回走。

两人一前一后地搬梯子,把樊越的纸箱放在梯子上面。

两人在宿舍区的门口遇见了过来处理学生工作的许老师,许老师先跟他们打了招呼:"小冰箱给你们放在宿管阿姨那边了,毕业的时候会还给你们的。"

"好的。"樊越和肖彦态度超级好,非常合作。

"还有。"许老师有点无奈地提醒,"阿姨让你们别买小冰箱了,她那儿有三个了,放不下了。我带了这么多年的学生,就你们宿舍对小冰箱特别执着,再发现就把你们的学分扣完,听到了没有?"

刚买了第四个小冰箱且正抬着第四个小冰箱的两个人心虚地望天,好在许老师没有注意到他们抬着的箱子,点了点头就要离开。

樊越和肖彦对视一眼,抬腿跨入了宿舍区,准备加速离开许老师的视线范围。

"等等。"许老师停下了脚步,"你们……"

樊越额角的一颗汗珠立马滚落了下来,他当场慌了:"那什么,我们……"

"慌什么?"肖彦给了他一脚,低声提醒,"沉着应对。"

"你俩身上为什么会有水蜜桃的味道?"鼻子很灵的许老师盯着他俩问。

肖彦:"……"

"多亏了校服上的水蜜桃味转移了许老师的注意力,让我们的四号小冰箱逃过一劫。"回到宿舍,樊越开了几罐汽水庆祝,"感谢彦哥为我们宿舍做出了贡献!"

汤源颤悠悠地接过一罐汽水,肩膀上还蹲着一只摇头晃脑的大橘猫。

"沉着应对,彦哥。"樊越举杯。

"你新校服到了,我给你放在桌子上了。"井希明趴在试卷堆里玩动物森林,听见洛知予开门的声音,头也没抬地说,"洗一下再穿吧,最近天气不错,明天应该能干。"

087

"正好，我刚把校服还回去。"洛知予停在镜子前，发现自己蹭了一身粉笔灰，刚才的他就顶着这副灰头土脸的模样和肖彦闹了一路。

"还回去了？"井希明反复嚼了几遍这话的含义，品出点不同寻常的意味，"洛知予，你没洗？"

洛知予道："呃……没来得及。"其实是忘了。

"你可真行，肖彦没跟你说什么吗？"井希明恋恋不舍地放下游戏，在试卷上写了个名字，"得亏你俩友好度基本为零。"

"啊？"

洛知予没懂，想去问问当事人。

不是知了："嘀嘀嘀。"

高二优秀学生代表："仙女皱眉。"

不是知了："那什么？"

高二优秀学生代表："哪什么？"

不是知了："校服，我洗完再给你吧。"

高二优秀学生代表："泡水里了，全是粉笔灰。"

为了防止掉色，肖彦找了两个盆把衣服分开泡，比洛知予有经验多了。

不是知了："你看我是不是不太礼貌？"

高二优秀学生代表："你看我是不是脑子有毛病？"

不是知了："好嘛，就此揭过，当我没说。"

新的一周，是一中的防震减灾安全宣传周，周一一大早，就有外校的专家组过来参观，一进门就看到了一中传统的大黑板报。

"这么多年了，一中还是保留着这个特色。"过来参观的老师毕业于市属一中，对这里的黑板报有着深刻的印象。

"这是我校高一高二两名很优秀的学生一起完成的。"吴主任自豪地敲了敲黑板右下角那两个名字，"肖彦和洛知予，虽然他们的友好度约等于零，但他们团结友爱，是我校学生的典范。他们都是学生会的成员，等下安全演练的时候大家能看见的。"

防震减灾演习一中每年都有，今年也在老师的组织下进行。警报声一响，学生们就有序地从安全通道撤离，去往开阔的操场。防震撤离到此结束,接下来是学生会承办的减灾演练。

作为一中公认的门面,肖彦担任了演练的主持,在主席台上讲解流程。洛知予坐在他旁边,捧着一杯刚泡好的热茶,帮忙翻 PPT 投屏。

肖彦讲解:"接下来是伤员的救助,我们看到……"

扮演伤员的汤源裹着绷带,舒舒服服地躺在担架上,闭目养神,负责抬担架的学生在激昂的音乐中抬着汤源进场。

"这就是我和你们说的那两个学生,全校重点关注对象,他俩现在关系还算可以。"对于自己正在进行的德育工作,吴主任有说不完的话,"他们合作的次数也多,基本上每一次的任务都能顺利完成。"

秋风不够凉,洛知予捧着纸杯,试图把杯子里的茶水吹凉一些。

一只大橘猫突然冲进演练场地,躺在担架上的"伤员"哀号了一声,从担架上跳起来飞快地跑了。

洛知予在肖彦关麦前发出了毫不留情的嘲笑声,肖彦忍无可忍地捂住他的嘴,结果不慎打翻了桌上的纸杯,烫得两个人都精神一振。

"好痛哦,你真没有良心。"洛知予指责的声音传遍了整个校园。

由于"伤员"过于生猛,原本策划好的演练流程全都乱了套,演练现场出现了不少议论声、笑声、猫叫声,还有某个人的惨叫声。

前来参观的老师:"……"

吴主任脸上的笑容不太能绷住了,他说:"总之……他俩挺特别。"

"烫死了,你才没有良心。"肖彦拿起桌上的纸杯丢进了地上的垃圾桶里,这才记起来要关麦。

老师口中"挺特别"的两名学生关了麦,手忙脚乱地收拾一片狼藉的主席台,两人身后的投屏没关,停在了洛知予翻过的上一张 PPT 上,PPT 上白底黑字清清楚楚地写着"遇事一定要沉着冷静"。

"他们在说什么?"张曙踮起脚张望,"彦哥把洛知予怎么了?"

"不知道。"樊越把他扯了回来,"快快快,你去当伤员顶替一下汤圆。"

张曙刚代替汤源躺上了担架,汤源就从两人身边哀号着呼啸而过,一只胖橘猫从张曙身上猛地踩了过去。

樊越:"……"

"最近学校怎么这么多大橘猫?早知道刚才我去扮伤员了,躺着还省事。"洛知予的手背被茶水烫红了一小块，他问肖彦，"还挺疼的，你烫哪儿了，要紧吗？"

纸杯被打翻的时候，一半热茶泼在了洛知予的手背上，另一半泼在了肖彦的裤子上。

"没事……"肖彦摇头，在电脑的空格键上敲了一下，换了张PPT。

"让我看看？"洛知予今天就干了两件事——泡茶和翻PPT，茶杯倒了，让他有点过意不去，虚情假意也好，真心实意也罢，他都打算关心一下肖彦。

肖彦被他这话问得后退了一步，嫌弃般摇了摇头。

洛知予："嗯？"矫情什么呢？

毫无控场经验的两人继续合作，肖彦开了麦，洛知予继续翻PPT，讲完最后几张已经没人听的安全知识后，刚好听见了大课间结束后的上课铃声。

原本喧闹的操场逐渐安静下来，各班学生排成队列，有序地走向教室。

"你俩刚才干吗呢？"樊越小跑几步，追上肖彦和洛知予。

"开水不小心洒了。"洛知予还在揉自己的手背，"你当我俩在干吗？"

樊越如释重负地说："我还以为你俩又闹起来了。"

洛知予："哦。"

肖彦："……"

由于这次防震减灾安全演练状况百出，没有达到科普的目的，校方决定择日重新进行晨会演练，签着洛知予和肖彦名字的黑板报还会在一中的大门口保留一段时间。

一中校园论坛又开了新帖——"这是我进一中以来最精彩的一次晨会哈哈哈哈"。

1楼："老吴的脸都绿了，哈哈哈哈，我都要心疼他了，搞教育工作遇上这俩家伙真是不幸。"

2楼："还好吧，大哥言重了，等到市联考的时候你会发现，他俩挺能给学校长脸的。我倒是心疼汤源,猛士真的不容易,绕着操场跑了三圈才甩掉那只大橘猫。"

3楼:"洛知予和肖彦一如既往地好笑。"

4楼:"他俩最近同时出现的频率很高,每日一问,今天彦哥洗白了吗?"

5楼(硝烟弥漫):"@吴主任@徐主任,老师,有人上课玩手机刷论坛,建议严查。"

"本节体育课体育老师有事,改上数学。"张老师站上讲台,教室里的说话声渐渐小了下去。

"体育老师天天有事。"井希明小声说。

"唉。"洛知予往胳膊上一趴,"我想出去打羽毛球。"

"洛知予。"张老师点了名,"就是你,之前假扮高二年级肖彦的那个。"

全班开始哄笑。

"你上来解一下这道题。"张老师拿着三角尺敲了敲黑板,"别只写答案,把演算过程写全。"

洛知予乖乖站起来,走到讲台上去解题,张老师走下讲台,依次看班里同学的做题情况。

这题对洛知予来说不难,只是要写满演算过程多少要耗费一点时间,洛知予写了小半块黑板时,余光瞄到了一个熟悉的身影。

肖彦敞着他那身蓝白色的校服,拿着羽毛球拍,和樊越一起路过高一(3)班的门口。他们班这节课也是体育课,准备去操场的两个人手上都拿了雪糕。路过高一(3)班时,肖彦顺势对着那个熟悉的座位给了个眼神,却意外地没看到洛知予,洛知予在讲台上做题。

洛知予瞧见肖彦的那一刻就已经分心了,手上的粉笔写出了一行狗爬字。

肖彦把脚步放得很慢很慢,冲着阳台外的操场指了指,用口型示意:出来玩啊,知了,打球吗?

洛知予小声道:走开,做题呢。

"洛知予。"张老师吼了一声,"你不好好做题,让谁走开呢?"

"他……"洛知予一指窗外,窗外站着的两个人以窗台为掩体,以极快的速度蹲了下去。

张老师:"嗯?"

洛知予:"……"

"没事,老师。"洛知予咬牙切齿地在黑板上写出了一行算式,"我找找做题的灵感。"

洛知予在全班同学钦佩的目光中回到了自己的座位上,他把桌上的两堆书摞得更高,挡住张老师的视线后,打开了微信。

高二优秀学生代表:"哈哈哈哈哈,活该!"

不是知了:"你等着。"

"不是知了"修改用户备注为"臭橘子"。

臭橘子:"我等着。"

晚自习时间,高二(3)班进行了一场当堂测验。

"大家自觉点啊,常识课的当堂测验也没什么好抄的,分数不计入评优,不合格的重新上这门课就好。"许老师把试卷分发下去,看了看时间,"家里有点事,我得先回去,没有人监考。有人交头接耳的话,肖彦帮我记一下名字,考完以后陆明归同学帮我收一下试卷。"

"发一下试卷。"许老师把试卷递给樊越,"有三个版本,别发错了。"

第一大题,选择题。

第一小题(常识题):天色已晚,有一位同学邀请你出门玩,他没有明确的目的,且只邀请了你一个人,言语之间闪烁其词,此时你应该怎么做?

A. 兴高采烈地一起出去

B. 义正词严地拒绝他

C. 勉为其难地答应他

"简单,不带脑子选。"樊越已经开始做题了,"赶紧考完写作业。"

的确简单,这是送分题,傻子才不选 B。肖彦拔掉钢笔的笔盖,笔尖刚停在纸上,他身侧的窗户突然传来了轻轻的叩击声。

高二年级都在考试,走廊上静悄悄的,洛知予躲在墙边,声音很轻:

"出来玩啊,彦哥。"

这座城市的另一端,一栋商业写字楼里灯火通明,正在进行一场商务会议,肖家和洛家就一个平台合作项目争得头破血流,最终也没能争出个结果。两家是同行,经营的都是娱乐传媒产业,公司又在同一座城市,从跨入这个行业的第一天开始,他们就水火不容,这么争了二十年。两家在当地都赫赫有名,关系却一如既往地差。

洛知予他爸洛总说:"走着瞧。"

肖总毫不示弱:"行呗,走着瞧。"

"知予下周是不是要回来?"坐上车的洛绎问洛知予的姐姐,"不知不觉他开学都快一个月了吧。"

"好像是。"洛思雪对着镜子卸妆,"这周末高一月考,他下周末回家。"

"对了,小予现在是不是和肖彦一个学校?"洛绎记起来这件事,"就是肖家那孩子。"

"对的,他俩没少闹矛盾,见面就像斗鸡。"洛思雪说,"他们从小就掐,明明不同年级也不同班,之前还在不同的学校,也不知道是怎么闹起来的。"

"前几天小予说他俩的友好度接近零,我想这就不奇怪了。"洛绎说。

"按理说生意上的事我们吵我们的,和他俩无关,但他俩喜欢掐,就让他们掐吧。"洛爸爸很放心,"反正这么多年了,我们小予也没有因为肖彦被叫过家长。"

"爸你不怕我弟吃亏?"洛思雪挑眉道,"我怎么隐约记得他俩互撕的起源是洛知予。"

"得了吧。"洛绎说,"你弟被惯坏了,只会让别人吃亏。"

高二(3)班的教室门口,洛知予往窗口又迈了一步,努力加重自己的存在感。

"快点,出来玩。"他又敲了敲肖彦旁边的玻璃窗,试图让肖彦也体会一把上课时看见别人在玩的那种羡慕感。

肖彦试卷上的"B"选项刚写下去,笔尖就停在了纸上。

肖彦的同桌、前桌、前桌的同桌，正在进行一段眼神加脑电波的交流。

樊越：天色已晚？

汤源：同学？

张曙：邀你出去玩？

新加入的陆明归：噫，这不就是试卷上的题目吗？

紧接着，他们瞧见肖彦若无其事地放下笔，把试卷用笔盒压好，站起身踱着步从教室后门出去了。

教室里响起了一大片嘈杂的说话声，大家你看看我我看看你，笑得意味深长。

维持班级纪律的人溜了，班里一下子乱了套，交头接耳的、对答案的，干什么的都有。

同学1："第五题选什么？"

同学2："A！你上课有没有听课？来对下答案，第二题选什么？"

同学3："怎么了？你们在笑什么？你们试卷上有什么题，那么好笑吗？"

同学4："哈哈哈哈哈，许老师哭晕在厕所。"

"试卷是试卷，现实是现实。"樊越替肖彦维持了一下纪律，"大家快写吧，好好填，第一节晚自习下课就要收。"

走道里，肖彦靠在墙边，欲言又止。

"咦，真出来了啊。"洛知予本来打算皮完就跑，没想到肖彦真的出来了，他挺意外的，"那我还挺荣幸的？"

"你刚才叫我什么？"肖彦挡住了他离开的路。

洛知予先是一怔，随即想到了自己刚才刷存在感的行为，目光闪烁间都是狡黠的意思，道："受宠若惊啊，彦哥？"

"洛知予。"肖彦往前走了两步，把人堵到了楼梯拐角处，低头时看见了洛知予校服上崭新的名牌，他抬手用指尖敲了敲洛知予的名牌，"你可真会挑时间，你缺德你知道吗？"

"谁让你上午在我教室外吃雪糕，还让我出去玩。"洛知予的鬼才逻辑又来了，"我只是照搬了你的行为，所以你也觉得你缺德吗？"

"……"肖彦掰了下手指，威胁他，"你最好有事，不然……"

肖彦的校服穿得整整齐齐，身上的橘子味藏得好好的，可即便如此，由于太过熟悉，肖彦靠得太近的时候，洛知予还是出于本能觉得有一些压迫感。

"说起来，我还真有事，刚好跟你说说。"洛知予从口袋里翻出了一份文件，把折了十几下的皱巴巴的文件展开，递给肖彦，"看，秋季运动会。"

"你想参加？"肖彦问他。

"我不干，运动会放三天假，我为什么不回家？"洛知予说，"我们是市属学校，市级中学生多项运动评比也在我们这边进行，所以我们要和新媒体那边合作设计宣传海报了。"

"知道了，樊越有跟我提这件事，文艺部忙完这一场，这学期就没别的工作了。"肖彦接过文件，问，"你这周末月考？"

"对的。"洛知予点头，"下周回家没时间弄这个啊，我很忙的。"

"要不，你别回家了？"肖彦提议。

洛知予："嗯？"

肖彦回去的时候，教室里静悄悄的，所有人都在埋头做题。连樊越他们几个都在奋笔疾书，仿佛刚才什么事情都没有发生，他们也什么都没看到。

肖彦绕过樊越回到了自己的位置，埋头写试卷。

他的手机在振动，洛知予回了楼下，又给他发了消息。

知了："搞定，下周末我不回家了。"

硝烟弥漫："这么快就决定了？"

知了："回家也没什么事，跟我爸我姐说一声就好了。"

知了："考虑到你家和我家又在抢单子，我没说和你一起留校。"

知了："我说我和一位不愿留下姓名的同学有点事要去办，这周就不回去了。"

硝烟弥漫："仙女皱眉。"

知了："希望我们能有个愉快的周末。"

知了："要不要画完顺便出去玩玩？我来了这个市区后还没在周围逛过。"

知了："玩吗？彦哥。"

"快写，和谁聊天呢？"樊越瞄到了肖彦的手机屏幕。

肖彦说:"做题做题。"

第二天傍晚,许老师带着一沓试卷怒气冲冲地走进了教室。

"白教你们了。"许老师把试卷摔在了讲台上,点了几个人的名字,"站到门口去,肖彦你坐下,没你事。"

教室里站起了几个学生,走到了门口站好。

"第一题是常识题,知道什么是常识题吗?"许老师喝了口茶压压火气,"常识题就是,就算我不教你们,你们也应该知道怎么答。"

"这是送分题啊!你们怎么回事?都选了 A 选项。"许老师怒不可遏,"全年级只有你们班出错率这么高,你们是我带过的最差的一个班!"

肖彦:"……"

"看看题干,笔拿出来!"许老师说,"跟着我把关键词划出来,'天色已晚'说明什么?说明时间不对,'只邀请你'这个重点看到了吗?看你们的试卷!你们在看哪里?别告诉我你们不知道正确答案,收一收你们的小心思,难道只有肖彦最正直吗?"

几个被罚站的学生向正直的肖彦同学投去了哀怨的目光。

"兴高采烈地一起出去?"许老师拍了拍讲桌,"你们见过谁这么干吗?但凡是我带过的学生就没有这么干的。"

十来个人继续输出哀怨的目光。

一分钟后,正直的肖彦同学默默地站起来,加入了罚站的队伍。

许老师:"嗯?"

罚站的一排人默契地、庄严地、认真地给肖彦鼓起了掌。张曙拍了拍肖彦的肩膀,汤源把最好的位置让给了肖彦,樊越握了握肖彦的手,眼中饱含热泪,重重地点了点头。

班里坐着的同学在憋笑,有人立起书来遮挡自己疯狂上扬的嘴角。

"我知道你们班班风好。"许老师把卷子放在讲台上,皱眉看着被罚站团队簇拥在中央的肖彦,实在是无法理解这帮高中生,"但你们也不用这么团结友爱吧。"

一中校园论坛实况转播了本次事件——"哈哈哈哈哈,我刚才路过高二(3)班,他们班好多人在罚站,笑死我了"。

1楼:"排得整整齐齐,许老师挨个批评。"

2楼:"谁能告诉我发生了什么吗?"

3楼:"貌似是一道送分题,他们都答错了。"

4楼:"什么题?有他们班的人吗?试卷贴上来看看。"

5楼:"来了来了,其实就是一道常识题,而不是都答错,彦哥答对了,不过刚才他自觉走进了罚站的队伍,他是全班唯一一拿满分的。"

6楼:"兴高采烈地一起出去玩,哈哈哈哈哈,他们做题目干吗这么真情实感?"

7楼:"那个答对了还主动罚站的是怎么回事?哈哈哈哈,这么有集体意识的吗?"

8楼:"隔着楼层感觉到了微妙。"

"听说高二(3)班好多同学都被罚站了。"井希明刚刷完校园论坛,"大家都去看热闹了,我们要不要也去瞅瞅?"

高一(3)班组成了临时观光团,打算去楼上打卡看热闹。

洛知予在埋头写试卷,闻言从抽屉里翻出了自己的手机:"什么题这么难?全班都错了。"

洛知予打开论坛找到帖子,点开了某位同学上传的试卷照片。这第一题……好像跟他昨晚去找肖彦的情况完美重合啊。但他没别的意思啊,他就是挑衅一下,这不是他的错,是某些人误读了题干。

联想起肖彦昨天的反应并莫名其妙地在脑海中还原了事件前因后果的洛知予埋头扎进了书海中,任同桌怎么喊都不肯出去。

"好反常哦。"井希明对观光团众人说,"平时肖彦有难,他第一个欢呼。"

洛知予仿佛没有听见,牢牢守住了他的课桌,把所有注意力都放在了面前的试卷上,就好像他从来都没有如此热爱过学习。

观光团走后没多久,秋宜进了教室。

"怎么少了一大半人?"秋宜看着空空荡荡的教室,问,"怎么在晚自习时间到处跑啊?"

"他们去厕所了。"洛知予冷静地说,"食堂的菜太咸了。"

"这么多人都去厕所了?"秋宜有些怀疑,但也没在这个问题上深究,他认为通知正事更重要,"通知两件事,考虑到你们明年学习任务重,校方决定把常识课挪到本学期,四次课,到时候会安排老师给你们上。"

"还有一件事。"秋宜敲敲黑板,又说,"这周末的月考是我们高一开学以来的第一次大考,大家都长点心吧,好好复习。"

秋宜通知完考试的事情就离开了,观光团在楼上遇到了巡视的徐主任,被骂了回来,一个个低着头翻开了作业。

"学学你们班洛知予。"徐主任站在门口发火,"人家成绩好不是没有原因的,这种时候人家怎么没去凑热闹?"

洛知予:"……"

"主任。"洛知予在观光团钦佩的目光里谦虚地说,"不用夸我,让人怪不好意思的。"

距离晚自习下课还有半个多小时,洛知予已经写完了当天的作业,百无聊赖地趴在课桌上,给语文书上的古人画了个双马尾。口袋里的手机在振动,某人罚站完毕,发来了消息。

臭橘子:"忙什么呢?怎么没见你来观光?"

不是知了:"怎么?高二(3)班门口那块地今晚人流量那么大,不够满足你啊?"

臭橘子:"洛知了。"

不是知了:"啊?"

臭橘子:"你可太能给我惹事了。"

不是知了:"不敢当不敢当,我不是故意的,不许碰瓷。"

臭橘子:"我感觉我声名日渐狼藉。"

不是知了:"有吗?臭橘子。"

"不是知了"撤回了一条消息。

不是知了:"来都来了,顺便问你道题。"

洛知予对着桌子拍了张照片发了过去。

不是知了:"我这句翻译是不是不太对?我没找到答案。"

臭橘子:"呃……这才开学一个月,你的书怎么就被你画成那样了?"

臭橘子:"这套卷子我去年写过,我给你看,你等我待会儿下课去找一下。"

不是知了:"好嘞。"

本周末,高一年级迎来了他们开学以来的第一次月考。周日下午,早就写完了试卷的洛知予在考场上坐到了最后一刻,把试卷交给监考小助手,然后慢悠悠地晃出了考场。他和井希明会合,路过办公室门口时遇到了肖彦。

肖彦拿着他的水杯在饮水机前接水。

井希明又有种熟悉的、不好的预感。洛知予手上还拿着刚才考试没用完的草稿纸,看到肖彦的一瞬间,他把草稿纸团成了一个纸球,瞄准了肖彦的后脑勺。又来了,井希明准备跑路了。

"洛知予。"肖彦从饮水机金属外壳的反光中看到了一个眼熟的身影,立刻转身,"你站住,你手上拿的是什么?"

他走过去一根根掰开了洛知予的手指,抢走了洛知予捏在手心的"凶器"。洛知予皮了那么多回,这次被抓了个现形,眨眨眼睛看着肖彦,就差没在自己身上贴个"无辜"的标签了。

"知了,你是不是三天不打上房揭瓦?"肖彦低声问,"我以为你多少能坚持一周不招惹我。"

"我就路过。"洛知予装路人。

"你继续编。"肖彦说,"你刚才手都举起来了。"

吴主任不知什么时候走到了门口:"你俩又……"

"我俩正在进行友好的交流。"洛知予抽回手,在肖彦的肩膀上重重地拍了两下,翻脸比翻书还快地笑了,"对吗?彦哥。"

肖彦:"呵……对。"

惹事未遂被当场抓包的洛知予顺利离开现场,抓到洛知予却没能教训他的肖彦继续进办公室帮忙改试卷。

高一年级的月考试卷已经全部装订完毕,看不到学生的姓名。

"我们阅卷,一定要做到公平公正,各位来帮忙的高二同学也一样。"吴主任喝了口茶,读了阅卷规定,"客观题有标准答案,主观题有得分点,要答到点上才能给分,必须看关键词。要客观公正,要保证你们在平稳的情绪下进行阅卷工作,给学生一个公平的分数。"

参与阅卷的老师和同学们纷纷点头,打开了自己手里的试卷。

肖彦也打开了自己分到的试卷,对照答案批完了客观题,在阅卷助手那一栏写上自己的名字。这是一位优秀的同学,选择题只错了最后一题,接下来肖彦要批阅的是主观题。

肖彦:"……"

这份试卷的字太有个性了,主观题答题区域前几行字是略带风骨的瘦金体,东倒西歪,但好歹能认。写了两行后,这名学生大约是觉得速度不够快,答题答得不够潇洒,立马脱离了原本的字形,开始放飞自我。整张试卷所有的主观题区域这位同学都认认真真地写满了,可答题的字迹统一歪出了一个角度,把试卷斜着看的话,勉强算是丑得整整齐齐。不用看班级和姓名,肖彦也知道这是谁的试卷。

吴主任那边又开始强调:"所有参加工作的老师和同学,我们在阅卷的时候不应当带有任何私心,不要偏袒,不要偏心……"

"主任。"肖彦突然举手,"给我换一份试卷。"

"我还以为你对他失去了兴趣。"考完试的两个人走出了教学区,井希明跟洛知予说,"我上次喊你去楼上围观,你沉迷于学习,我还当你痛改前非决定从此以后不招惹肖彦了。"

谁知道这人只是那一天反常,其他时候都还是江山易改本性难移,在肖彦打人的边缘疯狂试探。

"我就跟他打个招呼。"洛知予揉了揉这两天做题做得有点酸疼的手腕,脸上还带着点遗憾,"可惜刚才没成功。"

"你见过谁这样打招呼吗?正常人会这样打招呼吗?"井希明实在不懂他这种特殊的问候方式,"你别拿你那无辜的眼神看我,你是不是还挺遗憾?"

"见过啊。"洛知予理所当然地说。

"谁?"竟然还有和洛知予一样的惹事精,井希明很是好奇。

"肖彦本人。"洛知予说,"你是不知道,他以前就是这么对我的。那会儿小学我走读,他在我隔壁学校,我俩家在一个小区,放学得走一条路,他见我一次就'问候'我一次,用的不是梧桐果子就是废纸团,坏得很。"

井希明:"……"真是说不出这两个人哪个更欠揍一点。

阅卷办公室里,吴主任面带错愕地接过了肖彦递来的试卷。

肖彦脸上像是明明白白地写着"公正无私"四个大字,半点也看不出异样。

可以看出,这张试卷的主人在主观题答题的过程中经历了从"我想要好好写字"到"我写的是字就成"的心理过程,写得满满的答题区歪出了"一行白鹭上青天"的气势,乍一看挺乱,再一看就有种诡异的整齐。

这字勉强能看,不至于做不到公平公正吧?但肖彦这样的小要求吴主任还是会答应的。

"行,你换一份吧。"肖彦这份试卷被吴主任传给了阅卷组的老师,樊越把自己的那一摞试卷分出一半递给肖彦。

"现在辛苦大家了。"吴主任说,"等到联考就好了,到时候直接机器阅卷,不用我们手动工作了。"

肖彦拿着新试卷,手中的红笔批得飞快,之前从洛知予手里夺过来的小纸团被他展开放在了一边。洛知予没在草稿纸上写多少和试卷题目有关的东西,反倒把考场窗户外的那棵银杏树画了个七七八八。也不知道洛知予考试的时候在想什么。

几位老师边批试卷边聊天,不知怎的,话题就转到了几个学生身上。

"汤源这孩子,羡慕死我了,我要是有他这先天条件,自带猫薄荷味,不愁撸不到猫。"

"我们宿舍时常有猫拜访。"肖彦把算完的成绩填到了手头那份试卷上,"汤源买了不少猫粮,拿来哄学校里的大小橘猫。"

"说起来。"吴主任把目光投向肖彦,"肖彦,你和洛知予最近相处得还可以吗?"

办公室里安静下来,大家都看向了肖彦。

"还可以。"肖彦说。

"行,那我就放心了。"吴主任很欣慰,"我看你俩最近也没什么冲突,洛知予这孩子是调皮了点,但本质不坏,如果你们能好好相处,他应该是一个很值得打交道的人。"

樊越:"……"

那叫一个值得。

"好的。"肖彦回答得特别官方,"作为一中的重点关注对象之一,

101

我保证和洛知予好好相处,不给学校添麻烦。"

洛知予没回宿舍,他坐在操场边看井希明和班上的一个女生打羽毛球。生活区没人管手机,看台这边也只有他一个人,他舒舒服服地靠在座椅上,拿手机放了首歌。

高一(6)班的严梓晗观察他很久了,终于没忍住走了过来,问:"你为什么不去打球?你是来晒太阳的吗?"

"我不晒太阳,也不打球,就坐会儿。"洛知予往旁边挪了挪。

"干什么呢?"一只手突然伸过来,抓住洛知予的衣领。

"干吗?"洛知予不用回头也知道是谁。

肖彦松开手,在洛知予旁边坐下来,拧开手上的矿泉水瓶盖,仰头灌了几口水,说:"刚好你俩都在,我们下周开始讨论今年秋季运动会的海报和黑板报吧。"

"好啊,路璐到时候也会来,我们几个人一起做的话效率会比较高。"井希明他们在叫严梓晗,严梓晗站起来说,"我去打会儿球,你们聊。"

严梓晗走下看台,这个区域只剩下洛知予和肖彦两个人。

"我和你没话可聊。"洛知予还在记恨刚才被扯了领子。

"我和你也没话可聊,我就是顺道过来通知一下工作。"肖彦也说,"你可以走了。"

"凭什么?"洛知予不服,"我先来的这里,凡事都有个先来后到吧!"

"那你别走呗,又没人逼你走。"肖彦从书包里翻出一本单词书,"反正我现在不想走,这里风水挺好的。"

洛知予:"……"还扯风水,这人分明就是来计较他拿纸团砸人未遂的事情的。

洛知予收到了两条新消息。

墙头草:"哇哦,你俩竟然能好好地坐在一起聊天。"

墙头草:"一起去医院做检查之后果然不一样了呢。"

不是知了:"嗯?"阴阳怪气的,拖出去打。

不是知了:"你瞎啊,我俩在较劲,看不出来吗?"

过了九月，逐渐开始昼短夜长，才刚过下午五点，看台边的路灯就亮起了柔和的灯光。肖彦在单词书页上折了个小角，把书收进了书包里。

洛知予在速写本上画了空旷的篮球场和远处的教学楼，他只简单画了个轮廓，篮球场上没有人，掉进篮筐里的不是篮球，而是一只硕大的橘子。

"呃……你画画的时候都在想些什么？"肖彦看了他半天，终于忍不住发问了。

两个人在小看台上无声较劲这么久，太阳都落山了，他俩明显都累了，气氛稍稍有点缓和。

"肖彦啊。"洛知予绷不住了，先开口说话。

"叫彦哥，我比你大。"

"矫情。"洛知予不情不愿地叫了声"彦哥"，问，"月考之后第二个月是不是就要期中考了？"

"想什么呢？"肖彦说，"期中考前就有第二次月考，一中就这样，等你高二了还有开学考和周考。"

"怎么了？"他问洛知予，"虽然大家都不喜欢考试，但考试对你来说好像没那么难吧，我看你选择题正确率挺高的。"

"你怎么知道的？"洛知予觉得这句话的信息量好像有点大。

肖彦还没想好怎么解释，洛知予的手机先一步响起了视频通话的提示声，洛知予接通电话。

"哈喽，知予。"视频里是洛知予许久未见的姐姐洛思雪，"一个多月没见，有没有想姐姐和哥哥啊？"

"没有，谢谢。"洛知予答得很干脆。

"好吧。"洛思雪对他的反应毫不意外，自顾自地问，"高中生活怎么样？我看你都学会自己洗衣服了。"

"挺好的，除了食堂的菜有点难吃，别的都不错。"洛知予举着手机往自己的方向移动了一点，避免不小心让肖彦入镜。

"我寻思你也过得不错。"洛思雪说，"下周你不回家了？和某位不愿留下姓名的同学一起出去办事？啧啧啧，你确定不是出去玩？"

洛知予："……"他今天出门时没戴耳机，这会儿开的是外放。

肖彦闻言笑得有些凉。

"随你吧,不回就不回,出去玩可以,但是要注意安全。现在骗子可多了,专门挑你这种高中生骗。"洛思雪提醒,顺便还举了些例子,其中有的例子洛知予竟然听过。

"好的好的。姐你放心,他人品OK的。"洛知予说完就挂断了电话。

"我只是找你做学生会工作……"肖彦的怨气有点大。

"没事。"洛知予拍了拍他的肩膀,"这么点分辨力我还是有的。"

周一上午,高一年级的月考出了成绩,洛知予去了趟洗手间,回来时发现自己的桌上多了好几张试卷,惊讶道:"这么快的吗?"

"高年级学生帮老师们批改试卷,效率还是很高的。"井希明在核对自己的分数,"你不需要算分吧?你甩了第二名那么多分。"

分还是要算的,和名次无关,对洛知予来说,这是考完试的一种乐趣。选择题没什么好计较的,洛知予看完选择题,翻开了简答题和论述题。论述题的论述扣了一分,卷面扣了三分。

洛知予道:"好家伙,卷面扣我这么多分?"

"谁给你批改的?对了,有个班主任特别重视卷面整洁,像你这种一排都涂掉划掉,还在试卷上乱涂乱画的,在他那里要被扣很多卷面分的。呃……该不会是他改的吧?"井希明把洛知予的试卷翻过来,"是他改的你就只能自认倒霉了,要是别人的话,你大概还能争口气。"

"让我来看看是谁干的。"洛知予气势汹汹地查看阅卷人签名,第一眼看到的却是阅卷助手——肖彦。

高一年级组的办公室里,几位参与阅卷的老师正在聊天。

"终于能休息一下了。"月考一过,紧张的氛围有所缓解,连老师们也放松了许多,"别说学生了,我们也不喜欢考试,周末不能休息,还要批改试卷。"

"好在高二的学生愿意帮忙。"

"你们带的班上都发试卷了吗?"秋宜问,"趁着大课间,我们班学生的试卷都已经发下去了,刚好让他们看看自己的成绩,冷静冷静。"

"对了,秋老师。"高一(4)班主任说,"我刚才看了眼你们班洛知予的历史试卷,是我批改的,他答得很好,可以看出来知识点他都很熟悉,答题内容也符合要求,就是那字,还有他那喜欢在试卷上即兴创作的毛病,得改改。"

高一(4)班班主任又说:"所以我多扣了他几分卷面分,你记得跟他聊聊,让他别生气,要戒骄戒躁,借此机会好好反思。高考的时候,每一分都很重要,要保持卷面的整洁,现在扣分总比高考时扣分要好。"

"老师们都是为他好。"秋宜笑眯眯地说,"洛知予会理解的。"

秋宜打算去教室里看看洛知予的情况,在窗外却发现洛知予的座位是空的,人不知道去了哪里。

"洛知予在教室吗?"秋宜问经过走廊的井希明。

"在。"井希明答得吞吞吐吐,眼神躲闪,心虚得明明白白。

秋宜放眼望去,实在没能找到人,又问:"他在哪里?"

井希明硬着头皮指了指教室的天花板:"楼上。"

肖彦在洗手间的门口看见了慌慌张张的张曙,不解地问:"这么急?"

"我不急,你比较急。"张曙都来不及喘口气,"你又干了什么?洛知予扛着扫帚找上门来了,正在我们班门口堵你。"

肖彦:"啊?"

他没干什么啊,昨天傍晚他和洛知予还状似友好地并排坐在看台上聊天啊,现在这是怎么了?

"我想……这大概是一个误会吧。"肖彦话音刚落,看见了张曙身后缓缓升起的小扫帚,"我今天还没来得及招惹他啊。"怎么报应先来了?

"浑蛋!"洛知予一步冲过来,"速来受死!"

"你冷静。"肖彦一把抓住了洛知予手中的扫帚,抛给身后的张曙,然后捂住洛知予的眼睛,把他从洗手间门口推了出去,"来,我们出去说,别堵在洗手间门口。"

这里人流量大,他俩再不走,等下洛知予扛着扫帚冲进厕所揍他的事情就会传遍校园的每一个角落。

洛知予被肖彦一路带到了走廊尽头,他用一种"你竟然是这种人"的目光把肖彦从头到脚打量了一遍后,当着肖彦的面展开了一份试卷。

"解释一下?"洛知予抖了抖手里的试卷,"肖彦老师?夹带私货?"

不需要洛知予多说,阅卷助手签名区那潇洒的"肖彦"二字足以描述事件起因。

肖彦:"噗。"

他先前签名的时候太潇洒,压根没想到那阅卷老师做坏事不留名,扣了洛知予那么多卷面分,用的却是他肖彦的名字。

"你再笑。"洛知予想去捡扫帚了,"你还笑。"

"你过来。"肖彦伸手搭上洛知予的肩膀,一只手镇压着他,另一只手指着卷面上的计分栏,"我保证,这次不是我干的。"

"什么意思?你还想有下次?"

"……"肖彦努力挽回自己的形象,"知了,你这样想,要是我扣的,我会只扣这么点分吗?"

"呃……有点道理。"洛知予觉得这也不太像肖彦的风格,"你说得对。"

"嗯?"肖彦只是举个例子,"我在你心里那么不堪吗?"

"不是你自己先提出来的吗?你难道还在乎你在我心里的形象?"

眼看着两个人又要发生肢体冲突,有人及时来到了现场。

"两位同学,又见到你们了。"正打算去某个教室的吴主任在走廊尽头发现了两位熟悉的同学,特地走过来,"你俩不同年级不同班,最近怎么总是凑在一起?"

"主任好。"洛知予是懂礼貌的好学生,见到吴主任的第一时间就把他接下来要问的问题猜了个大概,"没打架,我问他题呢,肖彦毕竟上高二,懂得多。"

洛知予拎着试卷摇了摇,又说:"我要是真找他打架,会只带着张试卷上来吗?是吧,主任?"

肖彦:"……"

"是这个道理,咦?"吴主任认出了他手上的试卷,"这份卷子是洛知予你的啊。"

"是我本人的。"洛知予点头。

"那天批试卷的时候我见过,印象还挺深。"吴主任说,"你的试卷最开始是肖彦批改的,后来他大概是怕自己会偏心,就换给了高一(4)班的班主任批改。"

洛知予这才知道:"高一(4)班班主任……"那就不奇怪了。

"你们聊吧,慢慢讨论。"看见两位同学的关系越来越好,吴主任心情也很愉快,"我先去给我们班上课了。"

吴主任刚走远,两个人立马分开。

洛知予冷笑:"你偏心我?"

肖彦哂笑:"你做梦。"

不过卷面分的事情到底是个误会,肖彦没有做错,洛知予甚至觉得,在这件事上他彦哥还真有一点冤。

"彦哥,你过来点。"洛知予说,"快一点。"

肖彦往洛知予的方向挪了一步,问:"你又想做什么?"

根据他和洛知予以往的相处经验,洛知予的想法不太能以常人的思路来衡量。

洛知予无辜地说:"看你挺冤的,我安慰你一下。"

肖彦其实心情不错,他日常招惹洛知予,今天提前完成任务,算得上有点惊喜。

洛知予好像有点纠结,四处看了看,确定周围没人后,他抿了抿嘴,像是做了个不得了的决定。接着,他微微踮脚,举起右手轻轻揉了揉肖彦的头发。

下一秒,洛知予拔腿就溜了。

肖彦一个人站在原地,微怔,看着某人落荒而逃的背影,好像又闻到了似有若无的桃子味。

肖彦给洛知予发消息。

硝烟弥漫:"你刚才是在表达你的歉意吗?"

知了:"算是吧。表达完了,我们就当无事发生吧,此事就此揭过。"

硝烟弥漫:"那我心是有多大?说说,哪儿学来的?"

知了:"我姐看的电视剧,有问题?"

知了:"上课去了,下次再拿到我的试卷,你就自己留着改吧,别再给四班那老师了。"

硝烟弥漫:"……"

当天晚自习时,洛知予拿到了自己的常识课新课本,他写完作业,打算预习一下常识课的知识。

"作业写完了?"井希明见他翻开了别的书,"看你挺闲的。"

"写完了,预习一下明晚的课。"班里很安静,洛知予说话也很小声,"应该没什么难的吧。"

"常识课有什么好预习的,这个考试人人都能过。"井希明摘了眼镜,低头继续在草稿纸上算数学题,"你可以直接看练习题,就知道有多简单了。"

课本不算厚,很多知识点洛知予先前多少知道一些。所以,洛知予直接翻到了最后的习题部分,试着做了一下判断题。

练习册第二部分,情景判断题。

请结合本课程学到的知识,判断以下行为的对错,在括号里打钩或打叉。

1. 小红和小蓝只是同学,小红动不动就和小蓝勾肩搭背,目的是表达自己的友好。(√)

2. 小蓝同学今日心情不好,小红为了安慰小蓝,摸了摸小蓝的头。(√)

3. 小蓝同学给小红吃好吃的,小红接受了,并十分期待下一次再吃。(√)

4. 小红同学的校服丢了,为了不被扣分,借了小蓝的,机智地保住了自己的学分。(√)

5. 小红同学觉得小蓝身上很香,所以多次当着小蓝的面夸了他。(√)

6. 小蓝同学执勤的时候,发现小红违反校规,不顾小红的求情,狠狠地扣了小红的学分。(×)

7. 小蓝同学某天发现小红的衣服没有穿整齐,顺手帮小红整理了衣服。(√)

这些题目没什么难度,立足于日常生活,仅凭常识就可以判断,洛知予做完这几题,翻开课本附带的答案册,核对了一下答案,结果——全错。

洛知予难以置信道:"这答案是错的吧?"

高二（3）班的教室里，肖彦收拾好自己的书包，把一张请假条放在桌上，和樊越一起出了教室。

"明晚是我们组值日。"肖彦出教室的时候看了看教室门口的值日表，"到时候别忘了。"

"忘不掉。"樊越打了个哈欠，"不过刚好赶上周五全校大扫除，工作量好大啊。好在明晚没有晚自习，大扫除结束就是周末了，刚好回家过个周末。"

"你回吗？回的话可以一起走。"樊越建议。

"你自己回吧。"肖彦说，"我得监督一年级小朋友的学生工作。"

"学生工作……完了！等下学生工作讨论要用U盘，我的U盘放在另一件校服的口袋里了。"樊越一拍脑袋，"就是和高三他们合作的方案。"

"你上次让我看的时候，我似乎在手机上备份了，等下用我手机投屏吧。"肖彦说，"都是自己人，没关系。"

"也行。"樊越点头，"还是你靠谱，运动会事情多，忙完这阵子就没那么多事了，可以专心学习了，虽然我并不想专心学习。"

两人从楼上下来，路过了高一（3）班的教室，灯光下，洛知予拿着笔，全神贯注地盯着面前的书，不时在纸上写写画画，肖彦停下脚步在窗边看了片刻。

灯光下，洛知予的侧脸显得很温和，他微微皱眉，甚至无意识地咬了下嘴唇，像是遇到了什么难题。

"需要帮你叫他吗？"窗边的同学认出了肖彦。

"不用。"肖彦摇头拒绝，和樊越一起离开，"别打扰他。"

"看不出来啊。"樊越没见过这么认真的洛知予，"他平时那么能折腾，晚自习学习的时候倒是怪认真的，头都没抬。"

"不好说。"平时的洛知予，不管窗外路过的是谁，他都是要回头看看的，今天倒是有些反常。洛知予不知在纠结什么，肖彦给他发的消息他也没回。

臭橘子："看什么呢？认真成这样。"

"你一个人在嘀咕什么呢？"井希明听见了洛知予疑惑的声音，"有那么难吗？"

"我刚才写了几道判断题，全错。"洛知予从来没碰到过这么缺德的答案，"我怀疑是答案不对。"

"啊？全错？"这在洛知予的人生中极其少见，井希明也惊讶了，他冲洛知予伸手，"递过来我给你瞧瞧。我跟你说，我特别能理解你现在的感受，我做英语完形填空的时候，要是连着错了五六个，我也觉得是答案错了。"

"然后你就发现确实是答案错了吗？"洛知予问。

"不。"井希明悲痛地摇摇头，"这种情况，通常都是我从一开始就错了。"

洛知予："……"

井希明看完题，翻了答案，难以置信地看了看洛知予，又看了看书。

"我觉得，答案是没错的。"井希明把书还回去，"首先，这书一中用了好几年了，如果有问题，往届早就有人提出来了。其次，这是常识题啊，你到底有没有常识？"

洛知予觉得自己挺有常识的，毕竟他这些做题的知识就来自他的日常。

"我问你。"井希明把凳子搬过来一些，捧起课本，"我们先不说小红和小蓝，我们换个表达方式。如果有人突然冲过来，和你挨得很近，甚至还想摸你的头，你会怎么样？"

"揍他。"洛知予答得飞快。

"那这个人要是当着你的面反复夸你身上很香呢？"

"揍他。"洛知予想也没想就道，"我是他能夸的吗？"

"那他帮你整理衣服呢？"

"不存在的。"洛知予摇摇头。

"没问题啊，你的自我保护意识很强，基础知识也够稳固，怎么换了小红和小蓝就不行了？"井希明搞不懂了。

洛知予："……"

结合情境，洛知予觉得这个问题应该是出在了小红身上。毕竟他彦哥还是很洁身自好的，只有他，成天流里流气的。

"你的常识来自哪里？"井希明试着梳理了洛知予的社交圈，想从根源上发现问题,"该不会是你和肖彦相处的日常吧?"

洛知予和肖彦走得最近,所以他惭愧地点了点头。

"你俩啊……"井希明若有所思,"你和肖彦是特殊情况,不适用这些常识,所以该怎么相处就怎么相处吧。吴主任有句话说得很对,不能用常人的眼光去衡量你和肖彦之间偶尔迸发的珍贵友谊。"

"不过做题的话。"井希明说,"我建议你还是按正确答案来,理论和现实是有差距的,不然你就会像楼上那帮男生一样,被罚站。"

洛知予懂了。

"没关系的。"井希明很贴心,"学霸也会有自己不擅长的领域,知错就改,这很好。"

知错就改的洛知予决定先为他上午的行为给肖彦道个歉,还是态度好一点的那种。毕竟经过这段时间的相处,他觉得肖彦这人还算正直。

相识一场也算是不容易,说不定他俩以后真的可以像吴主任说的那样好好相处呢?

樊越用肖彦的手机连接了活动室的屏幕,正在给大家读学生运动会的活动计划,肖彦的手机屏幕上突然跳出了几条新消息。

知了:"我刚才在做题,对了一下答案,思考了人生,有了些新的认识。"

知了:"彦哥,我们是不是已经做了很多不恰当的事情?"

活动室里所有人的目光都集中到了肖彦身上,正在摸鱼写作业的肖彦感觉到了背后灼热的目光,缓慢地抬头,看见了屏幕上洛知予发来的消息。

樊越也停下汇报,皱眉看向身后的电子屏,想要伸手去关投屏,却没来得及。

知了:"你是个好人,做人不应当一直停留在过去,过去的就让它过去吧。我们谁都别计较,重新开始吧。"

活动室里一片静寂,大家凭借眼神交流,面对面建了个微信群,没有带肖彦和樊越,悄悄地聊了起来。

成员1:"这一天天的,他俩能整点正常的玩意儿吗?"

成员2:"迷惑行为,可能这就是大佬的世界吧。"

汤源："别问我，我对他俩的恩恩怨怨一无所知，猜不透，看不穿，我宁愿面对小橘猫，也不愿面对他俩。"

张曙："让他俩折腾吧，还能翻出什么花样来？汤源你真的要面对小橘猫吗？咱们宿舍门口还有好几只小橘猫在蹲你。"

汤源："当我没说……别交头接耳了，彦哥瞪我们了。"

诸位学生会成员："也是哦……"

"那……我们继续？"樊越试探性地问。

"继续。"在座的都是聪明人，当场装作无事发生，继续开会。

这段时间以来，肖彦装老实人装出经验了，自然也当作无事发生。

第四章
与众不同

晚自习下课铃声刚刚响起,肖彦就在高一(3)班教室的后门处堵到了斜挎着书包的洛知予。

"我去趟小卖部,要买点生活用品,你们聊。"井希明和人约好了要去买东西,先走一步,对洛知予说,"我帮你买明天的早饭。"

"随便买,我不挑!"洛知予于心有愧,也决定跑路,却被肖彦拦了下来。

他往左,肖彦从左边拦,他往右,肖彦直接伸手揪住他的衣领。

"我又怎么招惹你了?"洛知予站住不动了,他觉得自己刚才道歉的态度简直不能更诚恳了,"收到我给你发的消息了吗?"

"发得可真是时候。"肖彦说,"一天天的就知道在那儿败坏我的清誉,我是不是该亲自教你说人话?"

果然,洛知予觉得自己想得没错,彦哥的确是洁身自好的,但他自己可能真的过于没分寸了。

"好吧。"洛知予和肖彦一起从人少一些的北楼梯口下楼,"我好像是做了几件不太好的事情,但我绝对没有做挑战校规和挑战你的事。"

"那什么叫'重新开始'?"北楼梯这边没几个人,肖彦用手里未拆封的棒棒糖指着洛知予。

洛知予鼓起一边腮帮子,斜着眼睛看了一眼肖彦修长的手指,抬手抢走了他的棒棒糖,这才开始解释:"就是好好相处不掐架的意思,我表述得还算清楚吧?"

"我在对你示好啊,彦哥。"洛知予拆开了棒棒糖的包装,叼着水蜜桃味的棒棒糖，发音模模糊糊，"你看不出来吗？"

"看不太出来，倒是给我找了不少麻烦。"肖彦把洛知予往前推了两步，替他拉好了没拉上的书包拉链。洛知予的书包挂件是个仿真桃子，井希明亲手做的，上面还挂着两片绿油油的塑料叶子。

"我算是懂了。"肖彦凭借超强的理解能力终于理清了洛知予的逻辑，"你这是坏事做尽了不想认账了呗。"

"我并没有这么说。"洛知予反手捏了把书包上的桃子挂件，"这是你自己说的。"

"那说说看吧，你晚上在做什么题？"肖彦拿他没办法。

一群下课的学生涌出了教学楼，其他学生都是三三两两地结伴一起走，他俩除了校服不同、气场不合，在人群中倒也并不突兀。

洛知予给肖彦讲了个故事，故事里有一个小红，还有一个小蓝，还有小红和小蓝那几道判断题。

"我还当是什么事呢。"肖彦不怎么在意，"就为了那几道判断题？"

大概是由于他们班前几天那个集体罚站事件，这一届高一的常识课足足提前了两个学期。

"我还没一次性错过这么多道题，明明基础知识我都知道。"洛知予稍稍有点沮丧，"可选出来就是错了。"

"你答题的时候按课本理论来就好了，别管现实。"肖彦像是又想起了什么，补充了一句，"当然意识也要跟上来。"

洛知予似懂非懂地点了头。不能用他俩的经验去做题，同理，也不能用答案上的常规做法来干涉他俩之间的相处方式，还像从前那样就好。

灯下的树影被拉得很长，秋风卷着落叶吹过，一路上，学生们的脚步明显都加快了。洛知予早晨出门的时候不觉得冷，校服里面只穿了一件薄薄的单衣。一出教学楼，肖彦明显感觉到洛知予和他聊天的声音变成了不连续的颤音。再往前走几步，冻得直哆嗦的洛知予把书包抱进了怀里，试图挡一挡寒凉的秋风。

"彦哥。"洛知予唤了一声，"我帮你提书包吧。"

抱两个总比抱一个暖和，洛知予是这样想的。

"拿着。"肖彦没揭穿他，而是把自己的书包递给他，洛知予抱着两个书包就要跑，肖彦连忙又唤了他一声，"别动，没让你帮我提书包。"

"啊？"洛知予微怔，停在了原地。

"披着这个吧。"肖彦拉开书包拉链，从里面取出了一条毛巾被递给洛知予，想了想他那挑剔的性子，又说，"大晚上的没人看你，不用管好不好看。"

"哪里来的？"洛知予不仅不挑，还接过毛巾被顶在了头上挡风，"你不是吧，上课带了条毛巾被？会玩。"

"九月的时候，天气还不凉，有时候我中午懒得回宿舍，就在教室里趴一会儿，带了这条毛巾被。"肖彦犹豫了一下，借都借了，只好随便洛知予处置，"今天刚好带回去洗。"

言外之意——毛巾被有几天没洗了。

"懂了，我给你洗吧。"洛知予把毛巾被裹得更紧了，见肖彦还是一副欲言又止的模样，问，"你还有什么问题吗？"

"算了，当我没说，走吧。"肖彦叹了口气。

出教学区的地方有个小卖部，是学校老师的家属开的店，这会儿晚自习刚下课，小卖部的生意一如既往地红火。这段水泥路上，路灯也渐渐地亮了起来，洛知予远远就看见小卖部门口摆了一个大冰柜。

洛知予脚步越来越慢，偏离了回宿舍的路线。

"在想什么？"肖彦牵着书包的背带，把洛知予拉了回来。

"冰柜里的雪糕在向我招手。"洛知予原地迈了两步，"你看见了吗？或许我们可以来两份蜜桃冰，我付钱的那种。"

肖彦板起脸，把人给推走了。

"毛巾被不用急着还我。"肖彦挥手道别，"已经秋天了，我暂时用不上它。"

"哦，行。"洛知予裹紧了小被子，暂时也没打算还。

"等下，站住。"肖彦叫住了他，"为了了解你有没有从错题中获得经验教训，我再考你一道题。"

"你说。"洛知予示意他提问。

"其他同学的小被子你借不借？"肖彦问。

"那是必然不能借的，你和他们不一样。"洛知予坚定地说，"小洛同学，绝不动摇。"

115

"行了。"虽然知道洛知予口中的不一样指的是什么,但肖彦还是笑了笑,挥手赶人,"走吧走吧。"

宿舍里,刚准备写作业的井希明听见宿舍门被打开的声音,问:"你怎么回来得比我还慢?"

"有事耽搁了一会儿。"一个人走路的时候,洛知予十多分钟就能走回宿舍,和肖彦一起走,两个人话都不少,步子也慢,不知不觉就走了半个多小时。

周五的一中,迎来了开学以来的第一次全校大扫除,洛知予他们组刚好今天值日,承担了自己班大扫除的任务。

他们组有四个人,其中两个人家在邻市,提前买了车票,放学后就急着赶车回家,满怀歉意地先行离开了。洛知予和井希明不仅不介意,反倒乐在其中,两个人把教室的门和窗户一关,拉上窗帘,用手机连接了电脑,把音乐的音量开到了最大,开启欢乐大扫除。

一中是名校,教学质量自不必说,校园风景也是其他学校学生羡慕的。这个季节,透过教室的窗户,可以望见一排银杏树,金色的小扇子铺了满满一地。周五的校园处于开放状态,有不少家长的车停在了学校门口,银杏树下还有人在拍照。许多家长和今年读初三的学生都趁着开放日来一中参观,提前感受一下名校的氛围。

负责招生办工作的吴主任站在银杏树下,给不少前来参观的家长介绍一中的悠久历史和优秀生源。

"是不错,我们特地从十九中那边过来的。"一位家长说,"一中的学生精神面貌好,都很有礼貌,校服穿得也整齐。"

"这几年市中考前几名的学生都在我们学校,他们现在的成绩也都很优秀。"吴主任说起自己学校的学生就分外得意,"像高二的肖彦,还有高一的洛知予,你们应该都在新闻上见过他俩的名字。"

"我知道我知道。"一个剃着平头的学生说,"我洛哥当初因为和肖彦闹不和还意外地上了我们市的新闻,哈哈哈哈。"

吴主任:"……"

家长白了自家孩子一眼,继续笑眯眯地和吴主任聊天。

洛知予借着背景音乐边擦窗户边唱歌,这首歌是最近出的,他没听过几次,调子不熟悉。前面音准还算不错,他唱得也好听,后面就直接走了音。

"错了错了。"井希明捂住耳朵,"好难听。"

洛知予刚要唱句正确的,楼上突然有人重唱了他刚才唱的那句,还接上了后面的说唱部分。这位歌手的声音非常熟悉,洛知予扶着窗户一抬头,果然,肖彦正趴在楼上窗台处朝下看,还抬手跟他打了个招呼。

"彦哥,你也赶上大扫除了?"洛知予隔着防盗窗问,"同是天涯沦落人?"

"你们班的音乐太大声了。"肖彦说,"我这儿的地面都在振动,我估计等下教导主任就要被你们吸引过来,你们大扫除用得着这么有仪式感吗?"

"还好吧。"洛知予回头让井希明调低了点音量,"我发现你很有当说唱歌手的潜质,你毕业后直接给你家公司打工好了,哪天心情好我还能给你投个票。"

"谢谢夸奖。"肖彦刚要谦虚一下,搭在窗台上的抹布不小心掉了下去,穿过防盗窗的缝隙不偏不倚地盖在了洛知予头上。

洛知予:"⋯⋯"

"我不是故意的。"肖彦趴在窗台上直笑,"那是干净的布,我还没用过。"

"你想好等下挨揍的姿势了吗?"洛知予揭下了头上的抹布,对着楼上吼了一声,"臭橘子!"

臭橘子不见了,一根绳子绑着一颗橘子味的棒棒糖从楼上的窗户垂落下来,绳子晃了晃,敲了敲洛知予手边的窗户。

洛知予:"⋯⋯"

银杏树下,吴主任还在和家长聊天。

"现在和从前不一样了。"吴主任给自己找了个台阶下,"这位同学说得没错,他俩刚来的时候总起冲突,现在关系已经好很多了,都是学生会成员,还经常合作。"

"是一中的教学环境好,老师也都教得好。"家长夸到了点子上,

117

"毕竟一中的校风是出了名的好。"

吴主任十分受用,脸上的笑容也越发灿烂:"我还指望他俩明年代表学校参加高中生团队知识竞赛呢。我们一中还有很多优秀的同学,他们都讲文明懂礼貌。"

高一(3)班的教室里,洛知予刚要伸手去接肖彦用来赔罪的棒棒糖,那根绳子又摇摇晃晃地被人拉了上去。

"那俩孩子干什么呢?"家长抬头瞥见了这一幕。

吴主任:"嗯?"在哪里?

"洛哥好!"吴主任身边那个学生远远地认出了洛知予,冲着那边响亮地问候了一声,"好久不见啊。"

"喊什么喊?"家长又白了他一眼,"别以为人家都跟你一个德行,人家能考上一中,你能吗?"

"你有病吗?"洛哥正冲着楼上开骂,声音传遍了教学楼前的这片土地,"你说你是不是每天不闹腾点什么就空虚?"

"空虚这个词是你这么用的吗?"楼上的人发出一声冷笑,"你上来,我教教你什么叫空虚。"

吴主任:"……"这俩学生真是不经夸!

为了弥补刚才让抹布掉到洛知予头上的失误,肖彦去楼下给洛知予帮忙了。

"怎么就你们两个人?"肖彦一推门就被教室里的音乐吵得头疼,他把声音再次调小,这才能听见自己说话的声音。

"那俩同学家里远,要赶今晚的高铁,就先回去了。我又没什么事,随便扫扫。"洛知予擦完了半扇窗户,"享受生活。"

教室的黑板上写了个两个大字——"奋斗",洛知予拿着个拖把在教室里来回绕圈,地面上的灰尘勉强算是扫干净了,靠近走廊的窗户上却还有灰尘。

"周一要检查。"肖彦拿出了汤源的小碎花抹布,"评比不合格要扣班级分的。"

"我知道。"洛知予微微喘气,"但我好像记得周一是你检查?"

"是我查我也不会偏袒你。"肖彦靠在他们班门边,"想什么呢?"

"我在想啊……"洛知予扔下拖把，把手搭在肖彦肩上，凑过去在他耳边轻声说，"你们宿舍是不是又买了小冰箱？"

肖彦："……"

"上次你发朋友圈忘了屏蔽我，失误了吧？"洛知予说，"但你们的日子过得真不错啊。"

肖彦帮洛知予擦了好几扇窗户，他俩一人在教室内，一人在教室外，中间隔着玻璃窗。洛知予一直在说话，肖彦却听不清他在说什么。

"可以吗？"洛知予拉开了窗户，问，"你觉得怎么样？"

"可以？"肖彦并不知道洛知予刚才说了什么，给了个疑问句。

"那就这么说好了。"洛知予忽略了他疑问的语气，甩了甩手里看不出颜色的抹布，"明天你先带我去周围逛逛，我耳机被我睡觉压扁了，要重新买一副，逛完了我再给你干活。"

肖彦："……"

洛知予上高中以前没怎么来一中这边玩过，对这边不熟悉。他小学和初中都是走读，高中才开始住校，一个多月的住校生活说起来不算长，但洛知予出校门的时候还是隐约有点兴奋。

看久了学校的校服，洛知予刚出校门就盯着路人身上的衣服看个没完。他和肖彦今天出门时也特地换掉了校服。

"彦哥，你穿常服还怪好看的。"洛知予围着肖彦绕了一圈，露出了满意的表情，"我以前怎么就没发现呢。"

"知了，你夸人就好好夸，能别露出没见过世面的表情吗？"肖彦领着洛知予往学校附近的商业街走去。

"我没有。"

周末的商业街算得上是人挤人，人多的地方气味就很杂，洛知予有点焦躁，他往肖彦身边贴近了些，觉得还是橘子味清新脱俗。

"拉着我的袖子？"肖彦抬了抬自己的右手，"不过你可别把我袖子扯坏了啊。"

肖彦在一中读了一年多的书，周末没少来这边，对这边比较熟悉。他带着洛知予在人流中拐了几个弯，换了条人比较少的路。

"网购不好吗？或者让你家里买好再让司机叔叔送过来也行。"肖彦问他，"双休日非要来逛街，你是不是不想给我干活？"

"我没有，你别成天想着压榨我。"洛知予继续嘴硬，站在奶茶店的门口点了两杯蜜桃乌龙奶茶，"我想约你出来玩，可以吗，彦哥？"

他没刻意压着自己的声音，周围排队的人纷纷向他俩投来了好奇的目光。

肖彦盯着他看了好半天，努力把到了嘴边的"可以"二字吞了回去，拉着某个不安分的人离开了这个地方。

"一中的海报，老师和学生都有设计的机会，这点我很喜欢。"洛知予挑好了耳机，和肖彦往回走，"我有一点想法，还没成形，需要和你们讨论，回头得让老吴买一下字体的授权。"

"可以。"再穿过一条窄巷，就是学生会几个人约好会合的地方，算一算时间，严梓晗和路璐他们也快到了，肖彦开了微信定位共享，方便几人会合。

这时，肖彦的手腕突然被洛知予一把抓住了。

"我好像看见我姐了。"洛知予后退一步，"她怎么会来这里？这不是她常来的地方啊？"

肖彦问："洛思雪？"

三点钟方向，这条商业街的入口处，洛思雪和她的小姐妹提着大包小包，正在向他们这边靠近。

"从这边穿过去有好几家品牌店，估计你姐是去那里买东西的。"肖彦熟悉这一片的布局，"不过你姐姐怎么会来这个城区？"

洛知予道："不应该啊，平时都是品牌方直接送上门让她挑的，除非是她自己想逛街了……撤撤撤，绝对不能让她看见我俩走在一起。"

这条路不算宽，迎面走过去肯定会碰到，洛知予当即推着肖彦进了旁边的一家店，说："藏好一点。"

"我问你，洛知予，我是丑到见不得人吗？"肖彦道。

"不是啊，我也是为了你好。"洛思雪和小姐妹的说笑声渐渐远去，洛知予松了口气，解释，"我们两家关系那么差，你爸和我爸前几天还差点为了合同打起来，而我竟然和你一起逛街，那我不是……不肖子孙吗？"

"……"肖彦皱眉，"那你也不用这么慌不择路吧……"

"我怎么就慌不择路了？"洛知予觉得自己躲得很及时，跺了跺脚，问，"这不是路吗？"

"欢迎欢迎，两位想看点什么？"店铺的老板开始热情地招待刚冲进来的两位顾客，"不着急，本店都是现货，最新推出的，不用抢购。"

突然闯进别人店里，不买点什么似乎不太好，虽然洛知予还没来得及看这家店卖的是什么，但他还是礼貌地开口："那我们……多买点？或许用得上？"

这是一家药店，店铺的装修和洛知予见过的其他药店都不同，货架上摆满了花花绿绿的小药瓶。肖彦瞪了他一眼，对老板点点头，拉着洛知予出了店铺。洛知予这才看到，这家药店挺特殊，门口挂了块广告牌，上面写着几个大字——"专治肾虚"。

洛知予："……"

"你俩……在这里干吗？"顺着微信定位找过来的严梓晗和路璐目睹了两人从店内走出来的全过程，紧盯着两人身后的广告牌，面露惊惶。两名小伙伴在短暂的几秒钟内完成了眼神交流，不约而同地对洛知予和肖彦露出了"友好"的微笑。

肖彦："……"

"我们什么都没有买。"洛知予手上只有蜜桃乌龙奶茶，"你们不要想多了。"

洛知予常年和肖彦闹矛盾，但在这种情况下还是很在乎肖彦的名声的。

"是我要进去的。"洛知予指了指身后的广告牌，"出了点意外，是我走错了路，不关他的事。"

"我们走吧。"肖彦一手拍上洛知予的肩膀，稍稍加了些重量在他右肩上，带着人往前走，打断了他已经打好腹稿的解释。

"干吗不让我说了？"洛知予用只有两人能听见的声音问他，"你不是总说我败坏你名声吗？我真的没有。"

"知了？"

"嗯？"洛知予抬头。

"闭嘴。"肖彦冲他温和一笑。

洛知予扫了眼地面，双手食指抵着嘴唇比了个叉，意思是同意闭嘴，不再解释。反正洛思雪和她的小姐妹已经离开了，没有看见他和肖彦混在一起，他算是躲过了。

四个人绕过人潮拥挤的商业街，去了学校附近的一家咖啡店。

服务员带着他们去了窗边的座位，路璐和严梓晗率先占了半边，端正坐好后，用鼓励的目光看着还没来得及坐下的肖彦和洛知予。

洛知予："……"好吧。

肖彦侧身让洛知予先坐到沙发内侧，待洛知予坐好后，自己才在沙发上坐下。

"我们有蜜桃乌龙奶茶了，你们自己点喝的吧，等下我来结账。"肖彦把服务员递来的菜单推了过去。

"那给我加块蛋糕，不要太甜的。"洛知予低头回了条消息，补充说，"刷肖彦的卡。"

"知了……"肖彦抽走了洛知予的手机，"你现在觉不觉得你有点双标？"

"不觉得。"洛知予扯着手机的挂绳，把手机扯回了自己的视线范围，又拍开了肖彦的手，"别成天给我贴标签。"

下午的时间过得挺快，几个人一边讨论学生会的工作，边吐槽各科的老师和作业，在傍晚来临的时候，基本定好了要做的海报内容。

"还有一段时间，我们来得及。"肖彦说，"运动会放在期中考试后，在这之前还有家长会，我们的时间还算充足，今天就到这里吧。"

"那就撤吧。"洛知予惦记着自己的作业，"我还有个周记要写，我要把你们都写进周记里交上去。"

严梓晗和路璐都有事，先一步离开了，洛知予和肖彦你看看我我看看你，最终顺着来时的路往一中走。

天际云卷云舒，又像烟霞散开，城区各色的灯都亮了起来。在学校教学楼的天台能望见的就是这片街区的灯光，只是天台上能看见星星闪烁，这里却看不到。

"下下周有家长会？"洛知予不熟悉这边的路，跟着肖彦绕来绕去。

这片街区是本市有名的文化街区，近几年因为网络宣传攒了不少热度，附近有好几家酒吧，天一黑，酒吧都开始营业了。周末似乎有什么活动，许多社会小青年聚集在这里，还有酒吧的服务员拿着彩灯在街上招揽顾客。洛知予经过的时候，有人对他吹了声口哨，洛知予扫了那人一眼，没什么兴致地转过头。

肖彦回头看了那人一眼，洛知予嗅到了熟悉的橘子味，和平时不同，这回的橘子味略有些青涩的酸味。他慢下脚步，抬头用目光去问肖彦。

"走这边吧，我突然想起来这边更安静。"肖彦不容分说地领着他换了一条路。

"那你早不说。"洛知予喜欢凑热闹，可他也不喜欢这种吵吵嚷嚷的场所。

"期中考试后是会开家长会。"肖彦很熟悉一中家长会的流程，"不过没什么，你这两周安分点就好，别惹事，小心被叫家长。"

"行。"期中考试将近，洛知予也决定要好好背书，高一的知识对他来说不算难，但有些东西还是要下功夫，"这两周我都不惹你，我俩好好相处，家长会我爸是要发表优秀学生家长感言的。"

"这样吧。"为了确保他俩能真正地好好相处，洛知予想了个办法，"彦哥，我下周都不去你们那一层，我们没有见面的机会，也不制造见面的机会，保证和谐。"

肖彦"嗯"了一声。

一中西门，两人刷学生卡进了门，门卫认识洛知予，突然叫住了他："你姐姐下午来过，给你送了点东西，你带回去吧。"

门卫把一个纸袋递给洛知予，里面是洛思雪送过来的耳机和一些学校里买不到的零食。

周末的学校空荡荡的，大部分人都回家了，洛知予随手拿出两袋小饼干，塞到肖彦手里，挥挥手，转身往宿舍走，说："彦哥，下周见啊。"

"知了，你等等。"肖彦叫住了他，"手机还给你，差点忘了。"

"啊，我自己都忘了。"洛知予的手机向来不开铃声模式，洛思雪的电话他一个都没接到。

这会儿，洛知予当着肖彦的面接了洛思雪刚打来的电话："到宿舍了，别担心。

"对，和那个不愿意透露姓名的同学。"

"什么都没做，放心。"

"你好像在商业街看见我和别人走在一起？"洛知予瞄了一眼肖彦，示意肖彦噤声，"没有的事，我看见你怎么会不打招呼？这不合逻辑。"

"那人长得像肖彦？"洛知予又瞄了一眼肖彦，"你不会看错？那小子化成灰你都认得？"

肖彦："……"

"那这样吧，姐。"洛知予决定自保，"你看到的应该是肖彦和另一个不愿透露姓名的同学，跟我洛知予半毛钱的关系都没有。"

当晚，正准备回家的副校长路过宿舍区，抓获正在较量的二人，罚他们扫一周的银杏落叶。

臭橘子："看看，两败俱伤。"

不是知了："信我，这是个意外。"

臭橘子："你知不知道，你在关键时刻一把抛开我洗白跑路的样子特别无耻。"

不是知了："不要紧，哥，你听我解释，你在我家的名声本来就臭，就像我在你家的名声一样。"

不是知了："你无所畏惧，懂？"

臭橘子："仙女皱眉。"

周日下午，井希明回宿舍时，洛知予正在写周记。

"打游戏吗？"井希明把行李箱推到床下放好，"打几局，然后再写。"

"也不是不行，赢一局就赶紧写作业。"洛知予放下笔，从枕头下找到了自己的手机。

几个小时后，两人组队打了十多局，经历了连跪、对骂和互骂，终于如愿以偿地赢了。

"我觉得他骂得有点道理。"井希明在说刚才的队友，"或许我俩是真的菜。"

"胡说，别被带节奏了。"洛知予退出游戏，"他也菜，不然他怎么就匹配到我俩了？"

"你说得对。"井希明立即转变立场。

"洗洗睡吧。"洛知予补完周记，快要睁不开眼睛了，"明天周一要上课了。"

有些作业，一定要到快要交的那一刻，看见同桌从书包里翻出来，才会记起来自己压根就没写。比如周一早读时的洛知予，当他看见井希明从书包里翻出一份语文作业时，他慌了。

他突然意识到，这个周末好像是还有两份语文作业要写的，一份随课练习，一份单项练习。他周六和肖彦出门了，压根就没管作业，周日在宿舍也没想起来。这要是其他的作业，抄抄就得了，可语文作业字多，补起来还挺累。一中学业抓得紧，不管是成绩好的还是成绩差的，学生作业都是一定得交的。

"你现在写。"井希明是收作业的小组长，他努力给洛知予争取了机会，"现在是早读，你赶紧写、专心写，我等下再交给课代表。"

"好。"洛知予挽起袖子拿起笔，"谁要是打扰我，我跟他没完。"

然而，洛知予刚提起笔写了两行字，肖彦就扛着从保洁那里借来的两个大扫帚敲开了高一（3）班的门。

在全班同学的注视中，肖彦走到了洛知予的课桌边，把其中一个扫帚塞进了他手中。

"出去扫地。"肖彦指着窗外的一排银杏树，"你自己造的孽，不会忘了吧？"

洛知予："……"真是怕什么来什么。

洛知予拿着两份语文作业，拖着扫帚，跟着肖彦一起出门，一路上"不小心"踩掉了三次肖彦的鞋子，直到被忍无可忍的肖彦用扫帚抽了屁股，他才勉强安静了两分钟。

早读时间，教学楼前的这片区域只有他们两个人，银杏树的叶子铺了一地，洛知予象征性地挥了几下扫帚，象征性地"扫地"，毫无章法。

十多分钟后，肖彦回头一看，气笑了："洛知了。"

"到。"洛知予单手拿着扫帚站直。

"你是来添乱的吧。"肖彦指着自己刚扫干净的一块地说,"我辛辛苦苦把叶子扫到一起,你又给我扫平了。"

"呃……彦哥。"洛知予心虚地后退一步,"你就当是秋风吹的,好不好?不关我的事。"

洛知予被赶到花坛边坐下,脚边放着扫帚,腿上放着语文作业,耳边是肖彦扫地时树叶的沙沙声。他手中钢笔的笔尖也想努力跟上这节奏,作业写得飞快。

树叶摇摇晃晃地飘落,落在了洛知予的领口,他伸手去摘,手中的笔在颈间轻轻划了一下,好像留下了痕迹。

"彦哥,你过来一下。"洛知予冲肖彦招手。

肖彦踩着满地的银杏叶走过去:"你不干活就算了,你还使唤我……"

他话没说完,见洛知予当着他的面拉开了校服的拉链,眼看就要脱外套了。

就快入冬了,在室外脱外套很容易着凉,肖彦赶紧阻止他的动作:"你干什么?"

"笔刚刚不小心划了一下脖子,我看不到,你帮我看看。"洛知予把自己的领口拉开了一些,问,"有痕迹吗?"

"什么都没有。"肖彦捏走他衣领上的银杏叶。

银杏叶被拿走的时候,洛知予大约是觉得颈间有些痒,微微偏了偏头。

这时,许老师突然路过,洛知予打了个招呼:"许老师早呀。"

"早,你俩在干什么?"许老师问,"又被罚扫地?"

这个"又"字很有灵性,肖彦无声地笑了一下。

"对的,老师。"洛知予说,"我又孽力回馈了,顺便拖了个垫背的。"

"刚好,你帮我把你们班的打印资料带回去吧。"许老师把一摞资料递给洛知予,"我直接回办公室了。"

"垫背"这个词显然给了洛知予新的灵感,他突发奇想,决定把肖彦拉上他的小贼船试试。

"你别扫了。"洛知予泼了盆冷水,指了指两人头顶的银杏树,"上面的叶子一直在落,永远都扫不干净,我们把'扫地'的时长刷满就好了,没人会来验收成果的。"

肖彦沉默了两秒,说:"也不是不行。"

"反正要下了早读才能回去。"洛知予把其中一份语文作业分给肖彦,托腮歪头看着他,"彦哥,帮个忙呗。"

肖彦:"……"

洛知予又从肖彦口袋里拿出一支笔,放到他手心,道:"你带笔了,不是吗?"

"有风险哦,我大概模仿不了你的字。"让肖彦帮忙写作业不是问题,但难度在笔迹上。

"你随便写,尽管发挥。"洛知予大方得很,"语文老师这两天请假,作业都给别人批,都是摊开交上去的,谁知道我从前的字长什么样。"

"行。"肖彦还是上了洛知予的贼船。

有人愿意帮忙,洛知予补作业的速度称得上飞快,距离早读下课还有五分钟时,洛知予的作业就完工了,作为感谢,他在肖彦的要求下写了张欠条——"××年××月××日,高二(3)班肖彦帮高一(3)班洛知予补作业一次,洛知予欠肖彦一个人情,在必要的时候,肖彦有权以合理的方式讨债"。

洛知予在"承诺人"一栏签上了自己的名字。

洛知予回教室时,刚好早读下课,课代表正在收作业。

"稳了。"洛知予把作业翻到本次写的地方,递给井希明,"刚好赶上。"

"真棒。"井希明把他的作业放在最上面,递给课代表,他们是最后交的那一组,作业本自然放在作业堆的最上边。

"作业这种东西,在交之前总能写出来的。"洛知予骄傲得很。

井希明可没他那临时疯狂补作业的能力,他盯着洛知予带回来的一摞资料,问:"这是什么?"

许老师给他们班准备了一套自测题,用于了解学生的知识盲点,好准备上课的材料。

"大课间之后要交。"洛知予抽出一张,让班长去发剩下的,"快写吧。"

"小红和小蓝怎么又来了？"洛知予仿佛又见到了熟人，"哦，这次全都是辨析题。"

"辨析题的话，判断一下对错，然后简单说明理由就好了。"井希明也开始答题了，"随便写写，不用写太多，看清题干就好了。"

"全写'不应该'就好了。"写了几题的洛知予觉得没什么难度，也不会出现上次那种全错的情况，"理由爱写不写，看我心情吧。"

大课间时，肖彦去了趟办公室拿学生会的材料，办公室里没有人，肖彦在许老师的办公桌上看见了一摞熟悉的资料，最上面的那一张纸上写着洛知予的名字。

【一中常识课 课前测验】

班级：高一（3）班

答题学生：洛知予

1. 小红和小蓝走得很近，有时甚至一起出去逛街。

答：不应该，在逛街之前应当先写完作业。

2. 小红让小蓝帮自己写作业，和小蓝挨得很近。

答：不应该，小红没有分寸。

3. 小红和小蓝聊天时，有时会涉及一些不符合校规的话题。

答：不应该，建议暴打小蓝。

4. 小红动不动就想到小蓝，不管是上课还是下课，看见小蓝就情绪激动。

答：不应该，一个巴掌拍不响，小蓝肯定也有问题。

············

50. 综上所述，小红和小蓝不应该好好学习，别黏在一起吗？

答：不应该。

肖彦很是无语，洛知予真是个不带脑子做题的典型。

他给洛知予发了消息。

硝烟弥漫："在干什么呢？"

知了："背书，要期中考试了，该背的还是得背，真当我的第一名是用脚考来的吗？"

知了:"对了,你帮我写作业的事不要让别人知道。"

硝烟弥漫:"没事,你不说我不说,这事儿只有欠条知道。"

肖彦拍了张课前测验的照片发了过去。

知了:"有什么问题吗?"

硝烟弥漫:"没什么问题吗?你再仔细看看?"

洛知予把题目读了三遍,终于悟了。

知了:"这题目咋出得这么缺德呢?"

知了:"彦哥,好人做到底,你找下胶带帮我把那个'不'字给粘掉。"

硝烟弥漫:"早知道就不告诉你了,我还真是给自己找麻烦……"

老师们都还没回办公室,肖彦帮洛知予修正了最后一题的答案。他平时写字的时候出错很少,就算错了也是直接划掉,没怎么用过透明胶带,不太熟练。"不应该"变成了"应该",答案是改对了,就是原本"不"字下面的纸也被粘没了,洛知予的课前测验卷子多了个洞。

肖彦把改完的课前测验卷拍给洛知予看。

硝烟弥漫:"完工。"

知了:"你这手艺不太行啊,彦哥。"

硝烟弥漫:"不许挑。"

知了:"行。给我放中间,别放最上面。"

拖堂十分钟,徐主任胳膊夹着三角尺从外面推门进了办公室,刚好看见了肖彦:"我差点忘了,我是不是要帮你们签文件?"

"对。"肖彦一边说话,一边把洛知予的课前测验夹进了那一摞试卷的中间,"我刚来没多久。"

徐主任在学生会的文件上签下了自己的名字,瞥见桌上的日历,抬头问肖彦:"下周期中考试后是不是要开家长会了?"

肖彦在看徐主任随手放在办公桌上的文件,这是一个活动的提议,提议人是吴主任,大概意思是邀请优秀学生的家长在礼堂给家长们做报告,顺便看看优秀学生的日常表现,包括作业、学生活动、仪表仪容之类的。

"是的吧。"肖彦点头,"不过主任,我记得更清楚的还是期中考试。"

"学生就要这样,对自己的主要任务了然于心,要是学校的学生都像你这样,那就很好教了。"徐主任对他的回答简直不能更满意。

期中考试将近,洛知予趁着下课出去接热水,走廊里都是一片嗡嗡的背书声。二楼东西两个热水机同时罢工,洛知予顺道沿着楼梯上了三楼。果然,二楼的人都在三楼排队。

洛知予目测了一下,排在自己前面的人有十多个,距离上课只有三分钟了,他没希望了。

教数学课的张老师一直管得很严,对他还印象深刻,上课迟到是万万不能的。

洛知予转身要走,恰好刚刚接完水的那个幸运儿也转身要走。

"彦哥。"洛知予一把扯住了肖彦的校服,"巧了,又见到了。"

"不巧。"肖彦指了指高二(3)班的门,"这是我们班门口,你跟我说好巧?"

高二(3)班的学生大多在教室里埋头背书复习,他俩在门口说话,难免有人偷瞄。

洛知予浑然不觉有人在看他,又说:"彦哥,你今天是好人。"

"好人支援一下楼下没水喝的朋友吧。"洛知予有求于人的时候声音软软的,和平时全然不是一个画风。

肖彦:"嗯?"

洛知予从肖彦手里抽走了水杯,借着他们班的窗台分走了肖彦一半的热水,不多不少,刚好一半。

"都写欠条上,随便写。"洛知予大大方方地拍了拍他彦哥的肩膀,"不就是水吗?我下次还你。"

上课铃刚好在此时响起,洛知予踩着铃声冲向了楼下,肖彦端着自己只剩半杯水的水杯回到了座位上,盯着白开水看了好久。

上课的高二(3)班比下课时要躁动,有几位同学在暗中交流。

"他俩现在关系这么好了?"有人问。

樊越回答:"这叫关系有所缓和,不像开学时那样针锋相对了,一中迎来了新的和平。他俩的友好度约等于没有,不要想多了。"

张曙加入了谈话:"你们可以不信我们,但你们要相信科学。"

楼下的高一(3)班在上数学课,洛知予捧着自己的小杯子认真听课。

"你哪里来的水?"井希明用笔戳了戳同桌,"二楼停水,我跑去了一楼,排了半天的队,结果饮水机没热水了。"

"我去的三楼。"洛知予试图把热水吹凉一些,"排队的人太多,我打劫了三楼土著。"

"三楼土著?肖彦啊。"井希明问,"你俩最近是不是走得挺近,关系也没之前那么差了?"

"我今天看他特别顺眼。"洛知予放下水杯,"我这周都不揍他了。"

高一快要期中考试了,对于安排在晚自习的常识课,学生们都没什么热情。许老师也知道现在的学生压力很大,所以只好说:"你们认真听,我半个小时讲完,后面的时间都留给你们复习,可以吗?"

"可以,可以。"洛知予带头给许老师捧场。

"大家的课前测验都做得挺好。"许老师反馈测验结果,"大家都是满分,就是有的同学要注意看题目,好在及时发现改过来了。不过,这些都是基础知识,也不用我反复强调。"

许老师讲得很基础,洛知予和井希明一起边写作业边听,觉得没什么难以理解的地方。

"都是常识。"洛知予写完了一份物理作业,借给了前排的同学。

"你说得对。"井希明正在做一道几何题,把试卷翻来覆去地看。

许老师为了举例子,在黑板上画了小红小蓝的各种关系图,不过记笔记的人很少。

"为什么非要是小红和小蓝?我听得头晕。"洛知予问。

"我也不知道啊。"井希明一直在打哈欠,"破学校,考完试就是家长会,一刻也不消停。"

"洛知予?"许老师突然点名提问。

"啊?"洛知予赶紧站起来,"到。"

"在和小蓝相处的时候,小红可以做哪些事情?"许老师问了书上的一道题,作为这堂课的总结。

"小红可以和小蓝正常相处，一起学习，共同进步，在科学允许的范围内产生珍贵的友谊。"优秀学生洛知予给了个标准答案。

期中考试终于来了，洛知予这次没给试卷配图，认认真真地答完了每一科的试卷。只有最后一门英语考试，他提前交卷，和肖彦他们出去打了羽毛球。

新的一周，考试成绩公布，学生们最讨厌的家长会来了。

不是知了："明天看见我就绕道，知道不？"

臭橘子："又怕当了不肖子孙？"

不是知了："对的，要时刻记住我们两家水火不容，自家人也许不说，可别人会说。"

臭橘子："不要紧，明天礼堂那么大，等几个优秀家长代表发完言，就各自分班开家长会了，安全。"

不是知了："我爸妈还有我哥都忙，明天应该是我姐来。"

不是知了："没什么大事的话，我姐露个脸就走了。"

全校的家长会在新生开学典礼时用过的那个礼堂里举行，三个年级一共六名优秀家长代表先后去台上发言，背后的电子屏幕上则展示学生的个人照片和简介。六张照片，六份个人资料，同步呈现在了屏幕上，家长们见了纷纷讨论起来。

"洛知予好厉害，初中的时候就拿过那么多奖，还是市级三好学生。"

"哇！高二的肖彦更强，怎么培养出来的？这么优秀。"

"我倒是听说这俩学生家里关系很差，经营的都是娱乐传媒产业，常年撕得厉害，估计他俩关系也不太行。"

"我想看看优秀学生是怎么写作业的！"

"我也想看，让学校安排一下？"

"我让各班老师把最近的作业拍个照发到校园群里吧，群里的学生不多，基本都是家长，没进群的家长找旁边的人拉一下。"主持家长会的吴主任说，"我们学校优秀学生的字虽然不一定好看，但他们写作业的态度是绝对认真的。"

高三（2）班数学老师发了一张图片。

高二（3）班语文老师也发了一张图片："这是我们班肖彦的。"

高一（4）班语文老师："稍等一下，我去趟办公室。"

高一（4）班语文老师发了一张图片："代发洛知予的，高一（3）班老师请假，这是拍的最近一周的周练。"

家长1："哇，好整洁，不像我们家孩子，字写得歪歪扭扭的。"

家长2："吴主任谦虚了，一中学生不仅态度好，字也写得好。"

家长3："向各位优秀学生学习。"

家长4："学校有练字模板吗？有俩优秀学生的字像是一个模子刻出来的，请给我家陆明归也来一份。"

吴主任："呃……"

徐主任："这……"

"高一（4）班语文老师"撤回了一条消息。

家长5："我存图了。"

家长5："@洛知予，出来，你小子的作业是谁写的？"

洛知予："这也能翻车？"

肖彦："不关我事，我只是个工具人。"

"洛知予"退出了群聊。

"肖彦"退出了群聊。

家长1："我竟不知道该说些什么，心疼一下吴主任吧。"

洛知予眼看着形势失去了控制，从大礼堂的后门溜了，遇见了同样溜出来的肖彦。

不是知了："事发突然。"

臭橘子："措手不及。"

不是知了："依我看，咱们还是各管各的吧。"

臭橘子："……"

臭橘子："这就是你琢磨了半天得出的结果？就这？就这？"

不是知了："这是眼下最好的办法。"

臭橘子："你又想跑路。"

不是知了："说好的天知地知你知我知呢？"

不是知了："我想问问，这都事发了，那欠条还算数吗？"

臭橘子："你想赖账？我包写作业你却不包善后？"

不是知了:"我就问,不要激动。这事怎么圆呢?"

臭橘子:"我什么都不知道,我只是个工具人。我爸刚才还问我,怎么又跟洛家的小浑蛋凑到一起了。"

不是知了:"……"

"那什么……"樊越在后门找到了他俩,"你俩犯事儿了,去学工处办公室自首吧。"

樊越:"而且你俩为什么要面对面聊微信?!"

一中校园论坛又出了新帖——"劲爆!今天的新料,看了绝不后悔!速来"。

1楼:"待我细细梳理前因后果,先让我笑一会儿。"

2楼:"这标题取得太有那味儿了,这么快就走出了期中考试后的悲伤?"

3楼(楼主):"啊哈!在绝对的爆炸性新闻面前,期中考试算什么?我数学就考了个零头,我觉得那都不是事了。"

4楼:"咋了?快点讲,别吊我胃口,赶紧把起因经过结果给我交代一遍。"

5楼(楼主):"刚才校园群要求展示优秀学生的作业,老吴说咱们学校的优秀学生面对作业的态度那都是一流的,然后,哈哈哈哈,照片一对比,大家发现洛知予的作业是肖彦写的。"

6楼:"牛啊,话说肖彦之前说要对洛知予好一点,这还真挺好,羡慕。"

7楼:"他俩不是一个班的,甚至不是一个年级的,这都能被逮到,也是运气不好。"

8楼:"求个当事人现在的坐标,本人实在很想围观一下。"

9楼:"坐标学工处办公室,观光团点我组队,马上出发。"

"你俩……"如果非要用一个词来形容吴主任现在的心情,那就是"悲喜交加","我该怎么说你俩才好呢?能不能给我点面子?!"

"要不……"洛知予后退一小步,"顺其自然?"

肖彦后退一大步:"大事化小?"

"不了了之？"洛知予战术性后撤。

徐主任板着脸敲了敲桌子："严肃一点。"

两个学生都不说话了，吴主任脾气挺好，也不太乐意责备这俩学生，问："你俩什么时候关系好到这种地步了？"

吴主任想不通，几个月前还被水蜜桃味汽水喷了一身的肖彦，为什么现在心甘情愿地帮洛知予写起了作业。吴主任在反思，他一直强调要这两位同学好好相处，而两位同学悟性一流，这是过度理解了他的意思？

吴主任觉得有必要因材施教、正确引导，一味地批评和指责不能解决问题，所以他阻止了徐主任的训话，并找了个理由把徐主任支出了办公室。

"你俩几天没打架了？"吴主任问肖彦和洛知予，"最近是不是相处得还挺好？"

洛知予说："差不多两个星期了。"

"不错，有进步，总比之前动不动就闹起来好。"该表扬的还是要表扬，吴主任话锋一转，对肖彦说，"不过，我说的关系好，不是让你帮他写作业啊。"

"主任你误会了。"洛知予礼貌地反驳，"我和他关系不好，这是个无情的交易，我早晚要还他一次。"

"而且，吴主任你觉不觉得，高一的作业太多了，有很多没必要的重复练习……哎哟。"洛知予火上浇油，被肖彦踢了一脚，终于闭嘴了。

肖彦陈述理由："吴主任，你别听洛知予瞎说，周末的时候我们在忙学生会的工作，作业他写不完，我是确定了那部分知识他已经掌握了，才会帮他的。"

肖彦心道：分明是被迫的。

肖彦又说："不然我帮他写的时候为什么不模仿他的笔迹，还是用的自己的笔迹呢？"

肖彦心道：那是模仿不来。

吴主任只是想要个说法，便说："好吧，我会跟高一的老师说说看能不能适度调整作业量，你俩以后别这么做了。老师希望你们关系好一点，不要打架，除此之外，你们能做的事情太多了，不是吗？"

"好的。"洛知予从善如流，"除了代写作业，我们能做的事情还有很多。"

"好的，主任再见。"两名当事人开始撤退，打开办公室门后，邂逅了由陆明归带队的观光团。

"罚站罚抄检讨扫地一条龙？"观光团很急切。

"没有一条龙。"洛知予在想该怎么应付他姐，"让开，我要回去学习了。"

应付洛思雪并没有他想象的那么容易，洛知予先发了个颜文字表情过去。

洛思雪："编好了？"

不是知了："真情实感，哪能编啊。"

洛思雪："话筒给你。"

不是知了："肖彦那家伙非要帮我写作业，目的是让我坐享其成，带坏身为好学生的我，其心可诛啊。"

洛思雪："啧啧啧。"

不是知了："那换个版本……有一天，肖彦在路上捡了本作业，他翻开后，觉得这题目真是太有意思了。"

不是知了："算了，我编不下去了……他就是帮我写作业了，但我没和他逛街，就这样。"

洛思雪："……"

"不是知了"发了一个红包。

洛思雪："好的，姐姐什么都不知道。"

期中考试和家长会结束后，一中的运动会终于要来了，整整一周，各个班级都在忙运动会的报名事宜。运动会的动员海报也张贴在各个班的教室，海报右下角写着洛知予和肖彦的名字，这是他们抽空做出来的。

"洛知予，你要不要报名参加运动会？"班长拿着报名表问他，"我看你军训那会儿追打校草的时候跑得贼快，确定不来个短跑套餐吗？"

"我就不了。"洛知予摆了摆手，"为了证明我的集体荣誉感还在，运动会期间我们班的矿泉水和零食我包了。"

班里顿时一片欢呼。

学生会工作处，樊越他们正在反复看各个班的运动会报名表。

"洛知予不参加吗？"汤源拿着高一（3）班的报名表说，"他追着人打的时候真的跑得好快。"

"他应该是不乐意参加的。"肖彦戴着耳机趴在窗边打游戏，说，"他读六年级的时候，跑一百米摔过一跤，边哭边回的家，刚好被路过的我看到。"

樊越："噗。"

他还真想象不出来洛小霸王边走边哭的样子。

这时，一个小橘子突然飞过来砸在了肖彦头上，洛知予提着一袋小橘子站在窗外不远处，说："让我来看看是谁在说我的黑历史。"

肖彦："……"

洛知予是来找肖彦批请假条的，运动会三天，他无事可做，想趁此机会溜回家一趟。请假条这事归肖彦管，他特地买了一袋橘子来"贿赂"。

"你什么病？"肖彦抽出一张请假条。

"必须有病吗？"洛知予很纠结，把橘子放到一边，在肖彦对面坐下来，双手托腮看着他，陷入了思考中。

"现在的请假条没那么好批，下周学校半开放，可以回家，这周是不建议学生离校的。"肖彦拿笔敲了敲洛知予的脑袋，"快说，你哪里不舒服？"

"那我……难受。"洛知予捶了一下桌子，"可以吗，彦哥？"

"我现在特别难受，我头晕。"洛知予立马想好台词了，"全身无力的那种。"

肖彦抬手试了一下洛知予额头的温度，微笑着说："你好歹编个像样点的。"

"发热就去校医院打针，校医院能解决的，不是出校的理由。"樊越看他们实在纠结，出言提醒洛知予，"我们给你写完请假条，你还要拿去找老师批，那才是最麻烦的，不是彦哥不给你写。"

"有个理由可以出校，我去年用过。"汤源提醒，"我说我拉稀了，为了回家，我脸皮要多厚有多厚，你要不也试试？"

肖彦："……"

洛知予："……"

"你还说！"樊越怒道，"这事儿现在在论坛里还动不动就被人翻出来嘲笑，太丢人了。"

"要不你别走了。"另一个学生会成员建议洛知予，"周日那天缺个校园广播播报员，你要不要来？闭幕式来一下就好了，有1学分。"

"播报员？我和谁搭档？"洛知予在考虑了。

"六班严梓晗。"肖彦查了日程表，问他，"要来吗？"

"我来！"洛知予答应了，"周日下午叫我。"

周日下午是一中的运动会闭幕式，混了两天的闲散人员洛知予穿着校服端正地坐在主席台上，翻看各个班级报送的运动会成绩。

"话说，你和那个新交的朋友怎么样了？"闭幕式还没开始，洛知予在和严梓晗聊天，"你上次还说要跟他出去唱歌。"

"闹掰了。"严梓晗满不在乎地说。

洛知予："……"不是很懂这转瞬即逝的友谊。

"你看我当朋友怎么样？"洛知予指着自己说。

"正得很啊。"严梓晗夸他，"之前论坛里好几个人天天夸你，说想和你交朋友呢。"

"我怎么一个都没见着？"洛知予托腮。

"那我就不知道了。"严梓晗，"看来他们只敢在论坛说说，不敢有实际行动。"

洛知予想了想，自从进了一中，他就和肖彦玩得多，掐架掐得也多，此外只和肖彦那几个室友稍微熟一点。

参加运动会闭幕式的各个班级正在进场，洛知予按照各班经过主席台的顺序给稿子分了类。经过上次的防震减灾演练后，对于这种播报工作他就很小心了，不用开麦的时候绝不随意开。

他们说话的时候，肖彦来过一趟。他刚从教室那边过来，把自己的一沓作业放在桌上让洛知予看着，顺便塞了一包开心果给洛知予。

"作业放你这里。"肖彦说，"可以吗？"

"放吧，我给你看看，一本都不会少，少了就把我的赔给你。"洛知予说，"还有什么要求？一并说了。"

"吃了我的坚果，等下我们班经过的时候，你多夸两句，知道吗？"

肖彦站在洛知予身后，双手撑着他的肩膀，稍微施加了点重量，半真半假地威胁他，"不然等下我揍你。"

"放心。"洛知予把肖彦的作业搭在自己那几份作业上，右手拍了拍他的手背，"就冲你这两包零食，你放心地去，等下我给你夸上天。"

肖彦放心地走下主席台，冲洛知予挥挥手，走向自己班的方阵。

周围没有别人，主席台上要发表闭幕式讲话的校领导还没到，洛知予和严梓晗又聊起了个人话题。

"洛知予，除了学习，你就没别的梦想了吗？"

"有。"洛知予说，"除了学习，我还想画画，日常还想揍彦哥，没了。"

"我不是很懂你，想跟你交朋友的人不少，都被你给无视了。"严梓晗瞥了一眼洛知予手中的常识课练习册，惊讶道，"哇！你的书好新。"

练习册是学校装订的，白色的封皮上没有写字，内页主要是用来给学生练习的一些题目，可以看出一中对相关课程还是十分重视的。

"我才拿到没两周，都没怎么翻开过，当然新。"洛知予今天也觉得自己的练习册格外新，他按照许老师的要求翻到指定的页面，开始答题。

然后他看到上面的备注：请记住你一直以来的身份，此处不再赘述。

"今天的题目似乎不太一样。"洛知予说，"换了一种表述。"

写了这么久的课本练习题和课前测验，一朝突然没见到小蓝和小红，他竟然还有些想念。

"题目好奇怪。"做了一道题目，洛知予感觉有点别扭，"总觉得哪里不对，阴阳怪气的。"

"我看看，有那么难吗？"严梓晗伸手要去拿练习册。

洛知予刚要把练习册递给他，代表运动会闭幕式开始的音乐忽然响了起来。

"准备准备。"洛知予把练习册放回去，把桌上的开心果果壳清理干净，翻出了闭幕式要念的稿子，"校领导是等我们走完流程再上来发言？"

"对。"严梓晗准备好了，"我们先上，校领导在来的路上。"

"那我开麦了？校领导的麦也提前开了，防止他们不会用。"严梓

139

晗站起来,回头跟洛知予确认,"从现在开始,我来念稿子,你别乱说话了。"

"我保证不乱说话。"洛知予有经验了。

闭幕式的出场次序按班级积分来,高三不参加,高一先走方阵,接着就是高二,班级积分越高,出场的次序就越靠后。高一有七个班,高二有六个班,肖彦他们班是高二最后一个出场的班级。

"好累哦。"播报完高一各班的运动会成绩,严梓晗拧开矿泉水瓶猛灌了一口,"高二交给你了。"

"完全OK。"洛知予说。

洛知予按照整理好的稿件开始播报:"高二年级的各位同学你们好,我是高一(3)班的洛知予,接下来由我来播报各班的运动会成绩。"

严梓晗那边收工了,嗑起了瓜子。

"现在迎面向我们走来的是高二(3)班的方阵,他们在本次运动会中取得了优秀的成绩,积分年级第一,拿下了多项第一名……"

洛知予的声音被学校的广播设备送到了校园的每个角落。

"高二(3)班的汤源同学,在一千五百米长跑中打破了市中学生运动会记录,我们真挚地感谢汤源和一只橘猫……

"张曙同学在跳远项目中拿到了第三名的好成绩……

"队伍最前方是我们学校的门面——肖彦同学,本次秋季运动会,他在几个短跑项目中取得了优异的成绩,我们的校草不管是学习方面还是其他方面,都很优秀……"

洛知予说到做到,临场发挥,脱稿夸了肖彦五分钟,目送高二(3)班的队伍走出了主席台前的塑胶跑道,在操场上整齐站定。

"终于结束了。"洛知予抬手关了自己面前的麦,长呼一口气,开始收拾桌上的作业,"准备撤吧,这学分还挺好赚的。"

"没他们赚得多,学校鼓励学生运动,参加项目只要拿奖就有分。"严梓晗指了指台下的肖彦,"说起来,你和肖彦最近关系挺好啊。你了解他吗?"

洛知予还在想刚才做的练习题,不甚在意地哼了一声,算是回答。

半夜两点,井希明迷迷糊糊地下床去厕所,发现洛知予的书桌上还亮着灯。

"你怎么还在学?"井希明从来没见洛知予这么认真过。

"写作业。"洛知予揉了揉眼睛,声音带了点倦意。

"什么作业这么多?"井希明震惊了,"我俩的作业难道不是一样的吗?"

"大概是我没弄懂吧。"洛知予自暴自弃地说,"常识课练习册的题好阴阳怪气啊。"

另一边的宿舍区灯火通明,肖彦他们周末忙着比赛,风光过后就要通宵解决作业。

张曙揉了揉眼睛,问肖彦:"你还有多少作业?"

肖彦把写完的英语习题放进书包里,从桌上拿起了常识课追加的练习册:"就剩这个了,谁让你们上次全选A?许老师给我们班一人追加了一本作业,还是新的,我都没来得及写名字。"

肖彦翻开作业,开始皱眉。小蓝同学和小红同学?这不是他的作业,他的作业呢?

"啊?是我写错作业了吗?"井希明清醒了一些,"不应该啊,我周五写的时候记得题目很简单的。"

"不管了不管了。"洛知予的耐心快用尽了,"我瞎写。"

洛知予艰难地写完了作业,关灯缩进了被窝里,用手机定好第二天早晨的闹钟。

此时已是深夜,他竟然收到了一条新的微信消息。

臭橘子:"小知了睡了吗?"

不是知了:"干吗呢?"

臭橘子:"下午怎么说的来着,如果我作业丢了,你就怎样?"

不是知了:"丢了就把我的赔给你,这不是没丢嘛。一共六本,我数好了给你放在那里的。"

不是知了:"大半夜的,还不睡?我俩关系好到可以深夜聊天了吗?"

肖彦发了一张练习册的照片给他。

臭橘子:"这一本好像不是我的练习册。"

洛知予放大了肖彦发来的照片，看见了熟悉的小红和小蓝。

不是知了："啊啊啊啊啊！"

所以他是写了一晚上肖彦的练习册，还真情实感地把编写练习册的人骂了一通？原来不是题目阴阳怪气，而是他从一开始就错拿了别人的练习册。

臭橘子："怪学校自己印制的练习册封面没写年级，怪我俩的练习册都没写名字，怪我到现在才想起来还有这个作业，不怪你，对不对？台词我都给你想好了。"

不是知了："不对啊，彦哥你们的课不是上个月就结课了吗？为什么还有作业？"

臭橘子："追加的，上次我们班把许老师气坏了，许老师罚我们班一人多写一本。"

不是知了："彦哥，我给你讲一个悲伤的故事。"

臭橘子："我突然有点紧张。"

不是知了："我刚硬着头皮把你的作业给写了。"

臭橘子："……"

不是知了："以我的个人视角。"

臭橘子："……"

周一上午的早读后，肖彦去了趟楼下的高一（3）班找洛知予。

"我都给你写了，应该没问题，你可以翻翻，都是基础知识。"肖彦把洛知予的练习册递给他，内封上还有肖彦给他写的名字。

"可是你的有问题……"洛知予困到走路都在飘，"选择题什么的我都努力改了，大题我是真不会写，我努力把答题框写满了。"

"没事，我自己回去补。"肖彦接过练习册，"你回去趴会儿吧，看你没什么精神。"

"好。"洛知予揉着眼睛走了。

高一（3）班和高二（3）班周一上午的第四节课都是体育课，高一（3）班的老师请假，找了高二（3）班的老师代课，两个班并到一起上课。

由于运动会刚刚结束，体育课上，常规的热身过后，老师就让学生们在操场上自由活动。找了两个班的班长代为管理纪律后，体育老师就去办公室坐着了。

井希明他们和平时一样，拿了羽毛球拍准备打球，问洛知予："要一起吗？"

"你们去吧。"洛知予把羽毛球抛给他们，"我去旁边坐会儿。"

天气逐渐转凉，阳光也没什么温度，洛知予找了棵树坐下，抱着双膝看井希明他们打球，隔壁班肖彦他们宿舍的人也在玩。因为太困，洛知予看着看着，视线里渐渐出现了重影。

有人从远处走过来，在他身边坐下，伸手把他歪了的身体推正，开口时话里带着点嘲笑的意味："我还是第一次看到有人打瞌睡差点把自己摔地上的。"

洛知予听声音就知道是谁来了："玩你的球去，别来烦我。"

"我想来找你玩，结果你在这里打瞌睡。"肖彦没走，而是选择和他一起当体育课"混子"。

"由于拿错作业，我昨天大概就睡了三个小时吧。"洛知予说，"我艰难地写到凌晨两点，五点半又起来努力从小蓝视角重新写题，然后食堂今天的粥也不好喝。"

遇上肖彦，洛知予话比平时多一些，也更乐意说点零零碎碎的小事，什么乱七八糟的都愿意拿出来说。

肖彦上午刚交了一份用透明胶带修改得破破烂烂的作业，现在看他这样，好气又好笑："你还不如不改，你给我改的好多地方都是错的，那些题目是你那样解释的吗？啊？"

"我尽力了，毕竟没体验过。"洛知予抱着双膝，把自己缩成一团。

"说得好像我体验过一样。"

"总有一天你能体验到的，我洛知予无条件相信你。"洛知予没精神的时候，说话带着点鼻音，尾音拖得有些长，他自己却没意识到。

深秋的风钻进领口袖口会让人哆嗦半天，困极了的洛知予却顾不上了，靠着树干睡着了。

肖彦第一反应是怕他着凉，又不忍心叫醒他，只好扶了扶他，让他靠得更舒服些。

他们两家关系那么差，以至于两家的孩子从小就有了敌对意识，幼儿园时,洛知予给肖彦的见面礼就是手腕上的牙印。

从那以后,肖彦见着洛知予就想欺负,不是讨厌他的那种欺负,而是觉得有趣,想逗逗他。

洛知予大概也一样,隔着一条街见到他,也要想方设法地过去招惹他一下。

风吹着洛知予的头发,有几根调皮的小碎发在他头上飘动。

毕竟是户外,洛知予睡得不太安稳,还迷迷糊糊地念叨了一句什么,肖彦只听清楚了"臭橘子"三个字。

"还臭橘子呢?"肖彦嘀咕。

睡着的洛知予皱了皱眉。

"肖彦,来打球吗?"樊越找了半个操场,在草地边找到了他们宿舍的门面,瞧见洛知予就在肖彦旁边,他指了指洛知予,小声问肖彦,"他睡着了?"

"嘘,让他睡吧。"肖彦摇摇头,示意他别吵醒洛知予,樊越会意,转身自己玩去了。

洛知予是被下课铃声吵醒的,醒来的第一感觉是清醒,第二感觉是自己睡得腰酸背痛。

"睡觉就睡觉,手还不老实,一直扯我衣服。"肖彦伸手把他从地上拉起来,"走了,吃饭去。"

"有吗?"洛知予选择性失忆了,"不是我干的,我什么都不知道。这顿算我的吧,卡给你,随便刷。"

两人在食堂门口碰到了来吃饭的吴主任,主动跟吴主任打了招呼。

"你们最近关系还不错?"吴主任日常关心他们的相处。

"挺好的。"洛知予往肖彦身边迈了一步,他补觉成功,心情大好,看人时眼睛里都带着笑。

"那就好,没再让肖彦给你写作业了吧?"吴主任不放心地多问了洛知予一句,"作业还是要自己独立完成的,你俩都很优秀,这话不需要我多说。"

肖彦和洛知予坚定地摇头:"没有!"

他们只是互相写了个作业罢了。

体育课上补了一觉，洛知予满血复活，下午听课效率一流，精神振奋，一直学到了晚自习。

"今晚是中学生常识课哈。"秋宜来通知自己班的学生，顺便把练习册带了过来，"作业发一下。"

班长接过秋宜手中的练习册，开始按名字分发："洛知予，你的。"

"扔过来。"洛知予正在自己的座位上埋头做数学题，"别砸我头就行。"

"你班级写错了，哈哈哈。"班长李谨烨笑着说，"这都能写错。"

洛知予问："有吗？"

名字和班级是早上肖彦顺手帮他写的，没错啊，写得可好看了。

"写成高二（3）班了。"给他递作业的同学说，"你怎么变成肖彦他们班的了！"

"都怪肖彦天天来玩，"有人跟着起哄，"我今天还看见你俩体育课待在一起。"

"来几个人把洛知予打包送上去吧，我们班不要了。"

楼上的高二（3）班也在发作业，白色封皮的练习册在学生们手中传递。

"上周刚拿到的练习册，怎么就破成这样了？"樊越把肖彦的练习册放在他桌上，"不像你的风格啊，你对这本练习册做了什么？"

"出了点意外，一言难尽。"肖彦把作业翻到批改的那一页，"好在及时发现，补救回来了。"

许老师艰难地在他的练习册上找出了一块空白处，写了作业评语："对倒是都对，不过修改成这样，你有那么纠结吗？肖彦同学，你的知识还不够扎实啊。"

肖彦："……"他知识再扎实，也架不住有人拿错了作业一通瞎写啊。

好在他抓紧时间重新改了一遍，才勉强混了过去，要是把洛知予那个版本交上去，他必然又要被罚站。

高一(3)班正在起哄，非要把洛知予打包送去楼上，连赠品都想好了，就差把人给赶走了。

"有你们这样的吗？"洛知予笑道，"把我送走了，下次运动会谁给你们买瓜子汽水？"

"洛知予好歹是我们班的门面。"井希明和室友站在一条战线上，"送什么送！"

"不要急，到明年这个时候，我们也是高二（3）班。"洛知予说。

洛知予拿手机对着自己的练习册拍了张照片，发给了肖彦。

不是知了："我怎么成你们班的了？！突然就跳级了。"

臭橘子："啊这……我平时写高二（3）班写顺手了，想也没想就写成这样了。"

不是知了："他们现在非要把我送到你们班去。"

臭橘子："来，我很欢迎，把樊越打走，彦哥和你做同桌。"

不是知了："走开。"

不是知了："不过你写的题都对诶，你可真厉害，还说自己没经验。"

臭橘子："书上都有，是你自己不愿意看，怪谁呢？"

臭橘子："你上来，我亲自教教你什么是经验。"

一中今年的秋季运动会开得有些晚，过了运动会就是十二月，温度降得很快。学校多了一大批起床困难户，学生会的工作又来了，专门派人蹲在教学楼下面，抓这些起床晚、上课迟到的学生。

"洛知予你人呢？今天安排我俩执勤啊。"洛知予在被窝里接到了肖彦打来的电话，"早读预备铃都响了，身为学生会成员，你这是要带头迟到吗？"

"快了。"洛知予信口胡说，"我出宿舍楼了，到操场了，看到教学楼了，看到你了。你穿着蓝色校服，手里拿着一本英语书。"

然而，肖彦还是听出了他声音里掩藏的倦意。

"洛知了，你压根就没起床，你是什么样的我还不知道？你给我继续编……"肖彦的电话被洛知予强行掐断了。

十五分钟后，脖子上挂着两张执勤牌的肖彦才在东楼梯口等来了洛知予。

"我是不是该先扣你的分？"肖彦靠在墙边问他，"迟到了十几分钟的洛知予同学。"

"我不算我不算，把我的执勤牌给我，我怎么能扣自己的分呢？"洛知予从肖彦的脖子上摘下属于自己的那张执勤牌，他做这动作的时候，冻得冰凉的手指就这么贴在了肖彦的脖子上。

肖彦："……"

洛知予的手太冰了，肖彦用卷起来的英语书抵着他校服上的名牌，把他轻轻推开，不让他继续靠近自己。

洛知予见好就收，趁着执勤牌的带子不冰，赶紧戴好。

"你吃早饭了吗？"肖彦问他。

"没来得及。"洛知予缩在他背后借他挡风。

肖彦抬手抛给他一个小面包："刚才多买了一个，送你了。"

"太冷了。"洛知予带了本语文书，但是快要冻僵的手指根本翻不动书，"我们真的有必要执勤吗？除了我，到现在没看见有人迟到啊。"

"你还好意思说，不过迟到的的确有。"肖彦坐下，两个人一起堵在楼梯口，"去年我们在西楼梯抓了十来个，东楼梯上去是学工处，迟到的一般不会从这里走，也就入冬这周抓一下，下周就不管了。"

"这样啊。"洛知予低着头答得有点敷衍。

肖彦看了看洛知予的神色，问："你是不是穿得太少了？"

"你看看。"洛知予自己翻起了衣领。

肖彦："呃……你校服里面就穿一件毛衣？"

"是厚毛衣。"洛知予纠正道，"以前十二月我都这么穿。"

"可是今年冷得快，温度太低了，你不能这样穿，知道吗？"肖彦收回手，拍了两下洛知予的头。

洛知予"哦"了一声，又说："我以前没有住过校，今天穿得太少，明天穿得太多，就觉得很麻烦……我看我室友今天穿了件衬衣，外面套了件校服就出门了。我们宿舍的洗衣机也坏了，还没来得及修。"

"洗衣机坏了？"肖彦问，"怎么就坏了？"

"嗯。"洛知予点头，"墙头草把他那床八斤的厚被子扔进了洗衣机里，结果自然是被子赢了。"

"……"肖彦说，"照这个温度，下周可能就要下雪了，你还是多穿点吧。"

教学楼外的天空有些阴霾,阳光冷冰冰的,没有什么温度。

洛知予刚要说话,不小心碰到了肖彦放在台阶上的英语书,书顺着台阶就要掉下去,洛知予出于好心一脚踩住。于是,书停在了下一级台阶,但上面多了一个脚印。

"这……"洛知予捡起自己的语文书,在肖彦打算揍他前赶紧跑了。

的确要下雪了,只是还不用到下周,周五晚上,天空中就飘起了小雪花。

这周要回家的洛知予拖着自己的行李箱,在校门口等司机来接。

"塞太多东西了,你的箱子。"井希明用脚踢了踢洛知予的小行李箱,"你就不怕等下锁扣崩开?"

"应该没事吧,都是要带回去洗的床单和衣服,还有一条毛巾被。洗衣机坏了,没办法,我就这周带回去洗一下。"洛知予拍了一把自己的行李箱,"等下就上车,稳得很,我小心一点,不会崩。"

门口三三两两站着的都是等家里来接的学生。

"你先走吧。"洛知予冲井希明挥挥手,"我去那边蹭个伞。"

洛知予出门的时候没有拿伞,头发上沾了不少晶莹的小雪花。他时常去楼上高二(3)班,和肖彦他们班的人都混熟了,他一眼就在那群人中看见了肖彦,所以毫不犹豫地拖着箱子过去蹭伞。

高二(3)班的一群人正凑在一起听汤源讲故事,肖彦旁边多出了一个洛知予,肖彦瞧了他一眼,把伞往他的方向倾斜了一半。

洛知予听故事听得津津有味,还问:"在讲什么?你们好能聊。"

"隔壁大学论坛里的故事,汤圆喜欢逛这些论坛。"樊越给他讲了点前情提要,"他们学校真的好多八卦,汤源经常跟我们聊。"

"隔壁大学的俩人,原本成天闹不和,经常大打出手。"汤源瞅了瞅周围没有老师,神神秘秘地说,"可是某一天,一个人的行李箱里突然发现了另一个人的东西,证据确凿!"

"哇。"洛知予可喜欢听八卦了,捧场道,"精彩!"

汤源继续说:"知道怎么发现的吗?只能说若要人不知,除非己莫为,人在做天在看,谁知道他俩一起出去的时候,那行李箱的锁扣突然就崩了呢？有的巧合就是这么可怕！"

"哇！"洛知予继续捧场。

洛知予嫌站着累，想找个地方坐着慢慢听。所以，他想也没想就往自己的行李箱坐了下去，还借着轮子在地上滑了两步。

他品出了几分趣味，于是放飞自我地借着箱子又往肖彦身边溜了一点。然后，洛知予和肖彦都听见了一声脆响——"嘎嘣"。

洛知予塞得太满的小行李箱终于被他给玩坏了。肖彦眼明手快地伸手拉住洛知予，没让洛知予摔在地上，可他没办法管箱子。洛知予的行李箱开了个口子，里面的东西掉落一地。

周围好心人多，当场安慰洛知予说没事，纷纷蹲下身来帮他收拾，把东西塞回箱子里。

突然，有人大惊失色地问了一句："彦哥的午睡毛巾被为什么会在你这里？！"

洛知予："……"

肖彦："……"

"天哪！"汤源是反应最大的一个，"我……我是预言家吗？"

而樊越是反应最快的一个，他抬起脚在汤源的屁股上踹了一下，制止了汤源还未说出口的脏话："闭嘴。"

"我以后不敢讲故事了。"汤源小声地说。

"故事是故事，现实是现实，不一样的哈。"樊越率先站出来，"我们要分开看待。"

"可我的故事都是真人真事。"汤源超委屈，"我辛辛苦苦去隔壁大学的论坛扒的。"

两名当事人站在原地，面面相觑。

僵持了几分钟后，一中校门口，高二（3）班等车回家的同学达成一致，自动忽略了刚才的话题，蹲下身来帮洛知予把箱子整理好，给洛知予和肖彦留出了一个小空间。

两人没再等多久，两家来接他们的车就都到了。

"走啦，周一见吧。"洛知予冲肖彦挥挥手，"你的被子我洗好了再带给你。"

下班的吴主任路过学校门口，刚好听见了这句话，问："什么被子？"

"是友谊的见证。"樊越抢答,"这是进步。"

"是彦哥的一片心意。"汤源跟着扯,其他同学在他身后用力点头。

吴主任是带着一头雾水下班的,他在思考代沟这个东西到底是怎么产生的。

第五章
明知故犯

说是周一见，但肖彦和洛知予住在同一个城区，连回去的路线都是一致的。一路上，洛知予就看着肖彦家的车在他眼前晃，两辆车始终保持着不远不近的距离。

到家的时候，洛知予才发现家里没人，便给洛思雪发了消息。

不是知了："姐，家里没人？"

洛思雪："你回去了？"

不是知了："已经在家了，你人呢？"

洛思雪："我在R国……"

不是知了："呃……那爸妈呢？"

洛思雪："在忙工作，今晚不回，哥也不在国内。"

不是知了："那我回来干吗？你们每周都让我回家。"

洛思雪："谁知道你这周要回来啊，你也没让司机通知我们。"

洛思雪："开学大半个学期了你都不回家，我们还以为你不回来了呢。"

不是知了："得了吧，我自己玩去了，告辞。"

家里的房子挺大，洛知予平时没什么感觉，这会儿家人都不在，他竟然觉得有点冷清，尤其是写完除常识课外的其他作业后，这种异样的感觉被放大了好几倍。

习惯了学校里的热闹，他暂时还没适应家里的空旷，所以他找了一部恐怖片投屏到客厅的电视机上，打开了家庭影院的音箱设备，立体声环绕播放。

几分钟后,洛知予就感觉家里到处都是人。

恰好此时,他看到了肖彦给他发的消息。

臭橘子:"开黑,还差一个人,来不来?"

不是知了:"来来来!正空虚着呢!"

臭橘子:"用词不准确,你那叫无聊,不叫空虚。"

不是知了:"好嘛,来玩!"

"哈喽。"队伍的语音频道里传来一个熟悉的声音,"又见面啦,洛知予。"

这个是肖彦的同学,陆明归。

"直接开。"樊越说,"娱乐局随便打。"

虽说是娱乐局,也是顺风局,但几个人打着打着,突然感觉有点瘆得慌。

"我怎么感觉今天的游戏有点恐怖?"汤源在队伍频道里问,"你们谁的背景音乐里有鬼叫?我瘆得慌。"

四个人都关了麦,只有洛知予还开着,洛知予被当场抓获。

臭橘子:"干什么呢?"

臭橘子:"你爸妈忍得了你这么折腾吗?"

不是知了:"家里没人。"

臭橘子:"巧了,我家也没人。"

不是知了:"那……彦哥,你要不要来玩?我有几道题不会,你顺便来教教我吧。"

臭橘子:"真的假的,你是认真的吗?我长这么大还没去过你家。"

不是知了:"来吧,帮我把院子外面的外卖拎过来,院门的密码是我生日,进了院子喊我给你开门!来嘛,方圆百里,我能叫过来的只有你了。"

臭橘子:"……"

他觉得,洛知予只是想让他帮忙拿外卖。

都快晚上九点了,肖彦真的去洛知予家了。

他是去写作业的,背了一书包的作业,还把洛知予的外卖拎了进去。

臭橘子:"到了,给我开门。"

不是知了:"你等下,我把家里的监控都关了,然后再放你进来。"

臭橘子:"仙女皱眉。"

洛知予穿着一身居家睡衣,给肖彦开了门。

"你家阿姨没给你做饭?"肖彦一进门就感觉到了房子里的冷清。

"家里没人知道我这周会回来,阿姨也请假回去了,我就只好自己解决了。"洛知予接过肖彦带来的外卖,"你随便坐。"

肖彦丝毫没客气,反客为主地抬手把客厅里正在鬼哭狼嚎的电视换了个频道,这个频道在播放最近的一部热播剧。接着,他把客厅的灯光调到了一个合适的亮度,客厅的氛围顿时变得温暖了很多。

客厅里开了空调,洛知予裹着肖彦的毛巾被随意地坐在沙发上,拆开了外卖盒子。

肖彦瞥了一眼那熟悉的毛巾被,没提意见。

"我不来,你是不是就不打算吃晚饭了?"肖彦忍不住说。

"懒得出去。"洛知予在家的时候坐没坐相,也没管肖彦是不是在看他,"那么多道门,还得过院子,疲惫。"

一回到家,没了校园的学习氛围,他又恢复了从前的慵懒模样,要是没人激励他,他能在床上躺一整天。

晚饭吃到一半,洛知予接到了洛思雪打来的电话。

"怎么了?我吃晚饭呢。"洛知予的声音带了点倦意,"吃完打算睡了。"

"我问你,你吃个晚饭为什么要关整个房子的监控啊?"听见弟弟的声音,洛思雪松了一口气,"手机远程提示的时候我还以为监控坏了,你到底在偷吃什么东西,以至于要关家里的监控?"

肖彦:"……"

此时,电视里的两个人正打算干坏事,切断了家里的监控,应景得比之前的恐怖片还要吓人。

"我没有乱吃东西,你不要想多了,我马上睡觉了。"洛知予瞥了一眼肖彦。

"高中生破事儿真多。"洛思雪也没多想,"行吧,这两天家里都没人,你自己照顾自己啊。"

洛知予吃完晚饭,收拾了客厅的桌子,此时已经将近十点。

153

肖彦捧着一本物理作业，笔在纸上停了半天，一直没动。这个时间，他该回去了。

"还写作业吗？"洛知予吃饱喝足，精神来了，丝毫没在意时间，带肖彦去自己的房间，给肖彦搬了条凳子。

"我可以进？"肖彦停在洛知予的房间门口，看着房门上贴着的凶巴巴的猫脸。

"进呗，没人拦你，你也不急着回家。"洛知予拍了拍自己旁边的凳子，"我看你常识课学得不错，过来帮我看看题。"

洛知予的房间被阿姨收拾过，画架摆在窗边，地上的画具收拾得整整齐齐，卷起的窗帘外，是无云的星空。

"上次你帮我答的题全对。"洛知予羡慕地说，"所以现在帮我看看简答题吧。"

洛知予的简答题答得像填空题，言简意不赅，肖彦看了好一会儿，有点无语。

某个酒店的晚宴上，洛知予他爸正在给洛思雪打电话——
"家里的监控断了？洛知予干的？"
"随便他吧，年轻人的想法奇奇怪怪的。"
"没事，他还能折腾到哪里去啊，不管他。"
路过宴会厅的肖彦家长不巧听到了这通电话——
肖彦妈妈："他们家还真是大惊小怪，我们家的监控在两个小时前就断了，也没见我们这么紧张啊。"
肖彦爸爸："就是，我们家肖彦很让人放心。"

肖彦和洛知予自小关系差，也不同班，像这样在一张桌子上安安静静地写作业还是第一次，和谐得让两个人都不太适应。很快，洛知予率先提出了抗议。

"朋友，你占的地方是不是太大了？"洛知予用手里的笔敲了敲肖彦的胳膊肘，"挪过去点，我字都写不好了。"

肖彦目测了一下自己的地盘和洛知予的，拒绝后退："你自己斜着身子写作业,我都快被挤到桌子边缘了,你还说我?"

"你管我,这是我家的桌子。"洛知予原形毕露,"我说怎么分配就怎么分配。"

"你叫我来陪你写作业,却连桌子都不给我用,我是工具人吗?"

"工具人可没你这么有能耐。"

肖彦沉默,随便他贫嘴。

"工具人在吗?这题我也不会。"洛知予递过去一张试卷,"最后一题,帮我看看。"

"你在刷高考卷啊,这一年的高考卷偏难。"肖彦一眼扫过去就明白了,"这个知识点高二才学。"

肖彦还是给洛知予讲了这道题,洛知予学习的时候挺认真的,眼睛盯着试卷,按照肖彦教的方法在草稿纸上演算,时不时说点自己的想法,还抬头问肖彦的意见。

高中阶段的好学生有两种——努力型和迷惑性,前者人前人后都在拼命背书学习,后者白天在教室里疯玩,晚上在宿舍疯学。洛知予和肖彦,明显都属于后者。

两人今晚有幸见识了对方认真学习的样子,意外地认识到彼此是同一类人,顿时有了说不完的共同话题。

临近晚上十二点,洛知予刷完了那套高考卷,把笔往桌上一扔,舒舒服服地靠在椅背上,问:"还学吗?"

"我该回去了。"肖彦扫了眼时间,把作业收拾好,放进书包里。今晚他少见地不够专注,作业的完成度并不高。

为了防止两人拿错作业,他又检查了一遍。

"我送你出去。"洛知予起身要送他离开,"送你到院子门口吧。"

"不用。"肖彦说,"你给我开门就行。"

洛知予关了自己房间的门,带肖彦去了客厅,然而两人没走几步,外面突然传来了开门的声音。

肖彦:"嗯?"

洛知予:"……"

洛知予反手把肖彦推进了楼梯边的小储物间,自己也跟着进去,关上了储物间的门。

"吓死我了,说好的今晚不回来了呢?"洛知予拍了拍心口,"等他们睡了,我再送你出去。"

楼梯边的储物间很小,里面堆的都是洛知予的东西,唯一空出的一小块地方勉强够两个人站立。洛知予没有开灯,只有地上正在充电的扫地机器人闪烁着微光。

"还好你穿的是鞋套。"洛知予在肖彦耳边小声说,"不然我还得想办法解释为什么家门口多了一双鞋,以及……我为什么断了监控还让你来我家了。"

"知予睡了吧?房间的门都关着呢。"外面传来了说话声,是洛知予的爸爸。

"应该是睡了,别打扰他了,我们也去休息吧。"这声音逐渐远去,好像上楼了。

不是知了:"cover me(掩护我)!"

臭橘子:"……"

不是知了:"微信交流,更安全。"

臭橘子:"你给我备注的又是什么东西?"

臭橘子:"别藏,我已经看到了。"

储物间太小,以至于两人离得很近。洛知予本来就有些困了,没过多久就头一点一点的,打起了瞌睡,肖彦怕他摔倒,小心地扶着他。

肖彦自己的手机也来了消息,他眼明手快地调成了静音。

妈妈:"儿子,这么晚了,去哪里了?"

硝烟弥漫:"出来玩了。"

妈妈:"你还回来吗?"

硝烟弥漫:"回。"

妈妈:"那你赶紧的。"

硝烟弥漫:"行,我努力快一点。"

外面没有声音了,肖彦拍了拍洛知予的肩膀,说:"站着都能睡,服了你了。"

"几点了?"洛知予的声音里带着浓浓的倦意,"要不你别走了,我家房间多。"

肖彦:"……"不行。

156

"来，你把刚才的话再说一遍。"肖彦想了想，右手威胁般搭在了洛知予颈后，"或者考虑考虑我们两家的关系，再来问我。"

洛知予瞬间清醒了，说："我就当你不够胆大。"

说完这句他就后悔了，因为肖彦想也没想就在他腰上掐了一下，惊得他往后退了一步。接着，他一脚踩在了扫地机器人的盖子上，踩到了机器人的启动按钮。

"哈哈！我要开始扫地了！"扫地机器人被启动，声音传遍了房子的每一个角落。

肖彦："……"

洛知予："……"

越是紧张刺激的时候，就越是有某些鸡零狗碎的东西要来加料。

"遇到障碍，遇到障碍。"扫地机器人对着洛知予的脚撞来撞去，"请把障碍物移开。"

洛姓障碍物艰难地俯身关了扫地机器人，蹑手蹑脚地把肖姓障碍物赶出院子，惊魂未定地回了客厅，想骂人。

"一楼的扫地机器人抽风了吗？"洛知予他爸不知道什么时候下来了，半闭着眼睛，研究地上的扫地机器人。

"谁知道呢？抽风了吧，该换了。"洛知予极其冷静地回了自己的房间，留下他爸在原地思考，早就"睡着"的洛知予为什么是从院子里回来的。

不是知了："顺利吗，朋友？我这边没事了，我已经顺利躺进被窝了。"

臭橘子："那你睡吧，我快到家了，我家没你们家那么复杂，没什么不好解释的。"

臭橘子："晚安。"

不是知了："今晚可真刺激啊。"

臭橘子："乖，不会说话就闭嘴。"

不是知了："你会说？那你出本书慢慢说。"

冬天的夜晚，路上披星戴月的只有肖彦一个人。

肖彦家的客厅里，刚回到家的两个人正在聊天。

"这么晚了,儿子去哪里玩了?"肖彦他爸肖屿酒醒了一半,"为什么要关监控呢?他做什么去了?"

"不知道,只说是去玩,没说别的,网吧?"

"不应该啊,家里的电脑配置和网络都比网吧的好啊。"肖屿想不通,"吃喝玩乐都可以在家里解决。"

"那就奇怪了,有什么东西是家里没有的吗?"

"我想到了一个可能……"

"我也……"

"儿子大晚上不回家,到底和谁玩去了,得问问。"

"得好好问问。"

月黑风高,肖彦终于到了家,输密码开门,动作熟练,丝毫不慌。他进了客厅第一件事是开灯,第二件事是……客厅沙发上两个人正幽幽地盯着他。

肖彦满脑袋问号,这比洛知予在家放恐怖片还恐怖。

"去哪儿了呀?"肖妈妈微笑,"和谁一起啊?"

"玩什么了呀?"肖爸爸一脸慈祥。

肖彦:"……"

将近凌晨一点。

硝烟弥漫:"Cover me。"

知了:"自己解决,彦哥晚安。"

凌晨五点零七分。

不是知了:"彦哥早啊,新的一天,新的活力哦。"

臭橘子:"呃……过于早了。"

不是知了:"彦哥今天还来玩吗?我在刷高考卷,有的可能不太会。"

臭橘子:"不,你根本不知道我昨晚经历了什么。"

臭橘子:"哪里不会就给我打视频电话,除非在洗澡,其他时候我都会接。周末休息一下吧,不用超前写那些东西。"

不是知了:"哈哈哈,那周一见,我继续睡了。"

周一早读前,洛知予抽空去了趟楼上。肖彦在自己的座位上写写算算,突然,旁边的窗户被走廊上的人拉开,一条毛巾被被人扔在了他头上。

"我这次洗干净了。"洛知予自豪地说,"你检查检查。"

肖彦:"……"

教室里早读的同学都没看书了,都在偷瞄窗外的洛知予,不时低头交流两句。

肖彦摘下头上的毛巾被,折好放进课桌的抽屉里。

"你把毛巾丢人家箱子里就算了,还要人家给你洗。"有人跟肖彦开玩笑,"你说你对不对得起人家?"

"没事没事。"自打两个人的关系有所缓和,洛知予心情好的时候就会主动维护一下肖彦的名声,"我自愿的,我特别乐意给他洗衣服。"

"求你闭嘴。"肖彦伸手去抓洛知予的衣领,洛知予早有预料般往后一退,笑得越发得意。

李老师来班里布置作业,一眼看见了洛知予。这位高一的同学最近往楼上跑得似乎挺频繁,串门串得十分熟练。

"李老师好。"洛知予特别有礼貌,"我来看看我彦哥过得好不好。"

李老师:"嗯?"

这孩子怪有礼貌的,但这话听起来怎么就阴阳怪气的呢?

李老师没在这个问题上纠结太久,上课铃一响,洛知予就溜了。

一中校园论坛又出了新帖——"速报!肖彦竟然让洛知予给他洗被子,而洛知予竟然答应了,他俩现在到底是什么关系"。

1楼:"关系成谜。"

2楼:"呃……怎么传成这个版本了?习惯就好了,他俩一天到晚都这样,不消停。"

3楼:"是友好的交流啦,不要把人家想得太复杂。"

4楼:"他俩关系已经好到这种地步了吗?"

5楼:"有什么大不了的,我很欣赏他俩的相处方式!"

6楼:"不知道为什么,我感觉五楼在起哄。"

大课间的时候,洛知予又见到了肖彦,肖彦和学生会的几个人戴着执勤牌,跟着老师检查各班的早操情况。不知从什么时候开始,校园里兴起了一股"好好做广播体操就是不够叛逆"的风气,于是,大课间没几个人乐意做广播体操。个子高点的都往后躲,在队伍后面象征性地动动胳膊伸伸腿,前排躲不掉的就只能带着"我是被迫的"的微笑,坚强地跟着领操员运动。

肖彦查到高一(3)班的时候,洛知予正躲在后排偷懒偷得正欢,完全没注意到有人在靠近。

一个星期前,洛知予还是认真做广播体操的好学生,直到有一天,这群人带他感受到了划水的乐趣。他们倒不是一定不爱运动,只是挑战规则对学习生活枯燥单调的高中生来说原本就是一种乐趣,就算是在队伍后排说废话,这群人也乐此不疲。

"下周是文化艺术周啊,各班要出节目的。"有人说,"一中每次都把文艺周排在期末前,大家哪有心情啊。"

"最近好冷啊,看这天气阴沉沉的,我猜下午要下雪。"另一个人说。

"真的好冷。"洛知予把手缩进袖子里,跟着人群瞎蹦跶,试图让自己暖和一点。

"我打算期末考完再回家。"井希明说,"回家路上浪费时间,回去了也无所事事。我之前恨不得把所有的书带回去,结果一本都没看,又原封不动地背回来了,小丑竟是我自己。"

"我这个周末过得倒是够刺激。"洛知予回想起那天的经历,想到肖彦最后发来的那句"Cover me",险些在操场上笑出声。

然后,他就被执勤的肖彦抓了:"笑什么呢?这么开心,说出来让我也跟着乐一下。"

划水的一群人一看学生会执勤的来了,赶紧跑回了自己原来的位置,规规矩矩地做动作。洛知予没来得及,肖彦来得太突然,这群人卖队友卖得太快,他一时间没想起自己应该站在哪个位置。

然后,秉公办事的肖彦就把落单的洛知予抓到了一边。

"他们出卖队友。"洛知予控诉。

"这我可不管。"肖彦说,"你也可以出卖队友,这种事抓到谁就是谁。"

"哪个班的?"肖彦板起脸来走流程,"站好,别到处乱看。"

"高二(3)班。"洛知予在肖彦开口前又说,"这可是你自己写的,就写在我的练习册上,我还没来得及改。证据确凿,不接受反驳。"

肖彦无话可说。

"广播操跳到第几节了?"公事公办,人还是要训的,肖彦继续板着脸,换了个话题,"站好了,不许扯别的。"

"高二(3)班洛知了,谢谢,班级是你写的,知了也是你一口一个叫的。记吧,赶紧扣分,千万别客气,我们不说别的。"洛知予拍了拍肖彦的肩膀,软硬兼施,"彦哥,当没看见好不好?不然这么多人划水你就抓我一个?"

"你是不是有私心啊?"洛知予在肖彦耳边说悄悄话,"彦哥。"

"高一(3)班后排那两位同学,你们在干什么?"徐主任在主席台上问,"执勤的同学继续工作,另一位同学赶紧回到自己班的队伍。课间操就这几分钟的时间,有什么话必须在这个时候说吗?要不你们到前面来,讲给我们大家听一听?"

操场上一阵哄笑,刚整顿完的队伍又变得歪歪扭扭。

洛知予溜回了自己班的队伍,肖彦在原地停了两秒,才迈步往前走。

洛知予嘴角微弯,带着点掐架胜利后的愉悦回头,刚好瞧见浅灰色的天空下,穿着蓝白色校服的少年渐渐走远的背影。肖彦的校服拉链没有拉,冬日的冷风让他的外套轻轻翻飞着,洛知予莫名就从这画面里瞧出了点寂寥和帅气交织的复杂感觉,不愧是校草。

"都是穿校服,装什么呢。"洛知予嘀咕了一句,"我以前怎么没发现呢。"

午后,天空中飘起了小雪花,窗户上也氤氲了一层雾气。

肖彦下午路过高一(3)班的时候,见他们教室的前后门紧闭着,窗户上是朦胧的白色雾气,从外边看不清教室里面。

坐在窗边的学生在玻璃窗上画竹子、笑脸、西瓜,某扇窗户比较特殊,上面被人写了"肖彦"二字,旁边还画了只乌龟,乌龟背上还背着一个橘子。这绘画水平挺高的,一看就和周围的窗户不是一个风格。

肖彦:"……"

樊越眼看着不对,连忙劝架:"算了算了,咱们就当没经过这里,就当什么都没看见。"

"不行,不能就这么算了。"过往的经验告诉肖彦,如果不及时制止,洛知予绝对还有下次。

雪花越来越大,地上开始积雪,洛知予放下课本去食堂时,积雪已经有些深了。晚自习刚开始,井希明从他后背上扯下了一张便利贴,上面画了个乌龟,和窗户上的还挺像。

洛知予当场给便利贴拍了照,发给了嫌疑人。

不是知了:"你无不无聊?"

臭橘子:"你无不无聊?"

不是知了:"什么时候贴的?我毫无感觉。"

臭橘子:"在食堂,你低头啃鸡腿的时候。"

这时,教室里突然一片漆黑,洛知予的手机发出的微光顿时变得异常醒目。雪下得太大,一中整个校区都停电了,而晚自习在玩手机的洛知予暴露了。

"等下就会来电,应该很快。"秋宜有经验,"都别慌,在座位上坐好,说话的声音小一点,不要跟隔壁班学。"

秋宜走到洛知予身边,敲了敲桌子,问:"聊什么呢?晚自习就你一个人在玩手机。手机拿来给我看看,和谁聊得这么开心啊?作业都不好好写。"

洛知予只好上交了自己的手机。

高二(3)班,肖彦收到了一条新消息:"'墙头草'申请添加你为好友。"

备注消息:"彦哥,我出卖队友了。"

肖彦:"嗯?"

自打开始停电,楼上高二的班级就一直在躁动,隔着一层楼板传来的是没消停过的脚步声。高二毕竟比高一大一届,早来一中一年,有些人混成了老油条,遇上停电这种事,他们没高一那么听话,立刻收拾书包准备跑路。停电时的一中有一条不成文的规定,只要能遛回宿舍锁上门,今天这晚自习就不用上了。

"走啊,兄弟们快跑啊!"樊越胡乱往书包里塞了几本书,"现在不跑,等着恢复供电吗?"

汤源速度最快,已经在最短的时间内收拾完桌上的书,趁乱从后门溜了。

然而,主力军在后门撞上了举着手电筒的李老师。

樊越:"呃……"

"走吧,下楼别慌别推搡,注意安全。"三楼以上的人都溜得差不多了,李老师也不乐意多管,"肖彦你留下。"

"怎么了?"樊越还想捞上室友一起走。

"不知道。"李老师摇头,"楼下高一(3)班的班主任让我抓的,说是带坏了他们班的洛知予。"

肖彦:"……"

"瞎说。"樊越为室友打抱不平,"洛知予还用人带坏啊?"

他本来就坏。

楼梯间只有应急照明灯亮着,昏暗的光线里,肖彦和洛知予一左一右在楼梯口罚站。

高一各班学生还在等着恢复供电,没有离开教室。

"我想过很多次。"肖彦开口打破了安静的氛围。

"什么?"洛知予应声。

"我俩明明不是一个年级的,为什么我总跟你一起罚站?"

"谁知道呢?也没总是吧。"洛知予往墙边退了两步,"我还想问,晚自习那么多人玩手机,怎么就我被抓了呢?"

他又自己得出了结论:"还是玩得少了。"

"你卖队友卖得还挺熟练。"见周围没人,肖彦站到了洛知予旁边,洛知予嫌弃地往左迈了一步,被肖彦抓着胳膊拉了回去,正好对上肖彦的眼睛。

"我第一次卖队友,没有经验,没能把自己摘出去。"洛知予故作谦虚地笑笑,"谁让你晚自习的时候给我发消息?"

"自己看看聊天记录。"肖彦把他的身子摆正,"是谁先发的消息?"

"那是谁先在我后背贴小纸条的?"洛知予不服气。

"是谁先在玻璃上画乌龟的?"

非要追根溯源,那他们能扯到幼儿园的时候。于是,两个明白人放弃了这个话题，不再深入讨论。

"累了。"昏暗的环境让人昏昏欲睡，洛知予渐渐贴上了墙面，"我站不住了。"

"站好了。"肖彦抬高了点声音，"你的班主任让我顺便监督你罚站，以功抵过。"

肖彦凶没用，洛知予压根就不怕他。

"那你别靠墙站。"肖彦把渐渐往下滑的洛知予拉起来，帮他拍了拍衣服，"这栋教学楼有不少年的历史了，你往后一靠，衣服上都是灰尘。"

"最多半小时。"肖彦看了时间，"再不供电，高一也会放人，站不了多久……少跟我喊累，你追着揍我的时候，连跑三条街还不带喘气的。"

洛知予挨着肖彦，不说话了。

沉默了一会儿，肖彦先放弃了，看了看昏暗的走廊，说："走吧，不站了。"

洛知予立马有精神了："跑路？"

"走，这么黑，没人会发现我们跑了，老师也没空管我们。"

洛知予跟着他往下走，依稀从这种跑路的行径中得到了一点快乐。

教学楼外反倒比室内要亮很多，虽然半个城区的灯光都暗了，但是地上的雪堆了厚厚的一层，天空中也还在飘着雪花，雪光映出了远处操场和教务楼的轮廓。

洛知予的伞还在教室里，肖彦从书包里翻出了自己的折叠伞。雪在一楼的走廊上积了一层，被人踩了几个乱七八糟的脚印，大理石地面看起来格外滑。

肖彦出声提醒洛知予："小心……"

"哎哟。"肖彦话没说完，某个急匆匆迈步的人脚下一滑，摔倒在走廊上，顺带着滑了三个台阶，摔进了教学楼外的积雪中，并且在摔倒的那一瞬间出于本能毫不客气地抓住了肖彦的脚腕。

"我要揍你了！"肖彦还没来得及撑开的伞掉在地上，他整个人跟着洛知予滑了出去，作势要揍人。

洛知予摔得也挺疼，但他没顾上，因为闯祸了，当即准备跑路。然而，他在积雪上扑腾了两下愣是没起得来，被肖彦按住后颈掐了一下。在飞溅的雪水与从天而降的雪花里，他稍稍躲了一下，回头讨饶般冲肖彦笑了笑。

半个城区都因大雪而断电，隔绝了城市的霓虹灯与喧嚣，夜空再次变得耀眼起来。

"冻死了，都怪你。"小超市里的桌子边，洛知予抱着一杯冰糖雪梨暖手，"你还有没有良心？我都摔了，你还想着揍我。"

"你自己摔的好吧？吃你的。"肖彦拿手里未拆封的吸管敲了敲洛知予的手指，"要不是你刚才拉着我一起摔，说不定我现在还能友好地搀扶你。"

"我俩是共进退，谁也别想跑。"洛知予把凳子搬到肖彦这边，离他近了点，"你自己说的。"

"你是复读机吗？"肖彦又被他气笑了，"我教你什么你就学什么对不对？"

"举一反三，包学包会。"洛知予把这事给认了，又往肖彦身边靠近了点，"毕竟我优秀。"

"很冷吗？"肖彦注意到他的动作，问，"冷我们就先回宿舍，我送你回去？"

"不想回，让我在这儿待一会儿吧。回去了也没电，手机还被收了，怪无聊的。"洛知予说，"让我蹭一下小超市的应急灯光。"

洛知予的书包放在教室了，肖彦的却还背在身上，他借着应急灯的灯光，把自己之前在教室里没写完的那道题写完。高二的课本让洛知予来了点兴趣，肖彦在写作业，他就在一边翻肖彦的课本。

"你有草稿纸吗？"洛知予在数学书上翻到了一点感兴趣的内容，趴在桌上歪头看肖彦，"我还没学到这里，你没写过程，让我算一算。"

"分你一半吧。"肖彦只带了一张草稿纸，正在用，所以他把纸调换了一下方向，分了块空白的地方给洛知予。

窗外是风雪，屋内是昏暗的灯光和纸上的数字。

这场雪来势汹汹,但也只下了一个晚上,第二天放晴,温度却下降了不少。洛知予来教室上课的时候,在校服外面加了一条浅色围巾。

不是知了:"啊哈!彦哥!我手机拿回来了,来聊!"

不是知了:"老班说我昨晚罚站态度不错,哈哈哈,感谢彦哥带我跑路,彦哥真是好人。"

橘子人不坏:"咱能下课聊吗?"

橘子人不坏:"我不想再罚站了。"

不是知了:"不要怕。"

肖彦他们班在上数学课,老师在讲解一张难度较大的高考卷,时不时让学生回答问题。

"不是老师非要让你们提前做高考卷,这些都是我们最近讲过的知识点,你们必须学会怎么答题。"老师一边讲课,一边在黑板上画了图。

隔着屏幕,肖彦都能感受到洛知予重新拿回手机的兴奋,话都比平时要多。

不是知了:"哎呀,主任查课,好险。"

"0301肖彦,不要总是低头,我知道你都会了,但还是得听。"老师点名,"你讲讲这道题的解法。"

"哪一题?"肖彦用脚踢了踢樊越,小声说,"快点。"

"倒数第二题……天哪,你卷子都拿错了。"樊越赶紧把自己的试卷推过去。

一中今年的文化艺术周氛围感十足,冬日,还未消融的冰雪中挂着一串串彩色灯笼,文化艺术周和迎接新年的联欢会刚好赶到了一起举行,每个班都在想方设法装点自己班的黑板报,楼上高二(3)班还请了洛知予去画黑板报。

临近期末,学习压力不小,这群学生却也没舍得放弃一年一度的新年联欢会,都在趁着晚自习前的晚饭时间排练。比如,洛知予在画画的时候,张曙就坐在讲台上拼命地拉二胡,边拉边唱,悲凉得很。洛知予反手就是一个硬币,丢在了张曙的脚边。

又一次把不同颜色的粉笔递给洛知予后,肖彦终于指着教室门,忍无可忍地开口了："出去练。"

张曙捡起硬币,拿着二胡骂骂咧咧地走了:"呸,有了洛知予就不要我了。"

"洛知予是我辛辛苦苦从楼下骗上来的。"肖彦说,"能不好好供着吗?"

"行行行,你俩玩,我走。"张曙关上教室门,走到楼梯口,盘腿一坐,继续练琴。

这下教室里只剩洛知予和肖彦两个人了,洛知予坐在最后一排的桌子,在黑板上画画,不时跳下来看看效果。

"知了,你饿不饿?"两个人都没吃晚饭,肖彦叫了外卖。

"挺饿的。"洛知予说,"没办法,谁让我刚下课连教室都还没来得及出,就被某人连哄带凶地骗上来了,要我干这干那的,各种剥削。"

"休息一下,先吃点东西。"肖彦拿出一盒章鱼小丸子。

"就剩一点了。"洛知予在黑板报的右下角留了自己和肖彦的名字,"差不多了,文字部分你自己来吧,我撤了,等下晚自习要考英语。"

"这个给你。"肖彦把章鱼小丸子递给他,又扬手扔过去一袋棒棒糖,"还有这个,就当酬劳了。"

"你倒是还算有良心,没让我白干活。"洛知予突然一只手伸向肖彦,把粉笔灰蹭了他一身,然后一路狂笑着跑了。

"又去哪里了?"高一(3)班开始发英语试卷了,井希明才瞧见洛知予大摇大摆地从外面回来,"下课就没影了。"

"去楼上了,帮肖彦他们画画。"洛知予说。

"你俩最近是不是走得越来越近了?洛知予,你干脆跳级吧。"井希明说。

"没有吧。"洛知予想了想,"我和他难道不是一直都走得挺近吗?"

自打那个停电的夜晚,两个人在小超市昏暗的灯光下共用了一张草稿纸开始,洛知予就觉得好像有什么不一样了。他俩闹还是一样地闹,隔三岔五招惹一下对方,以保证自己的存在感。除此之外,肖彦从他窗外路过的频率好像变高了,而且,肖彦路过的时候不是给他扔零食,就是找机会扯他的头发。

"我接热水。"比如现在,肖彦再次路过窗外,又扯洛知予的头发,"准备考试呢?"

"彦哥,你接热水需要来二楼?"洛知予拍开他的手,"考试呢,没空和你玩,考完再说。"

一中校园论坛新帖——"来一中快一个学期了,想认识一下校草,想问问万能的论坛,我该去哪里偶遇他"。

1楼:"如题,我趁着下课时间去高二(3)班门口晃悠了好几趟,结果都没找到肖彦,请问我应该去哪里呢?"

2楼:"去楼下,高一(3)班,肖彦最近在那里出没的频率贼高。"

3楼:"要不是检测结果摆在那里,我都要相信他俩真的和解了。"

4楼:"他们这是在找架打,还是在找事啊?"

5楼:"根据我的经验,奉劝各位少管他俩的事,毕竟吴主任那边都妥协了,只要他俩不打架,别的随意。"

6楼:"我是楼主,我还有希望吗?"

一中的文化艺术周在新年联欢会的掌声中落幕,持续紧张的学习环境中,学生们终于得到了梦寐以求的放松机会。新年联欢会结束后就是久违的三天假期,大部分学生都会回家。

洛知予在学校礼堂的后台找到了自己的行李箱,拖着箱子就要往外走。行李箱的轮子在地毯上卡了一下,有人帮他拎了一把,避开了地毯上的障碍物。

"谢啦。"洛知予头上还顶着两个发光的小牛角,这是他们班的女生非要他戴上的,他右眼下方还贴了一张黑色的爱心贴纸,显得他整个人又甜又酷。

肖彦抬起双手捏了捏他头上发着光的小牛角,问:"急着回家?"

"啊,我都忘了这东西了,他们非要给我弄的。"洛知予把小牛角摘下来,戴到肖彦头上,满意地看着他点头,"送你了。"

洛知予拖着行李箱走远了。

几分钟后,肖彦收到了洛知予发来的消息。

不是知了:"问你件事,我刚才没好意思问,你周围没别人吧?"

橘子人不坏:"没,讲。"

不是知了:"来聊点私人话题。"

刚刚跨完年,洛知予爸妈忙着参加各种晚宴,恰好洛知予放假回家,他们就让司机把洛知予也带了过去。

这是商业性质的晚宴,整个宴会厅里都是穿着高定礼服举着酒杯的人,穿着校服的洛知予刚一进来,就觉得自己跟这里格格不入。

"怎么穿着校服就来了……"洛绎傻眼了,"你那么多衣服,好歹挑一件。"

"洛总,我是来混饭的,又不是来相亲的。再说我本来就是个高中生,装什么社会精英人士。"洛知予找了个沙发,翻出一份数学卷子,"你们聊你们的,不用管我。"

"也行。"洛绎说。

大家都知道洛总有个小儿子,但这个孩子很少出现在他们面前。洛知予写着作业,渐渐发现这群人好像在把他当熊猫围观。他习惯性地给肖彦发了消息,这段时间,他几乎把他俩的对话框当成了日记本,不管是日常生活还是心情变化,都想发几条消息。最重要的是,肖彦每次都会给他回应。

不是知了:"Cover me。"

橘子有点意思:"嗯?"

洛知予又改了肖彦的微信备注。

不是知了:"唉,跟着我爸出来混饭,饭没混到,我要变熊猫了。"

肖彦给他打了个语音电话。

"你那边怎么也这么吵?"洛知予戴上耳机,点开了摄像头,"我怎么感觉你好像和我在一个酒店?"

"我看了定位,我应该在你楼上。"肖彦没像他那样直接穿着校服来参加晚宴,人家穿得有模有样,"今晚好像市内的同行都来了,可能你家也想让你熟悉一下人脉吧。"

"我又不继承家业。"洛知予举着手机,"我就想当个艺术家。"

"要不我上去找你玩吧?"洛知予提议,"我老被人盯着,太不自在了,甚至有点头疼。"

"你好看,他们都看你。"肖彦乐了,"上来找我?你现在不怕跟我打交道就是不肖子孙了?"

"我爸现在没空管我。"洛知予抿了口果汁,"好几个人拉着他谈合作,说什么资源、什么平台的,我听不懂,也不太想懂。"

"是……洛知予吗?"有人停在了洛知予身边。

"啊?"洛知予正聊得开心,嘴角还带着笑意,"是。"

来人把一杯果酒递给他,说:"伯父要我过来和你聊聊。"

洛知予愣了半秒,接过了那人手上的果酒。

"不许喝。"电话那头的人说,"这种宴会上,如果不是你亲手拿的酒,就不要喝,别人拿给你的东西都不许吃。"

"放下。"肖彦又说,"听到没?"

洛知予冲那人点点头,把酒杯放在了一边,没有继续聊天的意思。

"你怎么穿着校服就来了?"那人又问,"虽然很好看,但不太符合礼仪。"

"管得真宽。"肖彦说。

"是啊。"洛知予回答的是肖彦,邀请他的人却以为得到了回应。

"张叔叔你记得吗?"那人在洛知予身边坐下来,"我是张叔叔的儿子,张崎,在T大读书。你小时候我还见过你,你挺乖的。"

"乖什么?这人对你是有什么误解吗?"耳机里又传来了肖彦的声音,"三天不打,瓦都被掀没了。"

"走开,就你话多。"洛知予说。

"嗯?要拿点吃的给你吗?"张崎问,"我看你在这边坐了很久,或者我带你去逛逛?"

"不用。"洛知予拍了拍沙发扶手上的试卷,"我们高中生心里只有一件事,那就是学习。"

肖彦在耳机里笑。

张崎愣了一下,随即笑着说:"好久没见,我们两家都生分了。之前伯父还开玩笑让我俩多走动走动,现在看到你,我觉得还挺合得来的。"

"别了吧。"洛知予打断了他的话,"不知道有没有人跟你说过,我不喜欢低质量的社交。"

"上来吧。"肖彦在耳机里说，"我这边有个空闲的休息室，我们写作业去。"

"来了。"洛知予把试卷塞进书包里。

他起身要走，站起来的时候却微微停顿了一下，觉得有点头晕。大厅里太吵了，各种说话声连成一片，他平时挺喜欢热闹的，今天却觉得有点不舒服。

"怎么了？"肖彦感觉到了他的迟疑，"我下去，在电梯口等你。"

"好像是饿了，我有点低血糖。"洛知予去找上楼的电梯，"给我找点吃的吧。"

"洛洛去哪里？"张崎收到了家里人的一个眼神，跟了上去，"我们聊一聊，你还不懂事，我给你讲讲人脉的事儿？"

他伸手要拉住洛知予，突然，有人挡在了他和洛知予之间。

"他懂不懂这些，轮不到你来指点。"是肖彦来了，"少把你们在商业宴会上玩的那一套带到这边来。"

"他叫洛知予，'知我心声，予我心安'的'知予'，你不要乱叫，很没礼貌。"肖彦说。

张崎本要反驳，但认出了他，又想到肖家在业内的地位，只好把原本要说的话吞了回去，讪讪地退开了两步。

"给你面子了，别不要。"肖彦冲着门的方向偏了偏头，"快走。"

张崎脸色有些难看，还是走了。

洛知予被肖彦抓着手腕，一路进了楼上的休息室，这才松了一口气。

"就他那样的，还想教我？"洛知予嫌弃得很。

"这位哥哥，你赶人的样子可猛了。"洛知予拍了拍肖彦的肩膀，"我很欣赏。"

"下次再遇到这样的人，直接走开，知道吗？"肖彦把果盘放在他面前，"告诉你家长，然后还要添油加醋地告诉我。"

"下次不来这种场合混饭了。"洛知予有点没精神，"太吵了，吵得我头疼，揍人都没力气。"

昨天新年联欢会上还戴着小牛角笑得张扬的洛知予，此时没什么精神地靠坐在沙发上，肖彦看着莫名有点心疼，还没来由地有点生气。

洛知予拿着手机打字搜索，肖彦拿着一盒刚让人送过来的寿司："别玩手机,吃点东西再说。"

"不行,我真的头晕。"洛知予让肖彦看手机屏幕,"我头晕又头疼,从刚才开始就是这样,然后还有点发抖,我打开网页搜了一下,它说我快死了。"

肖彦衣服上淡淡的橘子味舒缓了他的头疼,于是,他凑近了一些。

"橘子啊。"洛知予失望地说,"你怎么快没味儿了呢?"

肖彦:"……"

"没事不要瞎搜索病症,你不是快死了,只是有点发热。"

"我让人送药剂上来。"肖彦拿起手机打电话,"你坐好,休息一下,别乱动了,保存点体力。"

洛知予强撑着坐在沙发的角落里,神情倨傲又可怜。

肖彦绞尽脑汁想了个办法,把洛知予的数学试卷递到他手里,说:"最后一题挺难的,我们要不要一起算算?我知道三种解法,你想不想听?"

洛知予:"……"

他要打人了。

楼下的安保人员送了一种新型药剂过来,肖彦把药剂盒递到洛知予面前,问:"会吗?"

他话还没说完,洛知予原本微红的脸颊瞬间白了。

洛知予把药盒翻来覆去地看,发觉不太对劲,认认真真地开口问:"请问,我能口服吗?"

肖彦:"……"完了,他倒是忘了这个人晕血还晕针了。

洛知予晕血不算严重,但还是会出现轻微的身体颤抖现象,加上他现在状态不好,让他自己注射药剂是肯定做不到的,现在去医院也不太现实,帮得上忙的只有肖彦。

"不能口服,只能注射,你把眼睛闭上,我给你打。"肖彦把洛知予按回沙发上坐好,定了定神。

洛知予点了点头,闭上眼睛,主动拉开了自己的校服拉链,要脱毛衣的时候被肖彦抬手制止了:"别,冬天呢,会冷的,不需要。"

"那你快点。"洛知予嫌弃地撇撇嘴,轻轻颤抖的睫毛暴露了他此时的紧张,看起来是和平时不一样的脆弱,"我实在没办法自己解决。"

"别怕。"肖彦拍拍他的肩，算是安慰，"只有一点疼。"

针尖接触到皮肤的那一刹那，洛知予轻颤了一下，咬紧了下唇。肖彦轻轻把针管里的液体推入，然后拔出针管，用医用棉擦去了他皮肤上的血痕。

"疼不疼？"肖彦安抚道，"别怕，马上就不难受了。"

"还好吧，你有点磨磨唧唧的。"洛知予说，"也就那样。"

肖彦："……"

五分钟后，洛知予睁开了眼睛，呼吸还有些快，察觉到了自己身体的不对劲："我怎么还是难受？"

平时再怎么能闹腾，洛知予也是被家里溺爱着长大的孩子，多少有点娇气和任性。他莫名有点生气和委屈，也不知道自己在气什么。

又过了一阵，洛知予才好似舒服了些许，怔怔地看着前方，仿佛一时半会儿还没想起来自己究竟在什么地方。

洛知予在肖彦的手腕上掐出了一个小小的月牙，就在那"小花瓣"的旁边。

然后，他闭上眼睛，睡着了。

洛知予醒来的时候，月亮刚好攀升到天顶，肖彦站在玻璃门外的阳台上，背靠着栏杆。

"睡好了？"肖彦推开门走进来，鼻梁上架着那副平光眼镜，不知道他是什么时候戴上的。

"我睡着的时候，你在干什么？"洛知予问。

"听你在梦里骂臭橘子。"肖彦没好气地敲了一下他的头，"走吧，我送你回去，我家车在楼下。这种晚宴要进行到很晚，后面他们还要谈生意，我俩都是学生，别跟着熬。"

两人下楼的时候，肖彦接了个电话，是他妈妈打来的。

"我先回去了。"肖彦说，"嗯，一个人，宴会没意思，我想早点休息。"

肖彦刚挂了电话，洛知予家也来问了，洛知予把肖彦刚才说过的话原封不动地复述了一遍。

173

电梯里，刚编完瞎话的两个人相视一笑，前所未有地有默契。

电梯停在了一楼，门一开，不久前和洛知予搭过话的张崎站在门口。

看到他们，张崎问："你们干什么去？"

"我们高中生要回去写作业了。"洛知予冷漠得看不出任何情绪，"再见。"

肖彦家的司机见过洛知予，见他俩一起上车，露出点意外的神色。

"叔叔，你就当没见过我。"洛知予一上车就说，"不能让他妈妈知道他和我玩。你就当我和他不熟，彦哥他是良心发现，捎上了校友。"

司机："……"

肖彦："……"

"绝对不能让洛知予那个家伙带坏我们家肖彦。"洛知予自以为是地学家长的语气说话，被肖彦扫了一眼，抗议，"难道不是吗？"

"我妈可没这么说过。"肖彦用眼神示意他系好安全带，"倒是你，在家没少说我坏话吧？"

"我没有。"洛知予说。

车驶入了城南的高级住宅区，司机回头问洛知予在哪里下车。

"他先不回家。"肖彦拉着洛知予往外走，"等下我送他回去。"

洛知予听他擅自决定了自己的去留，也没反驳，抱着书包跟在他身后，看他拿手机给司机发了个微信红包，备注是"封口费"。

洛知予进了肖彦家的院子就开始好奇地四处张望，他们两家都住在这个街区。小时候，两人偶尔在路上遇见，对对方都是白眼问候，肖彦家洛知予还是第一次来。

大概是因为刚才那段短暂的安宁时光，洛知予还挺想和肖彦多待一段时间，所以他一开始就没提出异议，偏离了回家的路线，顺从地进了他彦哥家。

"坐那边吧，自己找喜欢的零食。"肖彦指了指沙发，把冰箱里的零食拿出来，堆到茶几上。

"好的。"洛知予在沙发上找了个位子，目光对上了客厅里的鹦鹉。

"你好呀。"鹦鹉打了个招呼，"你好呀，有朋自远方来，不亦乐乎。"

呵，还是只文化鹦鹉。

"说，臭橘子。"洛知予跟鹦鹉聊了起来，"快点，跟我念，臭橘子。"

"别带坏我弟弟，这么点工夫你也能跟它勾搭上。"肖彦看了眼架子上的鹦鹉，"不过它好像还挺喜欢你的，别人来它都不说话，高冷得不像鹦鹉。"

"当时明月在，曾照彩云归。"鹦鹉叽叽喳喳。

洛知予惊奇地问："你们家鹦鹉这么有文化的吗？它有名字吗？"

"我爸教的，没名字，就叫它弟弟……"肖彦说。

"你不难受了吧？"

洛知予摇了摇头，他该回家了，只是他现在精力还没完全恢复，不太想走。

"等下再走吧。"肖彦说，"我猜你家里今晚没人。"

"那……你有高一的课本吗？我刚好复习一下，回去没多久就要期末考试了。"洛知予拎着书包，自觉地认准并推开了肖彦房间的门。

"海内存知己，天涯若比邻。"鹦鹉还在胡乱背诗。

"有，我给你拿。"肖彦跟在洛知予身后，关上了房门。

肖彦的房间和洛知予想的有些不同，房间很大，进门一眼就能看见落地窗外的人工湖，木质的地板和墙壁颜色偏暗，书架上放着一把尤克里里，摆放的位置很显眼，看得出房间的主人很喜欢它。

"你会？"洛知予拨了两下琴弦，他不懂音乐，但艺术与艺术之间总有点共通的地方，他会自然而然地偏袒和艺术有关的人。

"我想学，但高中学习很忙，买了之后就一直放在家里。"肖彦教他用正确的指法拨了琴弦，"我现在只会点基础的，上了大学之后会好好学的。"

"你应该会学得挺快。"洛知予说。

肖彦的书桌上堆了不少书，洛知予没和他抢书桌，只是拿着一本肖彦高一用过的书，在房间里边走边默背。洛知予的学习状态不是很好，平时很容易记忆的东西现在变得有些困难。

明明找了"复习"这个理由，他现在却不是很想复习。

洛知予捧着书，靠在书架边，眼睛却在到处乱看。

肖彦的校服整整齐齐地叠在床边，书架的最上面一栏摆了他小时候的照片。

肖彦的桌子上有五本词典，一本比一本厚。

肖彦写题基本靠心算，很少打草稿……不对，肖彦今天怎么写了这么多！

才这么短短的一会儿，这人桌上多了两张用过的草稿纸，上面横七竖八写的都是各种算式，乱得很。

肖彦似乎和他一样，心思没放在学习上。他在看肖彦的时候，肖彦正好回头看他。

"我今天……好像没法进入学习状态啊。"洛知予解释。

"我也是。"肖彦放下笔，"我陪你玩一会儿吧，打游戏吗？"

墙上挂钟的时间指向了晚上十一点半，洛知予借了肖彦的手机充电器，两个人开了几局游戏。

"一回家就变夜猫子啊，彦哥，都快十二点了，还拉我们打游戏。"ID是"绿毛龟"的陆明归在队伍语音频道里哈欠连连，"咦？你带了一年级的小朋友啊。"

"洛知予开麦吧，方便交流。"樊越提醒。

"我不用吧。"肖彦那边传来了一个大家都很熟悉的声音，"我俩开一个麦就好了，不然有重音。"

陆明归："嗯？"

樊越："嗯？"

"打匹配吧，打完睡觉。"肖彦催促。

几个人的游戏打得并不随便，就这么玩到了深夜，最后一局结算的时候，洛知予已经坐着睡着了。

肖彦打字："不打了。散了散了，时间不早了，我们要睡了。"

樊越打字："我哪敢讲话。"

"知了。"肖彦推了推洛知予，"醒醒，你要不要去洗漱一下？不然睡得难受。"

"赢了吗？"洛知予睁开眼睛后，花了大概三秒思考自己在哪里。

背着爸妈来肖彦家里玩，还挺有意思的。

"赢了，已经结束了，去洗漱吧。一点了，外面都没有人了。我把这张床让给你,明天中午再送你回去。"肖彦给洛知予找了新的牙刷和杯子。

"巴东三峡巫峡长,猿鸣三声泪沾裳。"客厅里的鹦鹉还在念诗,"此夜曲中闻折柳,何人不起故园情。"

"太文艺了吧,真不像鹦鹉。"洛知予盯着鹦鹉自言自语,"明天教你点别的。"

洛知予去了卫生间洗漱,肖彦收到了樊越的消息。

樊越:"干什么呢?哥们儿。"

樊越:"这都几点了,你还和洛知予在一起?"

橘子:"有事?"

樊越:"没……你俩开心就好。"

橘子:"开心的。"

洛知予洗漱完,躺上床卷了卷被子,闭上眼睛就要睡。

"先别睡,醒醒。"肖彦推了推他,"复习一下课本知识,身体不适可以随便在外面过夜吗?"

"不能。"洛知予困极了,答得很快,态度异常坚决,"只有在彦哥这边才可以。反之也成立。"

肖彦放过他了,洛知予一点都没认床,翻了个身,睡得很是自然。

肖彦小心翼翼地从客厅里搬了张沙发床过来,自己也躺下了。

凌晨两点,肖彦在朋友圈发了条动态。

橘子:"星星。"

配图是窗外的夜空,黑漆漆的,连月光都没有,什么也看不到。

汤源评论:"我的妈呀,这都几点了,你怎么还不睡?彦哥你微信名怎么换成橘子了?头像也换成了橘子图片,还挺有个人风格的。"

张曙评论:"这什么?一片黑?全球夜景欣赏?大半夜的什么迷惑行为?虽然我也还没睡,没资格说你。"

沙发床上的肖彦把手机放在枕头下,防止屏幕的光惊扰了睡着的人。他轻轻地翻身下床,拾起地上被洛知予踢下床的被子,小心翼翼地盖了回去,又给洛知予加了一条薄毯。

到底是身体不太舒服,洛知予睡得不安稳,时不时翻身,还会无意识地轻声梦呓,像是在抱怨什么。

177

半梦半醒间,洛知予闻到了一点淡淡的橘子香气。

洛知予觉得自己好像很久没有睡得这么沉了,他甚至完全不知道肖彦是什么时候起床的,也不知道肖彦的"弟弟"什么时候飞到了床头,歪着脑袋盯着他。

洛知予刚睁开眼睛就对上了一张花花绿绿的鹦鹉脸,半天才想起自己到底在哪里。

他从床上坐起来,恢复了一些精力,不再是昨天那种动不动就腿软的状态。意识也逐渐清醒,这让他明显能够认识到昨天的他有多么不讲道理。肖彦竟然没揍他,一退再退,甚至把床都让给了他。

那鹦鹉丝毫不认生,飞过来蹲在了他的肩膀上,开口道:"书山有路勤为径,学……"

"弟弟。"洛知予伸手捏了鹦鹉嘴,"别背诗了,哥哥教你点别的,做与众不同的鹦鹉。"

肖彦从洗手间回来的时候,洛知予正在和一只鹦鹉进行心灵沟通,一人一鸟互相瞪着眼睛,不知道达成了什么共识。

"醒了?"肖彦把沙发床往客厅推,"我以为你还要多睡一会儿,早餐我叫了外卖,不用急着回去。"

"这张床太舒服了吧,好想打包带走啊。"洛知予抱着枕头捏了捏,依依不舍地掀开被子,"我好久没睡得这么好了,就是我好像沾了点橘子味,得去冲个澡,然后再回去。"

"嗯,去吧。"肖彦道。

"行。"洛知予把黏着自己的鹦鹉扔给了肖彦,推开了卫生间的门。

"臭橘子。"鹦鹉说,"臭橘子。"

肖彦:"……"

若是放在半年前,洛知予绝对想不到自己有一天会在肖彦家里过夜。像这种过分和睦的相处,对他和肖彦来说真的是第一次。

"知了。"洛知予刚打开热水,外面就传来了敲门声。

洛知予关了热水,门外,肖彦把他的手机递了进来:"你电话,响了三次了。"

电话是洛思雪打的,她让洛知予别忘了喂猫。

"你起来了吗?"洛思雪问。

"起了。"洛知予的确起了,就是没从自己的床上起,"马上就去喂猫。"

"行,你别忘了就好,我看爸妈和哥哥好像都不在家,只好拜托你了。"洛思雪随口问了一句,"你昨晚干什么了?这个时候才起?"

"在晨跑呢,挂了。"洛知予丢下一句话,飞快地挂了电话,听见卫生间门外传来低笑声。

"笑什么笑?"洛知予伸出去一只手把手机拍回肖彦手上,继续洗澡。

洗完澡,洛知予慢吞吞地换上了自己的衣服,慢吞吞地吃完了早饭,逗了一会儿鹦鹉,悄悄地删了昨晚的监控,这才背起书包让肖彦送他出门。

洛知予在自家房子的花园周围绕了两圈,算是晨跑,然后才回了家,喂了洛思雪的三只小蓝猫。

家里只有他和猫,顿时让他觉得有些空荡荡的。

他给肖彦发了消息,想得到点回应。

不是知了:"到家了?"

橘子:"快到了。"

不是知了:"唉。"

橘子:"怎么叹气?"

不是知了:"大概明天又要返校了,有点悲从中来。"

橘子:"考完期末考就放假了,有空就再来玩吧。"

不是知了:"行。"

肖彦进门的时候,刚好遇到了回家的爸妈。

"去哪儿了?"肖屿问,"怎么是从外面回来的?"

"晨跑。"肖彦面不改色,"刚跑完。"

"好习惯。"肖屿夸奖,"锻炼身体,不愧是我儿子。"

"早啊。"鹦鹉见了家人,十分熟络地问好,"有朋自远方来,不亦乐乎。"

"昨晚有客人来吗？"肖屿闻到了一点不同的香味，像是甜甜的水蜜桃味，这个味道好像不是第一次出现了，让人不得不在意。

"没有，只是在宴会上见了校友。"肖彦推开自己房间的门，准备补觉。

"臭橘子。"鹦鹉对着家人发出了亲切的问候，"臭橘子。"

肖屿："……"

鹦鹉站在茶几上，右脚一跺，把文化鹦鹉的气质丢了个干干净净，全身上下都透着蛮横，流氓味十足："东南西北四条街，打听打听谁是爷。"

肖彦的爸妈都惊呆了。

肖彦："……"

洛知予和三只小蓝猫坐在沙发上看电视，接到了肖彦打来的视频电话。

"看电视呢。"洛知予把手机放在茶几上，小蓝猫好奇地凑到了手机边上，"怎么啦？"

"我昨晚怎么没揍你呢？我怎么就被你难得一见的乖巧给欺骗了呢？"肖彦懊恼地说，"我怎么就没抓住机会好好欺负你呢！"

"那我可不管。"洛知予眉眼弯弯，似乎想起了自己干了什么坏事，"你要是能抓到我，那我随便你欺负。"

洛知予所到之处，连鹦鹉都被带坏了，肖彦只好占用假期剩下的时间对社会鹦鹉进行了劳动改造，强行挽回了鹦鹉的文化底蕴和道德素养。

返校后的第三天，肖彦在高一（3）班的门口堵到了来上课的洛知予。

洛知予请假在宿舍休息了两天，自认为已经避开了肖彦的怒气峰值，大摇大摆地斜挎着书包去教室，没想到肖彦就堵在门口。

"我这算不算是抓到你了？"肖彦挡在他面前，"自己认罪。"

"走开。"洛知予推开肖彦拦他的手，"过时效了，我不认账了。"

某人说瞎话的本事太强，肖彦道："你还好意思说，你知道我花了多少时间给你善后吗？"

洛知予在校服外边加了条围巾，看起来很暖和。几天一过，他俩好像又回到了先前的相处模式。

"走了，这周我俩执勤。"肖彦伸手抓住洛知予的围巾，带着人走了，"别想偷懒。"

"还执勤啊。"围巾的末端被肖彦牵在手中，于是环绕在颈间的部分稍稍收紧了一些，洛知予不由自主地加快了步伐，"下周就期末考了，让我复习吧，彦哥。"

话虽如此，在宿舍休息的这两天，他没能给肖彦惹麻烦，总觉得生活中少了点什么。从前他俩没在一个学校，只是偶尔在路上遇见时打闹，洛知予也从未觉得生活无趣。倒是现在，有些事就是不一样了。

"抗议无效。"肖彦驳回洛知予的诉求，"给我交代一下，你对我家鹦鹉做了什么。"

他们在楼上遇见了迎面走来的樊越和汤源，这两人说："执勤我们搞完了，你们把最近堆的材料整理一下就好了。"

"钥匙给我。"肖彦拍了下樊越的肩膀，"我们去学生工作办公室。"

"你俩……"樊越欲言又止，"上周……那天……"

汤源热情地跟洛知予打了招呼："你终于来了，你不在的这两天，彦哥没有可欺负的人，都没精打采的，没事就去你们班门口晃悠。"

洛知予："……"

难怪班长每天都发消息说有人找他！只是，没精打采的肖彦他还从没见过。

"走吧。"肖彦从樊越手里接过钥匙，不让汤源多说，带着洛知予往办公室的方向走，"过来给我干活，别想溜。"

洛知予当初加入学生会只是为了混期末评优的学分，只是没想到除了文艺部的事情，学生会还给他排了很多别的工作。尤其是最近，除了上课，他其他时间都和肖彦待在一起。要不是这些工作都清清楚楚地写在表格上，他都要以为是肖彦在夹带私货压榨他了。

早读已经开始了，走廊上都是一片琅琅书声，老师也都在各班的教室里监督早自习，肖彦和洛知予去学生工作办公室的路上没见到其他人。

"肖彦。"洛知予唤了一声。

"要喊彦哥。"肖彦没回头,直截了当地表达了自己的不满,"我比你大,知道吗?"

"你哪来那么多事,以前喊你瓜皮你都没意见,喊个名字怎么了?"肖彦停在办公室门口拿钥匙开门,洛知予一脚踩在了他脚后跟上,"破事儿越来越多,是不是啊,彦哥?"

洛知予觉得,肖彦身上那层橘子皮似乎慢慢被剥开了,某些名为"团结友爱"的假象被打破,暴露了他身上略微有点恶劣的小天性。有点恼人,但不讨厌。

他彦哥之前虽然也不咋的,但从不这么欺负人的。

总之,肖彦现在似乎不怎么让着他了。

"你什么时候喊的?我没听到。"办公室拉着窗帘,白天也是一片昏暗,肖彦没有开灯,而是手上微微用力,把洛知予扯进了房间,锁上了办公室的门,"早读下课还早,来交代一下,还叫过我什么?"

"我……"洛知予张口想拖延时间,眼睛却瞥向了脚边的扫帚。

"你想得美。"肖彦对扫帚格外敏锐,预判了洛知予的动作,一脚踢开了墙边靠着的扫帚,右手稍稍扯了扯围巾,逼得洛知予抬头看他。

洛知予"十九中小霸王"的名号不是白喊的,但对上肖彦,他还是差了点。此刻,被肖彦抵在墙边,缺个扫帚,他就没底气,目光也开始躲躲闪闪,索性一股脑把自己给对方编过的黑称全交代了。

"臭橘子,肖彦那个瓜皮,高二那个傻子,隔壁街那个混球。"空气中隐隐有种压迫感,洛知予声音越来越小,越来越没底气,"校门口遇见的讨厌鬼,高我一个年级但不知道在哪个学校的斗鸡……大班那个、那个坏东西。"

"呵……你从幼儿园那会儿就开始骂我了?"肖彦是真没想到能逼问出这么多东西。

把洛知予拎起来抖一抖,或许还有更多"惊喜"。

洛知予已经被逼到了角落里,退无可退,所以他特别识时务地装起了可怜。他一直很聪明,知道怎么利用自己的身份和外貌骗取更多的同情。然而,这招对肖彦没那么有用。

"没了,真没了。"洛知予举手求饶。

肖彦到底还是受不了他这副求饶的样子,脱困的洛知予连喘气都没顾上，弯腰拿起地上的扫帚对着肖彦就抽。

肖彦躲扫帚的经验已经刷满了，在他举起扫帚的前一秒就躲开了，洛知予抽了个空。

"你出息了。"洛知予"啪"的一声按亮了房间里的灯，"学会欺负人了是不是？"

"过来坐好。"肖彦走到办公桌旁，说，"这么多文件没整理，你想干吗？"

"双标得不要太明显。"洛知予把扫帚扔到一边，极其不满，"你刚才在门口问话的时候怎么不说赶时间呢？"

"我可没有你双标。"肖彦把高三学生的体检材料分类放好，"你双标的精髓，我一半都没学到。"

"瞎说，我没有。"洛知予走到他身边，拿起一张表格看，体检表上是高三学生的证件照，几个月后，这些学生将会离开一中，通过高考去找寻新的未来。

洛知予自己对高考一直没什么明确的概念，不管是拼成绩还是拼学分，似乎都是周围的环境使然，一直有人推着他往前走，他最终会变成什么样的人，他也不太清楚。

只是，他在这条路上偶然发现了一个和自己一样喜欢违背规矩的人，所以莫名对这条路产生了一点点期待。

说起来，明年的这个时候，肖彦也是高三的学生了，很快就要进入大学了。

洛知予坐在椅子上，揉了揉后颈，这围巾蹭得他后颈有点痒。

肖彦注意到他的动作，放下手里的文件，问："知了，我刚才是不是弄伤你了？"

"没事吧，围巾蹭得有点不舒服。"洛知予低头，"我哪有那么脆弱。"

洛知予后颈的皮肤红了一点，他拿围巾遮了遮。

高二（3）班的最后一节班会课，窗边的两个座位空了。

楼顶天台上，肖彦背靠着栏杆，指尖在栏杆上叩击，发出了清脆的声音。

樊越找了块空地盘腿坐了下来，递给他一罐气泡水。

"说吧，有什么心事？"想了几天，樊越决定还是关心一下同桌的心灵世界，"前两天还有小姑娘问我，校草最近怎么老是心不在焉。"

"那我说了。"肖彦在台阶上坐下，"你做好心理准备。"

樊越："啊？"多大点事？还要做好心理准备。

"你说，人有可能不受友好度的控制，互相欣赏吗？"肖彦沉思道。

"嗯？"樊越抖了抖，后退一步。

"不是……你听我把话说完。"肖彦暂停手里回了一半的消息，坐直身子，"要是我没有记错的话，如果两个人的友好度很低，就不存在出自本能的欣赏，对不对？"

"你想说什么？"樊越隐隐意识到了一些东西，"你说的可能性是存在的，但……"

"如果这都可以，那么是不是无论什么人都能摆脱友好度的控制呢？"

樊越算是服了，肖彦拐弯抹角地说了一圈，最后说的其实就是他和洛知予。

"都说不可能，但我有点想把不可能变成可能。"肖彦又说。

"那什么？"樊越友好地提问，"那位一年级的小朋友知道你在想什么吗？"

肖彦摇头。

"那你加油。"樊越拍了拍他的肩膀。

一年级小朋友正在给肖彦发消息。

知了："呼叫橘子，呼叫橘子。"

"他好像也挺乐意烦你的。"樊越瞥见了肖彦的手机屏幕。

橘子："嗯？"

知了："周末要期末考试，你紧张吗？"

橘子："乖，把嘴巴闭好，你现在对着班里吼一句紧张，搞不好会被打。"

"要不这样吧。"樊越想了个歪主意，"你俩友好度是差了点，但是或许……勤能补拙？"

184

虽然洛知予每天给肖彦发消息抱怨期末考试,但实际上,一中的期末考试对他来说并没有那么难,他基础打得好,上课的时候也比旁人理解得快,卷面上的题目对他来说并不复杂。

期末考试出成绩的那天,洛知予正在家里逗那三只小蓝猫,学校的论坛出了个新的热帖——"身为一中人,千万不要相信的几件事"。

1楼:"楼主自己总结的。"

2楼:"第一,汤源说他不怕猫。"

3楼:"第二,洛知予说他这次考得不太行。"

4楼,"第三,肖彦最近和高一的某位同学走得很近。"

5楼:"歪个楼,什么时候的事?"

6楼:"不知道,假的吧,他和洛知予关系缓和之后,这阵子天天上课绕路都要一起走,哪有时间去关注别人。"

7楼:"有点道理。"

8楼(不是知了):"我是真的没考好。"

9楼:"楼上走开,我妈还拿你举例子教训我。"

洛知予谦虚了一句,成功地把帖子给弄沉了。

不过,肖彦是什么情况?他怎么不知道?

正想着,肖彦直接给他打了个电话。

"干什么?"洛知予接通电话打开摄像头的瞬间压低了声音,他走到房门口关门,一只小蓝猫挤了进来,蹲在他脚边,怎么都不肯出去,"又打我电话,我写寒假作业呢。"

"论坛在黑我,不要搭理。"肖彦话音刚落,旁边的鹦鹉突然发出一声怪笑,肖彦挥挥手赶走鹦鹉,又问,"听明白了吗?"

"哦……"洛知予怔怔地盯着视频里的人,"行。"

"出来玩吗?"肖彦问他,"学生会在市区这边开了个包间唱歌,你要不要来?严梓晗他们也在,我们可以跟着凑热闹。"

"啊?"洛知予这个假期不怎么开心,昨天他姐打电话的时候还问他怎么整天气呼呼的。

"虽说家里没人,但我妈让我在家练练我的狗爬字。"洛知予说。

"照你那个练法,练不好的。"肖彦说,"出来玩,彦哥教你。"

两个人瞬间都想起了曾经看过的试卷上的那道选择题,不约而同地

185

沉默了。

　　接近家里的晚饭时间，洛知予还是换好衣服溜了。
　　离家两条街的街口，肖彦在那里等他。
　　橘子："到了没？你是乌龟吗？"
　　不是知了："大概还要二十分钟。"
　　橘子："怎么这么慢？快点！"
　　洛知予悄悄接近肖彦身后，往他后背一扑："我来了！"
　　肖彦被他一扑，差点撞上了旁边的路灯杆子，反手在他肩膀上轻轻拍了一巴掌："还能不能消停一下了？"
　　洛知予穿得厚，不怕揍，没松手也没还手，伸手去扒肖彦的围巾。
　　好几天没见，这会儿两个人心情都挺好。
　　"走，我们出去玩。"洛知予说起话来理直气壮，"我爸妈去国外出差了，我姐谈恋爱去了，家里没人，我晚点回去没关系的。"
　　那道题的三个选项，肖彦这次毫不犹豫地选了A——兴高采烈地一起出去。

第六章
规则漏洞

大橘子和得意忘形的小橘子兴高采烈地出去玩了。

临近新年,市中心商场的橱窗都添置了祥瑞的红色装饰,街边往来的行人身上,相比于平时的行色匆匆,多了点和气。洛知予平时来这边都是和家人一起,通常逛一半就觉得无聊,这次倒是不太一样。

樊越他们挑的KTV在市中心某商场的后边,洛知予跟着肖彦下了车,就主动拿着手机地图找路,地图导航提示"沿当前道路向前五十米"。

"彦哥。"洛知予站在一堵墙前,严肃地盯着手机屏幕,"我感觉不太对啊,这地图让我们从这面墙穿过去。"

"呃……拿来我看看。"肖彦从洛知予手中接过手机,"这里哪有路?"

洛知予的手机屏幕上方正在推送家庭聊天群的新消息。

洛思雪:"洛知予,你最近闲得慌吗?老删监控,东缺一段西缺一段的。"

洛思雪:"我就想看看是哪只蓝猫把我新买的包包当猫抓板了!气死我了!"

肖彦默默把消息推送框划开,继续看洛知予搜出来的地图。

在监控这件事上,肖彦和洛知予的心虚程度不相上下,毕竟肖彦家的监控最近也被删得"坑坑洼洼"的,只是他家鹦鹉最近没作妖,监控没人管。

"跟我来。"肖彦推着洛知予换了个方向,"应该是走这边。"

导航提示:"您已偏离路线。"

肖彦："嗯？"

洛知予："咦？"

樊越在小吃街找到两个人时，洛知予和肖彦正生无可恋地面对面坐在一张桌子旁边，肖彦手上拿着最后一串丸子，洛知予趁着肖彦和樊越打招呼，低头抢走了一颗丸子。

肖彦干脆把手里的竹签也给了洛知予。

"两位爷可真行，这都能走丢。"樊越拉了张凳子坐下，"导航应该是没更新，去年这里的确有条路。"

他一路气喘吁吁地跑过来，生怕怠慢了两位大佬，结果这两人不仅对小吃街适应良好，还相处得非常和睦。

学生会的人洛知予大多认识，洛知予和肖彦一起进包间的时候，唱嗨了的几个人像是同时被按了暂停键，纷纷把目光投向他俩，似乎是没想明白他俩为什么会同时出现。

"他俩住得很近，就一起过来了。"樊越帮着解释。

这群人得了个合理的解释，完全不在调上的歌声又飘了起来。

今天来的大多是高二的学生，只有几个高一的，还有一两个胆大的高三学生。大家都穿着常服，彼此的距离一下子近了很多。

"知予过来坐。"严梓晗冲洛知予挥手。

洛知予犹豫着要不要迈步过去点歌，肖彦却拉住他，问："走什么？不是说教你写字吗？"

洛知予歪头想了一下，这好像的确是他的出门理由之一。

"我们坐这边好了。"洛知予被肖彦带到了房间的角落里，这边的沙发上只有他俩，洛知予冲严梓晗喊，"就不和你们挤了。"

这些学生平时在学校憋疯了，好不容易趁着假期出来放松，包间里唱歌的唱歌，聊天的聊天，没人注意到角落里的他俩。包间里的灯光很暗，只开了几盏闪烁的小彩灯，脱下校服的高中生们脸上还带着稚气，学着大人的模样嗨起来，聊的却都还是校园里的事情。

肖彦找人借了纸笔，递给洛知予，说："随便写点什么吧。"

洛知予画了个有鼻子有眼睛的橘子，又在旁边写上肖彦的名字。他把本子搭在肖彦肩上,一笔一画写得很慢,比平时的字要好看很多,是初具风骨的瘦金体。

显然,只要不考试,时间充足,而且洛知予想好好写的时候,他写出来的字还是勉强算得上好看的。只是他的写字速度扛不住考试的题量,一两题过后就变成了自成一派的狂草,乱得令人头疼。这样的风格是洛知予独有的,足够让肖彦在帮老师阅卷时一眼就认出哪个是他的卷子。

"送你。"洛知予把本子和笔都扔给肖彦,"这算是我这阵子写过的最好看的字了,都给你了。"

"彦哥想教我什么?"洛知予问。

"不教了。"肖彦把纸折好,放进口袋里,"你做你自己就好了。"

这个说法显然让洛知予有些惊奇,又有些欣喜,他按照既定的道路走了这十多年的人生,听过最多的话是"你还不够好""你还可以更好",从来没有人像肖彦这样,让他做自己。

"说好的教我,又反悔了?"洛知予的爪子敲了敲肖彦的肩膀,"那算不算是你把我骗出来了?"

不存在什么骗不骗的,他就是喜欢挤对肖彦。洛知予从来就不知道什么叫好好说话,远距离和肖彦讲话必定要砸纸团,近距离和肖彦说话必定要搞小动作。对上肖彦,他多数时候是"记吃不记打"。偏偏有人此时心怀鬼胎,多少就有点退让。

"坐好。"肖彦说。

"我就不。"洛知予摆出了要动手的架势。

肖彦立马制住他的手,说:"你对别人可别随意动手,只有我不欺负你。"

震耳欲聋的歌声掩盖了肖彦的说话声,除了离他近点的洛知予,没人能听见他的声音。

"你还说不欺负我,说得跟真的一样。"洛知予伸手扯着肖彦的围巾,把肖彦往沙发上按,"这又开始凶我了。"

"没欺负你。"

"从小到大你都找理由欺负我。"洛知予不依不饶。

肖彦趁洛知予不备,把他摔回了沙发上,说:"怪我怪我。"

"还闹吗?"肖彦压制住他,"还闹就再冷静一会儿。"

洛知予不吭声,就是不服输。

"别给我装可怜。"肖彦空出来的右手在洛知予头上警告性地拍了两下,"我不信了,你看看这么多人有谁说我欺负你了?在他们眼里我这是合理反抗。"

肖彦这段时间身经百战,深知若是觉得洛知予"弱小""无助""可怜",只会有挨揍和风评被害这两个结果,自然不会再让着他。

"好吧……"洛知予放弃了伪装。

他俩这动静,周围的学生都习惯了,视而不见。

片刻后,肖彦终于松开手,把洛知予拉起来。两个人并排坐在沙发上,没再争执,和谐得像是刚才没闹过矛盾,让旁观者啧啧称奇。

"要不是友好度太低,我都觉得他俩快变成亲兄弟了。"严梓晗羡慕地说。

"别管他们,迷惑行为。"汤源继续喊麦。

"彦哥,你最近是不是有一点躁?"洛知予揉了揉手腕,看起来十分关心。

肖彦"有一点躁"的状态一直保持到了第二个学期。

寒假很短,元宵节没到,一中的学生就已经开学了,报到的那天,洛知予在班里瞧见了不少胖了一圈的同学。

"快快快,知予作业拿来抄一下,江湖救急。"井希明催促洛知予,"今天就得交。"

"给你。"洛知予拉开书包的拉链,"我好像也有没写的……"

整个寒假,他和肖彦没少见面,他的游戏段位上去了不少,作业还真没怎么写。

井希明道:"一起补。"

没有什么事比"作业都没写"更能唤起同桌的友谊了。

"下周一才正式开学吧。"洛知予还在寒假的生活节奏中,没恢复过来,"明晚我还想回家过个元宵节。"

"我也回。"井希明说,"家里的网好,能蹭一天是一天。"

"原来今天报到不是必须来的啊。"洛知予把写好的作业交了出去,"彦哥都没来,没意思。"

元宵节当晚,在第五次弄哭了舅舅家五岁的小胖墩后,洛知予惭愧地主动提出要出去逛逛。这种家庭式聚餐,他爸知道他不喜欢,也不强求,就挥挥手随他出去了。

小区里挂了不少花灯,给现代风格的建筑添了些古韵,洛知予舅舅家离肖彦家也很近,他没走几步,就隔着院子看见肖彦房间里的灯光。学霸就是学霸,元宵节还这么勤奋,洛知予决定发消息问问他。

知了:"在写作业?"

橘子:"不是。"

肖彦不知道在做什么,回消息的速度比平时要慢,语气也比平时冷淡,还没带那几个常用的表情包。

洛知予不太高兴,干脆不把这聊天继续下去了。等他在附近的街道上闲逛了小半圈后,才发现肖彦连着给他发了好几条消息,还有一条是实时定位。

橘子:"你要过来找我吗?"

橘子:"有点烦。"

洛知予看见这几条消息时已经过去了二十多分钟,不过,肖彦发来的定位是商业区中心的一家高级度假酒店,距离他所在的位置只有两百米。

知了:"我去……"

他还在输入中,那边又发来了一条新的消息。

橘子:"别来了。"

呼之即来挥之即去?肖彦怎么这么反常,脾气这么坏?他不就是二十多分钟没回消息吗?不让他去,他偏要去。

洛知予坐在酒店楼下的喷泉水池边,给肖彦打了电话:"给你三分钟,快下来。"

电话另一端的人沉默了几秒钟才说话,声音比平时要低一些:"你还真是……不知死活。"

"骂谁呢?"洛知予说,"两分钟,下来让我看看你今天怎么突然这么矫情了……哎哟。"

无规律喷水的喷泉喷了洛知予一身水,肖彦见到洛知予的时候,洛知予正在用向酒店借来的毛巾擦头发,半边衣服都是湿的。

"怎么搞的？"肖彦快步走了过去。

酒店的工作人员连忙道歉。

"你不用道歉，是我的问题。"洛知予低头擦头发，"是我自己要坐在那里的。"

肖彦稍稍压下了体内的烦躁，他递了块新毛巾给洛知予擦头发。

"你怎么了？"洛知予也察觉到今天的肖彦和平时不太一样，没接他的毛巾，问，"你要不要说说看，让我高兴一下？"

"身体不舒服，我已经打针了，只是有点难受。"

"唔……"洛知予盯着他沉思，"你有没有注意到，刚才酒店的工作人员很害怕你，不敢靠近你。"

洛知予四下看了看，这么一会儿工夫，他们周围已经没人了，只有自己一个人身处风暴的中心地带。

"然后，你别看我现在一本正经地跟你说话。"洛知予说，"其实……我有点怕你，我好像打不过你。"

现在的肖彦给人一种很凶的感觉，就凭洛知予那娇生惯养的破脾气，他以为自己要生气的，可他偏偏抱怨不起来。

肖彦没有察觉到洛知予说的问题，其实刚才和家人吃饭时，他就已经敏锐地察觉到了不对，所以他以自己身体不适为由离开了家宴所在的大厅，去给自己注射了药剂。可在那之后，他好像就有些失控了。

洛知予发消息过来的那一瞬间，意识无理地叫嚣着让他把洛知予骗过来陪他，可理智又告诉他，不能让洛知予过来。然而，洛知予还是来了。

"你……怕我。"肖彦不知道该怎么说，"陪我坐会儿吧。"

橘子味收敛了一点，没有先前那么凶了。

洛知予决定今天让着肖彦一点，什么事都不计较。

"你还有药剂吗？"洛知予拍了拍肖彦的衣服口袋，"来，我给你戳一针？"

肖彦婉拒："我谢谢你啊。"

洛知予给人打针，那可能不是帮忙，而是谋杀。

"我们换个地方吧，别待在这里。"肖彦瞥见了远处服务员的脸色，"出去走走，吹吹风吧。"

"嗯，行。"

要去哪里，两个人心里都没有数。

酒店外的街道边装饰着五光十色的花灯，花灯被做成了各种形状，引得不少行人驻足拍照。洛知予跟在肖彦身后，和他保持着不到一米的距离，漫无目地往前走。

他们一前一后地走了不知道多远，街道的尽头是湖区，初春未至，湖风还是冷的，岸边残留着前几日的积雪，路上少有人经过，肖彦就在这里停下了脚步。洛知予刚停下脚步，就被风吹得抖了抖。

肖彦本想叫他回家，话到了嘴边，转了转又吞了回去。

"你不冷啊？"洛知予在旁边的椅子上坐下，问。

"不冷。"肖彦在他旁边坐下。

洛知予今天脾气很好："我今天不打人，也不讨厌你。"

"明年这时候，我就快高考了……"肖彦突然说。

"考呗。"洛知予有些心不在焉。

肖彦："……"

"你高考完我艺考，我决定了。"洛知予看他情绪不高，又小声补了一句，"不许说出去，我怕老吴会疯。"

肖彦："哦。"

意料之中，这是洛知予能干出来的事，只是……

湖风吹起了岸边的雪花，湖面上有微光明灭。

"那……你考哪个学校？"静了一会儿，肖彦问，"我那个？或者附近的？"

"行啊。"洛知予随口答应，"没有难度。"

肖彦很是震惊，洛知予这么随意的吗！

"算了。"洛知予突然像是自己妥协了什么，松了口气，"看你可怜，我帮帮你吧。"

原来洛知予刚才一直在想这个。

肖彦抿了下嘴唇，问："你想安抚我的情绪？说得简单，你知道怎么做吗？"

"和你上次一样？我觉得我会。"洛知予学东西的速度很快。

洛知予又说："但话先说好了，我要是不高兴了，回学校后绝对会扛着扫帚去你们班揍你。"

肖彦没有说话,也没有拒绝。

"真的,我们两清了。"洛知予点了点肖彦手腕上的疤痕,"你这么凶,是不是趁机报复我啊?"

"对不起。"肖彦道歉。

"我想打你。"洛知予气炸了,"好了没?好了赶紧走。"

气呼呼的洛知予走在前头,肖彦就在不远不近的地方跟着他。

"我暂时还不太想回家……我带你去我的画室吧。"洛知予说,"我自己拿来放东西的小画室,以前家里给我买的,就在这附近。"

画室是洛知予自己的地盘,初中的时候他常来,高中住校后,就寒假来过几次。这里常年有人打扫,东西都收拾得整整齐齐,只是先前打扫的人忘记了关窗,窗帘被风吹开了一角。

"你随便坐。"洛知予把玻璃窗关好,整理好窗帘,"反正是我的地方,没几个人来过。"

这里的布置让肖彦莫名想起了之前在校园论坛上听说过的一件事,他想到了,就跟洛知予提了:"你在十九中的时候,是不是有一次抡着画板揍过人?"

"呃……怎么连你都知道?我好像也没把他怎么着吧。"洛知予坐在窗台上,"其实我没想打架的,但那人说我画画难看,说我没出息,天生就比别人弱小,不配拥有梦想。"

"我那时脾气挺坏的吧。"洛知予回忆当时的场景,"现在想想,他就是嫉妒我,考试考不过我就从别的地方攻击我,我没必要跟他计较这个。梦想什么的,难道还需要别人评判吗?"

"我知道自己喜欢什么。"洛知予说,"我也知道自己要什么,我又不是为别人而活的。"

"在这一点上,我和你很像。"肖彦说,"我也知道自己喜欢什么。"

后来,洛知予想不起那天自己究竟和肖彦聊了些什么,只记得他抬头去看时间的时候,发现街对面的灯光少了很多,时针也指向晚上十一点了。

洛思雪的电话就是这时候打来的,她问他怎么还没回去。

"我在画室呢。"洛知予说,"不用来接我,我和朋友一起,马上回去。"

"走吧。"肖彦站起来,抬手帮洛知予关了画室里的灯。

"我送你回去。"出去后,肖彦又帮着洛知予锁门。

肖彦把洛知予送到了路口,往他手里塞了块橘子味的软糖。

"从晚宴上拿的,刚才忘了给你。"他应该在刚刚吓到人的时候给的,现在洛知予气也气完了,不知道他哄得是不是晚了点。

"谢啦。"洛知予剥了糖纸,心情很好,"周一见吧,彦哥。"

刚到家的肖彦点进微信朋友圈发了一条动态,配图是他俩刚才回来的路上看到的一盏花灯。花灯做成了橘子的形状,洛知予当时围着它绕了好几圈,就艺术价值问题扯了一通有的没的。

橘子:"遇见了一个小橘子。"

樊越:"有点东西。"

井希明:"好可爱!"

汤源:"地上为什么有两个影子?"

汤源:"哦,另一个是洛知予。"

对刚结束假期的学生来说,每个学期刚开学的那几周是一个适应的过程。整个三月,一中的学生都在忙着开学考试和月考,大部分的时间都用在了适应生活节奏与学习节奏上。

比起高一上半学期,高一学生这学期的学习任务加重了,他们的碎片时间开始被挤压,起初几日的怨声载道过后,大家逐渐适应了新的学习节奏。洛知予还和从前一样,觉得有质量的作业他会认真写,觉得无意义的就直接抄答案糊弄。

"你不用给我解释你的学习思路,我和你一个思路。"肖彦翻开作业,用笔戳醒了趴在一旁桌子上偷懒的人,"别睡了,给我起来,道理我都懂,可为什么帮你抄作业的是我?"

"你只是顺便帮我抄点作业。"洛知予枕着自己的胳膊,仰头看肖彦,"而我,就是借用晚自习前宝贵的时间,上来看看你过得好不好。"

"我快高三了,还要帮你抄作业。"肖彦揪着洛知予的衣领,"快点起来,你觉得我过得好吗?"

"反正你看不上眼的作业都直接不写,我可太清楚你了。"洛知予坐直了身体,随手翻出了肖彦的一份空白作业本,"等我下学期有底气了,我也这么干,问就是你教的。"

肖彦手中的笔在洛知予的手背上敲了一下:"说话就说话,别扯我衣领。"

洛知予"哎哟"一声,缩回了爪子,自己揉了揉手背。

他俩最近相处得非常和谐,就算闹也是小打小闹,把老吴给感动坏了。洛知予算是习惯了,没事就去楼上逛一逛,有时候找麻烦,有时候找乐子。用井希明的话说,他天天大摇大摆地去楼上逛,搞出了一种逛街的感觉。

高一年级的学生,经过一个学期的适应,终于熟悉了这个校园。少年人骨子里的躁动藏不住了,开始试探老师和家长爆发的边界,最近违反校规的人像雨后春笋一样一个个往外冒。

洛知予上学期一天能收好几份小纸条,不少人都想问他要联系方式,到了高一下学期,反倒是收得少了。原因是洛知予烦了,在论坛宣称,成绩没他好的他都不想搭理,吓退了一大批"学渣"。

这事儿被校领导当作案例表扬,说洛知予同学心里只有学习,和某些躁动的同学一点都不一样,自那以后,论坛里还有不少人模仿洛知予发帖。

"你当时怎么跟他们说的?让我借鉴下。"肖彦把手机递给洛知予,"我也烦了,干脆你帮我发吧,记得用我的语气说。"

"行啊,我帮你发。"洛知予借着肖彦的论坛账号,发了新帖——"好好学习不动歪心思宣言"。

1楼(硝烟弥漫):"如题。"

2楼:"没空,除非考试考过我。"

3楼:"我去,又一个。"

4楼:"看了眼楼主,肖彦?"

5楼:"多好啊,专心学习,才是优秀的学生。"

6楼:"楼上是教导主任吗?之前不是有人说肖彦和高一的那个谁走得很近吗?别的人肖彦根本就不可能搭理好吗?劝各位收一收自己的歪心思。"

洛知予："嗯？"

哪个谁？他是第二次看到这种说法了。

"抄完了。"肖彦把作业扔给洛知予，"下次再带着你没写完的作业上来，信不信我揍你？"

"哦。"洛知予生硬地接了一句，拿着作业有点失魂落魄地走了。

然而，他没走几步就又收到了肖彦的消息。

橘子："我说笑的，不揍你。"

橘子："再来玩啊，作业我写。"

橘子："人呢？"

洛知予没有回复。

回到自己班教室，洛知予艰难地吐出了一个问题："你觉得，两个人有可能不因友好度的影响而相互欣赏吗？"

"什么意思？"井希明吓了一跳，把两个人的桌子拉开了一条小缝，"想什么呢？"

"回来，这个问题不是针对你的，你怕什么？我只是打个比方。"洛知予敲了敲桌子，右手托着下巴，看向教室的天花板，"我想问的是，友好度对我们来说到底有多重要。"

过了清明，天气开始暖和起来，学生们争先恐后地换上了轻巧的春装。

洛知予一个星期前就脱掉了毛衣，红白色校服外套的里面就搭了件薄薄的白色针织衫，趁着今晚晚自习班里没有老师，洛知予把校服外套也给脱了，就搭在他右侧的窗台边上。

"盯上谁了，把你愁成这样？你在一中的人设难道不是心无旁骛的高冷学霸吗？"井希明犹疑着又把桌子搬了回来，"不绝对吧，不能过于依赖友好度，这也是老师说的。"

"没谁。"洛知予摇头后，盯着桌上的英语卷子陷入了沉思，"你学习吧。"

晚自习中途，肖彦习惯性地来楼下接水，顺便路过了洛知予他们班教室。洛知予人不在，窗台上只有他的校服，桌上铺着一张没写过的试卷。

"洛知予呢？"肖彦敲了敲窗台，问井希明，"他没回消息，我下来看看他。"

"不知道，他好像心情不太好，一直在沉思，一下课就出去了。"井希明摇头，"他还问了我一些奇怪的东西。"

肖彦："……"

真生气了？不应该啊。

"那你知道他为什么心情不好吗？"肖彦倚着窗台打听。

"知道一点吧。"井希明坐到窗户边，决定和肖彦分享一下自己的震惊，"据我总结，他好像认识了一个新朋友，反正他最近上课都心不在焉。"

洛知予不上课、不睡觉的大部分时间都跟他待在一起，还会有时间认识新朋友吗？不应该啊。

"等等……他的原话是什么？"肖彦刚要问，突然有人从他三步外开始起跳，朝着他的后背扑来。

"彦哥！"

肖彦不用回头也知道是洛知予，任由洛知予扑过来，问："干什么去了？晚自习下课才十五分钟，这也能跑得没影？"

"去找小辣条拿学生会这学期的工作材料啊。"洛知予手上还抓着几张刚领的工作表。

肖彦抬手，隔着薄薄的针织衫抓住了洛知予的手腕，不让他闹。

见到肖彦的一瞬间，洛知予的心情就好了。

"这么开心？"肖彦问。

以往听见这话，以洛知予的性格是必定要反驳的，今天他却反常地沉默了半秒，轻轻地"嗯"了一声。

"知了，把你校服穿好。"肖彦拿起窗台上的衣服丢到他手里，"快点。"

"怎么，等下有人检查啊？"洛知予把外套穿了回去，"这么多人没穿呢。"

"不是。"肖彦说，"怕你会冷。"

洛知予并不冷，但肖彦让他穿，他就乖乖地把衣服拉链拉到了符合标准的位置。

"放学等我一起?"晚自习的铃声响了,肖彦拍了拍洛知予的肩膀问他。

"哦,行。"他俩这阵子时常一起走,所以洛知予只愣了一瞬就给出了答案,"那我放学去你们班门口等你。"

下半学期的学习任务重,高二(3)班的老师越来越能拖堂,背着书包的洛知予在他们班后门处给肖彦发消息。

知了:"嗐,我那时候没生气,你不用特地下去找我。"

知了:"我对你气不过三天,你是知道的。"

知了:"虽然我是脾气古怪了一点,但我对你还算好吧?"

橘子:"行,那下回我继续欺负你。"

知了:"揍你哦。"

高二(3)班今天的晚自习加了一堂英语试卷讲解课,肖彦埋头在草稿纸上涂涂写写,终于引起了同桌的注意。

"你上英语课哪来那么多草稿?"樊越扯过他的草稿纸看,"计划A,计划B,友好度?"

"你有什么看法?"肖彦反问。

"楼下洛知了?"樊越惊了,"怎么?你俩最近看起来关系挺好的啊,老吴可欣慰了。"

"洛知予。"肖彦纠正了樊越的说法。

樊越:"……"

不管是想交的朋友,还是喜欢的事物,既然想要,就要努力去得到,很多家庭对孩子从小就是这样教育的。这一特质在肖彦的性格中体现得并不明显,但与肖彦相熟的人都清楚他的本质。

"反正你都决定不在乎友好度了,就对洛知予好一点呗。"樊越低头改了试卷上的一道错题,懒得管这两个人。

肖彦:"嗯。"

"你别整天逮着机会就欺负人,不过洛知予好像和你半斤八两。虽说你俩家里的关系不太行,但你们的成长环境其实挺像的,性格也差不多吧。"

"行。"肖彦用笔在纸上划掉了"友好度"三个字。

洛知予还在给肖彦发消息。

知了:"还有多久?"

橘子:"作文讲完,马上就好。"

知了:"天哪,我好困。我为什么要来等你呢?你们班每次下课都那么晚。"

知了:"给我一个理由,不然下次不干了。"

肖彦的感觉是对的,今天的洛知予好像有些不对劲。

肖彦正对自己打出的字修修改改,抬头时发现后门边的洛知予换了个方向,在和隔壁班的一个小姑娘聊天。两人似乎在聊什么很有意思的话题,洛知予时不时弯起嘴角,对面小姑娘的笑声一路传到了这边。

肖彦心想,洛知予要是有了新朋友,按照这人没心没肺的性子,是不是就会立刻冷落他,不再来找他了?

人们对于朋友也是会有依赖感的,习惯了洛知予的吵吵闹闹,肖彦竟然从没想过这个高一的小朋友其实有一天也可能会交到更好的朋友,渐渐只把他当成不生不熟的校友。肖彦忽然就想起了洛知予同桌说过的话,压在纸上的笔尖"啪嗒"一声断了。

"你凶什么?"樊越被这动静吓了一跳,抬头瞧见在后门处跟人聊天的洛知予,懂了,"洛知予不就和别人聊个天嘛。"

"我今天听井希明说,他认识了一个新朋友。"肖彦飞速把书包收拾好,准备等老师一说下课就跑路。

樊越自己也不知道为什么,忽然很能理解洛知予同桌的心情:"你确定……是这样吗?我怎么感觉哪里不太对?"

这话不仅不太对,还似曾相识,耳熟得很,然而此时的肖彦已经不见人影了。

洛知予是等得烦了才随手抓了个认识的学姐聊天,然而才聊到一半,突然有人把手搭在了他的肩膀上。这人好像还有点小情绪,用了不小的力气,压得他有点难受。

"下课了?"洛知予挥手跟学姐道别,"那走吧。"

他话音刚落,肖彦半强制性地拉着他往楼梯口走去。灯光昏暗,每个刚下课的学生都急着回宿舍,没人注意到他俩。肖彦的脚步挺快,洛知予一不留神,脚下一绊,险些摔倒,被肖彦伸手扶了一下。

"彦哥，"洛知予揉了揉被压疼了的肩膀，"凶什么？"

刚才光顾着走路，洛知予没注意，直到这时候停下脚步，洛知予才发现，肖彦带他走的不是平常下课两人会走的路。他来过这里，这是他上学期一脚踩空的地方。

道路边的路灯有一定年岁了，灯光昏暗，还不如远空的星辰。学校前些日子抓校风校纪的时候，时常有老师来这片巡视，最近风头压下去了，这条路就没什么学生会来了。

夜晚的凉意一点点入侵，洛知予裹紧了自己的校服外套，意识到先前肖彦让自己穿好衣服是对的。也不知道是从什么时候开始的，肖彦很喜欢盯着他生活中的很多小细节。

两个人踩着细碎的灯光，一步步往生活区的方向走去。

"我刚才吓到你了吗？"肖彦带着洛知予避开废弃的下水道盖子。

周围空气里的橘子味比平日重了几分。

"那倒没有，你不用觉得是自己的问题。"洛知予摇摇头，"我只是……有点意外吧。"

他像是猝不及防被橘子砸了头。

他没问肖彦为什么要带他走这条有特殊意义的小路，隐约觉得肖彦有话要问他，而他自己也有想问的。可周围太安静，他俩也缺少一个开口的契机。

这条路只是不好走，但是并不绕远路，回宿舍的时间丝毫不会耽搁，留给他俩说话的时间其实并不多。

"我不想对你凶。"作为安慰，肖彦习惯性地轻轻拍了两下洛知予的肩膀。

"你可以对我凶，我没觉得你讨厌。"洛知予驳回了他的话，"是我自找的。"

"那是因为我没真的凶过你。"肖彦说，"你长这么大，没人能欺负你。"

洛知予毫无预兆地停了脚步。

"有话就问，一起问。"洛知予提议，"问答模式，不要问开放式问题，给两个选项，只许回答一个字。不许说谎，不许追问，再不行就打一架解决，这样效率最高。"

"也行。"肖彦点了点头。

这是洛知予解决问题的风格，也是最适合他俩的方式。

"是与否"的单项选择，从一开始就会封死所有模棱两可的解释。

"你让我给你一个每天来等我下课的理由。"肖彦复述了十多分钟前洛知予微信上发来的消息，"你不是随口说的，对吗？"

"对。"洛知予点头，他本来就不是随口说的，而是另有目的。

洛知予回答完，抛出了自己的问题："科学意义上的友好度对你来说很重要吗？"

"不。"肖彦摇头，这个问题他过于熟悉了，洛知予以一种极其相似的方式在寻求一个问题的答案。

洛知予今天问了那么多人，弯弯绕绕地得到了那么多种答案，到最后最看重的还是肖彦口中的一个"不"字。

肖彦继续问："你今天面对我的状态有些不对，是故意的对吧？是还是否？"

洛知予不遵守规则了，他后退一步，靠在路边的树干上，说："我就是想知道……"

"想知道什么？"肖彦追问，"你把话说完。"

一个拒绝回答，一个胡乱追问，两个人都犯规了。

"最后一个问题了。"洛知予移开视线看向别处，"你想好了再问。"

"你要是再犯规怎么办？"肖彦比较在乎这个。

"再犯规我就任你处置行了吧？"

"我给你两个选项，你答一个字，对吗？"肖彦再次和他确认问答的规则。

"对对对。"洛知予在想问题，没细想规则。

"想好了。"树干上有灰尘，肖彦抓着洛知予校服的衣领把人拉回来，"知了要先问吗？"

他们从一问一答中一点点揣度着对方的用意。

洛知予像是被引导着问出了自己最在乎的问题："对你来说，洛知予是'别人'吗？是还是否？"

这是他当下最想知道的，这问题单拎出来却有点没头没尾，肖彦可能也不太能明白他在问什么。他想继续说话，给肖彦解释一下这问题的根源，肖彦却开口了。

"你是想先补充说明，还是想先听听我的问题？"肖彦问他，"你自己选。"

话都被堵回去了，这人还假装是好心要问他的选择，洛知予不满意地说："行呗，你说。"

老旧的路灯只能照亮他俩脚下一小块地，洛知予和肖彦站在橘黄色的灯光里。

"洛知予。"肖彦叫了他的全名，"该我问你了，按照你定的规则，两个选项，只准回答一个字。"

洛知予轻轻地"嗯"了一声，等待着肖彦的问题。

"别再管友好度的高低了，别疏远我，我们正常相处，'好'还是'不好'？"肖彦问。

洛知予无言，这问题在他的意料之外。他以为他应该是先试探的那一个，他做好了被看笑话的准备，却没想到自己一直身处他人的试探之中。规则是只回答一个字，他选择"好"，等于答应肖彦，选择"不好"，等于犯规，任肖彦处置。

肖彦利用了规则漏洞，从一开始就没打算给他选择的余地。

倒是洛知予的问题，无须再问，已经有了答案。

"你倒是聪明得很。"洛知予把两个答案在心里盘算了一遍，立刻意识到自己随口定下的规则被肖彦利用了，"你坑我，趁我不注意改我的规则。"

"我没有改你的规则。"肖彦不同意这个说法，"我只是强调了你的规则，把原本不清晰的条例变得清晰，让我俩的对话更加遵循规则。"

洛知予："……"

他以前真没发现他彦哥这么能言善辩，这种坑人方式极其熟悉，就是他自己常用的那一套，他好像根本没得选择，这算是近朱者赤吗？

"不许说谎，不许追问。"肖彦对规则进行完善和细化，把这场问答变得像是他俩的博弈，"不许篡改选项，不许扯无关的事情。"

"规矩是我定的，解释权应该在我这里吧？"洛知予试图抗议。

"驳回。"肖彦不接受任何的反驳，"我也有解释权。"

"我看你是缺一顿扫帚的毒打。"洛知予没好气地说，"这问题扯不清楚了是吧。"

"'好'还是'不好'？"肖彦在等他的答案，"再不说，宿舍要关门了，再拖延时间，我就算你犯规了。从个人角度来说，我比较希望你犯规。"

"你想得美。"洛知予笑了，"我的答案是'好'。"

这天，肖彦是带着一身水蜜桃味回去的，因为和某个桃子待久了。

"洛知予又拿汽水喷你了吗？"汤源趴在书桌上半闭着眼睛，"水蜜桃味好香。"

肖彦拿书的手一顿，他记起了去年夏天午后那场甘甜的汽水雨。

"去哪儿玩了？下课都半小时了。"井希明端着洗衣盆给洛知予开门，"你和肖彦什么时候有那么多话可说了？"

"没去哪儿，问你件事。"洛知予扔下书包，"为什么大家这么在意友好度啊？"

"啊？"井希明在阳台上晾衣服，"你怎么纠结起这个了呢？"

"倒也不是在意吧。"井希明说，"就是不可忽视，友好度太低的话，关系就是会很差啊，很容易发生冲突，无法保证安全，毕竟有那么多先例呢。"

"好吧。"洛知予上了床，语气却不甚在意。

第七章 听说我们关系差

洛知予这学期体育课依旧选了羽毛球，上课铃还没响，他就拿着球拍去了操场。

"他以前上体育课有这么积极吗？"老师若有所思。

洛知予是远近闻名的体育成绩好但不乐意动的懒人，他都不乐意在运动会上展现自己的集体荣誉感，最近却反常地积极。

"彦哥！"洛知予冲着肖彦的脑袋抬手就是一个羽毛球打过去，动作熟练得让井希明他们不忍直视。

肖彦在听见他声音的那一刻就转过身，接住了横空飞来的羽毛球。

"你俩玩吧，我们去那边打。"井希明和他的小伙伴去了另一边，"默认他俩一组，默认洛知予是高二（3）班的。"

体育课的基础知识上半学期都教完了，下半学期就让学生自己运动，老师们管得不多。两个班的体育老师一人捧了一个茶杯，在单杠边站着聊天。

洛知予羽毛球打得挺好，肖彦也不让着他，他俩你来我往地扣球，都扣得挺凶。打篮球的樊越过来捡球，被肖彦一羽毛球扣在脑门上，当场"嗷"了一声溜了。

"累了。"洛知予把球拍扔在一边，和肖彦一起坐在羽毛球场边的台阶上，"把你的水给我。"

他忘了带水，自作主张地征用了肖彦那瓶没开封的水。

两个人的校服外套都脱了，搭在了操场边的树枝上。洛知予伸手去扯肖彦的鞋带，又被肖彦打了回去。

"昨天还好好的,这就开始欺负我了?"洛知予伸手就要扯他的衣服,又被打了回去,状似委屈地抱怨了两句。

"你烦不烦啊。"洛知予突然站起来,猛地把肖彦推倒在草地上,又立刻被肖彦武力压制,钳住了双手。

"我错了我错了,不闹了。"洛知予连连求饶。

"你们班的洛知予和我们班的肖彦走得挺近啊。"高二(3)班的体育老师瞧见了这一幕,"不是说他们关系不好吗?这是又要干架了吗?需要我们过去维和吗?"

"不需要,老师多虑了,他俩天天打打闹闹,偶尔和好。"过来捡球的汤源听见了老师的话,扫了草地上的两人一眼,摇了摇头,"问题不大。"

一中校园论坛新帖——"又开始抓校风校纪了,各位小心"。

1楼:"如题,言尽于此,懂的人自然懂,请牢记这份恩情。"

2楼:"标题越短,事情越大,我感受到紧张的氛围了。"

3楼:"内部消息?楼主好人!"

4楼:"西区补了个监控摄像头,大家小心,就是小路那边,死角还未探明,不要往那边走啦。"

系统提示:"本帖已被管理员删除,页面已失效,5秒后将转至初始界面。"

"最近违反校规的人很多吗?看不出来啊。"井希明看着手机屏幕上退回初始界面的论坛,"学校是不是过于重视了?删帖删得这么快。"

"很多吧。"洛知予一边写公式一边说,"谁知道呢?"

井希明的余光瞥见了洛知予桌上的卷子:"这是语文卷子,你在算什么东西?"

洛知予贴了张小修正纸,挡住了误写的公式。

"我早就想问了。"井希明搬开了两个人中间的那摞书,"你这两天在纠结什么,心神不宁的?"

"在思考跳级的可能性。"洛知予语出惊人。

洛知予现在就想把高一(3)班的"一"字加上一横。但跳级是不可能的,一来家长和老师都不允许,二来洛知予不好说出口,所以他只能假想一下自己和彦哥同班会是一种什么样的场景。

知了:"我在想,我俩要是同班,我和你做同桌,会不会很好玩?"

知了:"我要是早生一年就好了。"

橘子:"班主任会疯的。"

知了:"你倒是挺有自知之明的。"

橘子:"不是,我没有问题,班主任对我的印象很好,我在老师们那边的评价都很好。我说的是你,你每次一见到我都特别能来事,扫帚都要挥断了。"

知了发来一张"仙女皱眉"的表情包。

橘子:"你偷我表情包。"

知了:"说笑了,彦哥,我偷你个表情包怎么了?"

"你最近看手机的频率有点高啊。"井希明发现洛知予写两笔作业就要在手机上输入几个字。

"还好吧。"洛知予低头回消息。

橘子:"我俩要是在一个班,肯定腥风血雨。"

知了:"有点道理。"

他们两人成绩都好,表面上看起来是云淡风轻的学霸,骨子里却都是争强好胜的,要是放在一个班里,评优评先肯定要比现在闹得厉害。

橘子:"但我突然觉得也不错。"

橘子:"如果我俩是同桌的话,上课下课我都能欺负你,考试没考过我也能欺负你。"

橘子:"要不……我留级等你吧!"

知了:"嗯?收一收你的危险想法,你爸妈还有你家那文化鹦鹉会敲锣打鼓地去我家门前骂我的吧?"

橘子:"说到鹦鹉我就有点来气。"

鉴于理想和现实落差太大,双方纷纷收起了各自的危险想法,勉强把注意力集中到了眼下的学习任务上。

"距离真的能产生美吗?"写着作业的洛知予再次发出了一声长叹。

"距离?"井希明一头雾水。

"你觉得和朋友距离太远合适吗?"

"多远的距离?"

一层楼板。这话洛知予没好意思讲，只好扯了点无关紧要的事情，把这个话题给糊弄了过去。

晚自习快下课的时候，论坛又多了个新帖，是学生会代老师发布的英语竞赛招募——"下半年的中学生英语口语竞赛开始报名啦"。

1楼："两年一次的中学生英语口语竞赛，是比赛也是户外实践，在秋游的同时提升大家的口语交流水平，五星级酒店加完美假期，高一和高二的同学们联系徐主任报名吧，一共四个名额。"

2楼："只想度假可以吗？"

3楼："二楼说出了我的心声。"

4楼："@肖彦@洛知予，别成天打架啦，给一中争光的时间到啦。"

5楼："麻烦一同去的同学务必看好他俩！他俩都是我们一中的门面，别让外校的人笑话。"

6楼："问题是他俩会去吗？这个比赛好像是按年龄段分的，不看年级。"

7楼："那刚好让他俩比啊，他俩应该很乐意吧。"

8楼："不见得，洛知予的强项不在英语上，而且这家伙懒起来的时候其实没什么集体荣誉感，他刚才一下课就溜了，班主任都没堵到他。"

高二（3）班的走廊上，洛知予手里拿着报名表，秋宜在高一（3）班没找到他，熟练地去了楼上。

"老师，我英语不好。"洛知予对不能加分的比赛通通没有兴趣，"我们把机会留给需要表现的同学吧。"

"呃……这张报名表就是给你的，重在参与，没人要求你拿奖。"为了防止洛知予跑路，秋宜已经在报名表上填了洛知予的名字，"比赛在下半年，也就占用你一个周末，让你去你就去。"

"好吧。"洛知予发现报名表有两张，问，"多了一张？"

"还有一张是肖彦的，你等下给他吧。你俩出去比赛可千万别打架啊，我不想再在新闻上再看见你们了。"秋宜不放心，"现在说是有些早，怕你们到时候忘了，下半年我再来提醒你们一次。"

洛知予："……"

一定是当初那条新闻的缘故，直至今日，他和肖彦待在一起的时候，所有人都还担心他们会不会打架。

肖彦认为，他俩的友好度那么低，既然已经违背科学友好相处了，那就要付出比别人更多的努力。所以，橘子每天都会刷一刷好感度。

对橘子日常刷好感的行为，洛知予既享受又有点恼，所以他享受的时候主动给橘子刷，觉得恼的时候就去找好用的扫帚。

他们今晚走的，还是洛知予摔过跤的那条小路，最危险的地方就是最安全的地方，最近走在这条路上，除了学校里的野猫，他们不会遇到任何人或动物。

洛知予玩心又起，把脚往肖彦面前一伸，差点把他绊倒。

肖彦抓着他的衣领，把人拎到了一边，打算教训教训："又想闹了是吧？"

洛知予后背抵着树干，被迫仰起头去看他彦哥，说："别人我还不乐意闹呢。"

突然，一道手电筒的光束穿过了夜晚的树林。

"这个时间，你们在这种地方干什么！还不是一个年级的！"巡视的老师举着手电筒从不远处的树后绕了出来，"校长的方案还是好的，在小树林里蹲守总能抓到人的。都站在这里别动！我问问主任那边怎么处理。"

"终于有人觉得我们的关系好到会一起违反校规的地步了！"某人抓着肖彦的衣袖，兴奋地说，"终于有人信了！"

肖彦："……"

洛知予的兴奋点他其实挺能理解的，只是洛知予兴奋的时间和场合真是一点都不挑。

"被通报批评就这么高兴吗？"抓人的宋老师被洛知予的反应搞得一头雾水，被抓的学生通常会垂头丧气，然后争先恐后地撇清关系。

当老师这么多年了，他抓过很多违纪学生，被抓后胆小如鼠的、后悔不已的和故作冷静的他都见过，这种被抓了还兴奋得恨不得立马被通报批评、立刻全校皆知的，他真的是第一次见。

宋老师给吴主任发消息："吴主任在吗？我在梧桐路监控死角抓到了两个学生，他们大晚上的往这里钻，鬼鬼祟祟，明显有问题。"

吴主任："严格处理，必须严格处理！"

"你俩别交头接耳了，态度端正一点。"宋老师说，"吴主任说要严格处理。"

吴主任："名字和班级报给我一下。"

宋老师-执勤："我问问。"

宋老师-执勤："高一（3）班洛知予，高二（3）班肖彦，我应该没打错字。"

宋老师-执勤："我不认识，不过这俩名字好耳熟哦。不扯别的，主任你看是通报批评还是马上叫家长，然后再让他们写检讨？"

吴主任："洛知予和肖彦？"

吴主任："赶紧劝架！"

劝架？为什么不是通报批评，而是劝架？宋老师终于记起来了，一中目前有两名学生是学校的重点关注对象，他们的友好度接近于零，一言不合就会大打出手，这让学校领导和老师都高度重视。

吴主任："我说他们最近怎么看起来关系变好了，原来架都约到小树林去打了。"

宋老师-执勤："好的，这边知道了。"

那两人推推搡搡，还揪领子，也对，可不就是打架吗！

"老师。"站了半天没等到处理结果，等急了的洛知予礼貌地催促，"怎么处理？是通报批评还是写个检讨？叫家长可能不太好办，我们两家的关系不太行。我建议你们不要叫家长，不然你们会看到一场甩锅和对骂。"

"闭嘴。"肖彦听不下去了，轻轻在洛知予背后推了一下。

然而，在已有印象下，肖彦轻轻的动作在宋老师眼中变成了重重的动作。

宋老师赶紧伸手拉开两名同学："别打架，肖彦别欺负洛知予，洛知予也别找事，安分点，都是同学，能有什么不可调和的矛盾？"

肖彦："嗯？"

洛知予："老师，我们没有在打架啊？"

"时间不早了，你俩回宿舍吧。"宋老师决定先把这两名学生从"案发地点"赶走，"下周一人交一份检讨书，反省一下你们为什么放学后找隐秘地点约架,检讨书交给你们吴主任就好。"

"鉴于我发现得及时,你俩还没打起来,通报批评和叫家长就免了,要是还有下次……"宋老师看着两位同学,"下次就扣学分了,别的不在意,这个你们还是很在意的吧。"

肖彦:"……"

洛知予:"……"

"都回去吧。"宋老师挥手赶人,"你俩回宿舍不同路,别一起走。肖彦同学你跟着他干吗?前面就是宿舍区了,是不是还想打架?"

肖彦和洛知予发消息交流。

橘子:"我震惊了!我刚才推你的时候很用力吗?"

知了:"没有啊。"

知了:"在线等一个通报批评。"

知了:"是不是以后在一中,只要我们两个站在一起就会被认为是要打架?"

橘子:"是什么给他们留下了我们一见面就会干架的印象?我觉得是你。"

知了:"巧了,我也觉得得怪我。"

洛知予回宿舍的时候,刚好看见班主任在班群里发的新通知,要求大家晚自习下课后直接回宿舍,不要在学校的其他地方逗留,更不要去小树林约架。

论坛新帖——"绝了,看到群通知了吗?是谁去我们的秘密小树林约架了"。

1楼:"哪两位神人干出来的?我真是服了,这么好的地方,约架?"

2楼:"看到通知的时候,我觉得我已经猜到了。"

3楼:"我说洛知予怎么天天在我们班门口等着,原来是约肖彦打架!"

4楼:"他俩除了友好度低,是不是还有什么别的过节?我之前隐隐约约听到了一些,感觉两个人都深不可测。"

5楼(不是知了):"凭什么?你们去小树林就是文艺和情怀,我去小树林就是打架,看不起谁呢?"

6楼（硝烟弥漫）："算了算了。"

"洛知予，你的检讨书写得太没诚意了。"吴主任把洛知予的检讨书返还，"一点都没有悔过的意思，拿回去重写吧，态度认真点。"

洛知予："……"

可是他该怎么悔过啊……那天他根本就没有要打架的意思，这怎么编？

"你看看肖彦写得多好，都可以拿出去当检讨范文了，一看就是真情实感的。"吴主任把肖彦的检讨书拿来给洛知予参考，"学学肖彦好的地方吧，你们都是很优秀的学生。"

检讨书还能有范文？洛知予接过了肖彦的"作品"，试图看看这人到底给吴主任胡编乱造了一些什么东西。

肖彦的检讨书："我认真反思了自己过往的不是，洛知予很优秀，我应该早点发现，不管是学习方面还是性格方面，他都是很优秀的，值得被好好对待……我或许不能保证自己往后一点都不欺负洛知予，或许做不到打不还手、骂不还口，但我一定会对他好，不会做伤害他的事情。我会忍让他、关心他、尽我所能地维护他，我会看见他的优秀，也让他看见我的优秀，和他成为好朋友。"

洛知予："……"

行吧，这份检讨书的确真情实感。

趁着晚饭时间，洛知予拿着本子上楼找了肖彦写检讨书。

肖彦念一句，他写一句，凑出了一份同等效果的检讨书，和肖彦那份一起上交了。

吴主任满意地点了头，教训了几句，算是给这次小树林事件画上了一个句号。

六月，高考过后，高三的学生陆续搬离了学校，整整一个年级的学生离开了生活了三年的学校，一中校园变得空阔起来，而高一和高二的学生也准备重新做新学期的校服了。

"蓝色好像不太符合我的气质。"某个周末，高二（3）班的教室里，洛知予观赏起了肖彦的蓝白色校服外套。

"挺好看的。"肖彦在班里自习到一半，被冲上来的洛知予临时征用了校服，"我就很喜欢。"

"蓝色是不错。"樊越说，"我们要换绿色了，像一棵棵青翠欲滴的白菜。"

"一中高三的校服是全市最丑的，据说是让大家足够丑，这样大家才能专心投入高考前的学习。"汤源绕着卷尺给自己量准备报送的尺寸，"只能说好看的人怎么穿都好看，丑的人穿了会变得更丑。"

肖彦显然不大喜欢高三的校服，洛知予在微信上安慰了他两句。

知了："你穿绿色校服也还是校草。"

橘子："仙女皱眉。"

知了："我接受蓝白色校服了，感觉像是我在走你走过的路，走所有高三学生走过的路。我追着前面的人的脚步走，前面的人回头就能看见我。"

"对了，洛知予，你们班是不是要换到我们班教室来？"樊越问。

一中的班牌不变，学生每过一个学年都要换一次教室，按照这个规定，下学期洛知予他们班就要换到高二（3）班的教室来。

"换教室？"洛知予不知道一中有这个规定，"那我就坐彦哥的位子吧，起码不会水土不服。"

新的学期，洛知予的班级变成了高二（3）班，而肖彦则去了高三。

知了："难受，离你们班好远。"

橘子："噗，隔一层楼板，你管这叫好远？"

对于洛知予时常不满的"距离"问题，肖彦从来都是一笑置之，但是五天后，本届高一新生入学后，肖彦炸了。

去年，十九中的一名学生在参观过一中后奋发图强，带着一帮同学考进了一中。洛知予在十九中的好几个好友都成了这一届的高一新生，他下课的时候总被几个高一的学生缠着。

某天，洛知予和肖彦站在走廊上说话，后面也冒出了一个"洛知予的小弟"。

"周末十九中在外街聚餐,我们这两届二十多个人,洛哥去不去?"

洛知予周末有别的事,所以拒绝了朋友周末出去玩的邀请。他和肖彦一起下楼,觉得今天的肖彦好像不太对劲:"你脱校服干吗?热?"

肖彦没回答,把高三新发的绿色校服搭在了肩上,表情更不对劲了。

洛知予不解,肖彦难道是觉得这校服不好看?可校长和老师们可喜欢高三的校服了,说是能穿出年轻人的朝气。

肖彦穿着新校服的照片还上过学校的微信公众号,照片是新生开学典礼的时候拍的。那天,洛知予和肖彦在主席台上讨论周末去哪里玩,想找出一条最优路线,甚至在草稿纸上画起了地图,这一幕被学生工作处的老师抓拍下来,作为当天的新闻稿配图。

开学典礼的新闻稿一出,家长们赞不绝口,说一中的生源好,学生长得也好看,而且学生在开学典礼上还忙着打草稿做题,简直不能更优秀了。热爱学习,团结友爱,这非常符合一中的校训,让吴主任和徐主任都得意了很长时间。

总之,肖彦的新校服绝对不存在不好看的问题。但是,这个人现在不乐意穿了,怎么回事?上高三还变得迷信了?

肖彦好像有点生气,说:"快点,让我开心开心。"

"你要什么?"高三学生果然难伺候,洛知予只好说,"除了天上的星星摘不到,别的我都给你找。"

这是洛知予讲过的最好听的人话了。

"要星星。"肖彦似乎觉得这绿色校服放哪儿都不太好,改为将其拎在手上,"别的不要。"

"给你一拳要吗?"

肖彦一手拎着校服,一手拎着洛知予,两个人往楼下走,打算一起去食堂。路遇之前执勤的宋老师,肖彦搭在洛知予肩膀上的手还没来得及拿开,就听宋老师紧张地提醒了一句:"小树林那边在施工。"

肖彦:"……"

"后门也在施工。"宋老师又补充了一句,"还有监控!"

"老师。"洛知予很礼貌地说,"我们不去小树林,是去食堂,我们真的好久都没打过架了。"

新生还在军训周,一到饭点,食堂里都是穿着蓝色军训服的高一学生,上午的军训刚结束,一群满头大汗的学生在食堂里走来走去。

从洛知予进食堂开始,陆续有三四个刚军训完的高一学生跟他打了招呼。肖彦初步见识了洛知予在十九中的学生中到底有多受欢迎,以及十九中的学风到底有多差。

这群人再次邀请洛知予周末出去玩,说是辛辛苦苦约了熟人。

"去吗?洛哥!那边点名让你去,就是当初被你揍的那个。"

"说是一笑泯恩仇,对方被打出感情了,没别的意思,就是一年没见了,想见见你,聚个餐庆祝一下,大家都是高中生了。"

"去吗?不耽误时间的,他们包场。"

暑假前学校给肖彦和洛知予报了中学生英语竞赛的名,洛知予记得比赛的时间好像就在这周,他刚要拒绝,肖彦先代替他开口了。

"他不去。"肖彦倒是没给具体的理由,"他不想去。"

"好吧,我不想去。"洛知予说,"我周末和彦哥有点事。"

几个高一学生没邀请到十九中昔日的风云人物,有些失望,叽叽喳喳地说着"悄悄话"走了。

"洛哥怎么这么听他的话?那个高三的男生够帅的啊,就是不知道为什么,感觉有点眼熟。"

"哦,那是肖彦啊,你们忘了吗?他和洛知予有娃娃仇,关系差得他们整个住宅区都知道。"

"去年洛知予拿扫帚追人的短视频有四万点赞你们忘啦?据说他俩一见面就掐,关系差到学校老师一见到他们两个待在一起就会紧张。"

"哈哈哈,这样啊,还以为洛哥转性了,我就说嘛,洛知予没有心!"

肖彦:"……"

洛知予:"……"

言论是自由的,但是这群人怎么还骂人呢?

一个纸团冲着最后说话的男生飞了过去,刚好砸在了他的后脑勺上,一路滚进了他的衣领里。那男生被纸团硌得浑身难受,在原地跳了几下。

"洛哥!你什么时候砸人砸得这么顺手了?"

"走开!"洛知予抬手又是一个纸球扔过去,"我怎么就不能转性了?看不起谁啊?!"

一群人哄笑着溜了。

"一群弟弟。"洛知予赶走了这群捣乱的。

"嗯。"肖彦没什么表情地应了一声,转身帮洛知予去放餐盘。

不知道是不是错觉,今天的肖彦看起来和平时不太一样,橘子味也有些奇怪。

洛知予的目光停在了对面的座椅上,肖彦把绿色校服搭在了那里,没披在身上。是绿色校服的缘故吗?甜橘子变成了青皮橘子。

自从高二开学,洛知予中午就不爱回宿舍了,通常都是去肖彦班里,占着肖彦的位子,趴着午睡,而肖彦就在同桌的位子上陪着他。

今天也一样,青皮橘子把洛知予带回了自己班教室。

高三学生的学习任务重,大部分学生都注重学习效率,中午会回宿舍睡午觉。教室里只有一个人半闭着眼睛还在坚持看书,剩下的两个人已经趴下睡着了。

洛知予轻轻地在肖彦的位子上坐下,挑了两本肖彦的练习册当作枕头,午后的教室太安静,他俩就用微信聊天。

知了:"困了。"

青皮橘子:"那你睡吧,等下我叫你。"

青皮橘子:"等等,你什么时候改的备注?"

知了:"吃饭的时候改的,你自己感受一下穿上新校服的你像不像个青皮橘子。"

青皮橘子:"……"

洛知予枕着自己的胳膊,盯着眼前肖彦练习册上整齐好看的字迹,刚有了些睡意,一件宽大的校服外套就劈头盖脸地落了下来,把他的头和肩膀都罩了进去。

知了:"干吗呢?"

青皮橘子:"知予不愿意待在这里?想去找老朋友玩?"

知了:"没有啊,我现在不就待在这里吗?"

知了:"不管你的橘子皮是什么颜色,你都是肖彦,是我们学校当之无愧的校草,所以别讨厌校服了。"

知了:"你做什么?把校服拿走。"

青皮橘子："不，想刷刷好感度。"

知了："……"

洛知予发现肖彦这人真是得寸进尺，可他还能怎么办呢，橘子都变成青皮的了，怪可怜的。再说肖彦提的又不是什么不合理的要求，由着他吧。

知了："服了你了，随便刷。"

洛知予一句话才说完，整个人就猝不及防地被橘子味淹没了。那味道来势汹汹，和平时真的不太一样。

"你……"洛知予被橘子味压制住，半天没能骂出来。

直到肖彦收敛了，洛知予才皮笑肉不笑地轻哼一声，扯下校服外套，重重拍了拍他的肩膀，撑着窗台一跃，走了。

肖彦："……"

他完了。

知了："现在我们开始冷战了。"

洛知予生气了，青皮橘子傻了。

青皮橘子："知了，我藏了零食。"

知了："刚才怎么不拿出来？外卖？"

青皮橘子："对。"

知了："但我也不是很馋，我想想……"

下一秒，窗外闪过一个人影，樊越刚帮肖彦带回来的章鱼小丸子被一阵风卷走了，连塑料袋和餐具都没有留下。

"我的天。"樊越被吓了一跳，"你怎么得罪他了？"

肖彦："……"

直到上课铃声响起，洛知予都没有再回去。

知了："在吗？"

严梓晗："有话快说，数学课，老师贼凶！"

知了："你每次和你的好朋友冷战多久？"

严梓晗："一个月到两个月不等吧，气上头了可能会更长。就谁也不理谁呗，联系方式拉黑，走路绕道，再吵就去找别的朋友。"

知了："呃……当我没问。"

别人是别人,他们是他们,多大点事,洛知予气不过三天的。

校园论坛新帖——"关系很好的小朋友生气了怎么办"。
1楼(ID已隐藏):"如题,急,在线等。"
2楼:"啧。"
3楼:"我很好奇楼主干了什么。"
4楼:"换一个。"
5楼(ID已隐藏):"四楼拖出去打死,劳务费我出。"
6楼:"你要说这个我就不困了,只要友好度够高,就没有解决不了的问题,没什么跨不过去的坎,楼主加油。"
7楼(ID已隐藏):"……"
系统提示:"本帖已被管理员删除,页面已失效,5秒后将转至初始界面。"

"你怎么了?"井希明发现了洛知予的不对。
洛知予趴在课桌上,有一搭没一搭地回着消息。
青皮带叶橘子:"我错了。"
知了:"错哪儿了?"
青皮带叶橘子:"不该刷好感度。"
知了:"刷呗,我们关系都这么好了,干了就别退缩。"
青皮带叶橘子:"……"

洛知予反应很大,连晚上躺下,梦里都是去年的夏末,他拿着扫帚把肖彦追到了宿舍区的画面。梦里的肖彦没躲,而是抢过了他的扫帚。这时,天上掉下了无数个青皮带叶子的橘子,把洛知予给埋了。

第二天是周五,洛知予一晚上没睡好,带着行李箱去了教室。一中报名参加中学生英语竞赛的四名学生将在今天放学后出发,前往S省的酒店,正式加入赛程。

洛知予的桌子上放了一个真正的青皮橘子,橘子上画了个大哭的表情。

洛知予剥了橘子,趁着早读下课肖彦去办公室的时候,把橘子皮送到了肖彦的课桌上。

肖彦从办公室回来，一翻课本，撒了一桌子的青色橘子皮。

"你和肖彦干吗呢？"井希明问洛知予，"昨天晚自习肖彦过来了好几趟。"

"吵架。"洛知予心想，能品出点闹别扭的味道吗？

"哦。"井希明习以为常，翻开中学生语文补充读本，把书上的每一行字都拿荧光笔涂了个颜色，代表自己已阅，"好迷，吴主任上午还在说你俩最近不掐架了，你们这就又开始掐架了？真好，不然我还挺不习惯的，总觉得你们在酝酿什么。"

洛知予："……"

因为那张0.001%友好度的诊断单，他俩不管做什么，在别人眼里都是闹不和，换着花样闹不和。

下午放学后，学校领导目送四位同学上了赛方派来接人的大巴车，一中四个人是本市最后上车的，所以留给他们的只有后排的四个座位。

一中另外两名参赛的同学是一个班的。自打上了车，这两位同学就开始抱团，占据了后排一边的两个座位。于是，洛知予只好勉为其难地挨着肖彦坐下，把书包扔到了肖彦的腿上。

车上的外校学生一见肖彦和洛知予上车，立刻开始窃窃私语。

"洛知予和肖彦？是他们吗？比照片上还要帅，想认识一下，但是感觉他俩都很高冷。"

"是，绝对是，气场够冷的啊。他们一看关系就很差，从上车起就没说过话，会不会打起来啊？"

"别聊人家的私事了，就算关系再怎么差，他俩也都是一中的，回头别让他俩在比赛中吊打你们。"

此时，肖彦和洛知予在发微信。

青皮带叶橘子："知了，还气呢？"

知了："你能不能认真点，让我感受一下冷战的氛围？"

知了："再给我发消息，我打人了，破坏氛围。"

青皮带叶橘子："可是……我想尽早体验一下冷战后和好的氛围，可以吗？"

洛知予戴上了他的红色耳机，专心听歌，驳回了肖彦的诉求，靠着靠背睡了起来。

大巴车摇晃了一下，肖彦赶紧扶了一下洛知予，洛知予依旧睡得很安稳。

车一路开到了酒店，带队的老师开始给参赛学生分配住宿。

酒店房间安排得不太妥当，其他学校的学生住的基本是套间，到了洛知予他们这边，就只剩两个双人间了。

"那刚好，我们两人住一起。"一中的另外两位同学继续抱团，离两位大佬远远的，"我们是一个班的，住一起比较方便。"

肖彦点了点头。

"老师，那我呢？"洛知予举手，"我能和九中的朋友们挤一挤吗？"

九中的学生挺乐意的，他们住的也是双人间。

"太挤了吧，睡不好会影响比赛的。"一中带队的两位主任对这次的比赛十分重视，在这一问题上比较排外，"还有一个房间对吧？我们这边刚好还有两个同学。"

"还是和认识的学生住一起吧，讨论比赛也方便些。"吴主任提议。

洛知予："嗯？"是什么给了他们这样决定的勇气？

"主任，我和肖彦这两天在吵架。"洛知予强调了一下吵架这件事，试图挣扎一下，"我们现在关系很差。"

"这两天？你俩哪天不吵架？"一中的同学在旁边补了一句，"没事的，都习惯啦。"

"是的，你俩哪天不吵架？"吴主任笑得很爽朗，"没关系，情况我们都知道，不必担心。"

"其实还好。"肖彦趁着洛知予不备，把手搭在了他肩上，"主任你也看到了，这两天我们都是各自安好，半点都没越矩。"

"你们这边，是肖彦同学和洛知予同学一个房间对吧？那姓名和准考号我们登记一下。"赛方的老师在笔记本电脑上记录学生信息，"确定不会有问题吗？"

"对，他俩没问题。"徐主任把这事给定了下来，转过身警告两位同学，"房间不够，你俩暂时凑合一下。千万别打架，打架扣学分，直接扣到底。"

"给学校争光的时候来了。"吴主任开口就是一通教育,"几位都是我校的优秀学生,希望能展现你们的集体荣誉感,期待你们在比赛中的精彩表现。"

"不打不打,主任放心,我们保证不打架,检讨书我是真心实意写的。"肖彦承诺。

洛知予:"……"

肖彦勾着洛知予的肩膀,兴高采烈地入住了酒店。

洛知予从小到大都是个没什么集体荣誉感的人,联欢会他划水,运动会他跑路。他和周围的人玩得很好,但这并不代表他愿意替周围的人争点什么。

倒是肖彦,趁着天时地利人和,从赛方那里拿到了最后一张房卡。

目前的情况是这样的,要想不和肖彦同住一个房间,此题有三种解法——

1. 在不被扣学分的前提下,让两位主任相信他和肖彦最近关系好得有些不正常。
2. 现在、立刻把肖彦绑到酒店楼下打一架。
3. 把酒店的房卡藏起来。

方案一,难度最大,有友好度诊断单在,两位主任确定以及肯定他俩不会关系有多好。

方案二,难度中等,另一名当事人肯定不会配合,绑起来难度较大,绳子也不好找,而且掐架达不到理想效果。

至于方案三——房卡在肖彦手里,自始至终没离开过肖彦的视线,洛知予跟了一路也没找到机会,多次伸手想拿都被肖彦打了回去。他只能看着肖彦刷卡开门,看着肖彦搬运行李,再被肖彦轻轻拉进房间里关起来。

"方案四想出来了吗?"肖彦突然问。

"方案四……"洛知予话接到一半,察觉不对劲,"你怎么知道我在想什么?"

肖彦的神情像是在说"你觉得呢",他说:"你一路上都盯着我手里的房卡,时不时就往我身边凑,还故意把我的鞋踩掉了两次。"

洛知予完败,把自己的行李箱推到墙角,踢掉鞋子,往一张床上一扑,把脸埋进了柔软的被褥中,无视了肖彦的话。

虽说他一路上都在睡觉,但大巴上摇摇晃晃的,总归有些不舒服。和床亲密接触的一瞬间,洛知予感觉自己又复活了。

"洛知了。"肖彦在他身边坐下来,推了推他,好言安慰,"别气了,还冷战什么啊?我想尽快体验一下吵架后和好的感觉,可以吗?"

"不可以,你离我远点。"洛知予闷闷的声音从被子里传来。

"你还能不能好好说话了?连着好几天骂我是青皮橘子。"肖彦控诉,又像是在警告洛知予,"我让你感受一下什么是真正的酸橘子,应该不过分吧?"

洛知予没明白他这话的意思:"你……"

不生不熟的橘子,不就是肖彦昨天中午那样吗?不然还能是什么样?

他话还没说完,就又看到肖彦的外套甩了过来,是青皮橘子的味道。洛知予连忙用被子把整个人罩住,可还是隔绝不了那味道。

他从床上坐起来,挣扎的时候给了肖彦一脚,还没踢到人,就被肖彦抓住脚踝轻轻一拽。

肖彦控制住他,不让他乱动,低声道:"这才是不生不熟的青皮橘子,怕了吗?"

"还冷战吗?"肖彦有了要谈判的意思,"冷战也可以,你就这样在这里别动,我看着你单方面冷战。"

"不了。"冷战的体验感为零,洛知予放弃抵抗,开始求饶,"冷战结束,放过我吧,彦哥。"

这个称呼肖彦很爱听,洛知予从小到大给他编排的黑称太多了,以至于他对这个因年龄差而产生的普通称呼十分喜欢。

至此,两人的冷战历时一天半,宣告结束。

"那下面走一下和好的流程。"洛知予理亏的时候乖得让人心疼,哪怕无数次翻车的事实证明,他逮着机会就会卷土重来,肖彦也还是放开了他。

"安分点。"肖彦警告。

一天半的时间，其实足够让洛知予想明白肖彦最近为什么有点反常了。他那几个从十九中升学过来的朋友成天围着他转，隔三岔五就想邀请他出去玩，还总是在他耳边叽叽喳喳的。某个人可能看不过去，立刻不高兴了。洛知予可能不冤，但校服是真的冤。

"又在想什么？"肖彦问。

"在想我们的友好度那么低，我们将来的关系会怎样。"这是肖彦一直在考虑却从来没说出口的问题，现在却从洛知予口中说了出来。

肖彦一怔。洛知予知道了他的担忧，这是件好事，但他情绪又有些复杂。洛知予从来不是一个会考虑未来的人，现在却因为他开始考虑未来了。

洛知予说："我有时候会想，我们常说的友好度到底算什么？0%就一定代表两个人终究会讨厌彼此吗？

"先天因素是不可更改的，可我是个独立的人，不是被数据禁锢的生物。我的选择是'洛知予'这个有思想有主见的人做出的，不是其他什么东西决定的。

"我是不是很不会说话……你还不如让我骂你两句，那样我就不困了。"

肖彦："……"

"不想以后的事情了。"肖彦的声音很轻，像是怕惊扰了他，"洛知予只要把现在过好就可以了。"

以后的事情，以后再说，去了大学以后，或许能再问问关于他俩检测的事情。

"那你呢？"洛知予问。

"看着你，我们一起长大。"肖彦说，"当然，我会比你先长大。"

洛知予不屑地"哼"了一声，可他眼里的笑意藏不住了，他说："你自己都还是个小朋友，大我一岁的幼稚小朋友。"

"很快就不是了。"肖彦说。

肖彦和洛知予没打架，九中那俩同学倒是真的不太和谐。第二天集合的时候，一人顶着一双黑眼圈。

"洛知予和肖彦果然很懂事，我们市属第一中学教出来的学生就是优秀。"吴主任见到此情此景，欣慰地说，"他俩今天精神都很好，昨晚什么都没发生。"

肖彦平静地微笑，洛知予心虚地低下了头。洛知予的心虚被当成了谦虚，当场又被主任们一顿夸奖。

其实，昨天夜里并不像主任们想象的那么和谐。两个人被调低了温度的空调冻醒，肖彦发现洛知予踢飞了被子，下床帮他捡回来，发现洛知予趁着醒来的工夫在朋友圈发了一条动态。

知了："晚安，好梦。"

他还发了房间的照片与酒店的定位，照片没拍到两张床。

那时候是凌晨三点十五分，没人看见洛知予的动态，早晨这会儿倒是热闹了起来。

洛思雪评论："一个人住这么大的房间啊，羡慕。"

"知了"回复洛思雪："不是一个人，两人一间。"

"汤圆躲猫猫"评论："你盗图！这是彦哥昨天晒的照片。"

"知了"回复"汤圆躲猫猫"："啥？这是我拍的，谁盗图了？"

"汤圆躲猫猫"回复"知了"："嗯？"

樊越评论："你们昨晚是不是住一个房间啊？"

"知了"回复樊越："对的，老师安排的。"

第八章
你竟然还敢回来

早上,赛方在酒店安排参赛学生签到和登记,于是洛知予和肖彦看到了其他学校各种各样的校服。

"彦哥。"洛知予叫肖彦抬头,"你快看,那个学校的校服也是绿色的,好绿啊!"

肖彦正在签到的手一抖,多画了一撇,肖彦的"彦"字被写废了。

安排签到的老师:"……"

某校的两名参赛学生穿着一身嫩绿色的校服,抬头挺胸,高傲地从他们面前走了过去。由于听见了洛知予的话,其中一位还极其不满地瞪了洛知予一眼。

"别瞎说。"肖彦赶紧让洛知予小点声。

"啊?"洛知予茫然。

肖彦被迫加入了对方的仇视范围,比赛尚未开始,火药味就渐渐弥漫开来。

各个学校的参赛学生都穿着自己的校服,登记完的洛知予和肖彦没离开,两人在一楼找了张沙发,开始欣赏其他学校的校服。和这些学校的校服比起来,一中的运动装真的说不上难看,甚至被肖彦和洛知予穿出了好看的感觉。

"那个黑白的校服好有意思。"洛知予顺手给井希明分享了几张主办方拍的照片,跟肖彦说,"还有一个学校的校服是粉色的。彦哥,我觉得你们宿舍的汤源可能会喜欢。"

肖彦:"呃……你怎么会觉得汤源喜欢粉色?"

225

"哦，对了，差点忘了！"洛知予从列表里找到了汤源的微信，给汤源推过去一张微信名片。

知了："不谢。"

汤圆躲猫猫："你发了个什么？你不是在比赛吗？"

知了："我刚才在洗手间那边遇到了一个有趣的同学，顺便要了微信号。"

知了："我说我们一中这边有个很有意思的同学，非常想认识新朋友。"

知了："不谢，你俩聊吧。"

汤圆躲猫猫："我去问问。"

肖彦全程围观了洛知予和自己室友的聊天，对洛知予的周全考虑赞不绝口。

曾经的十九中风云人物洛知予大气地说："你朋友就是我朋友。"

"那我的作业能是你的吗？"肖彦问。

酒店的沙发不大，他俩坐着有些挤。

"想都不要想。"洛知予拒绝。

"你还有欠条在我这儿。"肖彦轻轻拍了拍洛知予的肩，"总有一天，你要帮我写作业的。"

"先欠着。"洛知予压根没在意那欠条，也没觉得肖彦会真的让自己帮他写作业。

"沙发又不止一张，你们非要挤一起吗？"路过的吴主任问肖彦。

"交流赛前心得。"肖彦睁眼说瞎话。

都是一中的优秀学生，只要他俩没发生肢体冲突，老师们根本不会多管，只当是年轻人在小打小闹。

墙头草："嘀嘀嘀。"

知了："嘀嘀嘀，干什么？"

墙头草："许老师找你干活。"

墙头草："今年高一年级多了一个班，常识课作业许老师批不过来，想找你帮忙。"

墙头草："你看你有时间吗？"

知了："OK，我下周回去画完楼上的高考倒计时板报，就可以过去帮忙。"

墙头草:"许老师让你问问肖彦忙不忙,毕竟高三了,怕耽误他学习。"

知了:"我等下问问他。"

周末的赛程安排得很紧张,那两名和洛知予"结仇"的学生一直利用比赛的间隙往一中的方向丢眼刀子。洛知予从小到大惹的人不计其数,这么点仇恨值他根本不放在心上,倒是肖彦记住了。

到了对话环节,肖彦恰好抽到了那边的签,有意无意地给那边抛的都是难答的问题,把题目给出的社会问题抬到了哲学层面。

对面学校的老师都快哭了:"话题抬得这么高深,让我们学校的学生怎么答啊?单词都不熟悉。"

"不是。"吴主任严肃地摇头,非常护着本校的学生,"这就是他的日常水平,没抬话题,这是高中生应有的思想深度。"

"我们换个学生上来也是这个水平。"徐主任板着脸说。

洛知予撑着脑袋,看得很开心。

英语竞赛结束当晚,主办方组织了一场湖边的野餐活动。老师们不乐意熬夜,先回了酒店,学生们在主办方的带领下,在湖边扎起了帐篷。

洛知予掀开了帐篷的门,和肖彦坐在帐篷外看星星。

"我有个想法。我要找机会在我爸妈面前夸夸你,刷刷你在他们心里的好感度。"洛知予这个想法即将付诸实践。

肖彦问:"你确定可行?"

"可行。"洛知予笃定地点头,"我到时候给你直播,让你看看。"

两天后,洛知予和肖彦带着红笔准时出现在了许老师的办公室里。

"还好有你们帮忙。"许老师很欣慰,"这次的题量有点大,我实在是忙不过来。"

"教科书改版了吗?"洛知予随手翻开一份试卷,感觉试卷上的题目有些陌生,"之前好像没见过多选题。"

"今年换了最新的课本。"许老师解释,"都一样,知识点还是那些，换汤不换药。答案我打印了两份，你们刚好对照着看。"

"好的。"洛知予摊开了一份试卷，"我们先对照着答案看一遍，记一下答案，后面改起来就很快了。"

"不看也可以。"肖彦说，"去年许老师您还给我们班临时加了几堂课，这些知识我简直不能更熟悉，直接批应该也不会出错。"

"那就交给你们了。"许老师带过他们的课，对他们算是比较放心的。

洛知予找到了一个快速阅卷的好办法，他写过的答案或者他想写的答案都是错的，只要答题学生的答案没有和他重复，那本题就可以给分。

洛知予说："我再也不想看到这些题了，越看越觉得自己昧着良心。"

"大学还有的，现在的教育体制很完善，在大学毕业前都会有这些课。"肖彦在试卷上写了个分数，"不过那一套课程体系和中学的不太一样，樊越他们拿到过大学的课本和课后作业范本，比我们现在学的要有趣一些。我们现在学的都是常识，不算难。"

"大学再说吧。"洛知予想念去年的小红和小蓝了，那本练习册上还有肖彦给他写的姓名和班级，那时写下的"高二（3）班"同他现在所在的班级刚好对应。

"没事。"肖彦放下笔，抓着洛知予的肩膀晃了晃，"到时候你不会的，我亲自来教你。"

"行啊。"洛知予被晃晕了，转过身来在试卷上写了个九十分。

"知了，你这周末是不是要回家？"肖彦问他。

"对的。"洛知予批卷子批得很快，简答题有字就会给分，"之前说好的，我要在我爸妈面前夸夸你，到时候打电话给你直播哈。"

"不指望，你不骂我我就感激不尽了。"肖彦没抱多大希望，"我这周末要和爸妈出去，他们好像有个项目要谈。鹦鹉没人管，我爸妈让我把它送去寄养，要不放你家寄养两天？看你挺喜欢的，让它陪你过周末吧。"

"可以吗？我姐最近刚好把猫带走了。"洛知予就差眼睛没发光了，"你确定吗？能把文化鹦鹉借我玩两天？"

"不是玩，是照顾。明晚你去我家接鹦鹉，好好养，不许乱教。"肖彦给文化鹦鹉找了个好去处，"它会念好多诗，说不定你爸妈也会喜欢它。"

洛知予没提前和家里说要回家，周五傍晚直接蹭了肖彦家的车，在离家三百米的地方下车，去了趟肖彦家，接到了自己先前见过的那只文化鹦鹉。

"Hello（你好）！"鹦鹉喜欢洛知予，黏人得很。

于是，洛知予回家的时候，文化鹦鹉就站在他的手背上。

"哪里来的鹦鹉？"洛思雪刚好在家。

"肖……同学家的，让我帮忙养两天。"洛知予差点说漏嘴。

洛思雪觉得洛知予有点奇怪，但她又挑不出什么问题。

"Hello。"鹦鹉丝毫不认生，"春风又绿江南岸，明月何时照我还。"

洛知予："……"这是想家了吗？

"这鹦鹉怎么酸溜溜的？感觉跟肖屿他们家人的风格好像。"洛思雪直白地表达了一下自己的感受。

"有文化不好吗？"洛知予现在看肖彦家的鹦鹉都很顺眼。

洛思雪只是回来拿衣服，很快又出门了。

洛知予钻进了自己的房间，给肖彦打了个电话。

通话失败，系统提示对方也在通话中。

橘子："你别动，我打给你。"

知了："哦哦，行。"

肖彦那边的声音挺杂，一听他就不是在家里，而是在项目方准备的晚宴上。

"吵吵闹闹的。"洛知予把手机架在窗台边，逗鹦鹉玩。

"那我出去跟你说。"肖彦毫不留恋地转身出了宴会厅，"不是什么重要的场合。"

"肖彦……"几个合作方家的孩子正打算过来找他聊聊，却听见了他这句话。

肖屿就一个儿子，肖彦以后多半会接手家里的公司，他从高一开始就在熟悉公司的工作，这种业内的社交活动他很少缺席。他马上就要十八岁了，业内已经有人开始打他的主意了。

"你是不是快生日了？我们给你弄个生日宴？"有人问肖彦。

"抱歉啊，我在接一个很重要的电话。"肖彦礼貌而疏离地拒绝，转身去了露台，关上了身后的门，把几个人挡在了门后，"不用管他们，知了你继续说。"

"我爸妈回来了。"洛知予说，"来，我直播夸你，帮你刷刷好感度。"

"去吧。"肖彦戴着耳机，靠在露台的栏杆边上，"我给你找了个助力。"

洛知予："嗯？"什么意思？

洛知予挺能带话题的，先把家庭饭桌上的话题拐到了生意上，谈话中出现了好几次肖彦他爸的名字。

"他家儿子和我们桃桃一个学校，他俩之前是不是还打过架？"终于有人掉进了洛知予挖好的小陷阱，"桃桃小时候经常在家骂他，换着花样骂。"

"桃桃？"肖彦捕捉到了一个有趣的名字，"是你啊。"

肖彦的低笑声就在洛知予耳边。

"我有印象。"洛绎说，"洛知予在十九中时，他俩一两个月见一次都能互相找麻烦，洛知予骂人都不带重样的。"

"你换着花样骂我，还不带重样的。"肖彦表示极度不满。

洛知予不方便说话，给肖彦发微信消息。

知了："不要急，这不是开始洗白了吗？你听着就好了。"

橘子："等一下……"

"还好吧，那人相处久了也没那么讨厌，其实还是有优点的。"洛知予状似不经意地夹了菜，"肖彦他……"

这时，一只花里胡哨的鹦鹉从洛知予的房间里飞了出来，落在了洛知予的头上，开口道："肖彦他一表人才、仪表堂堂、出类拔萃、平易近人、学富五车，太优秀了。"

洛知予："……"

洛知予爸妈："……"

肖彦："……"

这天一整个晚上，肖彦都在接受洛知予的谴责。

肖彦的十八岁生日没让太多人知道,也没办大的生日宴。樊越他们找了家常去的KTV,邀请了本校学生会的成员,还有在本市读大学的几个朋友,搞了个小型的聚会。有人买了啤酒,带了桌游道具,洛知予出钱给肖彦订了蛋糕,蛋糕上用奶油和食用色素做了一青一黄两个小橘子,还用巧克力做了叶子。

"橘子都给我,别的你们分。"洛知予捧着自己的盘子,坐到了包间的角落里。

"要不要玩真心话大冒险?"有人提议。

"可以可以。"严梓晗举双手赞成,"让我听听你们的小秘密,不说就选大冒险。"

"抽扑克牌吧。"汤源洗了牌,"按顺时针来吧,谁抽到红桃三,谁就站出来,选真心话或者大冒险,大冒险的项目都从软件上随机挑选,可以吧?"

"可以可以。"井希明鼓掌,"玩点刺激的,高中岁月不留遗憾。"

第一轮抽到了汤源,问题是他有没有外校的好友。

"有的。"汤源笑了,"上次洛知予给我介绍了一个同学,我们现在聊得很好,还约好了要考同一所大学。"

"洛知予快点给我也介绍一个。"当场就有人起哄。

"没了没了。"洛知予把蛋糕上的一片巧克力叶子给了旁边的肖彦,"可遇不可求。"

第二轮抽牌,红桃三落到了井希明手中,真心话是让他分享最近知道的一个最大的秘密。

"我说?"井希明问洛知予。

"你说。"洛知予点头。

井希明最近知道一个大秘密,洛知予巴不得墙头草赶紧把这事给抖出来。

井希明瞄了洛知予旁边的肖彦,洛知予饱含鼓励的目光给了他勇气。

"我和洛知予又买了一口锅。"井希明如释重负。

洛知予:"啥?"怎么会是锅?

"你又买了?"这事肖彦还真不知道。

"嘘。"洛知予示意他小声。

第三轮开始了，汤源收回了大家手上的牌，洗牌后再次开始抽牌，这一次躺在洛知予手心的是那张红桃三。

"提问。"严梓晗抽了个问题，把麦递到了洛知予手里，"如果在座的这些人里只能选一个当好友，你会选谁？"

"就彦哥吧。"洛知予斜斜地倚着肖彦，"除了他我还能选谁呢，是吧，彦哥？"

"你这叫真心话？"包间里爆发一阵哄笑，"洛知予滚去大冒险！"

"不信不信，快点，我们要看大冒险！"

"看你那么果断，一看就是有问题，太敷衍了，井希明那种犹犹豫豫、不情不愿地说出来的才是真心话！"

洛知予内心疯狂呐喊：是真的啊！不能更真了！

"你们到底是要听真心话，还是只听想听的话？"洛知予卷起了袖子，在沙发上站了起来，作势要和一群人打架。

肖彦也被他的反应逗笑了，把他拉下来，拍了拍他的头，算是安慰。

"我看一下啊。"严梓晗抽出一个项目，卖了个关子，"请找到现在离你最近的……"

离洛知予最近的就是肖彦啊。

洛知予摩拳擦掌开始期待大冒险了，反正是和肖彦一起，要怎么玩他都可以。

"给他一个友好的拥抱，告诉我他身上是什么味道。"严梓晗抬头问，"可以吗？"

"就这？"包间里大声回荡的是洛知予的质问，"啊？"

"怎么着？你还不满意了？"严梓晗一拍桌子，"这可是拒绝率为百分之七十的大冒险项目，看不起谁呢？"

"彦哥是橘子味的啊，橘子熟不熟看心情。"洛知予太熟悉了，"我还不知道他吗？"

肖彦心情不好时是青皮酸橘子，心情好时是黄皮甜橘子，洛知予都见识过了。

"也是。"有人对洛知予的答案进行了合理化解释，"你俩打过那么多次架，彼此应该很熟悉了，用不着刻意感觉。"

洛知予的大冒险没人想看，红桃三再也没落到他的手中，无奈之下，他只好扒拉着肖彦的袖子,说了句生日祝福。

"彦哥。"洛知予轻声说,"十八岁快乐,我会尽快追上你的脚步。"

今天是肖彦的生日,拉着肖彦谈天说地的人很多,洛知予坐回沙发上,给他们拍了很多照片。众人从KTV出来时,刚好晚上九点,本周末大家都没留在学校,直接各自打车回家。

樊越情绪激动,抱着汤源的大腿哭,非说自己知道得太多了,总有一天要所有人好看。

"你离我远一点。"汤源扯了一下自己的裤腿。

"洛知予,你送肖彦回去?"一群人里,只有一个清醒的洛知予,张曙就把这个任务分配给了洛知予,"反正你俩家离得不远。"

"知道了知道了,我保证完成任务。"

肖彦半个人都压在洛知予的肩膀上,洛知予惆怅地叹了口气,目送着一群醉鬼远去,这才对肖彦说:"给我站好,再装醉就把你扔在这里,你又没喝酒。"

"这是你对我应该有的态度吗?"肖彦问他,"我好像……真的有点醉。"

时间轴上的课业与考试越来越多,高三年级黑板上的倒计时一天天地减少。

今年的年过得有些仓促,不过,洛知予年初一溜去了肖彦家,给他拜了年。

肖彦一大早就支开了爸妈,家里只有他和一只鹦鹉。

鹦鹉已经和洛知予很熟了,见面就背诗,要不就是拿它知道的高中语文词汇拼命夸肖彦,然后自然是被洛知予抓到一边,教了不少有的没的。

高三的寒假很短,年初八就要开学,高考的氛围也越来越浓。距离高考还有四十多天,高三(3)班的倒计时却停在了三位数上,原因是负责高考倒计时的洛知予不干了。

洛知予最近有点躁,他把这种躁归结于一种危机感,这样的危机感在肖彦十八岁生日的那天就产生了。他时常往楼上跑,也能感受到毕业季的氛围。还有不到两个月的时间,肖彦就要毕业了,他会先一步离开一中,步入大学生活。

"我要是早出生一年就好了。"洛知予趴在肖彦的桌子上叹气,"就可以跟你一起上大学了。"

"要不我还是复读陪你吧。"肖彦看不下去了,很认真地在思考留级的可能性,"我算算怎么考才能复读,好像有点难。"

正在用模考成绩算自己能上什么大学的樊越感觉自己受到了暴击。

"想什么呢?"洛知予在肖彦的草稿纸上打了个叉,否认了这个不切实际的提议,"你复读,我艺考,校长和主任会一起怀疑人生的。你考你的,你一定要是这几届最优秀的学生。"

"你决定要参加艺考了?"肖彦听洛知予提过几次,倒是丝毫不意外,"你高一的时候好像还有点犹豫。"

就洛知予一直以来的文化课成绩和长辈对他的期望而言,他选择艺考真的有点叛逆。

"更叛逆的事情我都做了。"洛知予用铅笔敲了敲肖彦的名牌,"我还怕这个?"

叛逆的滋味是很特别的。

六月,高三的教室一下子空了,洛知予趁着周末去帮肖彦搬东西。宿舍即将被搬空,不再限制人员进入,洛知予搬了条凳子,坐在门边当障碍物,看着肖彦自己整理东西。

"还给我。"汤源在和一只橘猫争夺他的小碎花床单。

张曙去办他们宿舍四个人的退宿事宜,樊越被宿管叫过去领他们这三年被没收的四个小冰箱。

"我校服你没扔啊?我以为早就不在了。"洛知予看到了一件熟悉的红白色校服,那是他高一和肖彦打闹时被灌木丛划破的那一件。校服被洗得干干净净,叠好放在了肖彦的衣柜里。

"可以啊。"洛知予连人带凳子挡在了衣柜前,手里还装模作样地捧了本单词书。

"走开点,不帮忙就别添乱。"肖彦连人带凳子把洛知予搬到了一边,从小冰箱里翻了罐汽水出来,塞到他手里。

看着水蜜桃味的罐装汽水，洛知予似乎想到了什么，露出了今天最开心的笑容。

"我会去找你的。"U大就在本市，洛知予想好怎么玩了。

既然肖彦要上大一了，那洛知予觉得，有一件事他还是可以期待一下的。

一中这届的高考成绩依旧是全市领先，肖彦的高考分数不负众望，校长忙着接受采访，吴主任忙着发喜报。

"太好了。"吴主任抹了把感动的眼泪，"肖彦上大学了，以后再也不用担心他和洛知予打架了。"

"结束了。"吴主任在德育记录本上画上了一个句号，"终于可以不用紧张了。"

所有难熬的课，有一天也会结束；那些漫长到没有边际的晚自习时间，有一天也会走到尽头。高三的毕业典礼安排了一个往年没有的环节，让毕业班的学生代表和后面一届的学生代表互送祝福。

"这么重要的日子，你俩不会在台上对骂吧？"上台前，吴主任紧张地交代两位优秀学生代表，"好好说话，以后就要各奔东西了。"

"主任放心，我以后会经常回来看看大家的。"肖彦安慰吴主任。

"常来啊。"洛知予说。

吴主任："嗯？"

在全校学生家长的瞩目中，肖彦在主席台上拿起了话筒："我很喜欢一中，喜欢这里的灌木丛、汽水、校服还有教学楼后面的小路……"

"小路"让台下的学生们一阵哄笑。

"我最喜欢的，还有这里的老师、同学。"肖彦在桌子下面踢了一下洛知予的小腿，"同学们，请尽快追上我的脚步，我就在前方不远处。"

洛知予一脚踢了回去，接过话筒："那什么，我是即将升入高三的本届学生代表，大家都认识哈。现在，我准备给即将离校的高三学生送上祝福。

"愿你所有的努力和期许都能有结果，愿你的明天如你所愿。"

U大的军训是从八月底开始的，持续一个月。肖彦报到的那天洛知予没来，肖彦入住宿舍的时候洛知予也没来，发消息不回，打电话说困，肖彦失望了好几天。

橘子："说好的来找我呢？"

知了："高三了，学习忙，再等两天，不要急。"

肖彦能感觉到，洛知予在酝酿一件大事，但他猜不到小家伙到底攒了什么坏心思。

八月底的某个正午，经管学院（3）班的学生在操场边站得整整齐齐。炎炎烈日，三十多度的高温下，每个大一新生的脸上都布满了汗水。大学的军训比高中的要严格很多，不会轻易允许学生休息，所有人都默不作声，等待着解散哨声响起的那一刻。

院旗无风自动，一双白色的运动鞋踩过台阶，有人在院旗边席地坐下，那人白绿相间的校服在这群参加军训的大一学生中显得十分独特。

洛知予跟着导航一路走到操场边，总算找到了肖彦他们班的方阵。他把沉重的书包往地上一扔，从包里接连滚出十几罐汽水。最后，他还捧出了半个西瓜。

他把这些东西整整齐齐地摆在台阶上，拍照先发了条动态。

肖彦："……"

人群开始骚动。

"这是人干的事吗？"

"干什么？"

"哪里来的高中生？这是哪个学校的校服？干吗啊？汽水、西瓜，他绝对是故意的！"

"这好像是市属一中的高三校服吧。"

"这里怎么会有高中生？"

"啊啊啊！疯了疯了，人长得怪好看的，怎么这么不厚道！"

"他去那边啊，为什么挑我们班？你们是不是有人认识他？"

"安静！"教官吼了一声，"都是大学生了，怎么还叽叽喳喳的。"

方阵安静了下来，学生们哀怨地看着不远处的洛知予。

洛知予满不在乎，紧盯着人群中的肖彦，脸上是藏都不屑于藏的坏笑。他学着当初肖彦做过的动作，轻轻地冲人群摇了摇手里的水蜜桃汽水，拉开了拉环。

操场这一片的方阵都发现了洛知予的存在，趁着教官不注意，就有人朝这边张望。

肖彦用口型说：你完了。

洛知予回以口型：我等着。

他坐在阴凉的树影中，慢吞吞地喝他的冰汽水。

肖彦用眼神交流：有意思吗？

洛知予这一路把这么多汽水还有半个西瓜搬过来，简直不能说是努力了，而是拼命。

肖彦继续用眼神交流：你还真是不嫌累。

洛知予此人，一般是不记仇的，正常情况下有仇隔夜就忘，特殊情况下也气不过三天。像这种记了两年的极端情况，肖彦也是第一次见。

洛知予回以眼神：很有意思，跟你学的。

他的指尖在汽水罐子上敲出了清脆的金属音。

这下不仅军训的同学们渴了，连带方阵的教官也朝洛知予的方向瞄了好几眼。

"一中的小同学。"隔壁某位实在看不下去的教官走了过来，"你不回家写作业吗？"

"不写。"洛知予又开了一罐汽水，"作业什么时候都能写。"

言外之意，这种缺德事可不是随时都能找到机会的。

洛知予抬头看向教官，教官和他都愣了。

"夏教官好呀。"洛知予弯弯嘴角，"这么巧。"

"洛知予？"夏教官一愣，记起了眼前这个一中学生的名字。

夏教官当初在一中带过的刚好就是洛知予他们班，对洛知予印象深刻。毕竟这个学生上一秒说着自己很脆弱，下一秒就抡起了扫帚把一个同学追到了操场的另一边。当初那个拎着西瓜汽水过来找麻烦的学生……算算年龄，好像今年刚好读大一！

夏教官确定，他在洛知予脸上看到了"大仇得报""青出于蓝"等好几个大字。

U大大一的军训还有十分钟结束，洛知予拉了一身的仇恨值。

"太狠了吧。"一名手拿冰水的大二学生路过了洛知予身边，"我们大二的也就溜过来喝两口冰水，弟弟你这怎么还开始摆摊了？"

"还好啦。"洛知予友好地递给这位战友小半块瓜,"我这都是跟别人学的,举一反三。"

洛知予从书包的角落里翻出了一个手持小风扇,按照流程,冲着肖彦摇了摇,然后按了风扇的开关。

肖彦:"……"

"真大胆。"大二的同学竖起了大拇指,"小心被揍。"

"我还有。"洛知予炫耀般地翻出了一副墨镜和一张冰垫。

距离大一军训结束还有一分钟,人群说话声越来越大,是压不住的躁动。

"好气哦,高三生都欺负到我们头上来了。"

"给他点厉害的瞧瞧。"

"我来我来。"肖彦主动接下了这个任务,"我去教训。"

"是不是快结束了?"洛知予一边问他刚刚认识的新朋友,一边收拾书包准备跑路,"汽水和西瓜拜托你送给大家吧,我先溜了。"

洛知予零零碎碎的东西太多,解散哨声响起时,他的小风扇还没来得及收拾。粉色的小风扇是汤源友情赞助的,洛知予把小风扇收好,拎起书包要跑,到底是慢了半拍,被从后方跑来的肖彦抓住了。

肖彦把他按在草地上,伸手摘下了他脸上那副用来装模作样的墨镜,说:"没收了。"

"疼疼疼。"洛知予摔在草地上,控诉起来,"真无耻,大学生欺负高中生了。"

过来吃瓜的大二同学:"……"

这恶人先告状的本事,也是没谁了。

"你处心积虑地过来惹事,我以为你已经做好被欺负的准备了。"肖彦抓着洛知予的手把人拉起来,他们班方阵的人陆续围了过来,看肖彦为民除害,教训这个缺德的家伙。

"汽水和西瓜大家分了吧。"肖彦把洛知予校服裤子上的草叶子拍掉,"这个缺德的家伙算是我朋友。"

同学:"啊这……"

"难怪你这么积极主动地接任务。"有人恍然大悟,"原来是怕我们欺负他啊。"

238

这里的人还不知道他们的友好度几乎为零,肖彦这么说了,他们就信以为真。这种新鲜感,洛知予在一中从来就没有体验过。

"是高中生吗?感觉好小啊,高几啊?"有同学问肖彦,"你家小朋友几岁了?"

"我也就比你们小一岁。"洛知予不高兴了,"明年我也上大学了。"

"你们去吃饭吧,不用等我了。"肖彦和几个新舍友说完,拾起了洛知予的书包,在洛知予背后推了一下,低声说,"走吧,跟你算账。"

他"算账"二字还没说完,洛知予立刻蹿了。

经管学院(3)班的学生惊恐地愣在原地,看着某大学生追着高中生跑了大半个操场,两人一前一后跑进了最近的教学楼,消失不见了。

洛知予的长跑天赋从来都只发挥在跑路这一件事上,直到进了教学楼,洛知予才放慢放轻脚步,被追上来的肖彦一把按在了墙边。

"别动,你先让我喘两口气。"军训解散时间原本就比下课时间要晚,中午教学楼的人很少,洛知予左看看右看看,感觉溜走的可能性为零,"我不跑了。"

"行。"肖彦嘴上说行,其实压根就不信,把人给扣了下来。

洛知予:"……"

上了大学的某人比以前更不讲道理了。

"你自己算算你几天没搭理我了?"等洛知予的气息稍稍稳了一些,肖彦开始问话,"发消息不回,打电话不接,我都开始反思我开学前是不是又有哪里让你不高兴了。"

"两天半吧。"洛知予算了个大概,"也没多久啊,我们高三学生忙着写作业啊。"

"你写不写作业我还不知道吗?"肖彦太了解这个人了,"明明从几天前开始你就想着这件事了。"

"好吧。"洛知予认了,"我这人对你就藏不住话,我怕我一高兴就把这事儿说了,那怎么对得起当年特地在我面前喝汽水的你呢?你说是不是?"

这话说得很漂亮,前半句一听就会让人舒服,这是典型的洛知予式糖衣炮弹。肖彦对付洛知予经验丰富,根本就不会上当受骗,当场吃掉了糖衣,把炮弹还了回去。

"0301洛知予!"肖彦叫了他学号和全名。

"到。"洛知予习惯性地应了一声。

"你过来干缺德事之前,就没想过今年你干的缺德事,明年我可以对你原封不动地再来一遍吗?"肖彦催他回答,"想过没?"

洛知予还真没想过,他大仇得报,爽到就好,谁料到后面还可以冤冤相报。

"别了吧,彦哥。"洛知予让步了,"我们这样不好,冤冤相报何时了啊?"

"现在就了了吧。"肖彦把洛知予的书包扔在了地上。

洛知予抬头求饶:"彦哥……"

"别怕,我不打你。"肖彦威胁和哄骗一起来,"你也别躲我。明年你大一军训,我去晒太阳陪你行不行?"

半个小时前,洛知予的微信朋友圈是这样的——

知了:"大仇得报。"

定位是本市U大的操场。

樊越评论:"太狠了,肖彦当初惹事的时候,肯定没想过今天。"

"汤圆躲猫猫"评论:"快上我赞助的小风扇,超好用,哈哈哈哈。"

"张曙不是麻薯"评论:"洛知予快跑,小心被揍!"

洛思雪评论:"我说家里怎么没人,高三明天就要开学了,你怎么跑到大学城那边去了?是有认识的人在那边吗?"

"墙头草"评论:"服了,你也是不容易,肖彦都毕业了,你还特地去人家大学招惹他,皮痒吗?"

大学校园里来来往往的人不少,穿着高中校服的只有洛知予一个,回头率很高。

大仇得报的兴奋劲一过,洛知予又开始惆怅了。明天开学,一中就没有肖彦了,他想欺负欺负肖彦,还得趁着可以离校的周末来找人。高三还有整整一年的时间,挺漫长的。

食堂,洛知予把坐在对面的肖彦上上下下打量了一遍,幽怨地叹了口气。

"别叹气了。"肖彦没见过他这垂头丧气的样子,"周五晚上没有晚自习,我去找你,就在你们班门口等你。你下课一抬头,就能看到我在窗外。"

"行。"洛知予又好了。

开学一整个星期,洛知予都在等周五,连上课的时候,也心不在焉地盯着自己面前的桌子。

"这桌子……"数学老师打破了洛知予的入定状态,"上面开花了吗?"

"那倒没有。"洛知予回过神来。

他现在坐的刚好就是肖彦毕业前的位子,他先前时常来这里,连窗台都是熟悉的。

张老师让洛知予去走廊上吹吹风清醒一下,洛知予去了。在走道的公告栏旁边,他看到了上一届高三学生留下的寄语,一张张便利贴上,是毕业生对一中和这里的师生要说的话。大家都没留名字,内容也各式各样,洛知予在这些便利贴里找到了好几张有趣的。

便签1:"最让我心惊胆战的是一中的橘猫,最让我依依不舍的也是一中的橘猫。"

便签2:"太好了,以后没人叫我麻薯了。"

便签3:"呜呜呜,我在一个个购物软件和外卖软件里删掉一中的地址,改成了另一个陌生的地方。"

还有一张橘子形状的便利贴,被贴到了公告板的边缘,摇摇欲坠,洛知予伸手摘了下来。

"知了看我,看我!看这个。"

便利贴上,箭头所指的位置是个桃子形状的贴纸,也不知道肖彦是从哪里找来的。

洛知予拍了贴纸的照片,给肖彦发了过去。

知了:"闲得慌啊你。"

橘子:"我就知道你能看到。"

回到教室的洛知予接受了井希明的盘问:"你有压力吗?最近怎么没精打采的?"

洛知予叹气。

"还是之前的问题吗？"井希明记得能让洛知予纠结的只有那个问题，"看你这没精神的程度，那个人难道出国了？"

那个人离他有好几条马路，还要等一两个红绿灯。这话洛知予没好意思说。

周五终于到了，可周五的最后一节课却安排了随堂考试。

知了："来了吗？"

橘子："出校门了。"

知了："我先考试，你等我一下。"

知了："你学生卡过期了吧？现在也不是入校时间。"

橘子："你考你的，不用管我，我去翻墙。"

知了："可以的，我写快一点，等下提前交卷出去。"

自打上一届高三学生毕业，吴主任就过得很安心，那两个学生终于不在一个学校了，一中又恢复了往日的安宁。

洛知予每天像极了标准优等生，一个人上学放学，再也没地方串门闹事了。

吴主任觉得自己完成了一桩大事，不仅对一中，对洛知予和肖彦两个人来说，也意义重大。这两个学生的掐架应该到此为止了。

高三全年级都在考试，吴主任例行巡视各班的纪律，巡视到高三（3）班的时候，还有十分钟就要下课了。

高三（3）班教室后门外的栏杆边倚了一个学生，白绿相间的高三校服穿得整整齐齐，身姿气质好，挑不出任何错处。虽然这位同学的背影看起来很眼熟，可现在是高三周五考试的时间，这个学生在这里凭栏远望晒夕阳，不太合适。

"这位同学，你是哪个班的？"吴主任严肃地上前，准备好了一番说教，"现在是……"

"同学"回过头，在看到熟人的一瞬间，礼貌地笑了。

六月就已经毕业的某个人穿着高三的校服，像模像样地站在走廊上，仿佛丝毫没觉得自己出现在这里有哪里不对，见到吴主任的一瞬间还挺惊喜的。

肖彦主动打了招呼:"哇,吴主任好,巡考啊?"

他这闲聊的语气太有迷惑性了,吴主任先点了个头:"嗯,巡考。"

"你回来干吗?!"几秒后,彻底反应过来的吴主任如临大敌,"都毕业了,还打啊?"

肖彦:"嗯?"

肖彦以为吴主任起码要表达一下看到往届毕业生这么快就回学校的欣喜,没想到吴主任对他俩的印象还是那么根深蒂固。

"那什么……"肖彦礼貌地说,"主任,我不是来找洛知予打架的。"

他是来等洛知予下课的。

吴主任更警惕了:"吵架也是不可以的,不允许,你们吵着吵着就会打起来的。你看你还是翻墙进来的,还特地穿着一中的校服,一看就动机不纯。"

肖彦:"嗯?"

"你都上大学了,认识点新朋友不好吗?"吴主任苦口婆心地说,"别总惦记着洛知予了,别老盯着他了。"

"那可不行。"肖彦断然拒绝。

吴主任劝说无果,愁得头都要秃了。

正在考试的高三(3)班,有人听到了窗外的动静,转头看过去,瞧见了一个熟悉的身影,进一步联想到了洛知予前几天发过的朋友圈。

"洛知予快跑!有人来打你了。"前桌压低声音对洛知予说。

刚站起来准备交卷的洛知予:"嗯?"

交了试卷的洛知予一出教室,就看见了等在那里的肖彦和旁边一脸担忧的吴主任,瞬间明白发生了什么。

"主任放心。"洛知予扒上肖彦的肩膀,"您要用发展的眼光看待我们,我已经不是从前的洛知予了,真不打架了。"

"主任放心。"肖彦挥挥手,拉着洛知予往楼梯口的方向走,"我保证把完整的洛知予还回来。"

"那是谁啊?"放学的高一学生指着肖彦问。

"洛知予和肖彦,一中的传奇人物。"高二学生说,"他俩从进学校的第一天起就开始掐架，拉都拉不开。看，现在其中一个毕业了，还要翻墙回来搞事情。"

洛知予："……"

比起一中这边的舆论环境，洛知予可喜欢 U 大了，毕竟他和肖彦之前的事情还没在 U 大传开。

U 大校园论坛新帖——"这届大一新生肖彦最帅，不服来辩"。

1 楼："学姐发现这届大一新生的颜值都很高啊，我和朋友绕着操场走了几圈，好看的都问了名字，经管学院的肖彦，有人想追吗？"

2 楼："我服，肖彦真的很可以，我也心动了，想问问他性格怎么样，有什么爱好之类的。"

3 楼："话说那天我看到有个男生提着冰西瓜冰汽水来找肖彦，那个男生长得也很好看，他俩貌似关系很不错的样子。"

4 楼："对，听说他俩是一个高中的，那个男生现在读高三，好像是叫……洛知予。"

5 楼："恕我直言，那小子有点欠揍，字面意思，我没有恶意。"

6 楼："建议大家都别想了，就他俩那颜值和资质，说不定早就心有所属了。"

7 楼："我听到了一群人心碎的声音，唉，不过我是本市人，以前好像听到过一个传言，说市属一中的肖彦和洛知予被他们学校重点关注，不知道是不是真的。"

肖彦在学校的周围买了套公寓，他平时住校，周末偶尔把洛知予从学校抓过来。洛知予写作业，肖彦就在笔记本电脑上做课程项目演示。

洛知予披着校服，趴在书桌上糊弄作业，耳边就是零碎的键盘声。这样的感觉还挺微妙的，他还是个高中生，还在写着仿佛永远都写不完的试卷，而肖彦已经开始另一种节奏的生活了。

大学生肖彦戴着耳机边玩游戏边做作业，高中生洛知予没精打采地在草稿纸上算题。

洛知予决定本周末不出去玩了，就在肖彦这边好好学习。

"知了。"肖彦合上电脑，问，"你周日有空吗？"

"想干什么？"洛知予把写完的试卷推过去，让肖彦帮他看看正确率，"可以有空，也可以没空，看你打的什么主意。"

"帮我上节课，周日我有课外活动，学校把课排到周末去了。"肖彦拿起洛知予的试卷，用铅笔在最后一道题的数字上圈了一下，"数字看错了吧？低级错误。"

"哎……是。"洛知予上课无聊的时候，把试卷最后一题数字中的"3"用铅笔涂成了"8"，做题时顺带就用"8"算了，结果算出了一串莫名其妙的数字。

洛知予把数字改了，重新把答题过程写了上去，这才记起肖彦刚才还说了前半句话。

"我帮你上课？"洛知予问。

"是。"肖彦从洛知予的书包里拿出另一份作业帮着检查，"两百多人的大课，老师一个学生都不认识，要是点到我的名字，你应一声就好，点到的概率很小。"

"答题卡随便涂上不就行了？"肖彦把作业扔还给洛知予，很享受辅导高中生写作业的感觉，"你为什么非要把颜色涂得这么均匀？我觉得你涂卡的时间比答题要长。"

洛知予不太需要作业辅导，肖彦只能挑点细节上的小问题，体验一下欺负高中生的感觉。

"你很有出息啊，大学生。"洛知予反手抓住肖彦的裤腿，"让高考生帮你上课，要点脸啊。"

不久前，洛知予才决定要好好在家学习不出门的。

"你也有出息，松手。"肖彦打落了洛知予的手。

高中生还是去帮大学生上课了，周日那天，洛知予没穿校服，借了件肖彦的外套，大摇大摆地混进了大学的课堂。大课堂就是好，谁也不认识谁，洛知予装大学生装得很开心。

"你好啊。"洛知予在教室后边找了个位子，跟旁边的同学热情地打了个招呼，"你是哪个学院的啊？"

"计……计软学院。"同学受宠若惊，"学弟是大一的吗？我是大二来重修公共课的。"

洛知予给肖彦发微信消息。

知了:"彦彦,我已成功潜入目的地,正在执行任务。"

橘子:"叫我什么呢?"

知了:"我已经和周围的同学混熟了,没人知道我是个演员,你放心地去吧。"

橘子:"行,靠你了。你坐那里充个数就好了,写你的作业吧。"

知了:"我刚听他们说好像会有课堂作业,我帮你瞎写吧。"

橘子:"行。"

洛知予截了张聊天记录的图,发了条动态到朋友圈。

知了:"某人逃课,我勉为其难地提前体验一下大学课堂。"

定位是U大教学楼3栋。

洛思雪评论:"我还当你这周末学校不让回家,原来是又跑到大学城那边去了。你帮谁上课啊?这么积极。"

"汤圆躲猫猫"评论:"无耻,他竟然让你去帮忙上课。"

樊越评论:"真是……得寸进尺。"

吴主任评论:"说累了,别打架……"

"知了"回复吴主任:"哎呀,主任对不起,忘了屏蔽您了。"

上课铃声响起,本堂公共课的老师走进大教室开始讲课。坐在洛知予右边的那位大二兄弟,看着他左边这个应该是大一学弟的人从书包里翻出了一套高考统考卷,开始做题。

"你这是……"大二兄弟心存疑惑。

"哦……"洛知予看了看自己压在手下的试卷,"我在追忆高中生活。"

U大大学生活动中心的某间办公室里,肖彦正在和人聊天。

"你不是有课?"肖彦的新朋友,生命科学学院的钱疏雨问,"翘了?今天没几个人来活动的,你竟然来帮忙了。"

"我让洛知予去了。"肖彦打开办公室的电脑,敲上去一串密码,"他已经在教室里了。"

"就是总来找你的那个高三小男生?"钱疏雨笑了,"不怕耽误人家高考?"

"耽误不了他。"肖彦摇头。

"你们关系可真好。"钱疏雨羡慕地说,"校园论坛上那些流言蜚语,你就别管了吧。"

"什么流言蜚语?"

"你不用搭理那群人,他们的角度也是清奇。"钱疏雨退出了论坛。

"是真的,我不怕他们说。"肖彦了解了,早就习惯了。

就算他们早就不像以前一见面就动手了,就算他们关系已经很好了,大家也都觉得这样的关系只是一时的,他们总有一天会再度交恶。

大家都说他们不可能长久地好好相处,可现在洛知予还不是在帮他上课?

"你们的检测结果是真的?"钱疏雨皱眉,"不应该啊,我见过友好度11.3%的两个人打架打到拉不开,所以也别怪学校会紧张。虽然不绝对,但有的时候,这问题确实是麻烦的根源,你和洛知予应该没有打过架吧?"

"呃……没有。"肖彦想,真正意义上的打架应该没有,洛知予最狠的也就是挥两下扫帚。

"你再去测一次吧,测最高级别的血检。"钱雨疏提议。

其实他俩血检也测过,结果仍旧接近于零,洛知予又是晕血又是晕针,肖彦不愿意让他再去测了。

"等知了高考结束吧,测出来还是零也没关系,不影响我们。"他们早就不在乎这些了。

教室里,老师讲了大半节课,准备把剩下的时间留给学生写课堂作业。作业纸一张张传到后排,洛知予在上面写下了肖彦的名字。

"你是经管学院的啊。"旁边的兄弟又说话了,"经管学院很难考的,得分数很高,学弟你年纪不大,人还挺厉害的。"

"算是吧。"洛知予循着刚才偶尔听课的记忆开始答题,"'我'很厉害的,其实不难,随便考就上了。"

借着肖彦的名字吹肖彦,这感觉还挺新鲜的。

自夸的人实在太少见,大二的兄弟明显被噎了一下,没敢再讲话。

"周末还让你们过来上课,大家也是不容易。"讲台上的老师发话了,"我点个名啊。"

知了:"点名了诶。"

橘子:"没事,人多,概率问题,不怕。"

知了:"好的。"

"肖彦?"老师拿着名单问,"肖彦到了吗?"

洛知予放下笔,在后排举了手:"到,老师,我是肖彦。"

"哦。"老师不认识肖彦,继续点名,教室里却炸开锅了。

教室里还有肖彦他们班的学生,他们班的人在军训时都见过洛知予,甚至对他印象深刻,此刻都震惊——

"肖彦呢?这不是那天来找他的那个男生吗?"

"肖彦有学生会活动,出去了吧,竟然找高中生来代课,招摇得很。"

"小声一点,不要给我们大学生丢人。"

专心写题的洛知予成了教室里众人的焦点,他旁边那位同学终于后知后觉地发现,教室里混进了一个高中生。

知了:"你同学好像发现我了。"

橘子:"没事,自己人。"

知了:"他们老盯着我看,我感觉要露馅了。"

知了:"这里的人真好,他们都觉得我们是真的关系好。"

手机又振动了一下,是洛思雪发来的消息。

洛思雪:"你天天往U大跑,U大有什么?"

知了:"帮朋友上课。"

洛思雪:"哪个朋友啊?你天天跟在人家后边跑。拍张照片发来看看,我鉴别一下是不是好人。"

知了:"啊?要照片?"

知了:"现在还不是时候,从历史遗留问题来看,会引发两个家庭之间的大战的。"

洛思雪:"嗯?看看,是圆是扁都拿出来遛遛,家里都能理解。"

知了:"给你看张他的出浴图吧。"

洛思雪:"……"

洛家。

"什么贴心朋友啊？这么藏着掖着。"洛思雪说，"只要不是冤家同行那边的，谁还拦着他不让他来往吗？"

"就是就是。"洛知予的爸妈说。

洛知予家里，他爸妈、姐姐还有哥哥紧张地接收了一张图片，紧张地点开图片——图片上是一盘刚洗完的橘子，橘子皮还挂着水珠。

鉴于洛知予现在读高三，学习任务重，少年心思也多，他爸他妈他姐姐一致认为他可能是有点叛逆。

洛思雪有点无语，心想：还真是圆的啊……一点有价值的信息都没有。

"洛知予想交什么朋友就让他交。"洛思雪下了结论，"我们这边最好不要干涉，他不愿意说，肯定有自己的理由，或者觉得还没到时候。"

洛思雪回消息："这方面没人干涉你，你去玩吧，高兴就好。"

公共课的作业不难，洛知予结束和姐姐的聊天，继续糊弄肖彦的课堂作业。

知了："这算不算是我帮你写了一次作业啊。"

知了："在？欠条？懂？"

橘子："这个不算，你就是帮我上节课罢了，凑个人头。"

橘子："作业字写得工整一点，你看看你，除了名字，别的字都认不出来。"

知了："你小子还挺挑。"

橘子："欠条不能算，这难度不对等。"

知了："倒也是，我不白占你便宜，你下次给我来个难度对等的吧，什么作业都可以。"

橘子："好。我这边快结束了，我等下去楼下接你。"

下课时间一到，老师就背着包出了教室。教室里乱哄哄的，数十个人一起走过去，把洛知予包围在了正中央。

洛知予："……"

"弟弟叫什么名字啊？"肖彦他们班的小姑娘问。

"洛知予。"

"名字好听，人也帅气好看。"小姑娘叽叽喳喳。

"我听肖彦说你成绩很好,来年考我们学校吗?"又有人问,"到时候让他去学校大门口接你。"

"考。"洛知予点头,"我很喜欢U大,有时间我就往这边跑一跑。"

"你们关系可真好,你还来帮他上课。"一位同学羡慕地说。

"应该的,应该的。"洛知予被夸得有点飘。

他说什么,这些人就信什么,洛知予不想走了,想和肖彦的同学们多聊一会儿。

"我说我怎么在楼下等了半天。"肖彦敲了敲教室的门,一群人同时回了头,"别看热闹了,快把我朋友还给我。"

"来了。"洛知予拎起书包,和教室里的人说了再见,几步跑到了教室门口。

"走吧。"洛知予把书包扔给了肖彦,"我们吃午饭去。"

肖彦接过洛知予的书包。

高三学生的书包真的很重,洛知予和其他高三学生一样,走到哪里都背着那一大书包的书,不一定会看也不一定会学,但背上以后有壮胆的效果,出门在外可以理直气壮地玩。

"沉死了。"肖彦感觉自己抱着一书包石头,"你到底装了多少书?"

"还好吧。"洛知予给他顺毛。

这边没人抓校风校纪,也没人盯着他俩,这给了洛知予一种前所未有的新奇感。

绕过教学楼,就是学校的地下车库,肖彦的车就停在那里。车是肖彦前几年买的,驾驶证是肖彦今年暑假刚拿的。某个年龄暂时还不符合驾驶证考取条件的高中生占领了整个车后座,羡慕得很。

"真好。"羡慕过头的洛知予阴阳怪气地叹了口气。

"高中生专心学习,别整天羡慕这个羡慕那个的。"肖彦坐上驾驶座。

"你骄傲什么呢?几个月前你也是高中生。"洛知予极其不满,他俩年龄上的落差原本不大,但是卡在高三和大一这个点上就格外微妙。

"你别得意,再等几个月,我身份就和你差不多了。"洛知予说。

"我们去哪里啊?"洛知予不认识这条路,问,"不回家吗?我下午要返校了。"

"汤源想请你吃饭，说要谢谢你。"肖彦回答。

众人在吃饭的地方一碰面，汤源就关心地问："学校的橘猫有人喂吗？"

当初在一中时，他们宿舍每天一开门，门外就蹲守着十几只猫，需要肖彦和樊越先行清场，张曙望风，汤源才能顺利出门。

"有的。"洛知予说，"今年高一有个新生算是继承你在猫国的位置，猫猫们已经移情别恋了，而且人家喜欢猫。"

肖彦："……"

汤源倒也算是后继有人了。

一中还是那么热闹，只是洛知予的心已经飞远了。

近日，吴主任的工作又开始了——每周周五，他都会蹲守在学校的墙边，防止某个已经毕业的优秀学生偷偷溜进来。同样的戏码每周都会重复一次，肖彦每次总能精准避开他蹲守的墙脚，就仿佛一中里面有个内奸。

吴主任想不通，他抽空和洛知予讨论了这个问题，洛知予目光躲躲闪闪，开口也支支吾吾，像是对内奸极为不齿。

吴主任到底工作了十多年，在学生工作上经验丰富，几个星期下来，能一眼就从高三的人群里分辨出肖彦，然后进行一番主题为团结友爱的教育工作。

一两次过后，肖彦学精了。他翻出了高一和高二穿过的校服，红白色和蓝白色的，颜色随机，路线多样，有时候翻墙进，有时候从大门进。

某周五放学后，吴主任瞧见洛知予和一个穿着高一校服的学生鬼鬼祟祟地下楼，第一反应竟然是心头一喜——洛知予交新朋友了吗？

下一秒，"新朋友"肖彦就自然地跟吴主任打了招呼："我实在舍不得一中，回来看看。"

"太执着了吧！你们。"吴主任麻木了，开始睁一只眼闭一只眼了。

后面的日子，学校的老师们也见识了十九中当初的风云人物的魄力。校园不对外开放的周末，安分了两年的洛知予开始翻墙了，他那动作之灵活、跑路之迅速、手法之熟练，让老师们目瞪口呆。于是，高三（3）

251

班的班主任给他预定了秋季运动会的大套餐。

逃避集体活动的洛知予不慎被绑上了贼船,不能趁着三天的运动会时间去U大玩了,只得向肖彦诉苦。

知了:"墙头草果然叛变了,他花了一个星期帮着老师劝我去参加长短跑。"

橘子:"那我周五去找你吧,看你比赛。"

橘子:"看来老师终于发现了你这个隐藏选手。"

知了:"你周五没有课吗?"

知了:"近日东北墙脚有人蹲守,请绕路。"

橘子:"收到。"

橘子:"我周五只有早课,下午都是空的。不过今年运动会期间学校是半开放的,我可以从正门光明正大地进去找你。"

洛知予的秋季运动会首秀备受关注,他那群从十九中跟过来的小弟甚至给他拉了一条横幅。但因为横幅标语过于藐视校规且不够文明,被学校禁止悬挂。

跳墙选手洛知予被老师和同学们一起押送上了四百米的跑道,肖彦还没到,洛知予整个人都懒洋洋的,没什么要竞争的动力。

"老师,您看错我了。"洛知予郑重地对班主任秋宜说,"我这人体育不太行,恐怕等下只能做到勉强跑跑,不能给我们班争光了。"

"重在参与。"和他隔着一条赛道的同学安慰他,"运动会嘛,享受过程就好了,结果不重要。"

"跑完就好了。"墙头草倒向了洛知予这一边,"加油,你可以的,尽力而为就行。"

"我不可以,动力和能力我一个都没有。"洛知予在原地跳了两下,算是热身,"倒数第一太丢人,我混个中不溜的吧。前三这种成绩,你们想都不要想。"

"未战先败"的洛知予走到起跑线前,一眼瞄见相机镜头,摆了个还算标准的起跑动作。发令枪一响,一排参赛选手都沿着自己的跑道冲了出去,洛知予大半圈都保持在中间。

校园广播:"当前排在第五位的是高三(3)班的洛知予同学,洛知予同学是首次参加一中的校园运动会,虽然跑速像散步,但重在参与,努力就好……我们看到第六名正在加速……"

"已经很好了。"高三(3)班老师激动地说,"洛知予已经算是超越自己了。"

这样的排名在四百米还剩小半圈的时候发生了变化,高三(3)班的啦啦队里突然多了一个人,那人肩膀上还扛着一把扫帚,一看就很像是为了挑事来的。

严梓晗的校园广播:"高三(3)班给洛知予加油的方式很独特……啊,这位是我们一中已经毕业了的肖彦同学。今天,他穿着高三的校服,扛着扫帚,回来……"

严梓晗用胳膊肘杵了一下身边的同学,麦也没关,说:"没词了,我编不下去了,他回来干吗?"

划水的洛知予一眼就在人群中看见了肖彦,一同来的好像还有肖彦在大学的几个朋友,洛知予的集体荣誉感突然就出来了。

"哎,累了就慢慢跑。"一名选手把洛知予甩在了身后,"反正咱们都是凑人头的。"

话音未落,他旁边的跑道上像是刮起了一阵风,刚才还在划水的某位同学飞快地跑到了前头,以极快的速度超过了前面几名同学,甚至冲过终点线都没停,气势汹汹地朝着扛扫帚的那个人扑了过去。

同学们的反应很一致——

"干架吗?这么凶?"

"肖彦竟然还敢回来!"

"那什么……下面插播一条学校领导的口头通知。"严梓晗进行校园广播,"加油可以,打架不行,'团结友爱'四个字,请大家务必贯彻。"

校园论坛新帖——"秋季运动会精彩场景提名"。

1楼:"今年竟然没下雨,真是难得。"

2楼:"精彩场景?高三(3)班洛知予突然有了集体荣誉感算不算?他这次竟然冲了个第一。洛知予是真的懒,球类运动只玩羽毛球,还只和肖彦打,扣球扣得特别凶。"

3楼:"哈哈哈,我看到校草回来讨打了,洛知予扑过去的时候气势汹汹，拉都拉不住，他俩这是打算一路打到大学吗？"

4楼："其实现在还好啦，以前我们高一的时候，他俩的关系才叫差。现在跟那时候比，就是一个天上一个地下。"

5楼："吴主任还是一如既往地紧张。"

6楼："吴主任是见得多了，见过他俩花样百出的各种折腾，草木皆兵了。"

7楼："心疼吴主任一秒，我记得之前好一阵子，肖彦每天早晨都去洛知予宿舍门口蹲守，把学校老师给紧张死了。晚自习前的休息时间，洛知予也喜欢往楼上跑。"

"彦哥，你为什么拿扫帚啊？"洛知予兴奋劲过了，才发现自己不小心跑了个第一，好像暴露了什么。

"天哪……"高三（3）班同学全体震惊，"前两年的运动会都让他混过去了。"

井希明真不知道自己宿舍还藏着一个长短跑选手，说："那我们可真是亏了。"

肖彦拉着洛知予在运动会的看台上坐下，洛知予刚运动完，喘气喘得比较急。

肖彦掂了一下手里的扫帚，说："不知道为什么，我总觉得只要拿着这个，你就能一眼从人群中看到我。"

洛知予："……"

还真是，肖彦真的很了解他。

"U大的人真傻。"高三（3）班的同学正在说悄悄话，"我刚才过去给洛知予送水，听见他们说洛知予和肖彦感情好。"

"那是挺傻的。"另一位同学说，"大学生不过如此，就问一中谁不知道肖彦回来是想找机会跟洛知予打架的？"

洛知予："嗯？"

高三（3）班学生这种错误的印象在洛知予多次翻墙出学校后还加深了。某天，洛知予翻墙时被树枝拦了一下，胳膊上青了一小块，晚自习时刚好被井希明瞧见，井希明当即对几条马路之外的肖彦展开了人道主义谴责。

"是我自己翻墙摔的……"洛知予几次打断话题无果，为了肖彦的名声,决定今后一定要好好保护自己,"真不关肖彦的事,我们没打架。"

就算只隔着几条马路,进入十二月,洛知予和肖彦见面的机会也不多了。洛知予进行了一段时间的集训,开始准备U大美院的校考,难免有些繁忙,两个人的大部分交流都放到了微信上。

橘子:"考完了吗?"

知了:"刚出来,我回宿舍写作业。"

橘子:"看你这么忙,我还真有点不适应了。"

橘子:"打视频电话吧,我看着你写作业。"

知了:"考完就好了,明年我和你一起当混子。"

橘子:"哥哥我不是混子,哥哥绩点很高。"

下一秒,熟悉的"仙女皱眉"表情包发了过来。

知了:"还有几个月,我就去U大跟你会合。"

井希明不在宿舍,洛知予把手机搭在台灯下,调整了台灯的灯光。

"你是不是瘦了点?"肖彦不太高兴了。

"角度问题吧。"洛知予转了一下镜头,"你上周才见过我。"

画面里,穿着高三校服的少年安静地坐在台灯的灯光下,拿着笔写写算算,时不时抬头冲着镜头一笑。大概是为了给他营造一点"云写作业"的氛围,肖彦在那边关上了电脑,也找出了纸笔。

"我刚刚听说了一件有意思的事。"肖彦说。

"说说。"洛知予停笔。

"你家和我家好像有个项目上的合作。"肖彦翻了一下近期和家里的聊天记录,"生意面前无私仇,一月底,趁着过年有空,项目方大概会办个小晚宴,届时你将看到水火不容的两家人坐在一起吃饭。"

"有点意思。"洛知予想象了一下他爸努力微笑的场景。

"然后,因为去的人也不少,可能会涉及一些人脉,我也会去,我估计你爸妈也会带你。"

洛知予笑不动了:"意思是,我俩得在一个宴会厅里吃饭?"

"是。"肖彦说,"也就是说,我们还得稍稍装一下。"

洛知予认真起来了:"大概要什么效果?"

"熟,但又不熟。"

洛知予："嗯？"

这个度可不太好把握。

晚宴当日，肖彦刚进宴会厅，就瞧见某个被迫赴宴的高中生在门口的小沙发上写练习册。

见四下没人注意，肖彦走过去，抬手轻轻拍了一下他的肩，问："还学呢？"

"你来了啊。"洛知予没抬头，"我实在很无聊，来了好几个人问我是不是快十八岁了，我说我要高考了，别打扰我学习。"

肖彦占据了沙发的另一边，背对着洛知予，面朝着大厅那边，说："写你的作业，别抬头。"

他俩要营造一种熟且不熟的状态。

"太虚伪了。"洛知予低头在练习册上填了个答案，"我俩为什么不能明目张胆地坐在一起呢？"

"知了。"肖彦悄悄地说，"根据我俩这个家庭背景和现状，在他们眼里，我们坐一起不是关系好，而是叛变。"

另一边，被迫坐在一起吃饭的两位老板开始明里暗里地较劲了。

"要不让你家洛知了离我儿子远一点？"肖屿隐隐有些担忧，"他好凶。"

洛绎不服："瞎说！我们桃桃脾气可好了，能凶到哪里去？而且他的全名是洛知予好吗？"

肖屿："你儿子在十九中名声可响亮得很，别以为我不知道，我侄子在十九中读过书。"

"那是洛知予人缘好，什么时候人缘好也能被这么解释了？"洛绎护崽，"先来后到不懂吗？沙发是洛知予先坐的，洛知予还是高中生，让你儿子别打扰他。而且肖彦的名声就很好吗？不见得啊。"

洛知予眼角余光瞥见两家家长好像在说话，但他们具体在说什么实在听不明白。

"没有营养的话题。"肖彦摇摇头，"没有意义。"

"哦，那我大概猜到他们在说什么了。"洛知予说，"总结一下，肖彦和洛知予都不是好东西。"

"太难了。"洛知予把练习册一摔,推了一下肖彦的肩膀,"为什么我们说个话要搞得像在谍战?你给我正经点说话。"

肖彦:"……"

"你儿子打人了,好凶哦。"肖屿指着这边说,"你还不管管!"

"打人了?打谁了?"洛老板张望,"我没有看到。"

在旁边听着的洛思雪:"……"

两位老板就"谁家儿子更有出息"又进行了一番极其友好的辩论,最后才把话题移到了年后要展开的合作上,开始谈关于合同的事情。

"肖彦!帮我看看这题目是不是错了?感觉怪怪的。"暴躁的洛知予把练习册扔到肖彦手里,转身大摇大摆地准备去洗手间。

洛知予做题的时候打着高三学生的幌子,一时间没人搭理,这会儿他站起来,在这群人里还挺受欢迎的。

"洛知予……"他身后传来了一个陌生的声音,"百闻不如一见,感觉你比照片上还乖巧好看,可不可以认识……"

"啊?"洛知予写题写得有些烦躁,回头时神情也有点凶,把叫住他的人吓了一跳。

"我也觉得我乖。"洛知予调整了一下表情,想着这里的很多人都是家里的商业伙伴,他还是想交交朋友的,"真的,我平时不凶的,还认识一下不?我打游戏贼溜。"

正在喝水的肖彦呛了一下,咳嗽了几声,洛知予藏在背后的手朝他做了个鄙视的手势。

洛知予即将认识的新朋友有点事,被人叫走了。

洛知予去洗了个手,一路蹑回来。

"是题目错了,你是对的。"肖彦把洛知予的练习册扔了回去,又把笔塞回他手里,"填空题最后一题,你重新算一遍。"

要表现出熟但是又不太熟的状态,洛知予和肖彦觉得他们做到了。即将在生意上有合作的两家人明里暗里都还在杠,比这个比那个的,反正自家孩子什么都比别人优秀。

"他们总有一天会知道的。"肖彦说。

洛知予觉得有点难搞:"怎么让他们接受我俩叛变这个事实呢?完了,我担心的事情要发生了。"

"没事,到时候如果有需要的话,我来想办法,我来解决。"肖彦主动揽过问题,"你这个高三学生好好学习,好好考试就好了。"

"行。"

高三学生洛知予拿着自己的练习册,倚着沙发扶手,重新做他的填空题。不得不说,数学是肖彦的强项,短短几分钟,肖彦就发现了他遗漏的地方。两个答案,洛知予算丢了一个,被肖彦发现了。

"今天还不错,有进步。"肖彦夸了他,"没乱涂试卷上的数字,没把3涂成8,也没把1涂成7,真是难得。"

明明肖彦说的是微不足道的事情,洛知予却觉得开心,他稍稍弯了嘴角,刚好被不远处的洛思雪看在了眼里。

趁着洛知予去给长辈打招呼的工夫,洛思雪走过来和肖彦聊了几句。

洛思雪说:"我想起来了,你今年才从一中毕业,洛知予之前是不是还逼你给他写过作业?"

"等价交换。"肖彦说,"姐姐放心,我不吃亏。"

洛思雪继续说:"其实我一直觉得吧,长辈间的问题不应该延续到下一代。洛知予看起来乖,其实躁得很,脾气坏还自负,有什么想法也不太愿意跟人沟通,没几个人管得了他。

"我看你刚才给他讲题,他还对你笑了。我跟你道个歉吧,我小时候不懂事,洛知予刚上幼儿园的那天,我不该支使他咬你的手。那次以后,你俩见一次掐一次,就算不在同一个学校也能掐到一起。

"幼儿园那次就好像是开了个头,你俩一直冤冤相报,他拿着树枝去你学校门口等你放学,你又在他放学路上用梧桐果子砸他,就这样过了好几年,你们都长大了。

"我知道……很多时候都是洛知予不好,他没心没肺的,喜欢打打闹闹。不然,你们现在就算友好度不高,说不定也是很好的朋友。"

"不。"肖彦打断了洛思雪的反思,眼睛里透出那么几分真得不能再真的真诚,"不用道歉,他咬得好。"

洛思雪很是不解,肖彦难道不应该说"没事,都过去了,那件事就算了吧"?

"谢谢姐姐。"肖彦说。

看见洛思雪脸上错愕的神情,肖彦又补充了一句:"没事。"

洛思雪终于听到了想听的话，欣慰地一笑，还没开口就又被肖彦接下来的话堵了回去。

肖彦说："当初那一幕仿佛还在眼前，挺有意思的，我记得清清楚楚，还时常回味。对我来说，那件事从未过去。"

洛思雪心道：我白说了，肖彦这是要和洛知予撕到天荒地老的节奏。我劝不动，真的劝不动。

不过，凭良心说，当年的洛知予指哪儿打哪儿，一见肖彦就凶，惹事手法花样百出，他俩这娃娃仇结得一点都不冤。

洛思雪好心劝和，结果收到了好几句"谢谢"，自信心受到了打击。她只好和肖彦寒暄了几句，扯了点无关紧要的事情。不过让她有些意外的是，肖彦已经上大一了，却对还在一中的洛知予很了解，洛知予一些很零碎的日常生活细节，肖彦竟然都知道。

"还行。"肖彦谦虚道。

于是，洛思雪通过肖彦对近期的洛知予有了大致的了解。

"说起来。"洛思雪想起来一件事，"你是在U大读大学吗？"

肖彦应了一声："嗯，刚上大一。"

"哦……"洛思雪想打听点消息，"我家洛知予最近好像总往那边跑，不知道是去找谁了。"

肖彦："呃……"

"你知道他是去找谁的吗？他不太乐意告诉我们，我们也不太方便多问，所以我只能冒昧地找你打听一下了。"

肖彦说："知道，他去找的那个朋友挺好的，帅气，靠谱。"

洛思雪："嗯？"

"姐，你怎么过来这边了？"洛知予溜回来了，"问候了一圈人，累死我了。"

说话间，洛知予把肖彦往右边推了推，在沙发上挤出了一个位子。

洛思雪深知这两个人关系很差，看得有点惊心动魄："那我……去那边看看？两位弟弟，今天都给个面子，在这里不打架不吵架，有事回去撕，应该能做到吧？"

今天他们要谈的几个合同对洛家来说挺重要的。

"好的，姐姐。"洛知予很给面子，"回去撕。"

"好的，姐姐。"肖彦复读，"回去撕。"

洛思雪不太放心地走了，洛知予抬脚在肖彦的小腿上踢了一下，问："你和洛思雪说什么呢？"

肖彦轻轻地踢了回去，说："聊了点你的事情。"

走出去十五步后，洛思雪回了个头，见两位弟弟端正地坐在沙发上，同时冲她挥了挥手，看起来还算和睦。

洛知予又问："我的事情？"

肖彦说："你姐说你最近总往U大跑，跟我打听你去找的朋友长什么样，人品怎么样之类的。"

"然后呢？彦哥，你是不是特别无耻地把自己夸了一顿？"当初洛知予带鹦鹉回家的时候就经历过一次。

"还好吧。"肖彦说，"我就说了实话。"

洛知予对"实话"的内容持保留态度。

在今天的晚宴上，那种"熟又不熟"的感觉，肖彦和洛知予都认为自己把握得很好。毕竟在晚宴快结束的时候，谈合作的两位老板不乐意暂时握手言和，还非要觍着脸来劝小辈的架，让洛知予和肖彦互相表示一下友好。

"合作共赢。"洛老板说，"知予快是大学生了，不是小孩子了，以后别一见着肖彦就打架。"

肖老板说："我们家肖彦也是，好歹大一岁，让让洛知予吧。"

洛知予悄悄给肖彦发了消息。

知了："都是场面话，这群虚伪的生意人。"

知了："他们背地里想的肯定都是'打赢了吗'。"

橘子："嘘。"

"大事化小，小事化了，我看你俩也没太大的矛盾，不如先握手言和。"肖屿把肖彦推上前。

知了："这是什么操作？"

知了："我都去过你家好几次了，连你家鹦鹉都撸过好几回了，他们现在让我们握手言和？"

橘子："行了，别贫了，过来握手。"

橘子："快点，别低头看手机了，他们以为我们不情愿呢。"

于是，在双方家长的见证中，洛知予和肖彦板着脸"握手言和"了。

洛知予趁着没人看见，在肖彦的掌心抓了好几下，自己的手也被肖彦捏红了一块，两个人暗中较劲。

"出去走走？"洛知予指了指门外。

"行。"肖彦率先迈步。

洛思雪："……"

"信不信？他们肯定以为我俩是出来打架的。"宴会厅外，酒店走廊的角落里，洛知予靠着墙，越想刚才的场面越觉得好笑。

"开心成这样？"肖彦抬手搭在洛知予的肩膀上。

他们站的地方有点特别，而且灯光有些暗。从旁人的角度看过去，他俩几乎没什么距离，那姿势像极了在打架。

这时，突然有人出声："你们……你们在做什么啊？"

这是刚才在宴会上想和洛知予认识一下的那个人。

肖彦不紧不慢地转头，洛知予不紧不慢地整理了一下自己的衣领，抿了抿嘴唇，挑眉看着来人，嘴角随性地弯了一下。

接着，一名高三学生和一名大一学生突然"社会化"，把这位路过的朋友堵到了角落里。

"怎么？你也想加入？"洛知予拍拍这位朋友的肩膀。

这位朋友忙说："洛哥，肖哥，我就是路过，什么都没看见。"

"挺好的。"肖彦模仿洛知予的动作，拍拍这位朋友的另一边肩膀，"回去吧。"

新朋友："……"怎么回事？这是传说中他们该有的默契吗？

洛知予看着那人落荒而逃的背影，笑出了声。

"知了，你想重测吗？"肖彦想起之前钱疏雨的提议，"就是换其他方式重新检测一下。"

"我都可以啊，我没意见，说不定变成 0.002% 了呢？"洛知予早就不在乎这个了，"反正也不麻烦，我俩是重点关注对象，以后进了同一个学校都要安排重测的吧。"

"那就等你上大学。争点气，我们争取拿 1%。"

高三的假期短，是一中不成文的规定，年初八未过，洛知予就满脸不爽地拖着自己的行李箱回了学校，还带着肖彦。

"你怎么又跟来了啊？"吴主任见了肖彦，麻木了，"大学生太闲了吧。"

某人对"一中"念念不忘，时不时就过来"回忆"一下，给学校的老师营造出了一种这个人还没毕业的错觉。

"被子记得换春季的，食堂的奇葩菜不要吃，暂时就这些……"肖彦余光瞥见吴主任在偷听，起了点坏心思，"养得白白胖胖的，打架找彦哥。"

"走走走！养猪呢。"洛知予赶人，小声说，"我晚上给你打视频电话，我们一起写作业。"

三月和四月，在书卷的翻页中悄然不见。五月临近高考，周六周日偶尔也会被占用，这段时间，洛知予和肖彦的交流主要是在网上。

知了："等着，考完试我就出去见网友。"

橘子："……"

知了："其实我感觉差不多了，到了这个阶段，已经没什么好复习的了。不过，为了给大家营造出学习的氛围，我决定最近都乖乖坐在教室里。"

橘子："准考证出来没？我去给你送考。"

洛知予给肖彦发了自己的准考证照片。

知了："等我哦，彦哥，我就要追上你的脚步了。"

橘子："我跟老吴说了，送考带我一个！你考完一出来就能看到我。"

橘子："这么算算，你六月初就考完了，而我还没放暑假。"

知了："是啊，今年暑假长。"

橘子："那你暑假来帮我上课！我又加了一堂公共课。"

知了："你走开！"

连着两天的高考，市属一中的送考队伍里都混进了一个人。高考第二日，考场外面搭的临时遮阳伞下，穿着高三校服的肖彦捧着一摞培训班递过来的传单，坐在家长堆里等洛知予。

"嗯？一中高三的校服？"一位不明情况的家长发现了肖彦，问，"同学你不进去考试吗？"

"他不去，不用管他，他去年就毕业了。他是个假高中生，过来凑热闹的，非要给自己套上校服，说是有氛围。"吴主任说，"介绍一下吧，这是肖彦，现在是U大大一的学生。"

去年高考过后，肖彦的名字就排在一中喜报上的第一位，有些家长对此还有印象。

"吴主任有心了，把去年的第一名请过来送考。"一名家长开始夸了，"多吉利啊。"

"真好啊，学生毕业后没有忘了学校，时不时就回来看看。"

"希望我们家孩子能沾沾喜气，超常发挥。"

"是一中培养得好，学生都毕业了，对学校还这么有感情，真是优秀。"

吴主任心道：不不不，你们不懂。怎么说呢？这个第一名，他是不请自来的。

"大学生活怎么样啊？"吴主任关心肖彦，"看你老往一中跑，我总觉得你还没毕业。"

时间久了，连一中的门卫都麻木了，见了肖彦就主动放行。

"很好，越来越好了。"肖彦偶尔还有洛知予帮忙上课，能不好吗？

今天考完试，洛知予也要毕业了。

"时间过得还挺快。"吴主任一路劝架劝过来，和肖彦、洛知予也算是很熟了，"当时洛知予才上高一，也不知道你干了什么，那孩子追着你打，我就想你俩果然是名不虚传。后来你们的关系缓和了一些，渐渐懂事了，还能在比赛时放下纠葛住一个房间，终于让我省心了。"

肖彦："……"

"我看了洛知予的生日，在今年六月底，以后你们都是大学生了，有话好好说，别动不动就打架，别给我们一中丢面子，知道吗？"

"好好好，知道知道。"肖彦答应着，"您放心，我们都懂的。"

"是一笑泯恩仇还是分道扬镳，你俩看着办吧。"吴主任就劝到这里了，"你比洛知予好说话，到底是大了一岁。"

"不，洛知予也很好说话。"肖彦习惯性地维护洛知予，"脾气也不坏。"

吴主任："嗯？"这不像肖彦啊。

"我劝好了？"吴主任不敢相信。

"我们真不打架。"肖彦把手中的一摞传单折成了纸飞机和纸船，"主任，其实您说这么多我都听进去了，洛知予也明白。"

"嗯。"吴主任严肃地点头，"那你怎么还不走？"

考最后一门的时候，下起了暴雨，洛知予放下笔，等待着交卷铃声响起。周围还是一片写字的沙沙声，雨水打在玻璃窗上，形成了一道道透明的水痕，透着窗外的绿荫。

一部分送考的老师和家长躲在了临时伞下，剩下的人撑开了各色的雨伞，从肖彦的角度看过去，像是雨水中开了一朵朵斑斓的花。

交卷铃声响起，代表着高考的结束，洛知予坐在自己的位子上，等着老师清点试卷。

老师清点完试卷，作为考场的这所学校，原本宁静的走廊和楼梯里一下子沸腾了起来。洛知予耳边是各种繁杂的声音，有人在对答案，有人在问自己的作文有没有跑题，有人在说假期的旅游。这些声音模模糊糊的，洛知予都听不真切。

洛知予出了教室，他没有带伞，只举起透明的文件袋挡了点雨水。他跳下一楼的台阶，向校门的方向跑去。站在走廊下打算等雨小一些再走的学生眼看着他毫不犹豫地闯进了瓢泼的暴雨中。

"哪个学校的？这么急？"

"怕不是没考好吧？"

"这还不得全身湿透啊？反正都考完了，玩也不急着一时吧？"

高中结束得悄无声息，没有想象中那么隆重，也并不仓促，教室黑板上单调的倒计时就这样走到了尽头。而洛知予，就这样平静而自然地在兴奋或迷惘的人群里，一步步跑了出去。

考场外蹲守了很多考生家长，有人在大声询问考试的难度，有一个考生似乎是涂错了答题卡，站在家长面前哭得很伤心。

洛知予原本以为，考场外聚集了这么多人，他可能要费点功夫才能找到肖彦。没想到刚出校门，他就从各种颜色的雨伞中看到了一把透明的雨伞，伞面上印着很多小橘子，在人群中格外显眼。肖彦似乎总有办法让洛知予一眼就从人群中发现他。

旁边有家长正在跟吉祥物肖彦道别。

"谢谢谢谢，同学有心了，和我们一起等了这么久。"

"辛苦肖彦同学了。"一位家长感激地说，"相信这一届的学生一定也会考出好成绩。"

"同学和我们一起走吗？"有人邀请肖彦，"我们这边包车回市区。"

"他不用。"正在帮忙收伞的吴主任帮肖彦拒绝了，"他……应该是来等人的。"

"来约架？"过来帮忙的徐主任问。

"不约。"肖彦说。

这时，远处跑过来一个人，"啪"的一声把文件袋摔在旁边的折叠桌上，兴奋道："彦哥！我考完了！"

洛知予不管不顾地淋了场暴雨，全身都是湿的。

"没带伞怎么不等我进去接你？急匆匆地就跑出来了。"肖彦在他肩上轻轻拍了一下，"你看你淋成这样。"

"我想早点出来！"洛知予开心得很，甩开他的小橘子雨伞，"来，一起淋。"

吴主任："……"

赶走两位全身湿透了还想帮忙的同学，几名送考老师把吴主任夸到了天上。

"这下放心了吧？这俩钉子户都上大学了，终于消停了。"

"还好啦，我刚才好像听到洛知予喊了声彦哥，他俩已经化敌为友了吧。"

"要不是友好度不高，我都快把他俩当成一家人了，不过现在这样也很好，他们不打架就很行。"

肖彦的车就停在附近，两人走过去还不到五分钟的时间。

"我会不会弄湿你的后座啊？"身上还在滴水的洛知予靠在车门边犹豫，"我这全身上下都是湿的。"

"会。"肖彦伸手拉了把洛知予,"所以坐到副驾驶来。"

洛知予笑了笑,坐到副驾驶,自己把安全带扣好,然后擦了擦湿漉漉的手机,开机看消息。

洛思雪:"考完了吗?需要提供风光迎接服务吗?我开敞篷车过去接你?或者我再戴副墨镜画个两小时的妆,美美地去接你。"

知了:"你从被窝里出来,拉开窗,看看外面是不是在下暴雨?"

知了:"我半个小时前就考完了。"

洛思雪:"……"

知了:"但我可能考得不太好,我感觉我发挥得不太行。哭。"

洛思雪:"你走开,每次考完都是这一套,结果分数出来你比谁都高。"

第九章
知我心声

骤然从日复一日的忙碌中停顿下来，洛知予陷入了高中与大学之间的空窗期，有点无所事事。

他在肖彦的公寓里游荡来游荡去，多次表示无聊之后，被肖彦按坐到了椅子上，安排了一堆任务。

"公共课的课程表，给你一份。"肖彦把课程表发到了洛知予的微信上，"总归这大半个月你都闲着，就跟着我跑跑吧，提前熟悉一下大学课堂，大一大多是公共课。"

洛知予扫了眼课程表，大学生心理健康、大学生生理健康、形势与政策等，都是常规的公共课程。高中的时候，他们同校不同级，除了体育课，基本没有一起上课的机会。现在能跟着肖彦一起上课，洛知予觉得，他终于追上了肖彦的脚步。

六月剩下的日子里，洛知予跟着肖彦到处蹭课，外加蹭吃蹭喝，把整个U大都逛熟了。

有的公共课人少，连老师都认识了这位蹭课的同学。

"你朋友啊？"趁着课间，公共课的老师问坐在第一排的肖彦，"好小啊，看起来像高中生。"

"是的，他刚毕业，还在等高考分数出来。"肖彦说，"他是过来蹭课的。"

"我不小了，老师。"正在闭目养神的洛知予抬头，"我好像还有几天就十八岁了，快是大学生了。"

"十八岁也还是小朋友。"肖彦笑他,"在我这里,你永远都比我小一岁。"

"反正我追上你的脚步了。"洛知予还挺喜欢这种两人能在一个教室里听课的感觉。

洛知予的十八岁生日,家里也很重视,提前一天给他办了个生日宴,邀请了不少业内人士,热闹了一整天。

洛知予十八岁生日当天,肖彦连同一中的几个同学给他办了个小的生日聚会。

等高考分数的日子本该是忐忑的,但这群毕业生就是能自得其乐。没有了考试和时间表的束缚,一群人嘴上没了把门的,把乱七八糟的陈年旧事都拿出来说了个遍。

"当时,我和那谁查晚自习。"樊越伸手往桌上一拍,"查到肖彦带洛知予偷吃外卖,结果知予觉得我们是在仙人跳,哈哈哈哈。"

"还有这事?"井希明震惊,"我倒是记得军训查寝的时候,他俩互撕,举报违章电器,最后谁也没占到便宜。"

"啊,说起来我都不敢讲故事了。"汤源也加入了讨论,"每当我多讲一个故事,彦哥头上都要多一口锅。"

肖彦和洛知予高一高二时干过的各种混账事,被这群人七嘴八舌地拼了个全景,一件件事都清清楚楚,就好像还是昨天发生的。

小时候,指哪儿打哪儿的洛知予在中班小朋友肖彦的手腕上咬了一口,从那以后,结梁子的两个人一路吵吵闹闹,一直到了今天。

"你早就报复回来了。"洛知予抓着肖彦的手腕翻来覆去地研究,接着又把肖彦的手甩到了一边,"没办法,是我先开的头。"

肖彦不是疤痕体质,但当时那痕迹的的确确留了下来,洛知予怀疑自己应该属狗。

洛知予高一时,为了补作业给了肖彦一张欠条,再次见到这张欠条时,洛知予觉得自己低估了肖彦的记仇水平。

最新、最高级别的常识课课本摆在了他面前,洛知予觉得,他有充分的理由怀疑肖彦绝对是故意的。

欠条：

"××年××月××日，高二（3）班肖彦帮高一（3）班洛知予补作业一次，洛知予欠肖彦一个人情，在必要的时候，肖彦有权以合理的方式讨债。"

承诺人：洛知予

监督人：肖彦

"哥，能要点脸吗？我才刚高考完。"洛知予趴在键盘边，说什么都不愿意动，"这就来讨债了？还有这欠条，你保存得真好啊。"

"我那几天给你送考，没顾得上写作业，欠条是你当初自己写的，我有权讨债。"肖彦理直气壮地说，"不难，知识点都在课本上，你翻翻书就会了。"

"而且某个刚高考完的人真的很闲，又是打游戏又是聊天，从下午到现在一刻也没消停过。"肖彦抽走了洛知予手中的手机，"我嫉妒了。"

大学的常识课作业是在电脑上完成的，这次字丑也不是洛知予能推脱的理由了，无奈之下，他只能乖乖坐在电脑桌前，往文档里打字。

"我这门课成绩可烂了，你也是真放心啊。"洛知予开始审题，"你就不怕拿不到平时分吗？学霸同学。"

"你先写。"肖彦在处理其他作业，"不着急，不会的你就看书，或者问我，期末能交上作业就行。而且你刚好提前预习一下这门课，反正大家都是要学的。"

"行呗。"洛知予点开了电脑上的游戏。

"洛知予。"肖彦叫了他的名字。

洛知予："到。"

"端正一下态度。"肖彦敲了敲桌子，"你这是还债，不是好心帮忙，等下我会一题一题地检查。"

洛知予："……"

直觉告诉洛知予，"他不会，所以肖彦教他"和"肖彦检查出错处后教他"这两种情况会触发同样的结果，毕竟肖彦是有前科的。

"还走神呢？"肖彦看着他。

"在思考。"洛知予踢了肖彦一脚，却被抓住脚腕轻轻一扯，摔倒在电脑椅上，他开始叽叽歪歪地表达不满，"还是高中生好，我高考完在这里就没地位了。"

肖彦心情愉悦，松开了洛知予。

墙头草："五排？"

知了："一边玩去，没空。"

墙头草："忙什么呢？刚毕业啊，正是玩的时候。"

知了："帮彦哥写作业。"

墙头草："这么认真？"

知了："可不吗？他在旁边盯着我呢。"

洛知予拒绝了井希明他们的游戏邀请，翻开了肖彦的课本，准备对照课本知识在电脑上答题。

书还是很新的，扉页上没写名字，洛知予提笔，缓慢而工整地用瘦金体写下了肖彦的名字，把学号也填了上去。

肖彦在和钱疏雨讨论重测友好度的事情，作为生命科学学院的学生，钱疏雨对这方面有些了解。

钱疏雨："你在陪高考完了的小洛？"

橘子："教他点东西，不然他不乐意学。"

橘子："他做事目的性很明确，短期内看不到收获的东西他都不乐意学，而且他暂时还没有收获。"

钱疏雨："你们关系真好。"

钱疏雨："哎，说正事，我觉得很奇怪，根据你提供的信息，我真觉得你们的检测结果不符合你们的现实情况。"

橘子："我们不是第一例，好像一百五十多年前也有过的。"

钱疏雨："稍等，我问一下老师。"

钱疏雨："查到了，一百五十多年前那俩在我们学院竟然有记录。他们后来移民了，所以外界可能没追踪到他们的数据，但我们学院有位院长与他们保持着多年的联系，所以把数据记录了下来，只不过没有公布。"

橘子："怎么说？"

随后，一张"仙女皱眉"的表情包蹦跶了出来。

钱疏雨："人家的真实检测结果是90%，当时血检都没能测出来，而且其中一个的编号是06，高阶，和一般人不一样的。"

钱疏雨："只不过现在讲求人人平等，早就没人提编号了，也没几个人会看检测单上的编号。多数人都觉得编号只是个数字，但实际上还是有点差别的。"

钱疏雨："我们这边有老师从事这方面的研究，他们把编号在10以内的评估为优秀。这种说法会被一部分人诟病，但在我们这里其实只有学术意义，跟夸数学公式'美丽'一样，没有别的意思。"

橘子："我记起来了！我的是02。"

钱疏雨："这么高，太优秀了吧。"

钱疏雨："老师说两个高阶的碰到一起可能会测不出来，但这种情况太少见了，高阶的本身就稀少，更何况是两个高阶的碰到一起。你们不要做血检了，我记得你说过小洛晕针晕血，用试纸测就可以了。"

钱疏雨："用最新的试纸，今年刚出来的，我们老师对你们挺感兴趣的，我给你们打电话预约了，你到时候……"

橘子："我明天就测！"

第二天，洛知予突然发现肖橘子变成青皮的了，空气里的橘子味酸酸涩涩的。

处于茫然状态的洛知予被推上了出租车，到了市中心医院，排上了测试的队伍。

"你还记得你之前那张检测单上的编号是多少吗？"青皮橘子问。

"啊？"这个洛知予还记得，"01啊，那个数字有意义吗？难道大家的检测单上不都是01吗？我以为那个是检测机器的顺序啊。"

肖彦："……"

"优秀的你值得遇见优秀的我"——那年开学典礼上两个人之间的玩笑话，竟然在这里还能应验。

"怎么了？"洛知予问，"有什么不对的地方吗？"

洛知予对着青皮橘子按了几下喷雾，绿茶味的，能挡一挡凶巴巴的橘子味。

肖彦摇摇头，把即将说出口的话压回了心底。无关友好度，他们是慢慢靠近彼此的。

刚刚结束的那段高中岁月没留什么遗憾，患得患失没有必要，他们重新检测只是为了讨一个答案，仅此而已。

洛知予在医院大厅里遇上了井希明，拍了拍他的肩膀，说："有点巧啊。"

"你俩干吗呢？"在医院见到这两个熟人，井希明感觉自己头更痛了，"明天高考要出分数了，虽然你艺考的分数高，文化课对你来说不是问题了，但你好歹也紧张一下吧。"

"我紧张了啊。"洛知予说，"我那天还发朋友圈说感觉没发挥好，结果他们都骂我装。"

井希明："……"

"我和彦哥过来测个友好度玩玩。"洛知予如实说了，"好歹认识这么多年了，我俩都爱面子，不甘心拿零分。"

"你说得对。"井希明握拳，"这次有信心吗？"

"有。"洛知予握拳。

"这次大概能考……哐！能测个多少分？"井希明继续握拳。

"我要求不高，就想要个及格分。"

一中的两位学霸擅长应付大中小各类考试，高分高能，从来没因分数困扰过，现在却站在市中心医院的大厅里，面露期待和紧张，说他们想要个及格分。

井希明觉得，人只要活得久，还真是什么都能见到。

"你们要能拿个及格分，就先给几个主任报个喜吧，他们毕竟操碎了心。"井希明提议，"但要是测出来还是 0.001%，你们就别说了。"

"知道了。"高考出分数和友好度检测出结果都是在明天，洛知予一时半会儿还真说不上哪个更让他紧张。

他点进朋友圈发了条动态。

知了："好紧张好紧张好紧张，等明天！"

"汤圆躲猫猫"评论："你艺考分数那么高，紧张什么呢？"

"知了"回复"汤圆躲猫猫"："有的事情，还是要紧张一下的。"

"小辣条"评论："你紧张个头啊？别在这儿叽叽歪歪地带节奏。"

"知了"回复"小辣条"："不，你不懂。"

"我们先回去了。"肖彦带着洛知予同井希明道别,"明天在网站上查过以后,要是友好度及格了,我们再回来拿检测报告。"

言外之意,要是不及格,这检测报告他俩就不要了,反正也不稀罕。

"阿草,拜拜,我们回去了。"洛知予冲井希明挥挥手。

肖彦压迫性太强,周围路过的人畏惧地看了看他们这边,脸色都不太好看,这种青皮橘子还是赶紧带回去比较合适。

现在的肖彦不能开车,他们回去的时候,还是肖彦家里的司机叔叔过来接的人。

肖彦今天比平时话少很多,一路从大厅出来,寻常人多多少少会避开点他们,刚才井希明和他们说话也是在两米外说的。

大家都挺害怕青皮橘子的,可洛知予不一样。

到了公寓,两人谁都没开口,但这一路上微信上的聊天没有断过。

知了:"我困了。"

橘子:"你要不要回家?等下顺道把你送回去?"

知了:"你赶我走?你作业还在我手上,想好了再说话。"

橘子:"彦哥现在是青皮带叶橘子,会很凶,怕会伤到你。"

橘子:"你之前说过,让我不要对你凶。"

说过吗?洛知予不记得了。

知了:"哪种程度的凶?我评估一下,再决定要不要跑路。"

"从这里下楼,再转个弯,走完你画室所在的那条街,你就能回家。"肖彦突然开口问,"要回吗?"

"不回。"洛知予对他的警告视若无睹,背靠着沙发,嘴角挑起了一个好看的弧度,"你以为你能赶走我?"

洛知予看向肖彦,肖彦侧对着他,垂着头,面前是一杯刚接的冰水,脸藏在阴影里,看不出是什么表情。

知了:"现在的你好可怜哦。"

橘子:"我跟你说过……永远不要觉得我可怜。"

知了:"可你也说过,你和别人不一样,你骗我的那些话,当我都忘了?"

知了:"行了,闭嘴。"
房间里不知何时弥漫着清甜的水蜜桃味,安抚了肖彦烦躁的心情,他紧握成拳的手缓缓放松下来。

夜已经很深了,肖彦抱着笔记本电脑,坐在床头看消息。
钱疏雨:"忙什么呢?玩游戏吗?"
橘子:"不打,没心情。"
橘子:"我稍稍有点失控……"
钱疏雨:"什么意思?"
钱疏雨:"要是真友好度低的话,可不是这种情况,俩人把屋顶打翻都不是问题。"
钱疏雨:"信我,我明早去催结果!"

洛知予不是个勤奋的人,他的优秀和勤奋都需要规则的约束,所以他高中时候是被迫学习、被迫早起的。高考结束之后,除了肖彦,其他人在上午是联系不上洛知予的。
洛知予问:"到五点了吗?起这么早。"
肖彦来看他醒没醒,像是怕惊扰了他,淡淡的橘子味只是缠绕在他周围,没有贴得很近。
"桃桃,我出趟门。"肖彦小声说,"钥匙我带走了。"
早上五点是真没到,只是肖彦心里藏着事,想早些知道结果。
洛知予压根就没搭理他,继续睡了。

市中心医院的门口,肖彦见到了钱疏雨。
钱疏雨索性没睡,熬了个通宵玩游戏,顺带一大早就过来盯着检测结果。
"这是之前的检测单。"肖彦把检测单递给钱疏雨,"只有我的了,洛知予那份被他乱涂乱画到不能看了。"
"放心吧,你们的友好度不可能是0.001%,低友好度不是你们那样的。"钱疏雨翻来覆去地看检测单。
"是我不好。"肖彦拿着钥匙的手指紧了紧。

"太少见了,不怪你们啦。"钱疏雨说,"也不怪医院这边,试纸和血检普及很久了,而且不是两个高阶的碰到一起也不会出现测不出来的情况。"

肖彦说:"我知道。"

好在他俩也没有什么遗憾。

"喂,爸?"钱疏雨接了个电话,"是是是……我一夜没睡,先别骂我,帮我查个检测单。"

99.999%——这是肖彦和洛知予的实际友好度。

其实很多事情早有预兆,他们不是没有怀疑过,只是结果摆在那里。高中那段日子里,他俩一旦走近,就会被误认为是打架。

"哇,羡慕了羡慕了,科学意义上的理想友好度。"钱疏雨想了想之前在市属一中的所见所闻,笑出了声,"感情你俩一直以为自己背离了科学和常识啊?"

肖彦:"……"

可不是吗?连周围的人也是这样认为的。

他早就不在乎的东西,现在以前所未有的高数值出现在他眼前,令他喜出望外间还有些难以置信。

"你俩大概要被写进我们专业的教科书里了,不过会提前征求你们的同意,院长会联系你们的。"钱疏雨说。

"等过段时间再过来测,100%都有可能。"钱疏雨又说。

"不用了。"肖彦摇头,"已经可以了。"

他向过去讨回了应有的答案,足够了。

"我好羡慕啊。"钱疏雨酸溜溜地说。

肖彦在中心医院待了许久,还没到家,就先一步感受到了洛知予在生气。

橘子:"马上回来!"

知了:"你还知道回来啊?"

橘子:"想吃什么早餐?我买!"

知了:"不用了,帮我把楼下的外卖提上来,谢谢。"

知了:"门锁得挺好啊,家里的钥匙和扫帚都不见了。"

橘子："呃……我错了。"

先认错就对了，肖彦有经验了。

知了："别啊，你没错啊，昨天不是挺横的吗？"

橘子："我现在立刻回去，我有事和你说。"

什么事情，这么着急？洛知予不解。

洛思雪还记得今天是查分数的日子，发消息过来提醒了。

洛思雪："记得高考查分呀。"

知了："会有人帮我查的。"

洛思雪："你还在朋友家啊？"

知了："在的，我在帮好朋友写作业呢，好难哦，不会。"

洛思雪："你还能干这好事？当初你的作业还让人家肖彦给你写呢。"

知了："呃……不知道该怎么跟你解释，所以就不解释了。"

洛思雪："我出门了，去签合同，有时间让我见见你那个朋友吧。"

知了："再说吧。我觉得，你可能不太想见他。"

外面传来了钥匙开门的声音，接着就是关门声，肖彦提着洛知予的外卖进了房间，把外卖放在床边的柜子上。

"你再回来晚点，我就可以直接吃午饭了。"洛知予凉凉地说，"出门还把钥匙带走了，把我关在房间里？"

肖彦什么也没说，任他指责，还给他倒了杯热水。

"洛知予。"肖彦突然叫了他的名字。

"啊？"洛知予正在伸手扒拉早餐，"叫得这么正式，干什么啊？"

一张崭新的检测单被肖彦递到了他眼前，洛知予一眼瞄到了纸上的某个数据，手里的包子"啪嗒"一声掉在了地上。

检测对象：洛知予，肖彦

检测时间：××年××月××日

友好度：99.999%

备注：换个阶段检测，存在更高友好度的可能。

洛知予："……"

90%以上的友好度都很少见，而他此时看到的却是99.999%。

"这怎么可能……"洛知予拿着检测单反复地看，"我们怎么会……"

肖彦笑了。

下午，高考成绩查询通道打开，吴主任率先给洛知予家打了个电话报喜。

"洛知予考得真好！给我们一中争光了，上U大美院肯定没问题。这孩子的成绩完全能上经管学院和计软学院，不过他高二的时候就和班主任谈过，我们老师和你们家长还是尊重洛知予自己的选择。"吴主任长叹一口气，"我也终于可以放心了。"

"以后洛知予不在一中了，我管不了了，你们家里人多盯着点吧。他和肖彦都在U大，要注意让他俩拉开距离，其实他们都挺懂事的，现在架打得也少了，不过毕竟友好度摆在那里，还是小心点吧。"吴主任叮嘱。

"好的，主任，谢谢您关心了。"洛思雪在电话里说，"洛知予忙着呢，家都没空回，没时间找那孩子打架。"

"那就好，那就好。"吴主任念叨了好几遍，彻底放心了，"那我就期待在高中毕业典礼上见到他吧。"

高考志愿提交后的第三天，市属一中给高三学生举办了毕业典礼。一段兵荒马乱的日子在高考后宣告结束，前来参加毕业典礼的学生多多少少有些无所事事的感觉。

"你们……拿到及格分了吗？"井希明还记得那天的事，一见面就问洛知予，"你们最近为了测友好度是不是时常待在一起？"

洛知予谦虚地说："还行吧。"

他在分数和成绩的事情上向来谦虚过度，问就是"一般般""还行""这次我没发挥全部实力"，平时没人会相信，但这次，井希明相信了。

"节哀。"井希明搂了一下他的肩膀，"其实你已经很优秀了，不用强求自己在每方面都做到最好，努力了就好。"

洛知予瞥了他一眼，有些欲言又止。

"肖彦？你怎么又来了？"吴主任盯着出现在礼堂第一排的肖彦，"洛知予都要毕业了，他的毕业典礼你还要来看看？"

277

"我来找一下我的中学回忆。"肖彦用的还是同一个理由,"放心吧,主任,明年我就不来了,但我们偶尔会回来看看的。"

"你们?"吴主任就听到了这一个词。

高三的毕业典礼也有高一高二的学生来围观,礼堂里红色和蓝色的校服都有。

礼堂前方的电子屏幕上,是洛知予提前准备的发言文稿投屏。

"优秀学生学习经验分享"——这是洛知予今天发言的主题。

"我看今天来的家长不多啊。"洛知予开始讲话了,"那我就不分享学习经验了,说点我们学生爱听的东西吧。"

台下一片叫好声,中间还夹杂着几声社会味十足的"洛哥"。

吴主任:"……"

"算啦,让他们闹吧。"向来严肃的徐主任和副校长像是早料到了洛知予不会老老实实地发言,"三年也就只有这一回。"

"我这人比较低调……"洛知予刚开口,下面就是一片嘘声。

"好吧,我不低调。"洛知予也认了,"我这人自负,还喜欢装模作样地谦虚,考完试喜欢对答案,还喜欢找人号叫自己没考好。"

"他是吗?"旁边有人问肖彦。

"是。"也就肖彦能乐在其中,换了别人得疯。

台上的洛知予等起哄声结束,继续说了下去:"我的学习经验可能不太适合大家,我白天疯玩晚上疯学,最后还想方设法地去集训去艺考,不能算个标准的好学生,而且我还公然和同学一起违反校规。"

严梓晗:"嗯?"

高三(3)班全员:"嗯?"

吴主任和校长:"嗯?"

"违反校规?他和谁?哪个同学?"吴主任向旁边的肖彦打听,"我怎么没见到过?"

肖彦露出一个无辜的微笑:"呵。"

洛知予犯完众怒,开始一本正经地走毕业典礼的流程:"感谢校长和老师们这三年的培育,感谢两位主任的关心,谢谢宿管阿姨细心保管的锅,谢谢陪伴我们三年的十几只橘猫。

"谢谢吴主任劝过的架,谢谢班主任盯过的每一场晚自习。

"谢谢我的室友和同学，我们高中阶段遇到的很多人，会是一生的朋友。我们一起骂过那么多次的一中校服，今天最后一次穿它，我还有点不舍。"

曾经有个晚上，肖彦告诉他，在一中生活得久了，这里的一草一木都会记在心上。现在的洛知予，能在记忆里轻松找到夏天一只喜鹊停过的树。

他接着说："最后，我再感谢一个人吧。因为他，我有了集体荣誉感，也因为他，我对人生的每个阶段都充满期待，我不停地往前走，追逐他的脚步。"

"可能他现在要感谢的就是他说的那谁。"严梓晗竖起了耳朵，"这人藏得可真好啊，他之前怎么没提到过啊？我是真的好奇了。"

礼堂内的议论声消失了，老师和学生们同时仰头，微微前倾着身体，想听洛知予继续说下去。

洛知予没让他们等太久，接着说："高一时，他在我们班军训方阵前面喝汽水，被我扛着扫帚追了三四条街……有因必有果，这个仇我报过了，就在去年暑假。

"我借过他的校服，借过他的小被子，还拉他下水和我一起被扣学分……"

"哦，肖彦啊，散了散了。"台下有人说，"都毕业典礼了，还要专门提一下。"

"都给我坐好。"洛知予看见了台下的躁动，"手机收起来，别走神，听我说完。"

"我想说的是，高二的时候，我们出去参加英语竞赛，房间不够了，大家都让我们凑合着一起住，因为我们友好度接近于零。但是……"洛知予敲了一下电脑的空格键，把PPT翻到了第二页，然后继续说，"我给老师们报个喜吧，我们还是一如既往地优秀，没有给学校丢脸。"

洛知予的PPT第二页上只有一张白纸黑字的友好度诊断单。

检测对象：洛知予，肖彦

检测时间：××年××月××日

友好度：99.999%

备注：换个阶段检测，存在更高友好度的可能。

礼堂里沸腾了，乱哄哄的声音里夹杂着好几声低骂，还有很多用于表示震惊的语气词。

"真的假的？"严梓晗问。

"怎么这么高？"

"天哪，理想友好度？"

吴主任手里的茶杯盖"咣当"一声掉在了地上，滚了好几圈。

"主任。"坐在第一排的肖彦有点遗憾地说，"你大概欠我们一次通报批评。"

吴主任："……"

徐主任："……"

自认为劝架无数次、成功完成了德育工作的校长与老师们："……"

当初在梧桐路小树林抓人的宋老师："……"

中心医院的检测单明明白白地出现在显示屏上，上面的日期就是出高考分数的那一天。

"什么时候的事情？"吴主任问，"你们一开始的确关系很差啊，我没看错，洛知予那么凶，喷你一身汽水。"

"我们一开始是真的有矛盾，通常是我招惹他，至于什么时候关系开始缓和，挺早的吧。那时候洛知予还穿着红色校服，我穿着高二的蓝色校服。"肖彦补充了一句，"我先求和的，可就是没人信。"

吴主任："……"

一群老师听得牙痒痒，但也没办法，这两名学生已经从一中毕业了，学校管不着了。

肖彦说得倒也没错，学校确实欠他俩一次通报批评。

"所以那次出去比赛的时候……"吴主任正要问。

"我惹他生气了，那天洛知予单方面跟我冷战呢。不过还好，谢谢各位老师给了我们一个和好的机会。"肖彦认真道谢。

吴主任："……"

所以晚上在小树林的肖彦和洛知予根本不需要劝架，下课总往楼上跑的洛知予也不是去寻衅滋事的。肖彦每天早晨在洛知予的宿舍楼下等他不是为了找麻烦，而是去等洛知予一起上课的。毕业后，频频翻墙、常回来看看的肖彦，也不是回来找洛知予麻烦的。

"我这是……紧张错方向了啊。"吴主任叹气。

"还好啦。"肖彦说,"我们才惨呢,明明是正常相处,友好度该带来的影响一点都没落下,我们半点都没藏着躲着,结果除了U大的同学,硬是没人看好我们的关系。"

"我想说的就是这些。"台上洛知予说,"好好学习这话大家都听腻了,我觉得这些话对你们来说更有意思。总之,愿你所有的努力和期许都能有结果,愿你的明天如你所愿。"

发完言,洛知予转身下台,也没管自己刚才那番话引起了多大的轰动。

"之前的结果是怎么回事啊?"老师们纷纷拦着肖彦和洛知予问。

"先前也不算误测。"肖彦解释,"问题出在我们身上,我们比较特殊。"

"好像说我们两个人的基因比较特殊,用常规检测方法无法测出真正的友好度。"洛知予在肖彦旁边空着的位子上坐下,"对了,谢谢吴主任这两年给我们打的掩护。"

吴主任喝茶压惊压到一半,被洛知予抛过来的这话给噎着了,咳嗽了半天也没说出一个完整的句子。

道理是这个道理,可这孩子说话一如既往地直接,不仅没给他留台阶,还顺手把台子拆了。

朋友圈,井希明发了一条动态。

墙头草:"今天是高中毕业典礼,我给列表里已经毕业的一中的朋友们来点惊喜吧。"

他发了一张检测单的照片。

樊越评论:"真的假的啊?他俩咋就理想友好度了?"

"汤源躲猫猫"评论:"呃……我可能没有睡醒,我再去睡一下,等下醒了我再过来看看。"

校重点关注对象最新友好度的事情很快传遍了整个学校,老师们纷纷在群内聊起了这件事。

数学课张老师:"我对洛知予印象深刻,我到他们班上课的第一天,他就穿着肖彦的校服告诉我他是肖彦,后来听说了他们的友好度,我当他俩是真的关系差,没想到啊。"

  常识课许老师:"发生什么了吗?我去看看……"

  常识课许老师:"哦……天哪。"

  李老师:"我们劝架劝得跟真的一样……"

第十章
如我所愿

某天,洛知予又跟着肖彦去上课,收到了姐姐的消息。

洛思雪:"今晚有晚宴,回家一趟吗?带你认认人。"

知了:"可以。"

洛思雪:"要不要让你经常去找的那个大学朋友也过来?我们见一下。"

知了:"不用了吧,他学习忙。"

洛思雪:"肖彦好像也在,你俩不许打架。"

知了:"……"

"你也去?"洛知予把手机推给旁边的肖彦看。

"去的吧,我家还没通知我。"肖彦低头记笔记,"待会儿下课了我开车,我们一起过去。"

"我们提前走吧。"洛知予说。

肖彦和洛知予到了酒店,从酒店的地库坐电梯上楼,遇见了刚赶过来的洛思雪。洛思雪穿着礼服,踩着高跟鞋,愣在了电梯门口。

"你俩怎么一起来了?"她有点困惑。

"顺路。"两个人同时说。

洛思雪:"嗯?"

怎么顺的?她想不通。

洛知予这次没带作业来写,他戴上耳机,和肖彦组队打游戏,偶尔有人过来,两个人就一起起身打招呼。

"他俩今天怪和谐的。"洛思雪说。

"可能上次让他们好好相处，还是有点用处的吧。"洛绎说，"没必要把长辈之间的恩怨延续到小辈身上。"

"嗯。"洛思雪答得有些心不在焉，她总觉得事情没有她想象的那么简单。

洛思雪的大学学姐毕业后到市一中任教，和她许久没有联系，今天却邀她吃了个瓜。

凌唯茜："雪雪，洛知予是不是你弟弟？我记得你先前好像提过一回。"

洛思雪："是！我弟又干吗了？！"

凌唯茜："没干什么啦，我在他的毕业典礼上看到了一张友好度检测单。"

凌唯茜："他和肖彦是理论意义上的理想友好度，太优秀了吧！"

洛思雪："谁？"

洛思雪："肖彦？！"

洛思雪："不对啊，他们两个不是……不对……"

"打扰一下，我想问问，你们家肖彦是什么味的？"洛思雪突然问肖彦爸爸肖屿。

在社交场合，一般没人问这么私人的话题，洛思雪自小就有教养，洛绎闻言有些惊讶，小幅度地摇了摇头，试图用眼神制止女儿的询问。

"没事，想问就问呗，都什么年代了，问这个没什么不礼貌的。"肖屿没把这件事放在心上，"我们家肖彦是橘子味的，清新好闻，还很有营养。"

"橘子味？"洛家人的反应很大。

这反应正是肖老板想要的，他很骄傲，但也没忘了该有的客套："这没什么，也就是普通的果味。"

言外之意，肖彦比洛知予更优秀。

"叔叔。"洛思雪不想忍了，插了一句话，"容我冒昧地问一句，你家肖彦身上是不是偶尔会飘点桃子味儿？还是水蜜桃的。"

不远处，刚刚还乖乖坐在沙发上打游戏的洛知予和肖彦已经消失不见了。

肖彦爸妈："呃……是。"

肖屿问："怎么了？"

他忽然有种不太好的预感。

"那什么，您就长点心吧。"洛思雪揉了揉额角，有些心累，"我弟弟，洛知予是水蜜桃味的，凭我的直觉，他俩搅和在一起不是一天两天的事情了……我这么说，您或许会觉得有点熟悉吧。"

其实，上次肖彦说"谢谢姐姐"的时候，洛思雪就该察觉了。可这俩小崽子的日常行为太具有迷惑性了，而且大家对他俩的印象说得上根深蒂固，要不是看到了新的友好度检测单，她也想不到那个层面。还有洛知予之前发的那张莫名其妙的"出浴图"，以及他朋友圈经常出现的U大定位。

"哦，我发现了，家里的监控最近又有被关的情况，我算是懂了。"洛思雪扫了眼几人的反应，继续说，"叔叔，最近你们家的监控记录是不是也坑坑洼洼的呢？"

"是……"肖屿回答。他们家的监控时常坏掉，要不就是被人为关停，家里人也没有多想，还以为是这个年龄的孩子很有想法。

未解之谜突然被解开，两家人你看看我，我看看你，不知道该说些什么。

"让我缓缓。"洛绎在沙发上坐下来，"这意思是，最近和洛知予形影不离的……是肖彦？"

"他俩是不是都皮痒？"两位冤家同行在这一刻观念达成了一致，"这不是……非得和家里对着干吗？"

"我想起来了，你们家是不是有只鹦鹉？长得花里胡哨，说话酸溜溜的。"洛思雪继续说，"还会扯两句英文。"

"那是只……很有文化的鹦鹉。"肖屿说，"会背诗，也会说英文。"

"原来是你家的啊。"洛知予爸妈对某个周末寄养在他们家的鹦鹉印象深刻。

"谈谈吧，两位。"洛思雪又甩出一张最新友好度检测单的照片，"事已至此，是出去打一架还是在这里吵一架，你们看着办吧。"

"反正你们之前自己谈不妥，反倒打算让他俩握手言和。"洛思雪凉飕飕地说，"刚好，他俩早就握手言和了，就是和睦得有点过头，不知你们可还满意啊？"

刚到家门口的洛知予收到了姐姐发来的消息。
洛思雪："你回来，我保证不打死你。"
知了："你怎么知道我溜了？"
洛思雪："你真的很可以，肖彦在你旁边吧？之前你经常去找的那个大学朋友就是他吧？"
知了："知道了？还挺快的。"
洛思雪："不然呢？你什么想法？！"
知了："姐姐冰雪聪明！姐姐人美心善！"
洛思雪："拒绝吹捧。"
知了："我没打算瞒着你。"
洛思雪："天哪，我思来想去，这事儿好像怪我，我当初不该支使你咬人的，那是一切开始的根源，我来帮你们解决吧。"
洛思雪："不过我还是很好奇你们是怎么发展到今天的。"
知了："和友好度其实关系不大，全靠人莽。"
"彦哥，我俩的事情被发现了。"洛知予靠在门边，跟肖彦说，"藏了这么久，他们终于发现我们叛变的事实了。"
"其实我早就暗示过了。"洛知予略有些遗憾地说，"可惜他们都没发现。"
"意料之中。"肖彦说，"让他们吵吧，无非就是吵我俩谁带坏谁这种没有营养的话题。我看下时间，我们等他们掐完了再过去。"
"行。"洛知予开了家门，"我们现在有了个同盟，我姐站到我们这边了。"
从晚宴上溜走的两个人心安理得地待在洛知予的房间里，置身事外了。

洛思雪对当年的事情始终心有歉意，多少会帮点忙。
"行了。"洛思雪放下手机，打断了两方很没有营养的甩锅话题，"一个巴掌拍不响的，他俩走到今天这一步，哪个都不是好东西。"
"洛知予要是真斯文，也不会被捧成十九中'风云人物'，他之前扛着扫帚追人的视频有四万点赞,我都刷到了。"洛思雪继续说,"你们家肖彦也是,他要是真像你们说的那么与世无争,一开始就不该招惹洛知予,以洛知予那娇生惯养的脾气,他能跟洛知予走得那么近,不见得有多温和。"

"你们说点有意义的话题好不?"洛思雪叹气。

"那……肖彦会欺负洛知予吗?"洛绎有点担忧地问,"我们洛知予是特别听话的。"

洛思雪:"……"

是,洛知予特别听话,指哪儿打哪儿,三岁时就在她的支使下咬了肖彦。

肖屿愣了半晌,终于跟上了聊天进度:"哦,洛知予当初追着肖彦跑的视频那么火,别告诉我你们没看到吧?"

"得了吧。"洛思雪同情地说,"这两个人都很有问题,不然也不会凑到一起,所以我建议你们别甩锅,谈谈后面怎么办吧。"

业内人士都知道,最近市里出了件大事,在洛家和肖家生意上撕得热火朝天的时候,两家家长突然发现自己家孩子和对方家的已经"友好相处""私下来往"好几年了,双方都傻了。

吃瓜群众1:"俩孩子太叛逆了,一点都不给家里面子。"

吃瓜群众2:"哦,我和他俩同校,这几年大家都当他们在掐架,没人信他俩是真的关系好,就算他们表面上看起来和和睦睦的,私底下不知道会闹成什么样呢?谁知道毕业典礼那天,一张新的友好度检测单就这么甩我们脸上了,脸好痛。不过,我也很想看看他们家里会怎么处理这件事。"

吃瓜群众3:"好好笑,最新消息,他们两家在一通甩锅无果之后,开始好好说话了。"

吃瓜群众4:"洛家姐姐也叛变了,挺好的,隔代的仇家就这么散了。"

"行了,就这样吧。"谈了好几天的两家人纷纷妥协,"他俩自己争气,我们能有什么办法?都到这个地步了,总不能硬让他们不再往来。"

"还好吧。"看了几天热闹的洛思雪继续劝说,"起码他俩从小就认识,高中也是一起读的,现在还都在U大,总比交那种不知道从哪里蹦出来的、人品不好还长得丑的野小子朋友好,是吧,叔叔?"

几天后,洛知予在朋友圈晒了自己的大学录取通知书。
知了:"我的未来,如我所愿。"
他特地提醒吴主任看。
"橘子"评论:"很好,一语双关。"
樊越回复"橘子":"隔着屏幕都感觉到你的得意了。"
樊越回复"橘子":"你俩若是没有那如出一辙的神奇脑回路和蔑视初版检测单的勇气,大概就很难有今天了。"
"小辣条"评论:"可以,很强,很有出息,不愧是两个优秀学生代表。你们在一中论坛有栋楼了,前几天被吴主任动用管理员身份封了,哈哈哈哈。"
吴主任评论:"嗯?还提醒我看?洛知予你回来!我给你安排一次通报批评。"
"知了"回复吴主任:"谢谢主任,谢谢谢谢,我是真心的,但我马上就是大学生了,就不回去观光了。"
吴主任回复"知了":"气死我了!"

U大校园论坛新帖——"九月啦,新学期开始了,军训也开始了,一大批穿着军训服的新生要来和学姐学长们抢食堂啦"。
1楼:"我待会儿下课过去逛一下,看看学弟学妹们的颜值,今年有没有什么比较有意思的新闻啊?"
2楼:"U大毕竟是一流学府,学生成绩和颜值都在线,我刚路过美术学院的军训方阵,有好几个好看的弟弟哦,想要联系方式的快来。"
3楼:"今年还是比较和谐的,大三学长印象深刻,去年有个高中生过来喝冰汽水吃冰西瓜,把大一新生气得半死,还被一个长得挺帅的同学一路追到教学楼,现在翻一翻,应该还能翻到去年的楼。"
4楼:"那高中生今年该上大学了吧?我要是去年的大一学生,今年就去那小朋友面前喝冰汽水吃冰西瓜,哈哈哈哈哈。"
5楼:"呃,你们说的好像是我们院某同学的朋友啊,人家今年上的U大美院,最近正在军训,是个怪好看的小朋友。"

6楼:"如果你们说的是美院新生洛知予的话,他朋友陪着呢,陪着一起晒。经管学院大二那边的吃瓜团都被他朋友遣散了,感天动地。"

操场上,暂时休息的洛知予朝肖彦走去,接过了他手里的矿泉水。

"真陪着我啊?"洛知予乐了,"我还以为你要把之前那套再来一遍呢。"

"我说到做到,没课的时候就过来看看你。"肖彦的包里装了汽水和水果,任洛知予挑选,"我们现在这关系,和之前能一样吗?"

假期的这段时间,两家都把话说开了,原本父母辈就不太愿意让矛盾延续到他们这一辈,加上他俩早就混到一起了,友好度还那么高,家长也断然没有强行让他们不再往来的理由。

自认为叛变的两个人终于得到了家长的放任,两家的关系也缓和了很多。

"你不陪我也行。"洛知予觉得有点过意不去,"真的,你现在再摆个摊来喝汽水吃瓜我都不打你。"

"我不信。"肖彦说,"你翻脸比翻书还快,我不会上当受骗的。"

洛知予:"……"

"我什么时候翻脸比翻书快了?"洛知予抬高了声音,在肖彦的小腿上踢了一脚。

"很多时候啊。"肖彦低声说,"你不记得了吗?"

"我们在一中的校园论坛又有一栋楼了,校友们说是要把我们这种蔑视友好度的精神传承下去。这些人不行啊,怎么好的不学学坏的啊?"洛知予批评,"彦哥能考年级第一,他们能吗?我虽然没集体荣誉感还不上进,但我起码成绩过得去吧。"

洛知予特别有自知之明,虽然他高中时挺能惹事的,时常让老师头疼,但成绩上绝对过得去。

"所以学校就抓得更严了。其实是应该的,毕竟我俩表现得那么明显,他们却硬生生疏忽了。"肖彦说,"吴主任今年肯定更紧张了。"

高一新生也会在九月进入高中,学校的工作永远都不会结束,搞事情的、晚自习翘课的学生也一个都不会少。

"那意思是怪我咯?"洛知予在肖彦身边坐下,"明明是他们自己不信的。"

"同学，你好。"有人停在他们身边，问洛知予，"请问你是美院（1）班的洛知予同学吗？"

"啊？是。"正在说笑的洛知予还没反应过来。

"有几个人想和你交个朋友，学弟可以给个联系方式吗？"这位同学问，"没别的意思，就是觉得你很有趣。"

洛知予："嗯？"

初来乍到，他暂时还没弄懂对方要联系方式的意思。

"不了。"肖彦代他拒绝了，"他不随便加人。"

肖彦个子高，人长得也帅气，往洛知予身前一站，带着些压制和赶人的意思。

"啊，对不起，对不起，打扰你们了。"这位同学道了歉走了，"我去和他们说，不会再来打扰你们了。"

"彦哥。"洛知予说，"友好点，方圆百里都知道我俩的事迹了，你就别变青皮橘子了好不？"

"怪我太优秀。"洛知予装模作样地叹气。

校园论坛新帖——"我求求你们好好学习吧，不要去打扰美院的洛知予了，人家成绩好、专业能力强，哪会搭理你们"。

1楼："大二经管学院的肖彦了解一下，据说他俩一个高中的。"

2楼："他们是本市一中毕业的诶，听说那学校特别强。"

3楼："我有印象，他俩好像经常待在一起，当时洛知予还没上大学，经常过来陪着肖彦上课，有时候直接帮肖彦上课，我们班的人都认识他。"

4楼："给你们看一个小视频，他们貌似以前是死对头，见面就打架，后来关系就逐渐变好了。"

6楼："羡慕！在线求一个军训能陪我一起晒太阳的人，没有的话我过会儿再来问。"

7楼："羡慕不来，他们是神仙友好度，可遇不可求。"

8楼："没听说吗？他俩一开始检测出来的数据很低的，走到今天是很不容易的。"

夏末的天气变化无常，刚才还是烈日炎炎，这会儿天空中雷鸣阵阵，暴雨突如其来。军训方阵原地解散，操场上的学生顶着暴雨往教学楼和宿舍冲。

肖彦在无数大一新生羡慕的目光里撑开了自己的小橘子伞，带着洛知予在四散奔逃躲雨的人群中慢悠悠地走着。

"可以啊！"洛知予觉得必须要夸他，"考虑得这么周全。"

"天气预报说了有雷阵雨，我包里刚好也带着伞。"小橘子伞不算太大，肖彦把伞往洛知予那边倾斜了点。

"没事没事。"洛知予感觉到了他的动作，"我本来就淋湿了，不冷。"

洛知予没回宿舍，开学第一天，他在学校分的宿舍占了个位子，认识了一下未来四年的舍友，就推着自己的小行李箱搬进了肖彦在学校旁边买的房子，反正肖彦那里不止一间房。

洗完澡的洛知予穿着睡衣，坐在床上用电脑查看自己的课程表。前些日子他偶尔帮肖彦上课，看到课程表的时候，觉得一点也不陌生。

"这门课，"洛知予用笔敲了敲电脑，"为什么我是上学期上，你是下学期上？我好像前一阵子才帮你上过，还帮你拿了好几个课堂平时分。"

"公共课的话，不同学院的安排是不一样的，会有一些调整。"肖彦走过来说，"美院就是最近开的这门课。"

"那么问题来了。"洛知予表情十分严肃。

"怎么了？"肖彦问。

"这个老师就是你那门课的老师。"洛知予指着老师的名字，"由于我太积极了，去帮你上课的那几次，我坐的是第一排，还多次举手回答问题，这老师可喜欢我了。你上学期这门课的平时分是不是很高？我前天在超市买雪糕，老师还跟我打了个招呼。"

肖彦："……"

"所以我该怎么解释，我明明这么优秀，也不用重修，怎么就又出现在他的课上了呢？"

大一某节晚课上，老师正在讲课，讲台下不远处的某学生悄悄打开了手机。

橘子："我跟你说，我现在就像个保护动物，正在被围观。这届大一新生可真厉害，我听见了，他们开始讨论我的日常穿搭了，现在讨论到鞋了。"

知了："我们一中校草怕什么啊？颜值能打！"

橘子："哭哭。"

知了："不要给我发消息，你认真一点，我的平时分必须是满分。"

知了："早知如此，何必当初？上过的课都是要还的。"

知了："这一圈同学就看着我们来回折腾，早知道有今天，当初你就该自己去上课。"

橘子："别说了，刚才点名的时候，我已经快被各种目光射穿了。"

知了："没有关系，我之前也这样。"

教室里的肖彦放下手机，混在一群大一学生中，认真记笔记，偶尔留意着周围的动静。

"洛知予朋友？是不是叫……肖彦？"

"对的，百闻不如一见，他是真的帅，好像是大二经管学院的，军训的时候他也天天来等洛知予诶。"

"他俩是怎么认识的啊？感觉洛知予有点高傲，肖彦也有点高冷。"

"我。"肖彦停笔回头，加入了聊天，"我主动的。"

后排正在聊天的同学："……"

军训刚刚结束，大一新生渐渐熟悉了学校，摸进了校园论坛，于是这几天论坛里出现了很多新帖，比如——"这就是理想友好度吗？"

1楼："学校把我们院的公共课排在晚上，上完都九点多了，我们根本不想去上。但是U大学风严谨，这老师还格外严格，我们根本逃不了课。然后，我们班的L同学，他朋友会过来帮他上课，有时候还会帮他刷一下平时分，笔记也做得特别认真。这么好的朋友是从哪里找来的？羡慕。"

2楼："什么L同学啊？就是美院的洛知予呗，一说我就知道了。别冤枉他们了，作为经管学院的大二学生，我告诉你，去年肖彦忙学生工作的时候，经常让高三的洛知予过来代课，结果因为洛知予太优秀，被老师记住了，你们懂的。他俩这不是秀友好度，这是翻车了之后在修车啊。"

3楼:"噗,我懂了,所以现在只能肖彦去帮洛知予上课。公共课那么多人,洛知予还能被老师记住,也是真的很强了。我之前听市一中毕业的人说,是我们见得少了,他俩这种操作可多了。"

4楼:"我也是美院的,刚看到洛知予在教室门口鬼鬼祟祟的,估计是在等肖彦下课。"

"彦哥,看什么呢?"洛知予问下课的肖彦,"心情这么好?别藏,我看到你笑了。"

肖彦把手机递过去,让洛知予看学校的论坛界面。

大学城在郊区,与城市繁华的霓虹夜景尚有一段距离,天幕上能隐隐约约辨识出星座的轮廓。

高中时同样的一个夜晚,在一中教学楼的天台上,肖彦用一盒章鱼小丸子试图收买洛知予。

U大的教学楼在南边,宿舍区在北边,大部分学生都在往宿舍区走,肖彦和洛知予逆着人流,向着学校的大门口走去。

"你今晚好好听课了吗?"洛知予比较关心自己的平时分,"肖彦同学有没有积极回答问题?兼顾洛知予同学的平时分。"

"有的,我有认真听课、积极回答问题,外加整理笔记,此外,我还加入了你们班同学的聊天,帮你刷了点集体好感度。"

洛知予:"嗯?"

难怪刚才他收到了好几个同学的消息,不仅夸了他,还从不同的角度夸了肖彦。

大学校园比一中要宽敞很多,新校区宽阔的路边有明亮的灯光,与一中夜晚铺满梧桐叶的昏暗小路全然不同。不时有学生骑着自行车从他们身边掠过,带来的微风轻轻拂过洛知予。

"彦哥。"洛知予放慢脚步。

"叫得这么好听,有什么企图吗?"肖彦停下来。

"你有没有发现,你还没骑自行车载过我?"看到别人在骑自行车,洛知予忽然就有了点羡慕,"我想试试被别人用自行车载着走的感觉,自己也有点想骑。"

他们在一中都是住校,就算回家也是坐车,都没有骑自行车的机会。

"那……我明天就去买自行车。"肖彦往前走了两步,"后天载你在学校里骑一圈。"

"你要什么你就给什么啊?"洛知予笑着问,"橘子怎么这么好呢?"

"橘子特别好,你还可以多发现一点。"肖彦突然说,"那我要点什么,你给吗?"

"你觉得呢?"洛知予扔下一句话,拔腿就跑,把问题和肖彦都丢在了身后,"如果你能抓到我,那你要什么我就给你什么。"

肖彦把书包背好,追了上去。

像过去的那一幕幕一样:许多年前的初见、校园里的打打闹闹、路边街角的追逐……多少次都一样,他总能抓到的,因为,有人在等呀。

番外一 小狐狸不送

十月初，U大各个社团的招新活动开始了，学校的主干道上一夜之间出现了很多帐篷，各个社团的学长学姐都拿着宣传单在路边招揽新人。

洛知予昨晚和汤源、樊越他们熬夜打游戏，今天一大早就被院社团一个电话叫走了。他到了社团办公室，衣服和头发上被人装饰了一点什么东西，毛茸茸的，他没在意。

中午十一点半，下课铃一响，校园主干道上一下子热闹了起来。

"明明我也是新生。"洛知予冲着帐篷里的一群人喊，"怎么我就要来招新了？"

"学弟你现在是我们美院社团的门面，必须过来撑场子啊。"学姐笑嘻嘻地冲他说，"等下校学生会的人会过来拍照，我们这边就全靠你拉高颜值分了。"

"快去让洛知予招新。"有人催促，"等下肖彦来了，又要把他带走了。"

"他今天有课呢。"洛知予上午才翻过肖彦的课程表，"不过他现在应该下课了，他也有自己的社团。"

这条主干道是从教学楼去食堂或者回宿舍的必经之路，各种校级、院级社团以及兴趣社团都开始了各自的展示，路上挤满了学生。

美院社团的帐篷前，被迫营业的洛知予正在给路过的学弟学妹发传单。

"美院社团，了解一下吗？不想了解也没关系，你把传单接过去，假装我很努力的样子。"

路过的同学："……"

"这个人真的很不积极。"后排围观的学姐笑出了声，"强行塞传单。"

"知足吧，姐姐们。"洛知予回头，"就问谁还不知道我懒？"

一开始洛知予还乐意多说几句话，越到后面就越是懒惰，他会从路过的人群中随机抓住一个，把传单塞进人家手里。

"好可爱！"有新生盯着洛知予的头顶看，"我是美院新生，加入社团送小狐狸吗！"

"小狐狸？"哪里来的小狐狸？洛知予四下看看，没找到。

"小狐狸不送。"一个熟悉的声音从他背后传来，肖彦的手停在了他头顶，揪了揪他头上被学姐们强行戴上的装饰物，"美院社团的加分福利很多，学妹可以了解一下。"

"哎，你扯到我头发了。"洛知予不满地推了推肖彦，"让开点。"

洛知予拿过肖彦的手机，借着手机屏幕看了看，这才发现自己头上有两个毛茸茸的狐狸耳朵发卡。难怪他刚才发传单的时候回头率那么高，还有几个不明真相过来要联系方式的。

"你怎么来了啊？"洛知予站累了，没精打采地说，"而且你怎么知道我在这里？"

"猜的。"肖彦说，"今天社团招新，我发消息你没回，就猜你是被抓来招新了。"

"厉害了。"洛知予没忘了工作，伸手抓住一个路人，又递了一张传单，"我手机放在书包里，还没来得及看消息。"

"我本来想把你抓过去给我们学院打工的。"肖彦分走了洛知予手上的一部分传单，说，"结果美院的动作也太快了。"

"打工可以啊。"洛知予压低了声音，问，"有报酬吗？"

"有。"肖彦一本正经地说，"一次付清，绝不拖延。"

"走开。"洛知予卷起手里的传单去敲他的头，然而头上的两只狐狸耳朵让他少了点嚣张的气焰，"申请你变两天青皮橘子，快点变。"

肖彦："……"

高阶也不带这么玩的吧。

跟着肖彦一起来的还有校学生会新媒体部的成员，正在对每个社团的帐篷拍照，记录当日的招新。

"要不要重新拍啊？"拍照的同学把相机给肖彦看。

刚才拍的是美院的帐篷，招新宣传拍得清清楚楚，就是照片的左边有两个人入镜了。肖彦抓着狐狸耳朵，洛知予微微仰头，不知想起了什么，脸上带着点笑。

"不用重新拍。"肖彦说，"就这样吧。"

"夹带私货。"洛知予轻轻哼了一声。

"我去下一个帐篷。"拍照的同学问肖彦，"你接着巡视吗？"

"我就不去了。"肖彦摇了摇手里的一摞宣传单，"我趁着中午帮洛知予分担一下工作。"

洛知予拿出自己的手机发了条动态。

知了："今天的彦哥是给我打工的彦哥。"

他偷拍了一张肖彦给他帮忙的照片。

洛思雪评论："好看，可以多发发合照，我们桃桃有大学生的感觉了，你们上同一个学校真好啊。"

"知了"回复洛思雪："谢谢姐姐当初让我咬人。"

洛思雪回复"知了"："这茬过不去了是不是？"

吴主任评论："啊这……"

樊越回复吴主任："主任不知道该说什么，但还是留下了自己的脚印。"

肖彦过来帮忙后，洛知予的工作效率直线上升，加上学长学姐们的努力，招新的登记表上很快就填满了新生的名字。

"我们撤啦。"洛知予骑上肖彦新买的自行车，冲小伙伴们挥手，"下午我有课，就不过来啦。"

留守帐篷的一群人吃上了肖彦点的外卖，感动地冲他们挥手："有活动再来啊！"

"我载你。"洛知予拍拍自行车后座，冲肖彦招手，"你上来，我会骑了。"

"来了。"肖彦信了，小跑两步，以一个帅气的姿势跳上了自行车后座。

然而下一秒，洛知予没能掌控住自行车，车头一歪，冲着路边的一棵树撞了过去。树没事，人也没事，两个人在路边就车篮子歪了谁负全责的问题争论了一番。

最后，肖彦骑上车，载着气呼呼的洛知予走了。

帐篷里捧着外卖的几个人："……"

今天的校园论坛也很热闹——"肖彦和洛知予吵架了？我刚路过修车点，听到他俩不知道在争什么东西，怪有意思的"。

1楼："今天离学霸的距离又近了一点呢，其实人家也没那么高冷，也是会吵架的，哈哈哈。"

2楼："是你看得少了，他俩经常吵的，偶尔还会动动手，但都是小打小闹，不碍事，实际上感情好着呢，毕竟不是一天两天的事情了。"

3楼："我……刚才在现场，感觉这两个人都有点问题，哈哈哈哈。"

4楼："不要天天盯着人家啦，有一说一，谢谢肖彦给我们美院社团全员点的外卖。"

5楼："坐标学校西南角修车点，我刚给自行车换了链条，洛知予的小狐狸耳朵太可爱了，哪里来的？我想上手捏。"

6楼："你们都不骑共享单车的吗？这年头自己买自行车的人不多了吧，上次我还听修车点的叔叔抱怨生意不好。"

7楼："五楼慎重发言！"

学校西南角的修车点，修车的叔叔在给自行车换篮子。

"这车刚买的吧？篮子还是新的，怎么就摔成这样了？"修车叔叔拎着换下来的篮子，觉得有点可惜，"我这边只有普通篮子，换上就没之前的好看了。"

这话不说还好，他一说，刚刚才消停的两个人又开始争论这到底是谁的责任了。

"自行车都没学会，还非要载我，这真不怪我。"肖彦觉得自己挺无辜的，"是你让我坐的，我很听话了。"

"我再熟练也架不住你助跑两步再往车后座上跳啊，自己几斤几两不知道掂量一下吗？"洛知予觉得不是自己的问题。

肖彦："……"

修车叔叔给自行车换好了篮子，肖彦骑上车，洛知予学着他先前的动作，助跑几步稳稳地跃上了自行车后座。

"樊越的电话。"察觉手机在振动，洛知予一手抓着肖彦的衣服，一手拿出手机，接通电话，"估计是你没接，打到我这里来了。"

"洛同学头上的耳朵不错。"樊越在电话里夸了一句，紧接着问，"肖彦在吗？这个时间应该不打扰你们吧。"

"在骑车。"洛知予打开了镜头，对着肖彦，"社团招新上半场刚结束，我们修了一下自行车，现在在回家的路上。"

"我记得肖彦早就买了车……"樊越搞不明白，"为什么你们开始骑自行车了？"

"别人都骑啊，我也想试试。"洛知予说，"我觉得我的校园生活太枯燥了，只有羽毛球，我看别人还打篮球。"

"明天买。"肖彦答得极其敷衍，"洛知予，少看你姐姐喜欢的那些电视剧。"

"得了吧，洛知予。"电话那头的樊越也笑了，"羽毛球你都不乐意出来打，哪次不是肖彦去你们班抓的人？不过现在想起来，肖彦好像是早有预谋啊。"

"好像是哦。"洛知予都记得。

"说正事。"樊越记起了自己打电话的目的，"下周我生日，肖彦你带着洛知予一起过来玩吧，汤源说他也会过来。"

"好啊。"洛知予先答应了，"刚好去你们学校逛逛，北方的学校，吃的东西多吗？"

"多。"樊越点头，"你们来，吃的我全包。"

"你先把体测过了吧……"肖彦提醒了洛知予，"下周安排大一体测。"

U大每年都会安排学生的体侧，单项或总分不合格会影响年度评优，洛知予的长跑、短跑、实心球项目完全不成问题，但他的立定跳远是个大问题。

"认真点练，你从这里开始跳。"肖彦找了树枝搭在洛知予脚下，作为起跳线。

上高中时，肖彦就有幸见识过洛知予十分敷衍的立定跳远，这次学校通知要搞体测，肖彦提前好些天就监督洛知予练习了。

"体测那时候你是不是也在？"洛知予蹲在地上扯了扯肖彦的裤腿。

"那我也不会给你放水。"肖彦用手里的小树枝点了点洛知予的肩膀，"起来继续练，我陪你。不应该啊，你为什么就是跳不好呢？"

"你太严格了。"洛知予抱怨一句，站起来继续练习，"我还给别人代跑过五十米呢。"

晚上，两个学生在小区的空地上练立定跳远，周围偶尔有居民路过。

"差不多了。"看洛知予练了一会儿，肖彦说，"今天就到这里吧，你总算不是原地敷衍地跳了。"

洛知予跟着肖彦在小区蹦跶了一晚上，先前没什么感觉，现在练完了，反倒开始觉得腿疼了，他也不说，只是抓着肖彦的手臂不肯松手。

"自己走。"肖彦冲回去的方向偏了偏头，"放手。"

洛知予拿着刚捡来的小树枝，假惺惺地打了个哈欠，说："累了。"

肖彦："……"

次日，"一中校友群"里很是热闹。

橘子："洛知予体测立定跳远合格了，大家鼓掌。"

知了："我没有发挥全部实力。"

樊越："鼓掌！彦哥教得好。"

墙头草："鼓掌！上大学了就是不一样，洛知予跳远都能及格了。"

吴主任："啊，自打洛知予毕业以后，肖彦都不回来了。眼看着你们都毕业了，我还真有点不习惯啊。许老师今天还跟我提起了你们，说你们之前帮了不少忙。"

吴主任："现在的学生忙啊，都没人帮我阅卷了，周考和月考的卷子只能自己批。"

知了："真的假的？我小弟天天呼唤我，那我们明天回去逛一下。"

橘子："可以，我知道哪堵墙好翻，一中的路我可太熟悉了。"

吴主任："嗯？别来！"

番外二
无限种可能

樊越："@知了 @橘子，到了吗？我人在机场了。"

橘子："嗯？知了没跟你说吗？我们凌晨三点到。"

知了："我错了，我忘掉了，我下午编辑了消息忘了发送了。"

樊越："凌晨三点？你们坐的什么飞机要飞这么久？"

橘子："我们没坐飞机。"

樊越："啊？"

橘子："我们坐的火车，看一路的风景，这样更有旅行的感觉。"

知了："对的，火车好啊。"

樊越："你们这……想法还真是奇奇怪怪。"

洛知予和肖彦一路北上，加上火车晚点，到达终点站时已经将近凌晨四点，两人在火车站的座椅上找到了熟睡的樊越。

"生日快乐！"精神抖擞的两个人摇醒了樊越，"我们来了！"

樊越："……"

这两个人的精神状态好得不像是刚经历了一场长途旅行，樊越合理地提出困惑："你们不累吗？"

"还好吧。"洛知予说，"不是节假日，车上人不算多，全程都有零食和泡面，在家里不让吃泡面的。"

他俩出发前闹了点小矛盾，一路打打闹闹，不慌不忙地赶到机场的时候，飞机早就起飞了。

"所以明明知道误了时间，我们为什么还要来呢？死猪不怕开水烫吗？"洛知予坐在肖彦的行李箱上，懒洋洋地问。

肖彦本打算买下一个班次的机票,结果洛知予又一次突发奇想,两个人转身去了火车站,这就是他们深夜出现在这座城市的原因。

从车站打车出发,不到半小时,他们就到了樊越学校附近的夜市。天还没亮,这个时间,各种小吃摊还算热闹。张曙和汤源在路边冲他们挥手,汤源还穿着睡衣和拖鞋。

"我困死了,你们怎么这个时候才来啊?"汤源哀怨地说,"我睡得正香,樊越突然给我打电话说你们到了。"

"快夸我,我好不容易才把汤圆从床上拉起来,他睡着了。"张曙表示自己努力过了。

洛知予用纸巾擦完小吃摊的桌子,看着樊越熟练地在菜单上写写画画,猜测他应该是常来这边。当初在一中时,他们几个也经常聚,时至今日,他们又在北方的另一座城市重聚,褪去了校服,换了新的身份,却都还能看见当初的影子。

这座城市有些陌生,周围人说话的口音也很陌生,但大概是因为和大家在一起,洛知予倒是没有那种初来乍到的生疏感。

这个夜市的氛围很好,周围零零散散坐着的大多是附近学校的学生,有人往这边投来了目光,似乎有些羡慕他们这桌的热闹。

肖彦往洛知予身边坐近了些,把手搭在他肩上,挡住了隔壁桌的人投过来的视线。

"彦哥有时候是不是挺烦人的?"张曙看笑了,问,"洛知予,你烦他吗?"

"他就是偶尔比较难搞,平时还好。"每逢肖彦这个时期,洛知予自己脾气也大,最后两个人互相让让,倒也相安无事。

洛知予话音刚落,又被肖彦捏了一下肩膀,他灵活地往旁边躲开。

"肖彦收手,别欺负洛知予。"樊越作为肖彦的同桌,也作为几个人中年龄最大的一个,发话了,"你俩要好好相处啊,能有今天真的不容易。"

"挺容易的,不信你问肖彦。"洛知予敲了一下碗,"他套路我。"

"我们能有今天,大家都有功劳啊。"洛知予又说,"明明友好度说我们不可能好好相处,周围人也这么说,偏偏我们和这些说法背道而驰。"

汤源说:"所以当时那张有误的友好度检测单……"

"我的不小心弄丢了,彦哥的那张收藏起来了,送了一份复印件给吴主任存档,生科院也要了一份。"洛知予说,"当时觉得啼笑皆非,现在看来,那倒也不是……"

"不是不可能。"肖彦说,"洛知予和肖彦的友好度,有无限种可能。"

番外三
所谓的应援部

社团招新结束后的第二周,各大社团纷纷完成了新人面试,大一的新成员加入社团。新的一周,各大学生组织召开了第一次例会。

被肖彦强行拉到校学生会帮忙的洛知予搬了条凳子,坐在办公桌边发例会短信:"××同学,U大校学生会的第一次全体例会将于今晚七点三十在1-201召开,期待你的到来,收到请回复。"

洛知予编辑完短信,输入新生成员的号码,按下了群发键。

"信我。"洛知予说,"绝对有人回一个字——'复'。"

"你当谁都和你一样皮吗?"肖彦挑了挑眉,"上次我帮你打工,这次轮到你帮我了,非常公平。"

"上次?"洛知予记起来了,肖彦说的应该是前些日子招新时,他帮着发了点传单,"那也算?我也是被抓去的好吗?再说谁要你给我帮忙了?彦哥,你这是强买强卖啊。"

"我不管。"肖彦非常不讲道理,"今晚你也来给我帮忙。"

"我倒是都可以,你随便使唤。"洛知予趴在办公桌上,"就是学姐肯定又要谴责我,说你们校学生会又来美院抢人了。"

由于是第一次全体例会,校学生会的人向学校申请了一间大教室,各个部门的新成员都会来。晚上,还没到七点,教室里已经坐了很多大一新生。

洛知予没什么可帮忙的,抱着笔记本电脑在教室中央找了个合适的位子坐下,专心做自己的课程作业。不到半小时,他周围已经坐满了人。

U大学学生很多，能在一个学生组织认识，算是很难得。大家都是经过层层面试进入了校学生会，虽然不是同一个部门，但也趁着会前的时间抓紧交流讨论。

"嗨。"洛知予身边的男生发现他没有加入谈话，跟他打了招呼，"同学，你是哪个学院的？"

他这么一问，周围的人也把目光投了过来。刚才就有人想找洛知予说话了，只是他看电脑的模样太专注，没人敢上前打扰。

"美院的。"洛知予顺手存了文件，转过身来，"你们好呀。"

"我叫孙力研。"旁边的人说。

洛知予点头："嗯，我记得你。"

这个人，例会短信回了句"好的啦"。

孙力研："嗯？"

"我觉得你好眼熟啊。"后排同学对洛知予说，"我是不是在哪里见过你啊？"

"有你这么跟人搭讪的吗？"一个男生瞪了他一眼，"不过美院的学生质量真的很高诶。"

"我俩都是外联部的。"男生介绍自己，"你右边的女生是传媒部的，同学你呢？"

洛知予不是校学生会的成员，今晚本来就是来混的，当然哪个部门都不算。

他说："应援部。"

左边的同学："嗯？"

右边的同学："嗯？"

后排的同学没听清："招新的时候我怎么没看到这个部？"

例会要正式开始了，教室内逐渐安静下来，U大学生会会长走上讲台，给新成员们介绍学生组织的构成："这是副会长宋泠，副会长许因茵，副会长肖彦。某副会长是我们强行留下来的，算是U大学生会的门面吧。"

教室里的人都笑了，原本有些严肃的气氛缓和下来，会长继续介绍："U大学生会历史悠久，成立于……"

洛知予对学生工作向来没什么兴致，除了刚才听见肖彦的名字时弯了弯嘴角,别的时间他都认认真真地盯着电脑屏幕,专心做作业。

"你不听吗?"孙力研问他。

"你听吧,我没什么兴趣。"洛知予摇摇头。

U大校学生会的第一次例会,学长学姐们都穿了正装,被迫留任的肖彦也穿了。洛知予高中时看惯了穿校服的肖彦,现在觉得还挺新奇的。

知了:"今天的新橘子皮不错。"

橘子:"嘿嘿。"

"看到肖彦没?"孙力研还在找洛知予聊天,"我们班好几个人打听他很久了,本人气质真的很好。"

"他真的很帅。"旁边的小姑娘也加入了聊天,"长得好,气质也好。"

洛知予插了一句:"也就那样吧。"

他天天看,就那样啊。

下一秒,他收获了几道带着敌意的目光。

"干吗啊你们?"孙力研打了个圆场,"我旁边这位同学颜值也很能打好吗?"

"大一新生的话,美院的洛知予了解一下。"另一位同学说,"我听我美院小伙伴说的,他简直是储备的校草好吗?"

"你们学院的?"孙力研问洛知予,"你认识不?"

洛知予说:"认识诶。"

"先来后到嘛,肖彦先来U大的。"有人说,"他成绩好,家庭背景也好,是人生赢家,好像还有个从小玩到大的小伙伴。"

"对的,听说他们两个人还是一起上的中学,关系一直很好,羡慕了。"

"别了吧,不管是关系多好的朋友,也不可能一直和睦相处吧?"洛知予听不下去了,"肯定也没少打架。"

然后,他又收获了好几道带着敌意的目光,仿佛在说——这个人好没眼力见哦。

洛知予是聪明人,他选择闭嘴,专心写他的课程作业,而旁边叽叽喳喳的聊天还在继续。

"优秀的人只和优秀的人一起玩,完全不给别人机会。"

"你们是不是傻？不看校园论坛的吗？肖彦的小伙伴就是美院新生洛知予啊，他俩成天待一起。"

"我没看过，U大校园论坛太卡了，谁要用那破玩意儿？"

"啊？呜呜呜，两个校园男神原来是认识的吗？！"

"那什么，论坛有照片吗？我想看看洛知予的照片，是不是很可爱？"

洛知予："……"

例会还在继续，肖彦走上讲台，言简意赅地说明了自己分管的部门和事务，在黑板上留下了自己的名字。

"肖彦和许因茵两位副会长有事要先离开，后面的环节我和宋泠带大家进行。"会长说，"肖彦给大家买了零食。"

洛知予身边的几个人开始欢呼。

"你干吗？"孙同学看着洛知予把电脑合上，放进了书包里，"还没结束呢，你就要走了？不拿了零食再走吗？"

"我也有点事要先回去。"洛知予说，"就不等了。"

"对了同学，忘了问你叫什么名字了。"后排的同学说，"大家以后都是校学生会的成员了，留个名字加个微信好友吧，可以认识一下。"

洛知予刚要开口，肖彦走到了这排桌子旁边等他，敲了敲桌子："洛知予，走了。"

"打扰了，麻烦让他出来一下。"

肖彦和旁边的同学说完，接过了洛知予的书包："你又不是我们学生会的，怎么那么积极地坐中间？"

"这里网好啊。"洛知予抱怨，"我找了半天，挪了好几个地方，就这个位子网络信号满格。你们申请的教室很有问题，早知道我就不等你了。"

"走了，家里网好。"

两个人并肩走远了，洛知予刚才坐过的位置空了出来，周围的人才反应过来。

"他是洛知予？"

"显然是了。"

"……"

番外四
一中未来的希望

橘子："在哪儿呢？"

知了："刚下课，等我一会儿，临时有点事。"

橘子："什么事？补办校园卡？"

知了："你怎么什么都知道？！"

橘子："别补了，在我这里。"

知了："怎么会在你那里？"

知了："我上完体育课就找不到了，绕着操场走了两圈。"

橘子："学生会的成员捡到了，认出来是你，就带过来给我了。"

知了："……"

因为洛知予时常去学生会蹭吃蹭喝，这一届的新成员都认识他，路上见到他也会主动打招呼。洛知予也没有白蹭吃蹭喝，学生会文艺部有好几个美院的学生，和他混得很熟，偶尔有工作也会让他帮忙。

"同学，还补卡吗？"学生服务中心的工作人员催促了一句，"怎么丢卡了还笑得这么开心？"

"不补了，谢谢，我找到了。"洛知予连忙说，"我这就回去拿。"

"恭喜。"工作人员说，"你们学生总有些奇奇怪怪的丢卡方式，能找回来就好。"

大学生丢校园卡的方式的确多种多样，平均下来，基本上每个人都丢过那么一两次。比如上个月，樊越就在校友群里哭诉，说他的校园卡掉进了厕所。再比如上上个月，上完选修课的汤源走在夜路上，被一群从草丛里跳出来的大猫抢走了学生卡。

同样在校友群里哭诉的还有张曙，他某天洗澡的时候忘了拔卡，第二天去找时，卡里已经没有钱了。被迫加入校友群的吴主任今天安慰这个，明天安慰那个，俨然把"学生工作"继续了下去。

"没丢过校园卡的大学生活不完整。"洛知予给肖彦列举了上述事件，总结，"我的大学生活更完整了。"

"丢卡还能找理由。"肖彦把那张失而复得的校园卡递给洛知予，"还好有人捡到了，说照片怪好看的，一看是熟人。"

洛知予收到了姐姐发来的消息。

洛思雪："你这周去肖彦家吧，我们出差了。"

知了："……"

洛思雪："乖，我刚跟肖彦说了。"

知了："要喂猫吗？"

洛思雪："寄养了。"

不用洛知予说，肖彦已经自觉地把车开向了自家的方向。

到了肖彦家，洛知予光明正大地进门，听到了一阵拍打翅膀的声音。

"桃桃。"鹦鹉打招呼，"桃桃太可爱了。"

"几天没见，这鹦鹉说话怎么没大没小的。"洛知予找了吃的逗鹦鹉，"桃桃是你能叫的吗？"

"你常来之后，它就不怎么背诗了。"肖彦推着他往里屋走，"你自己说，它是怎么变成这样的？"

"桃桃。"鹦鹉叫得很欢。

"不许叫桃桃，叫哥哥。"洛知予坚持不懈地纠正。

肖彦笑了笑，由着洛知予和鹦鹉闹。这时，张曙发来了消息。

张曙不是麻薯："忙吗？"

橘子："不忙，逗人玩呢。"

张曙不是麻薯："洛知予也在？那刚好讨论一下新年给老师们送礼物的事情。"

"桃桃。"肖彦和鹦鹉同时叫了一声。

"嗯？"洛知予抬头时嘴角还带着点笑意，"怎么了？"

309

肖彦说:"张曙说要讨论一下给老师们送新年礼物的事情。"

先前教师节没没来得及准备,一中校友群的成员们打算趁着新年给一中的几个老师准备新年礼物,其中就包括吴主任。

"我们看看是再建个群还是怎么说?给他们一个惊喜……"肖彦话说一半,行动派洛知予已经开始行动了。

正在办公室里加班加点工作的吴主任忽然看到手机屏幕一亮,聊天软件界面跳出了一条新消息:"'洛知予'已将您移出群聊。"

吴主任:"嗯?"

什么意思?他被这小崽子一脚踢出了群聊?

汤圆躲猫猫:"嗯?"

张曙不是麻薯:"洛知予干什么了?"

橘子:"……"

樊越:"思路清奇。"

小辣条:"吴主任委屈死了。"

知了:"这是最省时的方法啊,有什么问题吗?"

墙头草:"是洛知予的风格……"

橘子:"别说了,快讨论,趁着吴主任还没发现,讨论完了赶紧把他拉回来。"

半小时后,吴主任的手机屏幕上又跳出了一条新消息。

"肖彦"邀请您加入群聊"一中未来的希望"。

吴主任:"你们又需要我了?"

樊越:"主任,我和女朋友吵架了,开导一下我吧。"

知了:"我刚才是手滑。"

吴主任:"你小子不是对我怀恨在心吧?"

知了:"没有的事。"

番外五
少年啊少年

新年,一中的几位老师收到了毕业生的礼物,与此同时,还有同学聚会的邀请。

汤圆躲猫猫:"主任,大茶缸好看吗?"

吴主任:"……"

知了:"我们挑了好久的刻字大茶缸,刻了我们所有人的名字,还写了'祝您平安',上面的花还是我亲手画的,都是心意啊。"

知了:"主任笑一个。"

下一秒,吴主任发了一个微笑的表情包过来。

洛知予发了一个"可爱"的表情:"这样笑比较友好。"

吴主任:"……"

小辣条:"洛知予那天特地把吴主任一脚踢出群,挑礼物挑了好久,最后送了个大茶缸,全靠肖彦赞助的茶叶撑场子。"

橘子:"茶叶是赠品,不敢当,不敢当。"

汤圆躲猫猫:"这周聚会,吴主任来啊,来了有惊喜。"

汤圆躲猫猫:"许老师我们也叫了,都是熟人。"

这群学生说的惊喜,就是聚会当天,从全国各地赶回来的他们,全部穿上了一中的校服,胸前戴着的都是当初的名牌。校服一穿,他们俨然又是当年的那帮学生。

这天是周五,他们在一中校门口打打闹闹,引人注目。

"这周不能离校。"新来的门卫说,"都进去,都进去。"

"好啊！"一群人欢呼。

"他们是毕业生，回来玩的。"赶过来的吴主任跟门卫解释，"怎么一个个的都跟肖彦学，穿着校服往回跑。"

"胖了胖了。"在大学胖了一圈的陆明归拉不上校服的拉链，只能勉强披着，"吃完今天这顿，我要回去运动。"

"大学好啊，上了大学，看给你们闲的。"吴主任问，"是不是每天除了吃就是睡，玩得很开心？"

这话立刻受到了现场多位大学新生的反驳。

"都是骗人的！高考前大家都说什么考上大学就舒服了，都是假的，大学生可累了。"

"呜呜呜，我翻译专业天天学到昏迷，有早读还有晚自习。"

"专业选得好，天天赛高考，呜呜呜，我头发都要掉没了，为了绩点，我拼了。"

"大二以后还有专业实习。"

吴主任："……"

他没想到引来了这群小崽子的诉苦，只好一一安慰。

"眼看着你们都长大了。"许老师笑着问，"有那么忙吗？"

"有的。"一位同学说，"我记得有次凌晨三点，洛知予还发动态说他在画图，可见大家都一样忙。"

"那次啊。"洛知予有印象，"我就那一次熬夜画图，后面没干过了。"

因为第二天，某人好好把他教训了一顿。

一群人还在逮着吴主任诉苦。

"啊，还是高中好，我想你们了。现在的室友不太行，每天打游戏到深夜，吵了两次也没什么用。"陆明归有点懊恼地说，"你们有类似的问题吗？"

"我大学室友挺好的。"汤源说，"还帮我带午饭，虽然每次都只带鸡排，但我已经很感动了。"

"我们不住校。"洛知予举手，"我和彦哥住校外，我的宿舍就空着。"

只有想体验宿舍生活的时候，他才会回去一趟。

"这话题不带你玩。"樊越笑着赶走洛知予,"我朋友和你一个学院,你和肖彦的那些操作,我基本都能跟进。"

"他俩做什么了吗?"洛知予高中时的班主任秋宜很好奇。

"可多了,这题我会。"张曙举手,"你们可以看看他们大学的贴吧或者论坛,他俩很有名的。"

"我也有个问题啊。"许老师说。

"嗯?"肖彦注意到了。

"肖彦和洛知予,一中的绿色校服怎么你们了?大家今晚穿的都是高三的绿色校服,就你俩穿的是高一高二的。"许老师很困惑。

"不是我。"洛知予摆摆手,"是彦哥不乐意。"

吴主任:"嗯?"

洛知予长高了,现在穿肖彦的高一校服倒是刚好,衣服上的名牌是肖彦的。就像当年,他借着校服冒充着肖彦的身份,在校园里横冲直撞。

横冲直撞的少年渐渐长大了,他们将在不久后的未来各奔前程。

"我们会经常回来看看大家的。"聚会结束,一群醉醺醺的人冲着老师们挥手,"我们翻墙可熟练了。"

肖彦今晚忙着和老师们说话,没顾得上看着洛知予,发现的时候洛知予已经醉了。某人喝醉后一反常态,安静且乖,紧紧地抓着他的衣袖,一步步跟着他。

"你们回吧,我看知了有点意识模糊了。"樊越让他们先走,"我们自己打车回去。"

"行,我先带他回去。"肖彦和他们道别。

"二年级的小朋友。"洛知予唇齿间带着点酒香,仿佛不知道自己在哪里,问肖彦,"你要回班里了吗?"

肖彦一愣,才察觉这人似乎在半梦半醒间瞧见两人身上的校服,以为还身在当年。

"不回班里。"肖彦说,"周末了,不用留校,二年级的小朋友带你回家。"

番外六
糖都给你吃

那是一个晴朗的秋日清晨,三岁的洛知予要上幼儿园了。家里爸妈都在忙工作,送小朋友上学的任务落在了刚上六年级的洛思雪身上。洛思雪左手收红包,右手抓着三岁的洛知予,主动承包了这个任务。

市内数一数二的幼儿园就在他们家小区附近,洛家的哥哥姐姐都是从这里毕业的。

"等下进了幼儿园要做什么?"一路上,洛思雪忙着教育自家小弟。

"尊敬师长,团结同学。"小洛知予奶声奶气地说,"以德报怨,友好待人。"

"差不多了。"洛思雪尽全力了,想着自己弟弟长得人见人爱,进了幼儿园也一定很讨老师们的喜欢,"不能光说不做知道吗?要多交朋友。"

"知……"啃着橘子味雪糕的洛知予含糊地说了一个字。

"肖彦好像和你一个学校诶。"洛思雪记起来。

"哦。"洛知予似懂非懂,"好的。"

想着自己家和肖彦家的关系,作为姐姐,洛思雪觉得自己有必要叮嘱弟弟:"你不能和肖彦玩,知道吗?总之你见到他就要走开,不要招惹他。"

"知。"洛知予太小了,懂的东西不多,继续啃雪糕。

"回家别说雪糕是我给你买的。"洛思雪不太放心地看了弟弟一眼。

"保证不说,我知恩图报。"洛知予用纸巾擦了擦手,手上还留着淡淡的橘子味,"我保证指哪儿打哪儿。"

周一早晨，幼儿园的学生不多，洛知予来的时候，中班的小朋友们正在做早操。一群小朋友跟着老师蹦蹦跳跳，后排还站着一个一脸冷漠的孩子。他比同龄人要高一些，穿得整整齐齐，一看就和周围的孩子不太一样。

满身橘子味的洛知予挤进了人群中，爬上花坛，站在了这位小朋友面前。

"你好呀。"洛知予歪头打量着面前的人，"我觉得，我们应该可以做朋友。"

因为这个小朋友看起来也不屑于做早操。

"为什么？"肖彦觉得面前的人很眼熟，"我是不是在哪里见过你？"

"没有吧。"洛知予坐下来，"我叫洛知予，我妈妈说是知了的知，你叫什么啊？"

"知了的知？"肖彦觉得这个名字很熟悉，似乎在爸妈口中听过，"我叫……"

"洛知予！"正在和小班老师说话的洛思雪回过头，一眼就看见了弟弟身边的肖彦。

六岁的小姑娘还不懂事，只知道一件事——看见肖彦，当斗鸡就对了。

"洛知予，咬他！"洛思雪想也没想，脱口而出。

洛知予动作比脑子快，还没想清楚眼前这个小朋友到底是谁，就先张口在肖彦的手腕上"嗷呜"一咬，肖彦也愣了。洛知予进幼儿园的第一天，没交到朋友，结了个大仇家。两个小朋友打得很激烈，从那天开始，双双成为幼儿园的重点关注对象。

小班和中班每周有节拼音课是一起上的，新来的老师不知道洛知予和肖彦结的梁子，让他俩做了同桌。

"xiao yan。"肖彦在纸上写出了自己名字的拼音，问旁边的洛知予，"你会吗？不会我给你拼。"

"拼音太简单了，我还会写字呢。"洛知予扯过了肖彦的本子，在那两个拼音下面用歪歪斜斜的汉字写出了肖彦的名字——"肖厌"。

"你故意的？"肖彦把笔一摔，"揍你哦。"

"我只会写这个，你凶什么凶！"洛知予把本子一摔，"我自己的名字都写不好。"

315

拼音课后，两个小朋友在操场的滑梯旁边罚站。

"我以后不和你玩了。"洛知予伤心了，往滑梯边上一坐，"每次和你扯上关系，我都要被罚站。"

"你起来，我家也不让我和你玩。"肖彦用脚尖踢了踢洛知予的腿，"算了。"

"什么算了？"洛知予仰头，"你说要揍我的事情就这么算了？"

"我不是没揍吗？"刚升中班不久的肖彦觉得自己遇见了钉子户，"今天发的糖都给你，我们不打了好不好？"

"这个月幼儿园发的糖你都给我。"洛知予不缺糖吃，但他就是想要肖彦的。

"都给你都给你。"肖彦也不缺糖吃，洛知予要，他就给了，"下个月的也给你行不行？"

暂时和好的两个小朋友相视一笑，各玩各的去了。

直到洛知予后来上小学，他写肖彦的名字都会写错。

"你绝对是故意的。"陪洛知予上大一选修课的肖彦偶然想起了这件事，趁着老师回头写板书，用笔敲了一下洛知予的手背，跟他算账。

"不，你高估了我的智商。"洛知予逃避追责，睁眼说瞎话，"而且我上高中之后就没写错过了。"

洛知予不仅不会写错，他现在写肖彦的名字还写得很好看，是非常工整的瘦金体，名字旁边还附赠一个洛小画家精心绘制的小橘子，肖彦专属的那种。

番外七 少年从未离开

市一中办校庆的那天，有两名优秀校友向校领导委婉地表达了自己想回去为学校做点贡献的想法。一中某位校领导委婉地表示无需麻烦，百年校庆不值一提。

"确定吗吴主任？真不欢迎我们啊？"肖彦状似不经意地问，"优秀校友真的可以缺少我们吗？"

"你们年纪还小，而且学业繁忙，不用来。"吴主任的态度异常坚定，"心意到了就好，不用来哈。"

"好吧。"肖彦的语气似乎有些遗憾，"我们原本打算给一中捐栋楼，既然……"

"啊？等等！"电话的另一头一阵嘈杂，接电话的人换成了校长，"来啊，怎么不来？校庆是多重要的日子啊，全校老师都欢迎你们！"

"成了？"洛知予问。

"自然。"肖彦挑眉看他，"我一说我们要回去，老吴可高兴了。"

"得了吧。"洛知予撇了撇嘴，"我才不信。他高兴是因为那栋楼，不是因为我们！"

"你知道就好，你当初可没少给他添麻烦。"

"一个巴掌拍不响，你也不无辜。"

校庆当日，肖彦一大早就找上了洛知予。

"怎么这么早啊？"洛知予捧着一杯豆奶，在副驾驶座上打瞌睡。

其实不早了，洛知予和肖彦走进一中多媒体报告厅的时候，那里已经坐了满满一屋子人。吴主任远远看见了他们,抬手跟他们打了招呼。肖彦指了指后排的座位,示意自己和洛知予坐后面就好。

愿意回来参加这次校庆的多半是荣誉校友,大多已经在事业上小有所成,年龄和学校的老师们不相上下。

洛知予高中毕业不到三年,坐在最后一排,不少人把他当成一中的学生,还有人问他是不是过来看热闹的。

"我其实已经毕业了。"洛知予说,"就是回来看看老师们。"

肖彦抬手换掉了他面前的矿泉水,把一杯刚泡好的热茶推了过去。

"你们是刚毕业的吗?"又有一个坐在他们前排的叔叔问,"都好年轻啊。"

"是啊。"洛知予捧着热茶暖手,脚在桌下不安分地踢了踢肖彦。

"一中是个好地方。"叔叔称赞,"我当年和我对象就是在这里认识的,我们回来给学校送点办公用品,学校这几年发展得不错,学生的质量也高,听说还有人要给学校捐栋楼。"

"挺好的。"洛知予又踢了肖彦一脚。

肖彦无奈地笑了笑,按住了他不怎么老实的腿,说:"好好坐着。"

"你们还都是学生啊,好好学习,以后也给学校做点贡献。"到底是年龄差距大,有代沟,前排的叔叔放弃了和他俩聊天,转身去和周围的人寒暄了。

这一屋子的人熟得挺快,很快就"×总""×董事"地招呼了起来,俨然把校友会当成了重要的社交场合。

一中拿了张大红的纸,把给学校送文具、送石头、送楼的优秀校友的名字写在上面,挂起来表扬,肖彦和洛知予的名字就排在最前面。

肖彦去和吴主任他们说事了,洛知予坐在窗边,抱着他的平板电脑涂涂画画。

"同学。"前排的叔叔又回头了,"你知不知道肖彦是哪位啊?"

"肖彦?"洛知予眨眨眼睛,"刚刚坐我旁边的那个啊。"

叔叔:"啊?"

"看到外面那个正在跟校长说话的人了吗?"洛知予指着窗外,"他就是肖彦,就是他给学校捐了一栋楼。他毕业那年还是本市的高考状元,去年就开始接管自家公司了……"

"洛知予？"吴主任在外面敲了敲窗户，"你和肖彦要不要去我办公室坐会儿？"

"来了来了。"洛知予抱着平板电脑走了，留下了身后一群目瞪口呆的叔叔阿姨。

从吴主任的办公室里出来，洛知予和肖彦在一中校园里逛了逛。

"操场翻修，宿舍翻新，小超市多了好几个，奶茶店换成了最火的牌子。"洛知予一路数着学校的变化，"有没有发现，学校都是等你一毕业就开始变华丽变好看的？"

"发现了。"肖彦在手机上回了消息，喊他，"桃桃。"

"嗯？"洛知予在高二（3）班的教室外面向里看，问，"干什么？"

"你刚才当着那么多人的面夸我了？"

"你怎么知道？"洛知予抬头看了眼监控，撑着窗台轻轻一跳，翻进了熟悉的教室。

窗边这张桌子的桌角有个缺口，是当初他过来找肖彦打打闹闹时磕的，现在竟然还在。

"教室里有人认识我爸和我。"肖彦把手机上的聊天记录给他看，"我爸刚才跟我说的，说大家都惊呆了。"

说着，他也跟着翻进了教室。

校庆日的教学楼很安静，洛知予举着手机给他们拍照。

"桃桃？"肖彦突然喊。

"嗯？"正在编辑动态的洛知予抬头，逆着光，眼前的画面同高二那年某个午后的画面重叠在一起，就好像，少年从未离开。

番外八
服了,彦哥

大一暑假,这座城市迎来了罕见的高温天气,喋喋不休的蝉鸣和燥热的天气让人没什么活动的兴致,洛知予这种懒人更是连出门都不乐意了。

"我能动了吗?"画室里,肖彦动了动有点僵的脖子,试探着问,"你画完了吗?"

"不能,坐回去。"洛知予用画笔敲了敲面前的画板,"你有什么要求就提,反正我不听。"

"今天这么横?"肖彦好笑地问。

"这不是横,这叫认真。"洛知予跟他讲道理,"彦哥你这样会影响我作品的效果,好好坐着,我给你画得像一点。"

肖彦暗自磨了磨牙,在椅子上坐好,心里盘算了一下待会儿怎么给自己找回场子。

洛知予最近跑画室跑得挺勤,今天出门时还把他给捎上了,非说要给他画一张。

"彦哥,你要知道珍惜。"洛知予围着肖彦走了两圈,装模作样地点了点头,转回画板前郑重地添了几笔细节,"万一哪天我火了,我就把你的画挂在我的画展上,让大家都看看你。"

肖彦:"……"

"接电话。"手机铃声响了,肖彦冲自己手机的方向抬了抬下巴,从刚才开始,就一直有人打他的电话,"我不动,你去。"

洛知予放下画笔,拿起肖彦的手机接通电话。电话是井希明打来的,想约他们两个出去玩,说是车已经开到洛知予的画室楼下了,就等他们两个了。

"快下来,肖彦是不是在你旁边呢?我就知道来这里肯定能找到你俩。"井希明说,"难得大家都放假在家,汤源约了附近新开的一家模拟射击训练馆,据说评价不错。楼下等你们哈,快点下来。"

"我来了。"洛知予回头喊人,"彦哥,我们……"

椅子上没人了,肖彦站在洛知予的画板前看洛知予刚刚画的东西,脸上的表情一言难尽。洛知予画了个静物——茶几上的一盘橘子,画得很逼真,就是跟肖彦本人长得一点都不像。

忍了好久的洛知予终于忍不住了,毫不留情地笑了。

"我看你绝对是皮痒了。"肖彦确定地说。

"我没有,我只是……"感觉到周围的压力和空气中淡淡的橘子味,洛知予扔下手机转头就跑,可还是被眼明手快的肖彦按着脖子抓了回来,推搡着好一通教训。

汤源和井希明在楼下等了半天,等到了被肖彦拉下来的洛知予。

"干什么呢你俩?"井希明习惯性地想劝架,皱了皱眉,嗅到了点乱七八糟的水果味,"这么热的天气也不消停,在画室里也能闹起来,难怪当初全校人人都觉得你俩会干架。"

"是彦哥先动的手。"洛知予立刻告状。

"你觉得他们信吗?"肖彦一点都不慌。

"谁理你啊。"井希明摆了摆手,不屑地说,"我还不知道你俩吗?没有谁是无辜的。"

"上车上车。"汤源招呼他们,"试试我刚买的车吧。"

"车不错,那你开。"洛知予把车钥匙揣进了肖彦的裤子口袋,"我们蹭你的车。"

洛知予坐到后排,自己揉了揉后颈,总觉得肖彦这小子越发过分了。

肖彦在他旁边坐下,说:"我现在就可以给你办画展。"

洛知予指了指座位的另一边:"天气热,别离我这么近。"

肖彦:"……"

汤源的车不错,但他刚拿到驾驶证,还不是很会开,硬是把新车开出了龟速。后面的车暴躁极了，一直在鸣笛。

"我觉得他们应该是在骂你。"洛知予开了点车窗，眼看着后面那辆车行驶到了与他们平行的位置，同样打开了车窗，"看，来骂你了，我把窗户开大点让你听听。"

汤源："你到底是哪边的？"

然而，对面的人一看见洛知予，黑脸就立刻变成了笑脸，甚至还友好地冲他挥了挥手，似乎想说点什么。

洛知予看到一半，旁边突然伸过来一只手，把他面前的车窗关上了："看什么呢？"

"汤源，开快点。"肖彦提醒道，"你是想在马路上结识几个新朋友吗？"

汤源如梦初醒，听出了肖彦这话的意思，立马踩了一脚油门。

新开的模拟射击训练馆在郊外的山脚下，场地布置得很大，也很逼真。井希明他们约了不少同学，老板还给他们凑了点其他顾客，刚好组成了两队，其中刚好就有他们在路上遇见的那车人。

他们来的时候是傍晚，日头西沉，树林里的温度不算高，汤源就挑了野外场景。

"洛知予和我们一组！"井希明赶紧抓队友，跟汤源说，"肖彦归你们。"

肖彦动作一顿："啊？"

汤源提问："他和洛知予难道不是一组的吗？这么高的友好度你就这么把他们拆开了，这是人干的事吗？"

洛知予却说："行的。"

刚好今天青皮橘子把他惹到了。

洛知予在玩老板店里的道具小手枪，转头瞧见肖彦那一瞬间的停顿，抬了一下嘴角，用手里的道具枪在肖彦心口比画了一下："砰。臭橘子，等下打到你服。"

肖彦："……"

为了区分两队，洛知予他们这队穿的是黑色的模拟作战服，衣服都是崭新的，肖彦确认过以后才递给洛知予。衣服上有针对模拟训练枪的感应系统，以此来计分。

"你真不跟我一队啊？"肖彦问，"我玩这个很厉害的。"

"那来比比。"洛知予笑得张扬。

"嗯，玩吧。"肖彦的目光依次扫过和洛知予一队的那几个陌生人，说，"他不太会，你们让着点他。"

"好的好的。"

"我们不和他抢分。"

直到肖彦把洛知予轻轻往前一推，那几个先前在车上试图和洛知予打招呼的陌生人才松了口气："呼……吓死我了。"

洛知予的队友信了肖彦的话，游戏开局后一直把洛知予和井希明放在最安全最好拿分的位置。

"你们就待在这里……"队友话还没说完，就看见洛知予提着枪蹿了出去，灵活地翻过障碍物，一枪狙掉了对面的汤源。

提示音响起："23号玩家出局。"

汤源和其他队友：这还需要让着吗？

"我还没开始玩。"汤源委屈地说，"肖彦，快点管管洛知予。"

从肖彦的角度刚好能看见一击得逞的洛知予跑回了掩体后边，还伸出一只手冲他挥了挥。

和洛知予同队的那几个人也傻了，正想走过去帮忙，又记着肖彦先前的警告，没敢过去。

"收到。"肖彦抬了下模拟训练枪，眯了眯眼睛，有了点想法。

其他人也终于回过神来，开始一场混战。

野外场景能躲藏的地方很多，洛知予带着井希明躲开了不少人。

"他们好菜啊。"洛知予听着场内播报的出局通知，跟井希明说，"彦哥还是厉害的。"

"我都找不到他们了，不对啊，你到底是哪边的？"井希明说，"高中的时候你就吃里扒外。"

"我现在跟你组队才叫吃里扒外。"洛知予从来都是逻辑自洽的，"不过彦哥他最近太得意了，你懂吧？"

井希明："嗯？"不懂。

"我想给他来点挫折。"洛知予小声问，"你懂什么叫挫折吗？"

323

他话音未落，井希明突然"嗷"了一声，就地滚到了一边，被某人看准机会拿分，直接出局。

洛知予机敏地一回头，发现肖彦不知什么时候出现在了他身后，他吓了一跳，坐在地上稍稍退开了一点，手肘撑着地面。

"我不懂。"肖彦接上了他刚刚问井希明的话，手里端着的训练枪抵在了他的肩膀上，稍稍用力压了一下，"洛知了，要不你跟我解释一下？"

洛知予："……"

这个人是从哪里蹦出来的？

洛知予刚刚好像崴到脚了，还挺疼的。他跌坐在地上，黑色的制服沾了点泥土。这衣服腰身很窄，裤腿紧紧地收在短靴里，显得他有些清瘦，他抬头求饶的时候依稀有点可怜的意思。

肖彦还从来没见过他这种打扮。

"服不服？"肖彦还记得洛知予放的狠话，继续质问。

似有若无的橘子味飘散在夏日的晚风里。

洛知予眨了眨眼睛，很好说话："服了，彦哥。"

"不错。"肖彦放下训练枪，伸手去拉洛知予，"我不打你。"

洛知予刚要起身，身后传来了樊越的一声狂笑："你俩玩个游戏怎么还说悄悄话呢？"

刚出局还没来得及走的井希明摇摇头，问："你难道还没习惯吗？"

"我累了，不小心崴脚了。"洛知予坐在地上没动，"橘子扶我吧。"

肖彦把训练枪丢给了樊越，在洛知予面前俯下身，伸手道："来。"

不远处的出局等待区，汤源望着天，问："我彦哥给我报仇了吗？"

"你彦哥？你不如做梦来得快点。"张曙摘下自己身上的模拟训练设备，"彦哥恨不得快乐地给洛知予送分。"

游戏场地里，肖彦扶着洛知予往回走，洛知予突然捏了捏他的后颈。

肖彦脚步一顿，按着洛知予的手带了点力气，道："消停点。"

洛知予轻轻吹了声口哨，低声说了句只有他能听见的话。

"行。"肖彦应声，"那我下次让你赢。"

（全文完）